大地的女儿

（美）史沫特莱 著　薛帅 译　佟旭 校

首都师范大学出版社

CAPITAL NORMAL UNIVERSITY PRESS

图书在版编目(CIP)数据

大地的女儿/(美)史沫特莱著;薛帅译.—北京:首都师范大学出版社,2016.3(2019.7重印)

ISBN 978-7-5656-2043-0

Ⅰ.①大… Ⅱ.①史… ②薛… Ⅲ.①自传体小说—美国—现代 Ⅳ.①I712.45

中国版本图书馆 CIP 数据核字(2014)第 207180 号

DADI DE NÜER

大地的女儿

(美)史沫特莱 著 薛帅 译 佟旭 校

责任编辑 来晓宇
首都师范大学出版社出版发行
地 址 北京西三环北路 105 号
邮 编 100048
电 话 68418523(总编室) 68982468(发行部)
网 址 www.cnupn.com.cn
印 刷 龙口市新华林文化发展有限公司
经 销 全国新华书店
版 次 2016 年 3 月第 1 版
印 次 2019 年 7 月第 2 次印刷
开 本 880mm×1230mm 1/32
印 张 11.375
字 数 256 千
定 价 36.00 元

大地的女儿

第一部分

在我面前铺展开一大片丹麦海，冰冷的海水，灰暗的色调，无边无际的海面。灰暗的天空和海平面融为一体，放眼望去，看不到地平线。海面上飞着的一只鸟儿，被刮起的一阵海风吹得偏离了原本的轨迹，拍打着翅膀飞向了远方。

我在这里已经待了好几个月了，一边看着大海，一边写我的一部小说。不是那种描写某个美丽的女人，可以让人轻松消遣个把钟头的故事；也不是那种能够提神鼓劲，用来驱赶人生忧郁的心灵小说。相反，我要写的这个人的一生，是充满凄凉和不幸的一生。

在这部小说里，我打算写我们生活其上的大地。对，就是借由很多奇怪偶然的条件，我们才得以生存的这个世界。在这本书里，我还打算写一些人生的欢乐和悲伤，孤独与痛苦。当然，还有爱。

我面前的天空一片阴郁，就像我这些天来的心情一样。眼前的大海看不到边界，就像我这三十多年来的人生一样。在这过去的三十多年里，我曾被苦难之井灌醉过；在这三十多年里，我爱过，也幸福了一段时间。但是很多时候，爱本身就是一种苦难。

现在，我正站在一段生命的结尾，同时又处于另一段生命的开始处。我一边凝视，一边思量着。我的生活已经如同废墟一般残败，但我不会再一味依靠迷信，或是充足的体力，或是其他不清楚的东西而生活。因为我现在已经拥有了从过往经历中学到的知识，还有一份范围和意义都不受限制的工作。有了这些，我还要爱干吗？

我盯着眼前的海面，陷入了深思。似乎我的生命就此沉入大海才更好，这在几天前就已经很明朗了。但是现在，我却选择了另一条路。

我突然想起母亲以前做的那床拼布被子来，是用颜色明艳、漂亮的碎棉布料子做成的。我记得当时，她还做了一床纯蓝色的被子。我只看了一会儿这床蓝色的被子，但是却被那床明丽的拼布被子吸引了目光长达几个小时。这真是一场冒险。

我想学母亲，把自己的记忆碎片拼凑起来，也做一床明丽的拼布被子，或者做一个用不同纹路拼起来的镶嵌图案。这也是一场冒险。

死亡也许会是一次美妙的体验。不过，我不是那种会为美貌而死的人。我属于那种因贫穷而死的人，或者是权贵的牺牲品，又或是为了某一项伟大事业而死的战士。我们当中有一小部分人，他们在痛苦中绝望，在爱过之后醒悟，然后死去了。然而对我们大多数人来说，"地震反而开辟了新的泉源"。因为我们是大地的一部分，我们的挣扎和斗争就是大地的挣扎和斗争。

我对生命最初的记忆是一种异样的、如同爱与神秘的感觉。那时我还只是个小婴儿，所以并不记得其他的事情。我爸爸睡觉时大概会把我抱在他宽硕的身体旁吧……这是我记忆的开端呢，还是只是自己的一场梦？

那时的我一定还不满一岁，因为那应该要早于 19 世纪 90 年代——那时我已经长大了些，有一些模糊印象了。在那些阳光明媚的日子里，我经常和姐姐安妮在洒满阳光的牧场上，一棵枝繁叶茂的胡桃树下玩耍。在那座山上，我可以听到爸爸的声音，一个很低沉很悦耳的声音，此时他正在一片甘草地里劳作。而我的母亲，正提着两桶水，沿着那条长长的小路，朝我们山上的那间小木屋走来。母亲光着双脚，山风吹着她的棉布裙子，衣服紧紧贴在她那苗条的身体上。

走过那口井，往前再走两步，你就会看到一条被灌木丛和高大的榆树遮挡住的沟渠。沟对岸的地方，在茂密的灌木丛之下，生长着许多小花。它们如此娇嫩、柔软，仿佛漏下的一束阳光都会让它们凋零似的。花朵们单株地生长，花苞上还挂着柔和的水珠，它们是花朵玄妙的思维。在我看来，它们都是有生命的。我会和它们说话，就像在草场的胡桃树顶和风说话一样。

其实，当时我们家很贫穷，只是那时的我对此一无所知。因为在我的眼里，整个大地似乎都是我们的家——至少穿过密苏里北部，绵延两百英里的世界都是我们的。这片产出稻谷如此艰难，地势起伏又多石的土地，似乎一直延伸到了视野之外，甚至到达了日落的地方。在我们眼里，整个世界的界限一边是县城，一边是密苏里河。北边的边界处有一个住着几百人的小城镇，而南边的边界，根据我爸爸的想象，停在密苏里河上一个叫作圣约瑟夫的神秘城市。但那时，他是一个思想和行为都充满流浪气息的人。人们听他讲那些精彩的、充满冒险的故事，但他们并不完全相信这些故事。因为在他们眼里，爸爸和他们不是同一类人。事实上，爸爸几乎算是个外国人，没有人了解他的家族。有人说他们不可靠、不稳定，是一群无能之辈。他们说爸爸的身体里流着印第安人的血……你知道的，外国佬和印第安人永远都不可信。

之后，世界的边界延伸到了堪萨斯市。因为我的一个堂兄弟离家出走了，这件事震动了整个村子。他在外面跑了三个月，回来的时候变成了一个受过教育的人。他学会了做理发师，而且竟然还穿着从商店里买来的衣服！

　　我坐在这里，脑子里迷迷糊糊地想起一些关于爱，关于火，关于红色的记忆。是那只曾经飞到我们家樱桃树上的红色的鸟儿吗？是那件我穿上像个小孩子一样的外衣吗？……现在我想起来了，那都是很久以前的事情了：

　　我正在生一堆火，一堆可爱的炉火。我用石头堆砌了一个火炉，它的背面紧挨我们两居室的木屋子。我把火炉建在挂着秋千的那两棵雪松树旁边，火苗很明亮，很好看。当然，它本来可以烧得更明亮的，可惜被我妈妈看到了，她用脚踩灭了火苗。然后，用那枚金属制的顶针敲打我的额头。妈妈经常拿她坚硬的顶针敲打我，这让我很生气。多么好看的火苗啊，多么明亮的火苗啊！她刚一看见，就一脚给我踩灭了。我当时觉得，她踩灭的不仅是火苗，还有我心里的一些东西。天知道火苗跳动的时候有多么温暖，多么亲切！现在，我理解了火苗和人类本能的爱之间的精神联系了。但我的妈妈并不理解这些，她只上到小学六年级就辍学了。爸爸就更不理解了，他只上到三年级而已。对于教育，我爸爸的观点是，一个人没有必要懂得那么多，接受教育是那些大家贵族的子女们才有的特权。

　　我记得母亲用顶针敲打我，也记得她用树枝抽打我的感觉——就像一把小刀切进肉里一样疼。我不知道她为什么要那么频繁地打我，我怀疑连她自己也不知道。她解释说是因为我玩火，而且我撒谎了。我不明白这和她有什么关系，我只知道随着她和父亲的婚姻一年又一年地延续，随着家里的孩子越来越多，她打我的次数也越来越多了。一开始，我甚至都不知道如果某个人恶意打我，我是可以自卫还手的。但随着时间的推移，我逐渐明白了：只是因为她体格比我壮大，所以才敢随意教训我。所以，我渴望自己能快点长大。

后来，母亲改进了她打我的方法：她手里拿着树枝站在那儿，命令我走到她面前。每次看到她这样，我都会一边辩解一边哭泣，或者害怕地跑开。但是最后，我还是不得不走到她的面前。她不会抓着我打，而是让我自己选择站在一个位置，然后从各个角度来抽打我。事后，如果我像其他孩子那样啼哭不已，她就会命令我不许哭，或者干脆一脚把我踹到泥里。我记得有一次就是这样，我抽泣不已，她直接扑了过来，打我的头，踢我的背，踩我的腿。最后我实在忍受不了痛苦，尖叫着冲出屋子跑向了父亲。可是我又能向父亲说些什么呢？我当时还太小，都不知道该怎么向父亲表达。况且，他也不会相信的。

母亲还说我撒谎了，但我并不明白她为何要这么说我，因为我根本不知道真实和谎言之间的区别是什么。我甚至搞不清楚什么事是真实发生的，什么事是我幻想出来的。对我而言，刮过树顶的微风确实在背上携带了很多故事；那只落在我们家的樱桃树上的红色的鸟儿也确实告诉了我一些事情；森林里树底下柔软的花儿们笑了，真的，我还回应了它们；而且，牧场的小牛犊也确实和我有过一段对话。

到最后，我还是明白了什么叫撒谎：为了让妈妈停止打我，我学会了撒谎。我会对她说：是的，我确实撒了谎，对不起。但是每当这时候，她又会责怪我没有早点承认而继续打我。慢慢地，我逐渐学会了只说那些我觉得她想听的话，以此来避免挨打。

"我有一个既倔强又爱撒谎的孩子，那就是玛丽。"母亲常常会对邻居们，甚至陌生人这样说。一开始，听到这些话，我会羞愧地流下泪水；后来，我就慢慢变得麻木了；到了最后，我自己似乎也把这当作事实而接受了，懒得再去辩解一句。

对我而言，说真话已经成为我生命里最艰难的事情之一了。每天说着一些不太真实的话，似乎都已经变成了我的一种本能。在痛苦和眼泪之中，我还得尽力忘记那些母亲的暴力给我尚未成熟的思想带来的影响。她虽然打我，但我依然需要她的爱。直到很多年后，我才不再期望她的爱了。我现在明白了，我的父亲和母亲，以及我们所处的环境，都误导了我的爱情和人生观的发展。他们让我相信自己是一个坏蛋，我接受了这个观点，就像我接受了我确实撒谎了一样，因为父母似乎永远都是对的。同时，我并没有忘记自己流过的眼泪……那些在他们眼里毫无意义的小孩子的眼泪，那些他们认为小孩子可以轻易遗忘的伤痛。所有这些充满泪水和痛苦的记忆，都让我觉得无比厌倦。

西边的天空出现了一团深蓝色的乌云，在狂风的吹动下，正朝着我们站的方向飘来。慢慢地，云团变成了黑色，预示着灾难的黄色纹路开始在云团中央出现，并且随着云团不断地向前翻滚而来。很明显，一场飓风即将来临。可是，由于太过恐惧，我、我六岁的姐姐安妮，还有我刚刚蹒跚学步的小妹妹比阿特丽丝，我们都忘了跑开，只是惊恐地站在原地，呆呆地望着云团。

爸爸妈妈都不在家，我当时正在屋子后面玩火，安妮的哭声打断了我。她拽着我们穿过一片麦田去往远处的一间农舍，突然，她停下来欢呼了起来。我们抬头向四周望去，转过远处的一个弯，在那条长长的白色车道尽头，爸爸妈妈正骑马赶回来，他们骑的是那两匹让我爸爸引以为傲的雪白色的马。他们沿着车道，用比飓风更快的速度向我们跑过来，我都能够听到飞奔的马蹄踏在坚硬的白色土地上噔噔的回响声了。马蹄声越来越大，马儿在门前的甬道上一闪而过，已经到了家门口。妈妈从马鞍上一跃而下，爸爸立刻手脚麻利地把两匹马牵回马厩里。

母亲已经带着我们躲到地窖有一会儿了，随后，父亲拿着羽绒垫子、毛毯，还有一把斧头跟了下来。母亲喊父亲去把缝纫机和钟表也拿下来，因为那是她最值钱的财产。她还交代父亲记得把屋门锁好。飓风来临前的强风已经刮了起来，父亲疾步冲上台阶，迅速把门板向上顶起贴紧地面，然后用力拴上了门闩。然后，我们就开始了漫长的等待。

地窖里的照明仅靠一盏灯笼来维持。周围潮湿的空气里充斥着各种气味：泥土的气味，罐装水果的气味，柠檬和苹果的气味，陶罐里黄油和鲜奶油的气味。我躺在羽绒床垫上，看着满屋子的好吃的，感觉就像在郊游野餐一样。我们打量着一切，聆听着一切，感受着一切。

伴随着雨声和风声，突然传来了一声闷响，有什么东西砸到了地窖的门板上。

"安静点儿，"爸爸对妈妈说，"就算我们被埋到地底下，我还有斧头。"

"如果有东西刚好掉在通气孔上了呢?"妈妈瞥了一眼地窖顶部正中央那个小小的通气孔。

"我说了，我会劈开一条出路。等事情真发生了再担心也不迟，现在不要自己吓自己了。"

我听着他的声音，确信他能够对抗任何飓风。

咆哮声还在继续。"这不是飓风的声音。"爸爸的声音从连接台阶到地窖口的走廊上传了过来。然后，他打开了门，从门缝向外望。"房子还在，是雪松抵御了狂风。"很长一段时间的寂静后，我又听到他说："风暴结束了，已经没有危险了。"

"结论别下得太早。"

"我知道。我听说了,那场袭击了圣乔治岛的飓风。飓风卷起了马厩里的马、栅栏,还有人,并且把它们全扔到了数里之外。飓风横扫过六十英里,人们想要用炸药炸散它。远远的你就可以看到它来了,就好像一个长长的黑色烟囱……它把一间烟熏室吸了起来,然后丢在了十英尺之外,明明白白地丢在那里!我猜差不多得有一百来个人在这场飓风中失踪了。"

很久以后,我记起自己曾告诉一个女朋友说:一场飓风把我们的烟熏室卷走了,还有马和牛,把它们扔在了十英尺之外,明明白白地丢在那里!不过,它并没有卷走我们家。我还说,大概有一百来个人都在这场飓风中失踪了,栅栏、人们,还有马匹,都在我们周围从天空中掉落了下来。

我真不愧是我爸的女儿!

一群陌生男人从山那边走过来,牵着一匹体型巨大的种马向我们的牧场走来。妇女们都不跟去放马的草地,而我们这帮孩子则被告知只准在房子后面玩耍。结果这样一来,我们更不肯到房子后面去了。爸爸走向妈妈,拿了钱,又回到了草地上。男人们陆陆续续走了,把那匹马也牵走了,一切都显得那么神秘,没有人会提起这些神秘的事。

几天前,我亲眼看见了一头小牛犊的诞生。明明是我先看到这一奇妙景象的,但爸爸妈妈却命令我不要再待在那里继续看,可是我前几秒还待在那个地方啊!关于我看到的景象,我不敢说也不敢问,因为我"怕挨耳光"。

慢慢地,我知道了一些两性之间的常识,同时我也了解到了一些其他内容:雄性牲畜似乎比同种类的雌性牲畜更值钱，雄性家禽也比雌性家禽更值钱，并且挑选时应该更仔细。而且，在我的小弟弟快要降生的时候，我们所有小孩子都被带到了另一个房间里。秘密和羞耻像一块潮湿的破布一样笼罩住一切。黄昏的时候，一个操着奇怪口音的女人，用激动的口吻问我们想不想要一个小弟弟，好像一只鹳鸟已经把他送来了似的。而她那个十岁的女儿，摆出一副对事情很了解的样子。她在鸡舍的后面，向我们解释了关于鹳鸟的问题，其中包括许多可怕的细节和大量想象。

第二天，爸爸从镇上买了一盒香烟，把它们分给那些前来恭贺他的人，好像他取得了什么非凡的成就一样。他们把一瓶威士忌酒互相传来传去，以此来庆祝一个男孩降生了。我觉得自己完全被忽视了，所以我跑向爸爸，抱着他像柱子一样粗壮的腿。他把我摇了下来让我走开。仿佛我做错了什么事……这些事情沉重到让我哭都哭不出来。

"为什么？"我一遍遍地问，却没有得到回答。

我们的木屋里只有两个房间。一个房间里摆着两张床做卧室用，另一个房间又当厨房又当缝纫房，同时还是工作房。在我们的卧室里，爸爸、妈妈还有小弟弟睡一张床；我和其他两个姐妹则挤在另一张床上。

一天晚上，我被一阵声响弄醒，然后翻来覆去再也睡不着了。声音又响起来，一种无以名状的恐惧感，让我难以入睡。我紧闭上眼睛，却因为恐惧而不停地颤抖。人类最原始的本能就这样赤裸裸地出现在我眼前，在我心里刻画出一幅令人作呕的画面，使我的孩童时期蒙受毒害。从那一刻起，我眼中原本十全十美的妈妈消失了，从此以后她在我眼中变成了另外一个女人。一种既喜爱又厌恶的复杂情绪，在我心里持续对抗着。现在妈妈再打我，只会激起我本能的憎恨。只过了一会儿，我就听见她讲些不实的话，原来的那个虽然残酷却也完美的妈妈，消失不见了。之后很多年，我们一直都带着敌意来审视对方。当她意识到她的话对我不起作用之后，她开始用爸爸来威胁我。这肯定是要失败的，因为爸爸从来没有打过我，而且我相信他是不会动手打我的。妈妈是个容易犯错的人，但爸爸不是。他的话总是对我很有效，我愿意听从他的话。能像他一样地骑马，像他一样地堆砌干草，像我新生的小弟弟乔治一样也成为他的骄傲，这就是我人生最大的愿望了。

另一天，我们大家正坐着货车颠簸在一条满布车辙的小路上，小乔治平躺在我们家的货车床板上，他肥胖的脸颊因为颠簸而左右颤动着。母亲看着他不住地笑。当他意识到妈妈在笑他的时候，眼泪从他的脸颊上滚滚而下。

"男孩子就应该嘲笑。"我爸爸厉声说道。

我的心口像被人抓了一下，匍匐着爬向了小乔治，伸出双臂环抱住他。他紧紧地依偎着我，得到些许安慰。爸爸瞥了我们一眼，什么也没说，妈妈也终于不再笑了。从那之后，小乔治总是和我更亲近些。

我们的外祖母是一位身材高大、体格强壮的女人。灰色的长发飘散在她的脸上，漆黑的眼睛像没有月亮的晚上一样。她光着双脚走路，抽着玉米棒烟斗，穿着宽松的女士长罩衣。从外祖父的肺病越来越严重，并最终因此而丧命之后，她就开始管理起农场，以及他们家那五个成年的儿子以及八个成年的女儿。她带着自己的三个女儿和两个儿子走进了这段婚姻，其余几个孩子则是外祖父和他前妻生的。米尔德里德，一个跟我年龄一样大的女孩，则是他们俩这次婚姻结出的果实。

外祖母的身份十分奇怪，她同时还是我的姑姑，因为他是我爸爸的亲姐姐。外祖父总是抱怨她的家庭卑贱，尤其抱怨我父亲。听起来似乎他当时并没有打算跟她结婚，他们俩的结合只是一场意外似的。而我的爸爸妈妈，他们几乎是一见钟情。尽管当时我妈妈只有十七岁，他们还是私奔到一个遥远的城镇结了婚。外祖父在后面愤怒地追赶他们俩，因为他下定决心：不能让自己的女儿把一生葬送在这样一个男人身上，这样一个有着印第安人血统的男人！他在我外祖母（当时她还只是我的姑姑而已）的家里找到了他们，她那时是一个寡妇，为了自己和孩子，挣扎地生活着。我的外祖父不幸是一个鳏夫，但他有着温和、柔韧的灵魂。于是这个不可战胜的女人带着他去了祭坛，迅速而又安稳地和他结了婚——像我的爸爸妈妈一样。就这样，她成了我的外祖母。两个家庭混乱地结合到一起，我都不知道应该叫她姑姑还是外祖母，也不知道该叫她的孩子表哥表姐还是阿姨或者舅舅。最后，我折中了一下，决定叫她玛丽姑姑。

她拥有像男人一样的身躯和思想。结了婚以后，她就控制了自己的丈夫，包括他的财产。当她的话对丈夫或者孩子们起不了作用时，她就会动手——她有一双很宽大的手。她像男人一样，每天早晚挤两次牛奶，动作和力气都和男人不相上下。她手里提两桶脱脂奶，顺手在猪舍旁把猪喂了；揉面做烤面包的时候，她的胳膊就像蒸汽机的活塞一样，面团在她的手里被揉得啪啪作响。早上她叫所有人起床，晚上只有她批准之后，大家才能上床睡觉。她指挥人们采摘水果，苹果、梨、桃子，还有各式浆果。然后，她再指导女孩们将食物腌制、风干、装罐，以备冬日之需。秋天，她指挥人们屠宰牛和猪，然后在烟熏室里制作熏肉。夏天，她招呼众人把长熟了的甘蔗砍倒，然后指挥大家在山脚下那间又长又低矮的甘蔗作坊里制作糖浆。

玛丽姑姑还把她的管理才能扩展到了女儿的恋爱当中。她的儿子，因为要到别的农场去求爱，所以很不幸，她管不了。但她至少还能管管女儿的恋爱史。当这些情郎们到家里拜访她女儿的时候，她会亲自检查客厅是否整齐有序，风琴是否事先打开摆好了，以便让那些情郎们觉得这个家很有格调。她也会在私下里给女儿一些指导，当这些情郎来拜访时，她会锁上客厅的门并且把我们这些孩子轰到院子里去。在那些年轻人拜访了一次又一次之后，她觉得任何一个男人都应该下定决心了。然后，她就会走进客厅问他有什么打算。没有人敢跟她对视，也不敢有其他不体面的打算。

她就像是外国的侵略军一样，并且正如所有的侵略者一样，她是个十足的专制暴君。星期天的时候，我们所有人都会在她家里吃饭，没有人敢说那是别人的家。玛丽姑姑坐在长桌子的一头，而我那个唠唠叨叨的外祖父则坐在另一头。他们俩就像在隔空喊话一样。长桌的一边坐着八个男人和女人，另一边则坐着更多的人，其中还夹杂有好几个孩子。我坐在母亲身边，静悄悄地吃饭。有一天，我忽然发现玛丽姑姑切下来盛到我盘子里的黑莓馅饼上有一只苍蝇，所以我把它放在一边不打算吃。岂料，她突然宣布了一条使我永生难忘的铁律：

"只要烧熟了，苍蝇也是能吃的！"

饭桌上瞬间安静了下来，没人敢说一句话。所有人都看向我，好像我犯了什么罪一样。我犹豫了一会儿，把那只苍蝇和馅饼一起吞了下去。

在玛丽姑姑所有的子女之中，只有两个孩子没有被她打过。一个是她在第二次婚姻中生的孩子，米尔德里德。米尔德里德是一个自私任性、被宠坏的小孩，只要她想要我们任何孩子的任何东西，她总能得到。她的头发很浓密，我的却很稀疏。我把头发扎成一条又细又短的辫子，这倒和玛丽姑姑的很像。但玛丽姑姑总是站在我们俩面前嘲笑我。

我告诉她说："等我长大了，就会有长头发。"她用嘲笑声回答了我，这给我留下了深重的伤痕。每个星期，她都会问我头发有没有长得长一点。

米尔德里德刚能够得着琴键，玛丽姑姑就开始教她风琴。音乐激起了我强烈的感情，我会偷偷溜进客厅一个人练习。我弹得很轻很轻，以便没人听得到。可是玛丽姑姑每次总会出现在门口，告诉我不要乱弹，否则她就会"糊我一巴掌"。

另一个玛丽姑姑从不打骂的孩子是她的继女海伦。海伦是一个十五岁左右的女孩，她拥有一头闪着火焰般光泽的深古铜色头发。海伦对她继母的愤怒已经免疫了。她谁也不害怕，并且公开地威胁我们每一个人。她用一种古怪的、绅士般的玩笑来取笑我，当我落下泪来，她还要嘲笑我的眼泪。她会学一些新的长单词，然后用到我的身上："你是一个暴乱者"或者"你是一个掠夺者"，又或者说"你是一个不修边幅、满脸雀斑的小鬼"。被叫作那样的名字，谁能不哭呢！

海伦想离开家到外面去工作，她询问了所有的邻居，问他们是否需要雇佣一个女孩。因为她想要赚很多钱来买衣服。在和她爸爸吵了很多次架之后，她最终在一个离家很远的农舍里找到了一份工作，据说一个月能挣三美元，将来还有可能更多。

……那是很久以前的事情了。从那以后，我见识到了海伦对美丽的渴望、对生活的热爱，还见识到了她和那些个不好甚至残害生命的东西最终走到一起。我想问，为什么那些彼此对立的东西会携手同行呢？为什么海伦得到的那些荣耀，却最终导致她走向毁灭了呢？

今天我碰见一个女人，她笑的样子很像我的一个姨妈。因为我的那个姨妈就是那么笑的。

有一次，我们坐在她的餐桌前吃晚饭。她当时已经远远超过四十岁了，但还是表现得很端庄。坐在她身旁的是一个脸型消瘦的男人，据说能跟他吃饭是一件很荣幸的事，因为他是一个牧师。当他开口说话的时候，所有人都静静聆听着，以示尊重。他的气势给我留下了很深的印象。吃饭之前，我看到他将头低下，双手合十。每个人都跟着他这么做，大家都紧闭眼睛，听他含糊地说着些什么话。

这时，我尖声叫了出来：“妈妈，他在干什么呀？”

“嘘！嘘！”她赶紧用手抓着我的肩膀，摇晃着我。

然后我因为羞愧一直沉默地吃着自己的饭，同时又着迷地看着那位牧师。他在不停地吃啊吃。而为了表示尊重，我的家人一直请求他再多吃一点。吃完之后，他把椅子向后挪，伸展双手打了个很大的哈欠。坐在他身边的其他男人们也模仿他的样子伸了个懒腰，但这个动作好像不太适合女士来做。

这是我第一次接触到基督教，也是我第一次做祷告。

这个牧师之所以来到我姨妈的家里，是因为她自从丈夫因罪入狱后就在全村出名了。所有那些路过她位于山顶上的白色农舍的人，没有一个不是带着不得不停下的借口来的：有的是过来讨一杯水喝，有的是过来问问今年的收成如何，还有的甚至只是过来打发时间。然后他们会四处奔走，传播各种小道消息，描述我姨妈的长相还有她说过的话，成千上万遍地重复她的故事。

她和我的姨夫一起生活了好多年，并且为他生了七个孩子。她是个好妻子，也是个好母亲。我从母亲还有其他妇人那里听过她的故事，据说她偷跑出去会情郎，一个叫沃夫的有家室的男人。他们幽会已经有好多年了，两人还会在小山谷里麦田边一间空着的小茅屋里偷欢。她有一对十三岁的双胞胎，尽管跟着她丈夫的姓氏，但其实沃夫才是他们真正的父亲。"傻子都能看得出来。"她们说，"这一家子里就没有过黄头发。"在她们长达几个月详细描绘和想象整个故事的过程中，没有一个人注意到我一直在偷听。我看到那片金黄的麦田，还有山脚下的那间小屋。我看到小屋前的麦子全都平躺在地上，好像有什么野兽在这里长时间翻滚过一样。并且，随着这个故事的继续，那片麦地被翻滚得越来越平坦了。

我的姨夫不知道怎么知道了这个幽会场所，然后他就开始等待，一边等待还一边监视着。最后他真的等到了，沃夫开车沿那条路去小镇。我姨夫看见沃夫从很远的一个小山上开过来，于是他拿出猎枪，装上子弹，沿着那条路去找沃夫。有人说他在开枪之前向沃夫解释了为什么要崩了他，也有人说他根本没做解释，只是走上前去，直接扣动了扳机。

他因此被关押入狱，同时接受劳役。很多农民从数里之外赶来，到郡政府去听案件的审判。他们赶来，原本是打算告诉我姨夫他们对于我姨妈的看法，却看到他们俩正抱着对方，就好像排斥其他所有人，甚至排斥整个世界。他们看到，审判之后，我的姨妈低声安慰着自己的丈夫，他们还听见她说，就算花掉多年的积蓄，也会想办法帮我姨夫脱罪。

在那之后，我的这位姨妈还像往常一样生活，既平和又安详。大家对她很关注，她多少有点被奉承的感觉，同时也意识到了自己正处于一个被人羡慕的位置上。她的儿子一直很敬重她，并且在地里干活时也勤勤恳恳。很多人过来想看一眼那对双胞胎。她直率而又骄傲地回答了他们的问题：她现在正在努力帮丈夫脱罪，而他正在监狱里学手艺。她说他从监狱里写信给她，并且她一一回复了。丈夫说他现在能做一双精致的皮靴了！她骄傲地说着这些，好像自己的丈夫现在正在一个遥远城市里的大工厂上班一样。男人们都很敬佩她，女人们则嫉妒她。而那个牧师，在这之前，从没想过要来她的家里，可现在却每周末都会赶赴她的晚宴，从没有遗漏过。吃完饭，他会跟她已经成年的儿子聊聊作物收成，然后赞同地听她说着姨夫在制鞋手艺上取得的进步。牧师用一双饥渴的眼睛看着她。

而她则一直笑着，有人说，那不是笑，只是一种表情罢了。

庆祝丰收的舞会和晚宴的日子就要到了，今年将在我们家举办。因为太贫困没钱雇佣帮手，农户们会组织起来成立一年一度的互助组。他们从很远的地方赶来，花上好几个星期，轮流到每个农场去进行收割，我们家排在最后。

尽管东方的天空依然是冰冷、灰暗的颜色，他们和他们的妻子已经沿着道路向我们家的农场驶来。他们会合了另一群农民和他们的妻子。空气仍然很寒冷，草地也十分潮湿冰冷，甚至还挂着水珠，但他们的声音听起来仍满怀希望。

这里简直就是女人的王国！单独在自己的男人面前的时候，女人们总是爱抱怨，表现得很顺从，同时又很迟钝；而男人的话显得很少，他们一开口，说的就是性爱——这是他们一生都对自己妻子拥有的特权。但现在是在人堆里！瞧，女人们正在指挥男人干活！而男人们则围在一起，招呼人们来观看他们是如何受难的！他们围着一张松木桌子站定，喝着黑咖啡，吃着酥脆的烤培根，还有煎鸡蛋和炸圈饼。之后，女人们就会催促他们下地干活，或者去到树林里面，好像男人没有了她们的命令，就不会主动去干活似的。

男人们一整天都在地里，或者在森林里砍树。斧头发出的微弱的咔嗒声穿过那片洒满阳光的林间空地。森林里很凉爽，土壤也很潮湿，树叶就要枯黄了。马队满负荷地装载着砍倒的木头，然后人们把它们堆砌在我家屋子的北面墙壁旁和车道边。这些木头是我们家冬天的柴火，庇护着我们免受寒冷的北风侵袭。

女人们一整天都在剥皮、切片、罐装水果。到正午的时候，屋子的斜屋顶上被一层纯白色的苹果片覆盖满了，它们被放在阳光下晒干。到了下午，厨房餐桌上已经摆了几罐果酱和蜜饯。看着这些罐头，你会觉得自己真的出了力，而不是仅仅玩得尽兴罢了。当你一个人在一个小农庄里孤独地待着，几个星期之内，只有几个邻居路过，而且他们只来得及匆忙打个招呼，那时候你就会发现自己有好多话想说。总会有些新闻，总会有些新的流言蜚语，总会有新食谱，总有新衣服的款式，也总有谁又向谁求婚了这种有趣的话题；偶尔也会发生一出悲剧，值得人们讨论一上午。玛丽姑姑的故事会被提起；而海伦，据说跟萨姆·沃克（就是她之前做工的那个农场家的大儿子）越走越近。又有人提起另外一件事，家庭荣誉的监护人——手枪，据说已经给了山头那边的一个年轻人，但他后来娶了那位姑娘。有时候会有人提起某桩丑闻，厨房里就会出现短暂的沉默，每当这个时候，我就会被赶出屋子，但我总是在屋子附近徘徊。有一次，我站得很近，听到母亲大声说着：

"强奸了她？这话可不能乱说！"

晚饭时间到了，男人们都回来吃饭了。饭桌被安置在高大的雪松树下，其实就是用锯木架支撑起来的一条长木板。好像有什么东西在男人和女人的心里沸腾着。所有权的束缚被遗忘，或者被公然嘲讽。男人们在和别人的老婆调情，女人们则得意扬扬地朝着别人的丈夫走过去，与其共进晚餐。甚至还有男人公然宣布自己想私奔的打算。一片嘲讽和嬉笑声，这种时候，嫉妒被认为是一种很失礼的行为。等回到自己家里，男人们回想起那些话或者某个人的时候，可能会盘问自己的妻子。但在这里，他们不敢流露出不满的情绪。每个人都在盘旋着互相接近，想要重温那些氏族社会的记忆。

然后，工作又重新开始了，有时候会持续一天，有时候两天，有时候三天。尽管工作劳累，但这却是一段充满了快乐的时光。因为男人和女人们聚集到了一起，所有人都很兴奋。很快就到了那场重要的舞会。当晚，男人们在我们家外面修建了一个四方形的舞台用来跳舞。围着舞台一圈，他们撒上了很多蜡烛屑，好使得台面像玻璃一样平滑。

这是一场盛大的舞会，一场盛大的舞会！乐队里有吉他手和小提琴手。我十分以父母为荣——妈妈很苗条，而且很优雅，爸爸穿着衬衣，得体地站在舞台中央，开始呼喊道：

"乡亲们，现在，挑好你的舞伴，加入我们的圆圈舞吧！"

爸爸，好样的！在他的致辞之后，小提琴手开始演奏，爸爸妈妈带头跳起舞来。在一首经典的华尔兹伴奏下，妈妈轻微晃动着身体，她带褶皱的衬衫飞扬着，爸爸用恰当的力气轻轻摇动着她。我实在太激动了，所以没头没脑地在人群中乱跑。但是不管我跑到哪个位置，总能穿过摇晃的人群看到爸爸的额头。那顶他平时一直戴着的清洁工式的大帽子，那顶在愉快的气氛下只露出一只眼睛的帽子，那顶给予他声誉——对女人来说是危险的男人的帽子，此刻被扔在了一边。今晚，这里充满了月光和音乐，爸爸站在那里像领导者，和白天一样。甚至连他穿衣服的方式都令他显得与众不同：他戴着一条花哨的皮革腰带，腰带的扣环是纯银的。他说，这一身行头是在圣乔治岛买的。其他男人穿这么艳丽的衣服可能会觉得不好意思，但爸爸不会，他是个追求丰富多彩的人，所以他敢尝试别人不敢做的事情。

他一边跳舞，一边唱歌。随着他唱出来的第一个音符，参加舞会的男女们开始随着节奏舞动起来。他能够最生动、最真切地表达这帮人的意愿。而且，他能够记住所有听过的歌曲。如果真忘了，他还会现场进行创作。

音乐停止了，喧闹的人们归于沉寂——那是一种人们的情感受到巨大震撼而造成的沉寂。但是，只过了一会儿，我爸爸又站上了舞台。

"带着你的舞伴，来参加我们的集体舞吧！"他呼唤道。因为时间还早，舞会才刚刚开始。我看见他走到海伦面前鞠躬，邀请她跳一支舞。我的姨妈海伦，她长得很漂亮，一头古铜色的头发。她和萨姆·沃克——那个她的雇主家的儿子，他们俩驱车十二英里来参加今天的舞会。据说，她现在一直和萨姆·沃克在一起，成了一个有工作能自己赚钱的女孩。在我们的世界里，一个女孩能做到如此一步，就能在家里有一定的话语权了。这场舞会上的每个人都知道她每个月能赚三美元，你可以从她那自豪的举止以及对她新任情郎的态度中看出来，她掌控着一切！这样一个重要的女人，的确是我爸爸第二支舞舞伴的正确人选。

"向你的舞伴鞠躬吧！"我爸爸高喊。

一对一对的人们开始深鞠躬。我爸爸的声音在华丽的音乐中断断续续地传来："所有的人，旋转起来！女士们在中间，男士们在周围！""像葡萄藤一样缠绕吧！"小提琴发出刺耳的《火鸡在稻草里》的旋律，有人开始大声唱起来：

> 呜呼呼，稻草堆里有一只淘气猴，
> 假装看不见他的丈母娘！

其他人也加入其中开始合唱：

> 火鸡在稻草里，哈哈哈！
> 火鸡在稻草里，哈哈哈！
> 把它们，把它们翻出来，
> 不管用什么方式，
> 这首曲子就叫"火鸡在稻草里"。

所有人分开站成两列，爸爸和海伦在两列人影之间跳舞。海伦的头发飘动着，就像树上摇曳的灯火一样。在舞台中央，他们相会了，向对方鞠个躬，然后又跳了开去；再一次，到中央；再一次，到右手边；然后左手边；然后旋转；之后，他们又一次跳到了中央。他们的脚尖像天上流动的云彩一样轻盈。他用双手抓住她，而她则像花朵一样，不停地旋转。观众们纷纷叫好，拍着手为之伴奏。

"带着你的舞伴舞起来吧！"他又开始召唤了。在之后的一支舞里，一个赶着两匹褐色马前来参加舞会的骑马人，转动着他的舞伴，把她抛过头顶，抛向空中，用一只胳膊举着她。他的舞伴将手放在他的双肩上支撑起身体，他一直在旋转，她也一直在他头顶的半空中旋转。她的脸色很庄严，很为这个男人的力气而感到自豪，人们赞叹地看着这一幕。另一个舞者忽然抛下自己的舞伴，半鞠躬，然后带来了一段人们从没见过的木屐舞！他知道如何制造出最大的声响，脚后跟的"咔嗒咔嗒"声甚至盖过了音乐声。

因为激动，我也爬上了舞台，站在那个小提琴手的双手下面。在我的面前是一片汹涌的人海，晃动的双腿和衬衫。然后音乐停了，全场安静了下来。妈妈催促我回家上床睡觉。她在背后推着我，穿过移动的人影。到了卧室里，我必须爬过一堆婴儿车，中间还时不时地被躺在铺着草席的地板上的孩子绊倒。我爬上床去，爬到我的两个姐妹身边。但我妈妈一出去，我就立刻又坐了起来，听着人们激动的声音和小提琴尖锐的伴奏。我听见了跳舞的人们的呼喊声和脚踏在地面上发出的声音……之后是一段很长时间的寂静。他们在吃东西！烤鸡、巧克力蛋糕、肉派、冰激凌，还有这世上所有好吃的东西！舞会将一直持续到东方的天空泛白。我哭了，因为我爸爸甚至都没有想起我……哪怕只有一点点，一点点呢！

冬天的雪飘了下来，覆盖住整个丘陵，厚厚的雪压在牧场丛林的树干上。屠宰猪牛和烟熏的工作都已经完成了，一桶桶腌菜、玉米粥，还有混拌碎肉都放在烟熏室里。那个装混拌碎肉的木桶高度刚好，我伸手就能够得着浮在表面的葡萄干。地窖里摆了很多排罐装的水果，角落里摆满了黄色的南瓜。在烟熏室和地窖之间，有两座软土堆，软得就像女人的两个乳房一样。如果想要红苹果，你可以扒开这个土堆边缘的落雪；如果想要找圆白菜或者土豆，那你可以到另一个土堆挖挖看。仓库里的饲料槽被谷物堆满了，黄色的谷物颗粒像金子一样在手指间滑落。干草棚里芬芳的、沾满灰尘的干草堆到了屋顶。那里明亮得就像是暮光一样，使人不免做些奇怪缥缈的梦。

在漫长的冬日时光里，还可以做很多编织的工作。我妈妈已经用她那个大织布机织出了几条桌毯和小地毯。天气晴朗的下午，周围农庄的妇女们会驱车过来参加"毛毯织补大会"。她们齐聚到我家的厨房里，把那些能找到的干净的旧衣服或者破布全部撕开，剪成小细条，按照她们自己的设计，把不同颜色的布头缝接在一起，然后把它们缠绕成一个个的大线团。之后的日子里，我妈妈会在她空闲的时候织毛毯，我就来回地帮她送这些布条缠绕成的线团。女人们在这里缝补时，男人们就在一旁剥玉米做冬季饲料用。有时候也会举办织补互助会，从不同家庭里来的妇女们集聚起来，帮忙缝补或编织一些冬日里必备的衣物。男人们则会砍下实心木头用来燃烧，或者在天气晴朗的日子里去修补篱笆。

你总是提前几周就会得知要进行"拉糖盛会"了。为了这个，所有年轻的情侣们就都开始准备了。等这一天到来的时候，他们会把牛马套在车上，做一个大雪橇，用干草铺满整个木板，在中央堆满烘烤得温热的砖块或石头用来暖脚，再用被子把自己一直包裹到下颌。接着，雪橇就滑进了洒满月光的夜晚，在行进的过程中，还会聚集其他的情侣们。大家欢呼着打个招呼，却并没有停止继续前进。每个人都唱起了歌，唱着毫无曲调的旋律，雪橇上的铃铛当当地响着。最后，人们会拥进某个人的大厨房里，那里早已用四五个灯泡，还有一些雪松树的枝干以及红色的浆果装扮得很艳丽。木头在壁炉里猛烈燃烧，厨房炉灶在冒着蒸汽，表明一切已经准备就绪了。

爆米花机也被拿了出来，它的长手柄上绑了一个铁丝网。把一捧玉米粒放进去，然后向下锁住网盖。壁炉前站着一排男女，大家一起把铁丝网在炭上来来回回摇晃，直到玉米粒变成像雪花一样莹白的爆米花。其他的女人们在厨房炉灶上熬着黑糖浆。完成了之后，就能吃到想要的爆米花了：可以撒上盐，用融化的黄油涂遍它，或者也可以像滚雪球一样地把它和热糖浆滚到一块儿。

最后，这些煮熟并且检查过了的黑糖浆，就会被倒进很深的盆子里来冷却。然后，男人女人们都会穿上又长又大的围裙，那样子真怪，人们尖声笑着，帮对方把背后的扣子扣上。他们挑好合作伙伴，然后把黄油涂在手上以作润滑，同时，把他们手背上已经冷却了的黑糖浆捻进手心里。两个人面对面地拉着手里的软糖，倒退着越离越远，软糖随之变得更凉也更坚韧。然后，他们来来回回地，把软糖的两头扔给对方。他们笑着拉扯着软糖，同时闲聊着，打闹着。等手里的软糖变坚硬之后，他们就把糖放到涂了黄油的盘子里，或者抹了油的餐厅桌子上。然后他们会把软糖制成各种形状——卷曲的条状、麻花卷、小人和各种动物、宝塔、数字，或者被箭射中的流着血的心脏。

然后，他们就开始准备跳舞。人群中有人起哄要我爸爸唱歌。他唱了一首《亲爱的玛丽》，我记得很清楚——玛丽，那不正是我的名字吗？

在我心里有一个秘密，亲爱的玛丽，

我想给你讲一个关于爱的传说。

山谷里的每一朵雏菊，它们都知道我的秘密，

它们知道得很清楚，

但我仍然不敢告诉你，

亲爱的玛丽。

来我身边吧，亲爱的！

亲爱的玛丽，快来我身边吧！

不是因为你美丽的容颜，

不是为了看见爱，

而是因为你像艺术品一样纯真、甜美；

因为你让我的幸福如此完整，

让我倾倒在你裙下，

亲爱的玛丽。

很奇怪，我竟然还记得他的嗓音、他的表情，还有当他唱歌的时候，从他嘴里流出来的每一个声调。我记得这首歌的每个音符，记得他在歌曲的每一小节结尾处的逗留缠绵。我还记得，我当时觉得很害羞。

歌曲过后，舞会继续进行。午夜大概两三点的时候，跳舞跳得累了的人们停下来去喝点儿咖啡，吃点儿蛋糕。星星散了，月光暗淡了，他们还在跳着舞。一直到黎明的曙光从东方升起，才慢慢停止。然后，他们套上马，带上重新加热过的石头和砖块，踏上遥远的回家征程。雪橇在被压薄的雪地上无声滑过，橇上的铃铛孤独地响动着。东方的天空已经灰白，舞会的人们也已经沉睡了。

爸爸妈妈好像在争吵什么。他们吵得很凶，这让我觉得很恐慌。爸爸一直咒骂着，妈妈则哭泣不已。这就是让我的童年生活变得阴郁的诸多次争吵的开始。

爸爸想去赚钱，用他的话说，去赚很多钱。他说，如果我们现在赶去某个地方，保准能赚大钱。他想摆脱农场里无休止的劳动。我们家在这个农场的生活确实很贫穷，但是，我现在明白了，正因为根植于这片泥土，我们的生活才很健康、很安全。我妈妈很满意现在这种劳作的日子，也习惯了一年到头只存下来几美分的日子。但对爸爸来说，这样的生活简直就是死亡，他受够了这样的日子。这里一年只有三四次节日，余下的日子里，他必须赤着脚，在这片产出不高又多石的土地上，默默扶着孤独的犁耕种，还得注意绕过那些个石块。他想成年都穿着靴子，但妈妈却认为，既然她可以光着脚从一英里外的水井一次提两桶水回来，既然她可以"像只狗一样地工作"，那他也没什么好抱怨的了。不，爸爸反驳道，他不姓加菲尔德，不像妈妈以及她所有族人那样，缺乏活力、满足现状！他是罗杰斯！妈妈回答道，对，他确实是罗杰斯，他浑身上下都像罗杰斯。她还说，事实上，外祖父当初反对她嫁给他的理由确实是正确的，因为他从来就没坚持做过什么事情超过一年的！他总是想要改变，总是爱抱怨，总是想着一些不切实际的东西，总是唱着一些没用的歌，而不去踏踏实实地工作，总认为辛苦劳动的人们不够理解他！

这些话刺痛了爸爸。他说他要离开这里，并且永远不再回来了。"到这儿来，玛丽！"他命令道，然后又说，"过来，乔治！"

他想带我和乔治一起走！

妈妈沉重地坐在厨房的椅子上，开始哭泣。爸爸又命令说让我和他一起走，还指责妈妈这些年来对我和乔治就像是对待狗一样！但母亲身上有股力量，让我那天晚上没有选择跟从父亲离开。我跑向母亲，把自己的手掌放在她的膝盖上，然后我感觉到有眼泪滴落在了上面。

那一晚，爸爸并没有离开，我以为是因为我没有选择跟他一起走。但是最后，他还是胜利了——他带走了我们所有人。从那一刻起，我们的根离开了那片土地，开始了游荡的日子。我们一直在追逐成功、幸福和财富，但这些东西似乎总在我们力所能及的范围以外——那些没有我们的地方。就是在这段时期，我第一次听到了那句古老的俗语：我在哪里，哪里就不幸福。

我们开着一辆大篷车走了很远的路，一直走了好几天。车里放着两张床，还有炉灶，以及装食物和衣服的箱子。晚上，一张床会从另一张床上面拆下来，铺到货车下面。我们几个孩子们睡在货车里，爸爸妈妈则睡在货车下面。我们到了一片森林，在那里停留下来。在那里，我们搭了一只帐篷，支起床架，还用白色的松树做了一张桌子。我爸爸开始为一个住在山上白色木屋里的男人伐木。那个男人有时候会到我们的帐篷来，我妈妈称他为先生，坚持要他坐，并且会为他倒一杯咖啡。等那男人离开之后，她就又开始哭泣起来，和爸爸争吵。

森林里闻起来像是有上千种香甜的东西，晚上的时候，我们会用松树的树枝来生火。我一整天都在安静昏暗的树荫下玩耍，土地如此柔软，而且此刻正臣服于我的脚下。我们住在露天的帐篷里，在天空下用餐，经常会看到一些迷人的景象。我们常常讨论远方；那条路穿过好几座山头，一直通向奇妙的远方。有时候，我会站在那个十字路口，看着那条公路像白色绸带一样延伸到世界尽头。我经常看到一个美丽的女人，骑着一匹黑色的马经过那里。她的头发和眼睛都是黑色的，还穿着一身黑色的骑马装束。从她黑色的帽子下面，我看见了一张明亮温和的脸庞。我妈妈在这里慢慢认识了一些其他伐木工人的老婆，她们聚在一块儿谈论着那个美丽的女人。她们说，那个女人非常富有，但是被一个住在那座桥下的流浪汉蹂躏过。事情发生在几年前，也就是因为这个原因，她如今已经二十二岁，早已到了适婚的年纪，却没有人愿意娶她！

听到这些之后，我常去观察那个女人。很奇怪，她好像一点儿都没有因为没人愿意娶她而不开心。她的脸颊看起来庄严镇定，甚至比我妈妈的脸色还要安详。

随着第一场大雪的到来，我们离开了那片安静的森林，回到了原来的小农场里。那里的土壤变得灰白又坚硬。爸爸妈妈已经很少跟彼此交谈了，妈妈经常哭泣。有一天，爸爸离开了家，一连几个月都没有回来。家里变得冷冷清清，妈妈的眼经常因为哭泣而红肿。外祖父带了几麻袋食物给我们，他站在厨房和母亲说着话。他的脸庞消瘦又苍白，有一种在男人脸上少见的秀气。他长着黑色的胡子，戴着一顶宽帽檐的黑色帽子。他说话的时候，眼神很像母亲，一样的艰难困苦。母亲穿着她那身褪色的印花布衣服站在那儿，双手在身前紧握，低垂着头，轻轻地哭泣着！

她的眼泪……它们加重了我生活的苦难！

那个冬天，我开始去上学了。那条路很远，那所寄宿制学校只有一个房间，矗立在一座满是黄色黏土的泥泞不堪的山头上。教室的后面有一块黑板，我学会了一些东西：面朝它坐，前面就是北方，后面就是南方，东方在我右边，西方在我左边。甚至到了现在，我已经超过了二十五岁的时候，仍然认为北方应该一直在我面前，南方一直在我身后。若是我真的想获得正确的方位，我必须转过身，保证那栋矮小的学校建筑似乎就在我的正前方。算数也是一件奇怪的事情。"一"站在一个很高的梯子的最底下的一级，"一百"却站在梯子的最高层，几乎深藏在云端里。每当要用一个小数字去加一个大数字时，我必须想尽办法把梯子拉长，找到它，带它下来，然后把它安置在比它小的数字旁边。这是一项非常令人厌倦的工作，我常常要花费很长时间才能完成。老师常常觉得我愚钝而责骂我。

我从一本黄色的拼写书上开始学单词，它是如此生动，闻起来充满馨香，我晚上甚至会把它带到床上去。明明已经过去很多年了，但是直到现在，书页的味道仍然会穿过时间钻到我的鼻孔里。

那时，有一个消瘦、残忍、可怕的老师！他和年龄稍微大一点的男孩们在森林里"玩耍"，女孩们都不敢进去。有一次，我躲在灌木丛下蹑手蹑脚跟了过去，观察他们。尖叫声穿过森林，男孩子们疯狂地玩着"追捕游戏"。那个老师跑过去，正在全力追捕一个男孩，他的脸紧绷着，眼睛紧盯着，他终于抓住了那个男孩……我蹲在灌木丛下，感受到了一种无声的恐惧，我甚至害怕到不敢呼气。后来，那个老师被学校开除了，但人们还是喜欢像他那样，用低沉的、让人惊骇的嗓音说话。

那年冬天，我学会了另外一件重要的事情。那是发生在我摔断了胳膊之后，一个年龄稍大的男孩送我回了家。妈妈一连照顾了我几个星期，并且在我卧床期间对我一直很温柔，期间还有很多人过来看望我，询问我的伤势。一想到恢复健康我就会很阴郁、很失落，因为我明白，如果我痊愈了，人们就不会再关心我了。所以在我的胳膊长好了之后，我抱怨了好长一段时间。从这件事上，我学到了一课：如果你病了或者受伤了，人们就会爱护你关心你，等你病好了，他们就不会再这样做了。这件事在我成长过程中留给我的另一个深刻印象，则是矛盾——爱和苦难居然是并存的。必须要经过痛苦才能得到爱。所以，在我整个孩童时期，我一直都是一个体弱多病的孩子。

一天傍晚的日落时分，我正盯着那条坚硬的、满是灰尘的白色车道，一辆四轮马车转过一个弯跑了过来。马车由两匹雪白色的马拉着，跑起来很轻盈。马车里有两个黑色的身影，他们来得悄无声息，像梦一样。两匹马晃动着脖颈，指向彩色的天空。马蹄的咔嗒声越来越清晰，最后居然停在了我们家门口。我看到爸爸越过车轮跳了下来，后面还有一个白头发的男人小心翼翼地走下来。他们两个人都穿着商店里买来的衣服。爸爸的宽边帽子压低盖住了他的左眼，黑色的领带在风里飞扬。他转过身来，我看到了他那彩色腰带上闪闪发亮的银质腰带扣子。

消失了七个月之后，我爸爸回来了。他这次回来，发现家里新添了一个男孩——丹尼。他骑着马到了圣乔治岛，不知道用了什么方法，在一个眼科专家那里找到一份差事。他跑到那个医生家里，说自己想要学医。那时候在中西部地区，医生大多数还不是从大学里培养出来的，而是从实践中成长起来的。

爸爸给妈妈带回了黑色的丝绸做衣服。妈妈光着脚，穿着那身褪色的印花布衣服，双手合拢，悲伤地看着面前的丝绸。

爸爸对妈妈说："这下你不能再说我什么也没为你做过了吧！"

见妈妈不说话，爸爸又说："你都没有一句话想说的吗？"

"料子很好。"妈妈回答道，然后她的眼泪一滴一滴滚下，滴落在闪亮的丝绸上。

爸爸转身走进了厨房，和那个白头发的医生坐在了一起。他们把一瓶威士忌相互递给对方。

第二天，我听到怒骂声和哭泣声从厨房传来。出于担忧，我趴在厨房门口，虽然我知道肯定会看到一些折磨我的东西。爸爸喝威士忌喝醉了，抵着门，因为什么事情指责着妈妈。他指责妈妈做了一些对不起他的事……妈妈开始先是愤怒，然后开始哭泣。爸爸一直在冲着妈妈咆哮，说她"勾搭了什么其他男人"。尽管当时我还很小，但我本能地从他吞吞吐吐的表达中识别出他在撒谎，并且我知道，他自己也明知是在胡说。他装得气势汹汹，努力使自己的语气显得真有其事。我感到很羞愧……好像是自己做了可耻的事似的。

妈妈抗议说爸爸是在血口喷人。爸爸扬言要给她点儿教训！他转身走进了马厩里，过了几分钟，牵着套好马匹的马车出来。那个医生正沿着车道走着，爸爸赶去跟他碰面，接着又回到了厨房。

"出去，去跟医生挥手说再见，这才是我的妻子应该有的待客之道！"

妈妈蹲了下来，抱着膝盖，难以自持地大哭："别走，约翰，别走……想想我和孩子们！"

爸爸还是转身离开了屋子。妈妈扑倒在地板上，抽泣着，发出压抑、干涩的声音。我跑到门口，看见马车正沿着坚硬的白色车道走远，两匹雪白色的马儿正欢快地奔跑着，偶尔还会骄傲地甩动头颅，在天空下留下清晰的轮廓。

第二年秋天，外祖父过来帮我们从农场里搬出来，搬到了一个小镇上。我们住进了一幢破旧废弃的、只有两个房间的木板房子里。房间里没有粉刷过，也没有天花板，站在房子里面可以直接看到屋顶，屋顶上还有几个能漏进阳光的洞。但是我很喜欢这些。房子外面的土地很坚硬，像是被烘烤过一样。地面上没有任何花草或树木，但我也很喜欢，因为这里的一切都和农场的不一样。

妈妈现在跟我说话就像是朋友一样，自从爸爸离开之后，就一直是这样。我们一起组装起了她的织布机，然后她又开始织碎布地毯和小毯子了。镇上的人们不光给我妈妈找活干，还为我们送来了好几捆报纸，我们打算用这些报纸把墙壁糊一遍。我们用面粉加水熬了一大锅糨糊，我把报纸平铺在地上，母亲把这些糨糊涂抹在上面。接着我们俩把报纸一张张贴到墙上。我们贴了一层又一层，来抵御冬天的严寒。在糊报纸的过程中，我们讨论起了刷墙的问题。我的思想总是会超出现实，我想象着此刻我们已经居住在粉刷过的屋子里了，我做了个梦：母亲外出了，等她回来的时候，发现我已经用可爱的泥灰把两个房间都粉刷好了。她站在那间只有角落里有一扇窗户的屋子的正中间，惊呼道：

"我必须得问问！是谁粉刷的房子呀？"

然后，我就会看着她那苗条的身材和美丽的眼睛，回答道："是我呀！"

接着，梦就醒了，我所有的梦没有一个比这个更接近现实了。直到现在，我有时候还是会想，究竟什么是真实的，什么又是幻想的呢？甚至有时候我会想：可能，一觉醒来我会发现，过去的这些年月只是一场噩梦罢了。因为，要明白什么事是永恒的，这太难了！

一直到我和妈妈糊完了报纸之后，我都没有想起弟弟妹妹们。我们俩试着翻一下房子周围光溜溜的土地，等来年春天的时候可以种一点甜豌豆。但是那里的土壤实在太硬，也太贫瘠了。"这里需要点肥料。"我妈妈若有所思地说。所以我就拎起麻袋，拿上铲子，沿着公路寻找粪便去了，幻想着我们能有一个芳香的菜园。

我们现在也是城镇居民了，这似乎是件值得夸耀的事情，毕竟不是每个人都能住在城里。小镇主干道的一旁有一条人行道。星期日的时候，会有女孩们在人行道上来回走，和那些懒懒地靠在商店门口的男人们嬉笑玩闹。镇上有一所我念书的学校，还有一个被妈妈称之为基督教教堂的地方。妈妈认为，既然现在我们住在城里，那就不能再表现得像流浪汉一样。所以一个星期日，她命令我们把脚丫洗干净，然后跟着她穿过一片空地，来到那个基督教教堂。在那里，有个女人给我们每个人分发了一张印有图画的小卡片，卡片上画着一个身穿红色长礼袍的男人正和一个小女孩讲话。那个人就是耶稣，但我之前从未听说过耶稣是谁。我的注意力全部集中在了那个女人手里装彩色卡片的袋子上，我要等一个机会，等那个女人把袋子放下并且忘在那里。在我的幻想世界，我仿佛看到了我们的房间用一张张这样精致的红色卡片糊着。但这个梦并没有实现，因为那个女人一直把这些卡片紧紧拿在手里！

过了些日子，爸爸回来找我们了。他沿着铁路一路走过来，向别人打听我们的新家在哪里。现在，他不再幻想当一名医生了，不再想着能在短时间内赚大钱了，也不再用丝绸来打扮妈妈了。相反，他被磨光了所有的得意与自豪。他的细布衣服也换成了沾着泥点的衬衫，还有一条蓝色工装裤。他那两匹当时跑得特别敏捷的白色的马儿也不见了，至于具体去哪儿了，他没有说。但对我来说，他还和从前一样。虽然他自己忘记了当医生的梦想，但我并没有忘记。甚至在我成年之后，当被人问起我爸爸职业的时候，我还是会下意识地回答道："他是一名医生。"然后，当我回想起他并不是医生时，我就会质疑自己。他到底是医生呢，还是不是呢？是我自己做了一个至今还没醒的梦吗？然后我就又开始想，究竟什么才是真实的，什么才是梦呢？

爸爸只待了几分钟，然后用神秘的声音告诉妈妈，他杀人了！他说自己必须马上离开，否则就会被绞死，或者一辈子被关在监狱里。和上一次一样，又是那种吞吞吐吐的样子，从他嘴里说出的话让我觉得莫名的羞愧尴尬。但这一次，我妈妈已经足够坚强了。她保持沉默，并没有哭泣。接着，爸爸突然变得很生气，指责说妈妈不相信他，她的丈夫！妈妈转过身去，注视着门外长满在空地上的，那丑陋却异常坚韧的金普森杂草。

"你真应该为自己感到羞愧，居然在孩子们面前说这些。"妈妈简短地说了一句话。然后，她的声音里闪过一瞬间的愤怒："如果你只是想出走，像以前抛弃我们那样，那你只管走就行了，何必再回来编这个故事当借口！"

爸爸很吃惊，妈妈居然轻易就看穿了他的谎言。所以，他只好对着妈妈的背影说出了实话。他说，自己一定会在西部赚很多钱，然后寄钱给我们的。妈妈"唰"地转过身，看着他的嘴唇。他看着妈妈穿着棉布衣衫站在那儿，那张曾经光洁的脸颊，如今已经爬满了皱纹。但是，即使这些皱纹也掩盖不住内心的思念和渴望。这一双年轻的，带着细长睫毛的漂亮眼睛，使她看起来如此脆弱，就那么站在他的面前。

爸爸把嘴唇抿得紧紧的，下巴的轮廓因之很明显。妈妈扑到爸爸的臂弯里开始哭泣，好像心都碎了一样。她的动作非常快，快到我几乎都没有看到。妈妈那张湿漉漉的脸颊隐藏在他的脖颈下，刚好就在衬衫领子向外张开的地方。

我之前从未见到过他们之间的情感流露。我跑出了屋子，跑到后院，躺在鸡舍后面开始哭泣。我不知道自己为什么会哭。同时，我又很羞愧，害怕会有人看到我在哭，然后嘲笑我。等到我止住了眼泪之后，就开始为自己编造一个故事，万一有人看到我红肿的眼睛问起我，我就说刚才正沿着路走，然后摔倒了，摔伤了腿！或者就说我又出麻疹了！为了避免这些有可能发生的事，我站起身来，借着鸡舍的遮蔽不让厨房里的人看到我，然后滚进了空地上的金普森杂草丛里。我平躺在地上，躺了很长时间。头顶上是一丛颤动着的杂草和太阳花，再往上，蓝天被缓慢移动的小团云朵遮住，而云朵们又被背上携带着故事的风儿吹动着向前移动。当然，云朵上肯定是有故事的……如果有机会的话，谁不想骑着云朵遨游呢？

第二天，爸爸还是离开了我们。他是坐着一辆铁路上的手摇车走的，那辆车的车沿上坐满了人。我们站在轨道边看着，妈妈的脸色十分沉重。时不时地，爸爸会挥动一下他的手。等走得远了，他就挥动帽子。我们一直注视着他，直到他变成了远方的一个小黑点。即便如此，我们还是努力睁大眼睛，想要抓住他的最后一瞥……是的，他就在那儿……然后越来越小……然后确认某个小黑点是他……最后，他真的消失了。闪亮的火车铁轨延伸出了视线之外，相交在一起，然后一头扎进了世界的尽头。在那里，我爸爸去向的远方，就是幸福的所在……

大地的女儿

第二部分

今天的海面是灰白、暗淡的，太阳隐藏在北方冰冷的薄雾里。我这么多年的人生就是这样：灰白，暗淡，一直在暗中摸索，却一事无成。很多事只有开头，却没有结局。或者，即使有完成的，也是以失败告终。只有两件事是不变的，那就是贫穷，还有未知。

我们的帐篷，正如它所在的拥挤的地面一样，也是泥土色的。爸爸把它搭在了靠近炼狱河岸边的地方，就在特立尼达岛郊区的低地里，在货车铁轨和一排两开间或三开间的房屋之间。那条铁路修建在一个由当地人用石头和矿渣所建立的堤坝上面。每天，比阿特丽丝和我，还有我们的两个小弟弟，都会拖着麻袋，沿着铁轨捡经过的火车掉下来的煤块，直到装满麻袋。火车轰隆隆经过的时候，我们会跑到一边，然后跟窗户里一闪而过的人们挥手打招呼。

如果你向河对岸望去，在那排矮房子之上，你会看到一座紫灰色的山峰在守卫着通往山顶的小路。这些都是落基山的分支。那座山峰叫渔夫山，超过一英里半高，我爸爸曾经自豪地告诉我们：

"看那座山峰，我为你们找的那座山峰！"他继续说，"等到秋天，我会带你们到那里野营，到时候我用枪猎鹿，你们就可以吃到鹿肉了。"

对我们来说，所有事情都是新奇的、精彩的。在帐篷里，三张床都被规规矩矩地固定在一侧。另一侧，算是客厅吧，因为那里摆放着一台珍贵的缝纫机、我妈妈给自己买的钟，以及一把石头椅子。一把石头椅子、一座钟、一台缝纫机，我骄傲地一一列举出我们的财宝。

爸爸在门口搭了一个板棚，当作厨房用。每天，他出门去赚三美元的工资的时候，妈妈就会在那里忙活做饭。爸爸有自己的两匹马和一辆货车，他们从河床里把沙子拉到其他地方，有时候也拉砖块。我会站在横跨那条河的桥上，看着他们经过。傍晚，我会跑过去迎接他。他让我两腿分开，把我放到一匹马上，然后我就骄傲地骑着往家里走，并且希望所有邻居都能看到这一幕。

我妈妈一边压抑兴奋，一边保持沉默。现在她在爸爸面前，变得很谦逊恭顺，因为他如今确实赚到了很多钱。他马上就会变成真正的有钱人了。所以，妈妈就又变得沉默了。

过了一段时间，海伦姨妈被我妈妈一封热情四溢的信所吸引，满怀热情和生气，过来加入了我们。她变得更加漂亮了，连玫瑰花瓣都没有她的皮肤那么丝滑，甚至连女王都没有她那么自信。还有她的笑！她一笑，大家都会跟着笑，尽管他们不知道她为什么笑。因为她的美貌，那些长得丑的女孩本能地讨厌她。但她们更愿意站在后面的篱笆边，和海伦凑在一起聊天。当海伦从这些女孩子家门口路过的时候，她们双眼满是羡慕的目光。因为她会帮她们制作乳液来软化和美白皮肤，她会用鸡蛋帮她们洗头发，来帮助头发生长并且变得闪耀，她还会帮她们裁剪衣服。而且，当她们周日有聚会的时候，海伦还会帮她们用头花把头发扎起来，甚至借给她们一件衬衫或者裙子。她对这些人这么慷慨，是因为她拥有比美貌更多的东西可以拿出来分享。

海伦在想到底什么工作才合乎她的身份，因为她知道自己的价值。邻居女孩提议她去洗衣房，但她犹豫了，他们会支付她多少工资呢？他们一定还记得，她曾经是一个每个月挣六美元的有工作的女孩。她一直在那里工作，直到去年。

然后，她脸红了，因为那家的大儿子曾经是她的情郎，而且已经和她订婚了。

爸爸妈妈建议她去找别的工作，因为女孩进洗衣房的话很容易学坏。她开始夸耀着，说自己不怕工作艰苦，在任何地方都能够把自己照顾得很好！她说他们必须要明白，洗衣房可是能够支付更高的工资，而且只需要工作十小时，而不像在私人家里干活，要一整天从日出忙活到日落。在向邻居们咨询之后，海伦决定去洗衣房上班。她先从每周七美元的轧布机开始干起，目标是每周十一美元的甩干机工作。

从第一次发工资开始，海伦就把她每周发的钱交给我妈妈。只有在妈妈抗议下，她才会留两美元给自己。

"我已经得到了很好的东西，艾莉，但是你和孩子们没有。"海伦说，"你不能一直像个流浪汉一样活着，等你们得到了更好的东西，我会为自己留下更多钱的。"

海伦很喜爱那些漂亮绚丽的衣服和饰品，她把钱交给我妈妈，这样肯定会牺牲她自己的爱好，只是别人并不知道罢了。在很多年里，确实是她的钱——她通过各种方式赚来的——提供了五颜六色的质量好的衣服给我们。在她上交了自己每周发的工资之后，在我们家，她已经获得了和我爸爸一样高的地位。她显得很尊贵，并且和我爸爸一样受人尊重。他们平等地跟对方交谈，平等地谈笑或者争吵。妈妈双手交叉着放在肚子上，惆怅地听着。如果我们其中一个孩子打断的话，妈妈就会说：

"没看见爸爸正在和海伦姨妈说话吗？"

爸爸妈妈吵架的时候，海伦姨妈总是会走上前去，在半路截住他。因为她爱着自己的姐姐。她昂起头，头发蓬松地摇动着，十分激动，声音很尖锐：

"约翰·罗杰斯,你不能这么跟我说话。你不能像指挥艾莉一样指挥我,因为我待在这里是付了食宿钱的。"

这就是了!她待在这里付了食宿钱,所以这里没有人有权利支使她。而我妈妈则不同,她永远不会昂着头说"我待在这里是付了食宿钱的"。

每当海伦生气的时候,我爸爸就不知道该怎么对付她。在她美丽的外表下,有一个狂野的、不受约束的灵魂,她从来不曾像人们所说的那种驯服的妻子那样"被套上笼头"。她经常威胁我爸爸说"会把他的眼睛挖出来",她保证说到做到。她确实有能力攻击他,尽管他的体格是她的三倍。有时候,海伦如此生气,以至于任何语言都不足以表达她的愤怒。于是,她就会选择一种原始、粗俗的侮辱,像是发自本能一样,这和她平时体现出来的优雅行为相距甚远。她会转过身背对我爸爸用手一撩,把后裙摆撩到腰部,然后快速冲出房间,爸爸因为愤怒说不出话来,他不知道该怎么回应这种侮辱。

我们现在是城里人了!特立尼达岛实际上只有五千居民,但宣称有一万。这里有一所小学;还有一所位于河对岸的山上,隐藏在树林之间的高中。据说富人们都住在那里,似乎高中和富人们混为了一体。不管怎样吧,对我们这样住在铁轨边上的人来说,从来不应该幻想去上高中。

小学的校舍伫立在城镇另一边的山上,面对着圣菲小道。这里先是被印第安人占据,接着又被早期的西班牙人占据,后来是去往西南方的拓荒者。小道靠近一座凸出的山峰的山脚,那里沉睡着一位最早的西部开拓者。这所学校是我见过的第一所真正的小学校。每天我都会拉着乔治,把他带到那里。我们知道此刻脚下正踩着的,是圣洁的土地,因为妈妈总是不停地这么说。老师们都很干净整洁，而且衣服似乎都熨烫过；他们穿着合身的衣服和白色的套衫，说着一口我一开始根本听不明白的普通话。妈妈已经向其中一位老师解释过了，说我在前一所学校里学到"第三册"了。老师盯着妈妈看了好长时间，眼神掠过妈妈的印花布衣服、青筋突出的手，以及那张被渴望而又美丽的蓝黑色眼睛所点亮的脸庞。那双眼睛还很年轻——但是，那双手看起来简直像是某个五十岁的清洁女工的手。

"是的，"老师最后说道，"我能理解。"

那是一位和蔼的年轻老师。当我在她面前用颤抖的声音朗读课文的时候，她看出我是一心求学，而不是在和班上的同学攀比，于是微笑地鼓励我。然后，她让我走上前去，在黑板上做数学题。因为怕被给低分，所以我不得不走过去。数学一直都是我的敌人，所以我胡乱地写了几个数字。这个计策帮了我的忙，我知道她会以为我只是数字算错了，事实上她确实这么认为。

"怎么能犯这样的错误呢！"她责备我。我茫然地看着她，没有回答。她拿起粉笔，算出了这个简单的问题。我专注地看着她，甚至到了二十年后的今天，我还能够想起她当时写下的数字，以及她中指上带着一只金戒指的又长又白皙的手。

很多个星期里，她都一直用这种方法。我能记得她说的话和她写下的数字，但之后的我还是不能理解它们。这一排数字站在那里，像是一排士兵一样，准备向我开枪，只等着长官一声令下："开火！"

在学校里，我害羞自卑。最边上那一排靠前面的座位上坐着一个小女孩。她的皮肤白皙，头发很浓密，颜色接近白色，而且她的裙子、鞋子、袜子，全都是白色的。老师问到她爸爸的时候，她回答道："我爸爸是个医生！"我着迷地看着她。她挺直坐在凳子上，老师总是会拿起她的抄写本，举高让全班人都能看到。她的笔记既干净又整洁，像她本人一样；四周的空白既宽阔又均匀，甚至连一个错的地方都没有。有一天放学之后，对她的迷恋驱使我跟着她回家了。她住在一栋被带有花朵的草坪环绕的低层红砖大别墅里。草地被修剪得像窗玻璃一样平坦，所有的东西都整齐有序，还很安静，甚至连门和栅栏也被漆成了白色。

母亲节那天，女孩们的妈妈都要来到学校。我妈妈穿着一套配腰带的棉布衣服，我骄傲地跟在她身边走进学校。妈妈并没有和其他的妇女们结交，而是站在教室后面，远离那些穿着讲究的女人们。看到那些女人从容地彼此交谈的时候，她的眼神里满是惊恐。那之后，她再也不去学校了。虽然学校仍然是一个令她害怕的地方，但是能送自己的孩子到那里，对她来说是一种荣幸。

有一天，我们的老师站在一旁，然后另一个人进来开始给我们读书上的礼仪规范。我听到要用叉子吃饭，咀嚼食物时要闭着嘴巴。接着她又读了一些关于刷牙的礼仪，我以前从来没有听说过，除了有时候看见妈妈会放一点黄肥皂在手指上刷她的牙。我不好意思去请求她买一把牙刷专门让我来刷牙！然后那个老师读到每天都要洗澡。我想象不出那怎么可能。因为我妈妈只有每周一的时候会洗衣服，我们这群孩子就进去用漂白水洗澡。年龄最大的第一个洗，年纪最小的排在最后。

接着，老师读到了一章有关失眠的。一个人如果睡不着，就应该起床下地走一会儿，或者应该在房间里面放两张床，睡不着时就从一张床转移到另一张床上；老师还说，干净的床单有助于睡眠！可我在我们家的床上从没见过床单，我们一直用的都是粗毛毯，而且，我要怎么换床睡呢？这是个难题，因为我们八个人只有四张床。当然，我想像那个皮肤雪白的小女孩那样的富人家庭，她们是有机会这么做的。我想象着那个小女孩怎么在午夜里爬起来，然后爬到另一张床上。可能富人们晚上真的睡不着，他们就是因为太挑剔了，所以睡不着。我看着那个小女孩，老师读的所有东西她似乎都能理解。

但是，尽管她事事完美，那一年赢得胜利的还是我。学年还没过去一半我就已经坐到最后排的座位上了，而她还是坐在前排。后排可是整个班里最荣耀的座位！坐在那里的学生往往是教室里最优秀的学生，而且他们几乎不需要求助于老师或者需要老师指正。所有的同学都回答不出某个问题的时候，老师就会充满信心地转向荣誉座位问道：

"玛丽？"

我站起来，目光盯着老师的脸颊，回答了这个问题。所有的学生都看着我，仔细聆听，想要找出一处错误来。我，一个总是穿着褪色的衣服、扎着一头用绳子编起来的丑陋的辫子，一个以前从没见过牙刷和浴缸，从没在床上睡过觉，从没穿过睡袍的人，却垂着双手规矩地站在那里，毫不结巴、不带一处错误地回答出了这个问题！那个有着医生爸爸的白皮肤小女孩，她也不得不听着！之后，那个小女孩邀请我去参加她的生日派对。一开始，我妈妈反对买香蕉作为礼物，但我哭着央求说每个人都会带一些东西过去，她最终不情愿地买了三根。

我妈妈苦涩地抗议。"他们都是富人，"她盯着那些珍贵的香蕉说，"用不着再给他们更多了。"

到了那个小女孩家里之后，我看到其他孩子带来的礼物都是些书籍、银制品、手帕，还有一些十分可爱，在我的生活里从来没有见过的东西。童话里提到过这些东西，但我从未想过它们居然真的存在。礼物都被摆放在桌子上，桌面上铺着一块金线绣的台布。我不得不走到所有人面前，把我带来的三根香蕉放到那里，偷偷用手摸了摸那块金线台布。最后，我走向一把靠墙的椅子，坐在那儿，试图藏起双脚，并且万分希望自己从来没来过。

其他的男孩女孩们显得很自在，他们以前肯定都参加过派对。他们不害怕去交谈或者嬉笑，被别人问到什么问题的时候，他们的声音不会变得微弱或嘶哑。时间一点一点过去，我煎熬着，越来越痛苦。在我原来的世界里，我能够回答问题，甚至还能做主导。在铁轨边上，没有一个男孩敢动我或者我弟弟乔治。如果哪个男孩敢动我一下，我就会抓起金普森杂草做武器。但现在我所遭受的是另外一种伤害。在学校里，当我站在那个白人小女孩面前的时候，我不会想着要对付她，因为我明白一个至关重要的道理：尽管那个小女孩很干净得体，但我可以做到她做不到的事情。正因为这样，还有学校里老师对我保护的态度，她为之前没有邀请我去参加派对感到很抱歉。她说："当然，如果你实在太忙没空的话，不必因为我邀请了你，就把它当成义务而勉强来的。"

虽然她还不到十岁，但很明显她经常这么说。我隐约觉得有什么事不对劲，但是我还是很感激，然后回答道：

"我会去的。我并没有什么要紧事要忙！"

现在，我待在这样一个华丽的聚会上，不受人待见。我做出牺牲买了三根香蕉做礼物，结果却发现没有其他孩子会买这么廉价的东西当礼物送人。我的衣服，那件我离开家的时候还认为十分漂亮的衣服，在这里简直显得破旧不堪。我与众人隔绝的状态被一大帮妈妈们打破了，她们招呼所有的孩子到另外一间房间里去，然后安排我们坐在一张铺着白色桌布的很长的桌子旁。桌上放着精致的蛋糕和水果，跟我的那三根香蕉一比，让我的心更沉重了。我之所以没有趁别人不注意溜回家，是因为我想告诉妈妈关于这里的一切，还想了解这个世界的各种事情，尽管它很伤人。桌子边，挨着我坐的是一个小男孩。

"你家住在哪条街上？"他问我，试着开始一场礼貌的对话。

"在铁轨边上。"

他吃惊地看着我："铁轨边上？只有那些穷孩子才会住在那里！"

我瞪着他，想说点儿什么话来回应他，但是想不出来。然后他换了个话题继续问我。

"我爸爸是名律师，你爸爸呢？"

"拉砖的。"

他又吃惊地盯着我，我花了很长时间才让他理解了什么叫住在铁轨边上。他戴着眼镜，穿着那种商店里买的衣服！平时，我们会用弹弓将石子打在这样的胆小鬼身上。他一副自鸣得意的样子，我不知道他凭什么会这么认为。

"我爸爸不拉砖。"他说道，像是故意挑衅似的。我不知道这句话侮辱的重点在哪里，但我知道它肯定意味着某种侮辱，所以我也辱骂了回去。

我告诉他："我爸爸肯定能够打败你爸爸，我跟你打赌。"这时候，一位优雅的母亲手里端着一个巨大的盘子走了过来，盘子里装着黄色的冰激凌，俯身停在我们俩面前。

她慈爱地问道："嗯，克拉伦斯，你们在谈论什么呢？"

克拉伦斯尖叫说："她爸爸是拉砖的，她还住在火车轨道边，但她却说她爸爸肯定能打败我爸爸！"

"宝贝，那没关系，没关系的。现在吃冰激凌吧。"但是，我看到那位母亲用一种不屑的眼光扫过我，并且我知道，那是有关系的。

克拉伦斯用力把勺子插进冰激凌里，不再搭理我。我拿起自己的勺子，但它在盘子上发出了刺耳的声音。一个娇俏的，穿着一身蓝色衣服的小女孩狠狠地瞪了我一眼，她的发辫上有一条闪耀的白色丝带。我不再去碰勺子，而是垂着手，看着其他人悄无声息地吃着。我知道，我永远做不到那样吃东西，如果我吞咽东西，整个桌子的人都会听到的。小女孩的妈妈回来了，劝我吃点儿东西，我说我不喜欢吃冰激凌，还有蛋糕！于是她递给我一些水果，我接了过来，想着可以拿回家里吃。但我看到其他孩子离开桌子的时候都没有带走水果，所以就把自己的水果也留在珍贵的冰激凌和蛋糕旁边了。

隔壁的房间里，小男孩和小女孩们正准备挑选搭档参加一个游戏，而那个过生日的白皮肤的小女孩已经坐在钢琴边准备弹奏了。我的眼睛紧盯着她，她居然还会弹钢琴！除了我之外，所有的人都已经选好了搭档来参加这个游戏。没有一个男孩向我鞠躬问我："你愿意做我的搭档吗？"

我看到那些男孩们都刻意避开了我⋯⋯这些男孩在学校可都是一群呆瓜！

小女主人的妈妈试着显得很体贴，问我：

"玛丽，你是不是病了？你想回家吗？"

"是的，女士。"我的声音又嘶哑又微弱。

她把我带到门口，温和地对我微笑。然后说希望我刚才玩得高兴。

"是的。"我用嘶哑的嗓音回答道。

门在我身后关上了。里面的游戏已经开始了，孩子们爆发出大笑。为了防止此刻某个人正从窗户往外看，如果他看到了我脸上的泪水，就会认为我介意这些，所以我转过身坚定地盯着对面的一栋房子，快步离开了。

春天来了，春意先是到了平地，山脚，然后是积雪的山头。特立尼达岛的棉白杨树穿上了一层毛茸茸的绿装，炼狱河的河面被融化的冰雪不断抬高。每天我们都会站在河岸边，看着河水逐渐逼近我们帐篷前的一排矮房子。河水冲击着铁路桥上的钢筋水泥，人们惊恐地回想着十年前的场景：春洪撕裂了钢筋，汇合了另一条河冲过城镇。每天晚上，我们都是在水流湍急的咆哮声中上床睡觉的。一整个晚上，大人们隔一段时间就会起床听听水声，焦躁不安地走到靠近河岸的地方，低声交谈着。

一个灰蒙蒙的清晨，母亲惊慌的声音叫醒了我们。爸爸不耐烦地说还有时间穿衣服，但看了一眼外面的情况之后，他的声音也变得充满了恐惧。

爸爸命令道："拿上你们所有的东西，赶紧出来！"我们在寒冷中颤抖着，跟着他走出了帐篷，沿着原本用来给火车铁轨领路的沟壑两侧的田埂向前走。河水冲出了河道，填满了沟壑和地势低洼的地方，发出危险的声响，冲刷着杂草和柳树。那是一种可怕的声音，河水不断奔涌，上涨，汇聚成一种可怕的力量。

透过半黑的天色，我们听到了那些从小屋子里逃出来的男女们的尖叫和喊声。我们走到了位于我们和火车铁轨之间的沟壑面前，但它早已经被河水灌满了。我们被洪水包围了！

"水并不深，艾莉。"我听见爸爸说，"不要害怕。"

他走了下去，抱起乔治和丹①，一个胳膊下夹着一个，蹚着穿过了洪水。我哭了出来……他怎么能把乔治带走而把我留在这儿呢……乔治不能一个人被留在对面！我们看着爸爸模糊的身影挣扎着抵达了对面的河岸，爬上了炉渣筑成的堤坝。他又回来，把安妮带了过去。然后又回来了，这时，河水已经涨到他臀部的高度了。当他带我和比阿特丽丝过去的时候，我能感觉到他费力地走在洪水中，他的双腿在和洪水的推力做抵抗。我跑向乔治，紧紧抓住他的手。

有声音从对面的沟渠传过来：

"你先走，海伦。"我妈妈说道。

海伦回答："不，你先走，艾莉。别管我，把我留在这儿吧。"她俩的样子，好像只是在谈论一次周末午后的散步一样，而不是现在不断上涨、随时有可能把她们冲走的洪水。

爸爸大声吼道："别磨磨蹭蹭了！"

爸爸用双臂挽起了妈妈，和她一起在洪水中跌跌撞撞地往前走。海伦现在变成了一个黑色的模糊的轮廓，站在洪水对面的一块干燥的土地上面。一分钟之后，她也站在了我们旁边。这时候，爸爸腰部以下已经全部湿透了。

我们沿着火车轨道往地势更高的地方走去，那里矗立着分段长的大房子。房子里灯火通明，所有人都已经起来了，都在听着洪水发出的声音。我们迅速朝着亮灯的方向移动。是的，分段长说我们可以待在他们家的前廊上。他的妻子出

---

① 丹：作者的小弟弟丹尼的昵称。——编注（本书注释除写明"编注"的以外，均为译者注）

来告诉我们，不必害怕，尽管现在洪水还在上涨，但这栋房子建在高地上，不会被洪水冲走的。就算被洪水包围了，这栋房子也能挺得住。她是个虔诚的天主教徒，一整晚都在祈祷。她把信心都寄托在了天主身上，希望天主能够对抗洪水的力量。她一直在笑，那声音就像一个人晚上走在黑暗的峡谷中吹口哨一样。她提议说我们也应该祈祷，在这样的时刻更不应该犹豫。我妈妈退缩了，她心里的一些东西让她对天主教有敌意，就像对外国人有敌意一样。爸爸没有回答，惊异地看着眼前的场景……一间暖和的房间，一座点着蜡烛的神龛，可能还有焚香，心中满是对洪水的畏惧。妈妈冰冷僵硬的神态，阻止了他继续欣赏眼前的场景。

这个虔诚的女人一直在微笑着。她走路的时候很轻柔，懒洋洋的，像一只吃饱了的动物一样。偶尔，她会出来跟我们说几句话，然后又回到卧室里祈祷去了。她整个行为都在向我们展示：天主虽然允许河水把车轨这一侧的其他的房屋给包围了，但他会保护这栋房子的。

妈妈和海伦对这个女人的行为很不满。晚上走廊的空气十分寒冷，而且我爸爸腰部以下已经完全湿透了，我们几个孩子也都只穿了单薄的衣服。但这个女人却不打算邀请我们进入她温暖的房子里。她希望我们一起祈祷，但是我妈妈不是那种会在强制下去祈祷的人。她太诚实了，不愿那么做去欺骗天主。

黎明来临，水位继续上涨着。妈妈和海伦站在走廊尽头，看着我们家帐篷模糊的轮廓，它已经有一半都被洪水淹没了。

"缝纫机肯定毁了，还有那些羽毛被褥。"她们俩绝望地交谈着。

"约翰，约翰，漂走了，它漂走了！"

我们都跑向走廊边缘。穿过翻滚、起伏的水面,看到了我们家帐篷模糊的轮廓。它从一边摇晃到另一边,基本上转了一个半圆,而且正在慢慢滑走。是用来固定的木质杆子和木地板,让它还能够一直漂浮在水面上。它挂在柳树上,停留了一会儿,又滑得更远了;然后又一次挂住了,向周围倾斜了一下,之后彻底地滑出了我们的视线。我妈妈绝望地看着它,一直到房子的角落挡住了我们的视线。

"我们在这世上所有的财产都没有了······羽毛被褥,缝纫机,钟表,还有海伦的衣服······现在我们就只剩下身上穿着的这些衣服了。"

爸爸把手臂环绕在妈妈的肩膀上,说:"别这样,艾莉。它会挂在柳树上的,明天早上我们就能找到它。"但他的声音里也透着一种沉闷的绝望。妈妈无力地依靠着他,却并没有流泪,因为她早已失去了哭泣的能力。

已经早上了。那个虔诚的女人从屋子里走出来,鼓励地看着瑟瑟发抖的我们。她说,洪水正在快速消退。天主的慈爱和祈祷的作用已经得到了证明——他保护了这栋房子。

今天是周末,回忆又一次让我想起了那些亲人,我又一次想起了那些生命中戏剧性的场面,我的卑微的人生中微小的戏剧性场面。

我的爸爸妈妈用尽全力去对抗残酷的现实,他们尝试了很多次,也失败了很多次。他们都是单纯老实的人,相信勤劳工作之后一定会有收获,并且相信多劳多得。

我记得那个时间点,挫折从一系列无与伦比的美丽中到来。我们家的帐篷被洪水冲走了之后,爸爸签署了一份协议,给一个私人矿井拉煤。矿井位于深山里,煤炭从黑暗的峡谷里拉过来，我坐在爸爸身边，他给我讲故事。他说，在峡谷之上有一个石头堆，那是一个印第安人的坟墓，埋葬着曾经在那里进行过一场战役的印第安兵士们。

他们来自峡谷之中，有些赤裸着身体，有些在身上裹着毯子，有些躺在马上，一只手揪着马鬃，一只手扶着马腿。他们在这里相遇，然后不停地打斗、打斗，最后没有一个人活下来，连一个讲述这个故事的人也没有了。

如果没有人活下来去讲这个故事，那么他是怎么知道这个故事的？他说不清楚这个问题。但这并不重要，对他来说，对我也一样，想象就像棍棒和石块一样真实。他认为那些在峡谷工作，住在我们家的矿工们也一样都是很浪漫的人。他们陌生的口音里透露着瑰丽的、没说出口的传奇色彩。远处的山上，黑森林神秘地召唤着他，山上的狮子和夜猫潜行，连土地闻起来都是疯狂的。我们的土砖房子的墙壁足足有三尺厚，就像所有墨西哥或印第安房子一样，不只作为房子，还是防御工事，防御敌人以及软脚夜行动物的袭击。

可是在我妈妈看来，峡谷里的石头堆只是响尾蛇的巢穴而已。石堆是怎么在山峰上形成那个造型的，她不关心，因为她不爱胡思乱想。在她看来，这些外国矿工们只是一些身上有虱子的男人，她不得不在我们每个人脖子上挂了一个装有阿魏①的小袋子，因为虱子害怕阿魏。懒散的云朵飘浮在天上，不，她讨厌懒散的东西！对她来说，山上的黑森林仅仅意味着，我们现在的住地离原来的小镇很远，我们本应该在那儿上学的。但她的眼神明明充满了渴望，可能她是不敢让自己抬头去看云团和黑森林，还有山那边的成熟的浆果

① 阿魏：一种药草。——编注

子……辛勤劳作的人的眼睛是不能离开地面的，因为只有不停劳作才能生存下去。

她一心等矿井的主人从城市里回来，然后好了结这件事。到那时候，我们全家人就有足够的钱返回特立尼达岛了。

矿井主人是在十一月份回来的。那是一个留着黑色胡子，戴着圆顶礼帽的小个子男人。我妈妈很激动，做了很多菜，还烤了馅饼。她好多年都没有做过这么丰盛的大餐了。

然后她自豪地说："特纳先生，请坐下来，尽情享用吧。"特纳先生坐了下来，然后脱下了他的圆顶礼帽。他一个人坐在那里吃，我们都在旁边看着。我爸爸坐在桌子的另一头，郑重地跟他展开男人间的对话。妈妈站在桌子旁，不停劝他多吃点儿。我们几个孩子则挨墙坐着，看着他吃下每一口。我们已经没有其他好吃的了，等他走后，我们就又得吃咸肉和豌豆了……永远吃不完的咸肉和豌豆。

我出去玩了半天，傍晚时候才回来，走到门口的时候，听到爸爸吼叫道：

"我妻子干活累得像条狗似的，现在你给我的钱，连给她买一件衬衣都不够！"

特纳先生用彬彬有礼的声音回答道："看看合同，罗杰斯先生，看看合同吧！"

然后我爸爸的声音又一次响了起来："上帝啊，我从五月份就开始干活了！用我们自己的马自己的车，而且我每天都从早忙到晚，一直到天黑才回家。"

这个小个子男人一本正经地说道："我看你们能够买得起这些好吃食……你们并没有挨饿嘛！"

我母亲哭着说道："我们家从没有吃过这么好的食物，这是专门为你做的啊！"

特纳先生拥有好几座隐藏在山丘中的煤矿。估计在他以往的日子里，已经见惯了愤怒的男人和哭泣的女人，那些对他们之间签署的合同上的法律条文一无所知的人们。他对着我妈妈说道，就像她是块木头一样：

"我只是按合同办事。罗杰斯太太，看看你丈夫的签字。"

签字很潦草，因为我爸爸根本不会写字。看着自己歪歪扭扭的铅笔字在嘲讽着自己的无知和不设防，他心里的一些东西破碎了。"去死吧你！所以你的意思是，我们工作就是为了给你的妻子买丝绸衣服，送你的孩子上高中吗？我也有一个妻子五个孩子。看看我的妻子……她今年才三十岁，可看起来却像是五十岁。想想吧，老兄！而你居然过来给我看一纸文书！我相信你的话……我从其他地方来，在那里，一个人说的话就代表了他的名誉，根本不需要什么文书。我没想到你是一个该死的小偷，你居然从女人和孩子的嘴里偷面包吃！你……"

爸爸伸出手抓着特纳先生的脖子，晃动着他，像斗牛犬晃动一只大老鼠一样。特纳先生尖叫起来："放开我，约翰·罗杰斯！再不放开我，我就起诉你。放开我！"

母亲上前和父亲扭在一起，她哭喊道："别这样，约翰，会坐牢的！"

于是，这个小个子男人离开了，他的模样像刚经历过一场暴动一样。家里变得异常安静，气氛十分沉重。妈妈倒在床上，一声不吭地躺在那里。爸爸连帽子也没戴就出去了，一直到很晚才从山上回来。他躺倒在床上，没有脱衣服，也没说一句话。第二天，我们把家里仅有的家具等东西打包起来，装上货车，然后沿着道路返回特立尼达岛。现在，我们家在这世上仅有的东西，就是我母亲攒下来的那些寄宿者们付给她的一点房费了。

失望和希望，这一对对立物，却总是一起携手同行。我妈妈现在很高兴，因为我们几个又能上学了。爸爸在一个很远的矿业城镇找了份工作，妈妈租下了铁轨边上的那个"罐头公寓"。我十分为这个新家而感到自豪，同时也为海伦姨妈给我做的那条崭新的条纹棉布裙子而感到骄傲。在学校里，老师问到我的住址，我用饱含热情的声音回答道：

"罐头公寓！"

"那是什么？"她睁大眼睛，问道。

这还用问吗？每个人都应该知道华丽的"罐头公寓"的！它有两层，从远处看起来就像一座砖砌的房子。我自豪地回答道：

"在铁轨边上！"

炫耀一番过后，我就着手开始补习自己因为入学晚而落下的课程。现在坐在荣誉座位上的是个男生。只要三个月，坐在那里的就不会是他了。现在家里没有了争吵声，妈妈会催促我去客厅，是的，我们现在有一个客厅了，用来学习功课。尽管妈妈会不时闯进来。

两个月过去了……我就要赶上那个坐在荣誉座位的男孩了。而且他自己也知道！有时候我看向他的方向，会看到他恰好也抬起头正在看我，随即我们俩都会低下头继续看书。

接下来，家里的境况开始恶化了。寄宿者们拖欠房租，他们提出的要求太多了，妈妈无法满足，更别提赚钱了。爸爸回来了，妈妈和海伦告诉了他这个令人疲倦、让人失望的消息。第二天早上，爸爸坐在早餐桌前，看着这些满口抱怨的寄宿者们走进来。一个领着自己丈夫走进来的胖女人重重地倒在椅子里，疲倦地叹了一口气。

"尽情享用吧，各位，"我爸爸严肃地说道，"因为这将是你们在这所房子里吃到的最后一顿了!"

"你什么意思?"那个老男人咆哮道。

"就这个意思!"我爸爸大声喊。

"这周可还没有结束呢。"那个肥胖的女人傲慢地说。

"你们只需要把前些日子的钱付清，然后就收拾滚蛋吧!"

早餐之后，他走上楼去，一个房间挨一个房间地敲门收钱。我从他的声音和举止中看得出来，这是他人生中一个得意的时刻。他以前就幻想过——自己手握一切权力，横扫一切。这不是一个战场，但是在某个时刻，它会变成一个类似的地方。等他返回矿上之后，他会把这些事串成一个有趣的故事的。①

我知道他会这样，因为我曾亲眼所见一个故事，在他的添枝加叶后，失去了原本真实的面貌。这个故事很简单：有个男人被洪水淹死了，就是前面把我们的帐篷冲走的那次洪水，他的尸体在一群人找了很多天之后才被找到。这就是整个故事的始末了。

我爸爸在酒吧里听到了这个故事，回到家里向我们讲述他是如何沿着炼狱河搜寻那个失踪的男人的。他杜撰了一些可怕的细节，来说明他找人的经过。大概一个月之后，他又对另一群人讲述了相同的故事，但这次，故事版本变成了他和另外一个人发现了这具死尸，把它从沙子里挖了出来，然后运到了太平间。

---

① 主人公的爸爸——约翰·罗杰斯——喜欢把生活中的一些事情编造成故事，讲给别人听。

后来，我又听到他把这个故事讲给两个矿工听：洪水之后，听说了这个消息，他认为自己应该四下看看，所以沿着炼狱河的河岸察看。他一直走了好几里地，翻开一段又一段原木，因为其中可能埋有死尸。他在那里逗留了很久。嗯？插在泥浆里的东西是什么，又是一段原木？不，上帝啊！他靠得更近一点儿，那是一条胳膊，直插向空中，就像那个男人在给他打信号似的："我在这儿呢，约翰·罗杰斯！"他徒手刨着，先露出了一个肩膀、一侧的身子、一条腿，然后是整个身体！上帝啊！他在炼狱河里把尸体清洗干净，看是不是他的朋友，说来奇怪，看起来倒真的像他的某个朋友！他看着那张浮肿的脸庞——此时他的听众们恐惧地倒吸了一口凉气——然后用双手把尸体背起来——他一个人——把尸体背到了太平间。说起来，那尸体真是被河水泡得死沉死沉的——而这时他一半的听众已经站起来走向牛棚了；另外的一部分人还留在这里，一直等他讲到那个死人被淋浴之后，躺进了坟墓里。

这是我听到的最后一个故事版本。

楼上那个胖女人，正在和我爸爸争论租金的问题。

"昨天早上这种鸡蛋，连给狗吃还都不配呢！"

"夫人，不管你叫什么名字吧。你把钱给我付清，否则我会把你丈夫打得体无完肤！"

最后她丈夫把钱付了。

海伦站在楼梯下，满意地听着，不禁在笑。她也赔了钱，好在她还没有结婚，还承受得起这些损失。我妈妈坐在厨房里，脸色呆板而沉重。她又一次贡献出自己的体力，但最终却失败了。

一种无法言喻的孤独感充满了我的灵魂。在我心里面没有热情，甚至连活着的兴趣也没有了。对于那个离学校很近的人家来说，我就是个被雇来帮厨的。放学之后，我就得去帮忙洗碗还要照顾小婴儿，我无精打采地摇着婴儿床，婴儿尖声地哭着。

寄宿公寓的生意失败了之后，我妈妈来到了这里，和这个女人讨价还价。她们讨论了很久，关于工时和报酬的问题。这个女人，这个铁路消防员的妻子，直挺挺地站在那里。为了表示她了解应该如何应付这些雇来帮忙的人，她简短又冰冷地一一列举了我的职责。我拿到了装食物的盘子，然后在一间能够俯视整个后院的厨房里吃饭。这个女人似乎把我当作厨房家具的一部分。我是她雇来的第一个人，她想要准确无误地明确我们之间在地位上的差别。我现在还记得，当时我是如何试图赞美她的，而她又是如何冰冷地回应我的。要反应过来，我不再是一个受人宠爱的孩子，而是一个女佣，这可真不容易啊。

乔治和丹，还有比阿特丽丝，他们每天都在学校跟我在一起，但他们似乎也不再属于我了。安妮去了洗衣房，干着碾压机的工作。海伦如今已经做到了熨烫机的岗位，安妮就是她安排进去的。放学之后，乔治常常把他的小手放到我的手里，我们一起走到街道的角落，然后在那里分开，他回家去，我则要赶去工作。

学校的课程现在变成了负担，而我要夺得荣誉座位的梦想早已消失得无影无踪。那个白皮肤的小女孩，还像以前一样完美，但她似乎已经忘了我的存在。而新来的老师，目光不感兴趣地从我身上掠了过去。在我洗碗或者在那个婴儿尖叫啼哭的时候，我哭过很多次。然后我开始生病了。那个女主人问我哪里不舒服，我不知道。我告诉她，我曾经摔坏过胳膊，现在又疼了起来！于是那个女人向我妈妈抱怨，解雇了我。我的病痛也随着被解雇而自动消失了。

在家里，我也发现了很多变化。我们现在住在一栋有四个房间的木屋里。海伦和安妮两人分享一个房间，因为她们已经工作了，为自己的食宿付了钱。安妮装得很成熟，拒绝干家务活，拒绝听从爸爸妈妈的意见。海伦开始学城里女孩说话。她不再说"不是"（ain't），而是开始用"有"（have）或者"没有"（have not）①来表达。她像一个感光板一样敏感地学这些新礼仪。她买了床单，睡觉时会穿着睡袍，而不是像我们其他人一样穿着内衣睡觉。我妈妈十分尊重她，而且似乎认同她所做的一切。可能通过海伦，她看到了自己所希望的生活。周六晚上，我经常会听见她们两个人的争论声：

"你拿着吧，艾莉。我现在已经有不少东西了，但你还没（ain't）——没有（havn't）呢。"

我妈妈柔和地抗议道："我不想拿走你所有的工资，海伦。你不能一点儿也不为自己留。"

"别说了，艾莉，你拿着吧。你别以为我不知道，约翰从没有往家里拿回过钱。"海伦花了很长时间才终于能够把"g's"加在语尾上②。妈妈的眼睛盯着地板上的裂痕处，海伦走出了屋子，留下了自己一周的工资。

每逢星期六或者节假日里，我会帮助那些邻居家的妇人们洗盘子和衣服，帮她们跑腿，或者捡柴火和煤。她们会付

---

① "have not"和"ain't"意思都是"没有"，但前者更正式。通常没受过教育的人会说"ain't"。

② 前文提到，海伦正在学习礼仪，不愿说些粗俗的话语。

钱给我妈妈，我一直要忙到晚上才回家。在一户人家，我帮一个新婚的女人干活。她曾经是和海伦一起工作的洗衣工，自己做工赚钱。但是一结了婚，她丈夫宣称，自己的老婆绝不能在外面工作！他强迫她脱离了原本积极独立的生活，住进这间三居室的房子里面。在这里，大部分的家务活都是我放学之后干的。这个女人整天躺在床上，常常到了下午才起床梳妆打扮。

海伦有一次羡慕地摇晃着自己的头说："让我结婚吧，让我可以像格拉迪斯那样整天躺着吧！"

格拉迪斯新婚过去了几周之后，她和丈夫之间开始了争吵。邻居的妇女们从后窗听到了这些。当格拉迪斯按铁轨边住的妇女们的习惯去向她们抱怨的时候，这些女人似乎都同意：作为一个女人，就应该专注于自己的丈夫。我心里的一些东西让我对这样的观点很厌恶，我讨厌这些人，我看不起她们。

有一天，她的丈夫爆发了："看在上帝的份上，你整天这么闹到底想干什么？"

"我想回去工作。你一整天都在外面，我却要一直无聊地待在家里。"

"什么？回去工作？然后让大家说我连自己的老婆都养活不起吗？你还想怎么样？你什么都不用干，甚至手都不用沾水。"

"我想回去工作。"

"在街上闲逛，然后用赚的钱来侮辱我吗？如果你非要回去工作，那就滚出我的房子！"

所以，格拉迪斯没能回去工作。几个月过去了，邻居们都笑了……因为据说格拉迪斯已经怀孕了。她和丈夫之间的争吵还在继续着。他们俩说的那些话，就像一把匕首一样，冷酷地插进了我的心里。

有一天，她的丈夫对她咆哮道："把我给你买的衣服还回来！"

"天哪，亲爱的，你知道我是爱你的啊。"她用自己的眼泪来祈求。因为现在，就算她想回去工作，也不能回去了。

两个住在隔壁院子里的妇女透过窗户听到了这些对话，她们笑了。她们说，格拉迪斯再也不能那么傲慢了。我没有笑，这些对话里包含一些腐蚀人心的东西，我回到家里也不敢重复它们。在我之后的人生中，我只有一次去重复了它们，那是在我试着找寻自己对婚姻的憎恶以及对那些已婚妇女反感的原因的时候。在我的头脑中，这两句话①加到一块儿，就是婚姻关系中丈夫和妻子应有的关系了。

"已经拥有的人会被给予更多，什么都没有的人却会被夺走更多。"牧师开始了讲道。他讲的我都已经明白了：我们属于什么都没有的阶级，而且还要受人剥削。

教堂的尖塔高耸入云，阳光从彩绘的窗户里洒进来。牧师的声音是严厉的，而我在想着自己刚买的那条绿色条纹棉布裙子。我的梦想是买一顶绿色的帽子、一双绿色的袜子、一双绿色的鞋子、一副绿色的手套，就像我现在正在干活的那个家庭的女主人那样。她是如此美丽，当她经过的时候，所有人都会驻足观望。

---

① 两句话即"把我给你买的衣服还回来"和"天哪，亲爱的，你知道我是爱你的"。主人公早期的这些经历形成了其对婚姻的仇恨和抵触，对她自己的婚姻造成了消极影响。

牧师的话伤到了我，上帝总是给予那些原本就已经拥有很多的人们更多，而夺走那些原本就几乎一无所有的人的东西。上帝似乎是一个看不见的、不公平的敌人。我们住在铁轨边上的时候，会和其他的孩子们打架。有一次，爸爸把我们拉开，然后把流着血、已经处于半昏迷状态下的我带回家。那些牧师在教堂里教给我的，我从来都不理解。我去过主日学校和教堂三次，他们一再告诉我要爱戴和畏惧上帝。这怎么可能，例如对我爸爸，如果我害怕他的话，怎么可能还会爱戴他？而且我还被教导说要害怕魔鬼。在我脑子里，上帝和魔鬼已经被混淆了，那些他们教育我的，应该对上帝的害怕和对魔鬼的害怕，在我心里混为一谈。整件事情变得很蠢。

教堂让人觉得失望，但它开始的时候是那么美丽。三个牧师从加拿大来到美国，想要把美国人都转变成为基督教徒。我也是美国人民的一部分，所以他们想转化我，至少持续了三周。他们都身材修长，很年轻，同时又很英俊。他们站在学校的走廊，唱着《永恒的枫叶》。我看见金黄色的枫叶在阳光下摇曳，树顶上还有背上携带着故事的微风。之后，牧师们去到了教堂，我跟着他们来到了这里。在他们一遍又一遍地歌唱完后，其中一个牧师用轻柔的声音问现场的人们：

"你们谁愿意像一只小羊羔一样，来到基督的怀抱里吗？"

这种说法有点滑稽，但我还是举起了手，沿着走廊走到了他的面前，走到了所有人面前。我脑海里忽然闪过一丝恐惧——我认识的某个人可能此刻正站在人群之中，我慌乱了一会儿，但还是继续走上前去。如果有任何从铁轨来的孩子胆敢嘲笑我的话，我们日后再算账。

"你愿意永远做上帝的小羊羔吗？"那个男人问我。他的眼睛非常蓝，头发也很漂亮。

"是的，先生！"我的眼睛满含泪水地回答道。他的声音很低沉，而且他的眼睛真的很漂亮。

就这样，我成了一个基督教徒。我在教堂里，试着坚持下去。但是每到周日，我心里就会有一种诡异的感觉——我很快就不会是基督教徒了。因为自从那个蓝眼睛的牧师离开了之后，祷告就变得十分枯燥无味。

教堂在商业街上，这条干道蜿蜒着像一条蛇一样穿过这座城市。它也是那条古老的圣菲小道的一部分。教堂和酒吧是商业街的两个地标，酒吧在教堂对面，在稍远处的一座山上。只要爸爸不干活，我总能在那里找到他。那是一家很小的、带有台球厅的一层楼的建筑，在那扇门后面，人们喝酒、赌博、聊天。它旁边有一家香烟店，有人整天都在店前抽烟、闲逛、吐痰，说一些下流的话，或者说一些亵渎神灵的话。

越过商业街街尾的桥，在大家引以为傲的火车站旁边，矗立着一座建筑——我现在干活的寄宿公寓。放学之后，我会直接去那里。这间寄宿公寓的主人——汉普顿夫人是个年轻的寡妇。她的美貌和厨艺让她能够收取高昂的食宿费，只有火车司机和司炉工才能付得起这里的食宿费。汉普顿夫人有一间客厅，里面放着一架风琴。她的卧室和客厅相连，面积很大，而且阳光充足。她是一个奢华的女人，她要拥有所有最好的东西。

一天晚上，我正睡在客厅的长沙发上，听到有声音从她房间里传了出来。我仔细聆听，确认有人提到了我的名字！是的，汉普顿夫人正在跟那个火车司机谈话，她说：

"我觉得每天早上我起来之前，她都会偷喝一点儿牛奶。"

"那你为什么不解雇她呢？"火车司机的声音听起来带着抱怨，有点儿像丈夫的语气。

"是啊……可是她干了很多活,几乎都要相当于一个长期女佣干的活了。"

"……但要是她手脚不干净!"

我没有听到更多的对话,就那样清醒着躺了几个小时。她对我的怀疑是正确的,每天早上我从门口的台阶上取来她的牛奶的时候,确实会偷喝一小口。因为我经常很饿,我只能吃那些寄宿者们吃剩下的东西。汉普顿夫人是一个很有威严的女人,她会坐在桌子的一头,跟寄宿者一起吃饭。她也确实是个和蔼的女人,在她家里我并没有感觉到孤独。但是,她并不会一直注意有没有足够的食物留给我,她没时间理会一个女人。所以,我在厨房里把盘子堆起来清洗之前,会吃掉所有剩下的食物。

为了消除我的罪行,第二天我起得特别早。我烧开了水,洗干净抹布,洗涤毛巾还有枕套。等她起床的时候,衣服已经在绳子上左右晃动,牛奶瓶已经放在桌子上了,像没开封时一样。傍晚的时候,我偷偷从厨房里拿了一个桶出来,然后穿过铁轨。我妈妈已经干洗衣服的工作有一段时间了,加上海伦的帮忙,她们俩攒钱买了一头奶牛。尽管她的那些牛奶是要用来卖钱的,但我可以告诉她实话,然后请求她给我一小桶,这样我就可以偿还汉普顿夫人了。我会向汉普顿夫人道歉,然后我的罪行也算消除了。我甚至考虑回到教堂去,作为对自己的一种惩罚。

我回到了家里,但在门口的地方停住了脚步。我看见爸爸一边咒骂,一边抓着妹妹安妮的头发,把她拖进房子里面。安妮一边尖叫,一边挣扎着。

爸爸吼叫道:"就算你长到二十五岁,像堵墙一般壮实,我也能把你打得半死!"

妈妈的声音里充满了痛苦："安妮，快告诉我你昨天晚上没有去旅馆！"

安妮粗野、下流地说道："我不是已经跟你们说了一百遍了吗？我去跳舞了，整晚都和米莉待在一起。如果不信，你们可以去问她妈妈啊！"

"你在说谎！"爸爸的声音很冷酷，但已经不再生气了。

"我撒谎，是吗？那你干吗还要问我？"

"好，我这次就放过你。但要是下一次，我再听说你去了那种下流的舞厅，和那些个不入流的男人们跳舞而且彻夜不归的话，我一定会把你打得半死。"

"你还是多注意注意自己吧，我的爸爸，我能够照顾好自己！你整天都待在酒吧里……你没有资格指责我！我现在已经能自己养活自己了。"

安妮今年十五岁，已经是一个女人了。根据我们这个世界的标准，只要一个女人能够自己赚钱，那她就是一个自由的女人。而只有那些已经结了婚的妇女，她们才需要听男人指挥。像这样拉扯安妮，爸爸已经违反了铁轨边上世界的规则。他朝着安妮咆哮，声音大得所有的邻居都能听到：

"是啊，你现在能挣钱了，这可真是帮了我们的大忙啊！海伦把她每个月的工资都给了你妈妈，而你，你把你的工资都浪费在上街闲逛这种无用的事情上了！"

"那你还不是把钱都花在酒吧里吗？我倒想知道，你怎么不把你的钱交给妈妈呢？"

"不要转移话题到我的身上，死丫头！你应该按照我说的做，而不是评论我的行为。否则，我会把你打得半死，等到你二十五岁之后……"

后门被猛地关上了。在他的威胁声中，安妮满不在乎地离开了。

我站在门口，手里拎着桶。听着屋子里发生的争吵，一种复杂的情绪略过了我——厌恶、痛苦，想象开始越来越清晰，形成了一幅模糊、令人厌恶的画面。"安妮在旅馆里过夜……"那就意味着他们在里面做爱了。爸爸妈妈就是因为这个才要打她。可是他们有什么权利这么做？他们都是伪君子，我曾在半夜听到他们做爱的声响……可是现在他们却对安妮大吼大叫！这些成年人都是如此虚伪！还有安妮，现在正在长身体，长出了丰乳肥臀，而且她居然还以此为荣！多恶心啊，我不想变成她那样……长大，然后像其他成年人一样，在性爱里堕落。这种恶心差点击垮我。

一方面，童话延伸进了我的世界，那首《永恒的枫叶》，那个对动物很友好的小女孩的童话，关于颜色、舞蹈、音乐，哪怕眼前不太如意，但最后都会是幸福的结局。另一方面，一间用烂布来遮住破窗的小房子，一株孤独挣扎的牵牛花正试图在门廊前的硬土上生存。安妮披头散发地被拖进屋去。我爸爸曾经那么挺拔、英俊，现在却变成了一个佝偻着身子、嘴角挂着烟草汁的男人。

我转过身去调转了脚步，甚至都没有推开那扇破旧的家门。我沿着炼狱河的河岸，穿过铁轨，穿过干涸的峡谷，越过那栋圆形的房子，返回到汉普顿夫人的家里。我悄悄地走进厨房，把桶放在架子上。然后爬上床，静静等待着。

汉普顿夫人说："玛丽，我觉得从现在开始，我能够自己做所有的家务，我不需要你了。"

我穿过后门看向院子。在那里，洗过的衣物还在风里左右摇摆着。我被解雇了，就只因为我偷喝了一口她的牛奶，我还以为她已经忘记了。在过去的几天里，我那么努力地工作，试图去弥补这件事情。这应该不是她的主意……不，肯定是那个火车司机让她这么做的，她马上就要和他结婚了。他要把她变成一个体面的已婚妇女，就像许多基督教徒那样。所以她必须听从于他。

"我能再多干一个月吗？白干，你不用支付我任何东西。"我的胸腔就像鼓面上的兽皮一样紧绷。

她想了一会儿，说："不用了，我自己可以做所有的工作。"她的声音有些抱歉，但并不打算更改决定。

我磨磨蹭蹭花了好几个小时才回到家里。我在车库旁的白杨树下坐了一会儿。在河谷旁，有一棵柳树低垂着。天色变得更暗了，我只能编一个故事，要不就得挨妈妈的打了。她会尖叫着说，如果逮到我再偷东西的话，就会把我"踩到泥里"；或者，她会直接鞭打我，直到鲜血从我的背上流下来。我需要点儿时间想一想，摆脱压在胸口的石头。可能我最好还是直接跳进河里，沉下去算了。然后，汉普顿夫人，还有我妈妈，她们就会觉得很愧疚。河水无情地翻滚着，岸边灰白色的沙子闪烁着微光。它正在和自己对话，好奇怪的声音啊……像是洪水暴发的那天晚上一样。你不能强迫这种东西爱上你……它比野兽还要可怕……这种声音……一股害怕的感觉充斥我的内心……我不能把自己托付给这样一种没有感情的东西。

天色已晚，周围一片黑暗。从我离开汉普顿夫人家里到现在，一定已经过去了好几个小时。现在一定已经将近午夜了。我拖着沉重的双脚向家里走去。我上楼来到厨房门前，推开了那扇门。这个时候，我已经不在乎撒谎了。

但家里又发生了什么事情？海伦和安妮正站在最黑暗的一个角落里，妈妈则坐在椅子上，把头埋进胳膊里，身体随着啜泣声不断抖动着。爸爸站在门边，像一头随时准备狂奔的公牛一样。在我进门的一瞬间，他们抬起头看到了我。我的目光停留在了妈妈身上，而这一幕恰好被爸爸看在了眼里。他或许记起了，他的这个女儿是永远无法忍受妈妈哭泣的。他可能也感觉到了自己身陷劣势，于是朝我大声喊道："看啊，玛丽，看看你的……你的姨妈——海伦……她和她的那位情郎躺在门廊拐角睡觉的时候，被我当场抓住了！她向他索取报酬，然后她就能买到别在连衣裙上的胸针和那些花哨的衣服了！这就是她一直以来干的勾当！"

"约翰……看在上帝的份上，跟一个孩子说这种事，你到底想干什么！"我妈妈喘着粗气惊恐不安地说道。

"她必须知道自己的姨妈是个什么样的人……这就是我想做的。"

紧接着是一阵沉默。在我的头脑当中，仿佛有一把扫帚，它进行了一次彻底的大扫除……我能听到它来来回回所发出的声音。我们都还站在原地。海伦姨妈煞白的脸上瞬间充满了愤怒。

"你，约翰·罗杰斯，竟然敢这样说我！你对艾莉就像对待一只狗一样。你把自己赚的钱都败送在酒吧里了，你根本没有资格说我。"

"该死！……你这个荡妇，妓女……"

海伦疯狂地尖叫着，朝他冲了过去。如同一道闪电，她的手猛抓了他一下，在爸爸脸上留下了一道血淋淋的伤痕。他一把抓住她的两只胳膊，野蛮地把它们高高举到空中。她尽管柔弱，此刻却猛烈地挣扎着，用脚踢他的肚子，并且努力想用牙齿咬他。他不得不用尽自己最大的力气，才把她从自己身边扯开。妈妈站了起来，在惊恐之中跑向他们，她双臂环抱住挣扎的海伦，和她紧紧抱在一起，轻轻抚摸她的头发。

"放手，约翰！海伦……海伦……我的小妹妹……到我这儿来吧！"

她把他们俩分了开来，拖着脸色惨白、气喘吁吁的海伦走到房子另一边。

"你居然帮一个妓女来对抗你自己的丈夫！"

海伦挣扎着要冲过去，妈妈的手还是紧紧环绕着她。

"艾莉！"海伦几乎像一只动物一样地喘着气，"放开我！放开我，艾莉！"她和妈妈在挣扎中扭动着，妈妈一直紧紧抱住她。海伦转过惨白的脸，瞪着爸爸：

"你这狗杂种，如果你敢再那样叫我，我就用双手掐住你的喉咙，直到看着你咽气为止，就算艾莉也不能阻拦我！"我妈妈抚摸着海伦可爱的古铜色长发和她白皙的脸颊，试图用自己颤抖的声音来安慰她，但海伦低沉却激昂的声音突然间又爆发了出来：

"而且，如果我是个妓女，那么约翰·罗杰斯，你说是谁把我逼成这样的？是你，约翰·罗杰斯，是你！艾莉没有足够的钱给她和孩子们买食物和衣服。这一点，你心知肚明。每个发薪水的日子，我都会把我的工资交给她，要不是因为有我的钱，她们早就全部饿死了。而你，却待在酒吧里……只有等你身上的钱都花光了之后，你才会在星期六晚上回家来。而且，一旦艾莉稍有怨言，你就扯谎，或者威胁她。你以为她之前是怎么过的？给别人洗衣服！……你真该下地狱！你这狗杂种！你居然敢辱骂我！你觉得我能从哪里弄来钱去买衣服……我不能穿得破破烂烂地出去……我不打算结婚，也绝不允许哪个男人对我颐指气使，让我饿肚子！我有做任何事情的权利。如果我是个妓女……那就是你造就了我！你，约翰·罗杰斯！你，是你！"

"收拾好你的衣服，滚出去，不要再踏进我的家门一步！"我爸爸大发雷霆，毕竟海伦说的是事实，"马上就滚……到你的情郎家里去吧！你连做一条狗都不配！"

"你倒很配做一条狗！你也好意思把这里叫作你的家？你不配！你连租金都没有付过。你从没给这个家带回一点儿钱！"

"从我的房子里滚出去，否则我就把你扔出去！"

"约翰，要是海伦今晚离开了，我就和她一起走。"妈妈紧抱着海伦说道。

"你说你要和这样一个女人一起走，那你可真是个好妻子！放开她，你到我这里来！"

妈妈笔直又纤弱地站在那里。她脸色灰白，一如多年前我见过的一个受伤的煤矿工在临死前的几分钟里的表情。她墨蓝色的眼睛闪闪发光……以前我曾在哪里见到过这样恐怖的眼睛呢……我记得……为什么……多久以前了……那时候我一定还不到四岁……我杀了一只小猫，用土块把它砸死在大马路上，因为它是只野猫，我就假装它是危险的。它当时充盈着死亡痛苦的眼神，看起来就像妈妈现在的眼神一样。

"到这里来！"爸爸冲着妈妈咆哮道。

但她仍然站在那里，两只胳膊环抱着海伦。

"你过来这儿，否则我就砸烂这间该死的房子里所有的家具！"

在一片冰冷的死寂之中，我妈妈继续站在那里，眼里闪耀着泪光。

爸爸嘟哝了一声，从后门出去了，紧接着我们听到了他在黑暗中摸索什么的声音。海伦的声音饱含着痛苦：

"我一个人离开，艾莉。我马上就走。约翰会把这里的东西全打烂的……而且他还可能会杀了你的。"

"要走也是他走……你不用走。"

"他不会走的……他会先把我们都杀了的。"

"那就让他打烂所有东西吧！这样活着，还不如死了算了！"

"不要，艾莉。让我走，我会把钱和给孩子们的东西寄给你。不！你留在这儿，我一个人走。我说了，你留在这儿！想想你的孩子们！没有你，他们该怎么办？等着我，等我为每个人都赚够了钱……你只需要等着！"

海伦把妈妈从她身边推开，回到了她和安妮住的房间里。安妮蹑手蹑脚地跟在她身后，然后锁住了门。接着，从门后传来了窸窸窣窣的声音、急匆匆的脚步声和几句短暂的窃窃私语声。妈妈的身子贴着门慢慢往下滑，颓然地摔了下去。她把头埋到胳膊里，脸朝下趴在了地上，呼吸变成了沉重的喘息。后门开了，爸爸手里握着一把斧头，喘着粗气走了进来。他沉重的目光先是落在了瘫倒在地的妈妈身上。然后他伫立在门前，仔细地听着……从卧室门的后面，传来了脚步移动的声音。他把斧头放到地板上，就那么等待着……等待着。

外面的门开了又合上……从门廊上传来了两声脚步声，然后一步踏到了坚实的地面上，接着又走了三步到了街道上。那扇破旧的大门上挂着一段铁链，此刻吱吱呀呀地响着，来来回回摆动着。大门发出一种沉闷的声音，仿佛一个鬼魂从这儿溜出去了。糊在破窗户上的烂布，被沿着峡谷袭来的秋风吹得鼓鼓的。爸爸气喘吁吁一句话也没说，转身"砰"的一声摔上了他身后厨房的门。他咔嗒的脚步声穿过了一条通往铁轨的壕沟……那些铁轨在城市之中蜿蜒延伸着，没几步远就能来到酒吧门前。厨房里一片沉寂，间或能听到妈妈啜泣的声音，仿佛它们以前就在那儿，以后也会永远在那儿。

好几个星期过去了，事情终于还是发生了。爸爸终于执行了他经常挂在嘴边的威胁——离开了这个家。他知道我妈妈太过羸弱，根本就养活不了一大家子。而关于海伦，则没有任何消息。

从妈妈在关于海伦的问题上违抗他，而且不再用心操持生活了之后，爸爸就变得越来越粗暴了。夜里，我能听到沉重痛苦的哭泣声，可是通往他们卧室的门被锁住了，有一种不确定的恐惧笼罩住所有东西。

那一年，我们州的妇女们被赋予了选举权。我妈妈的下巴稍稍抬起了一点。不过，她维持了自己的平静，毕竟她不是一个爱高谈阔论的人。

"你打算怎么投票呀?"爸爸问她。

她没有回答。于是，争吵就接踵而至了……是他一个人在吵。现在，她手里起码有了一件武器①，至少她感觉是这样的。他威胁她，但她还是不回答。选举的那天，他威胁说，如果再不告诉他，他就离家出走。然而，妈妈只是走出了屋子，并没有回答，仿佛他根本不存在。那天晚上，他用命令的口气问妈妈:

"打算告诉我你是怎么投票的了吗?"

"没这个打算!"

---

① 指选举权。

　　第二天早上，妈妈站在厨房外的门廊上，爸爸坐在他门外的小货车上，手握缰绳，准备驾车离开。我的心情很沉重，很难过。他又问了一遍，可妈妈只是交叉着双手，静静地站着，最终还是没回答。然后他就离开了。妈妈用羸弱的身躯再一次撑起了整个家。她决定外出帮人洗衣服，而不是再像之前一样在家里干这些活。因为出去外面的话，她可以在别人家得到咖啡和晚饭，这样可以节省家里的食物。每天一大早，她穿过炼狱河，来到高中学校高耸在其中的街区，那里都是精致舒适的住宅。她敲开后门，告诉那些夫人们，她做得一手好的洗衣和熨烫活儿。她说，她虽然看上去弱不禁风，但她能够把衣服洗得洁白干净——而她们需要做的，只是给她一次机会罢了。那些女人看着她的眼睛，以及满是哀怨的脸颊，摇了摇头。然而，当她们看到她青筋突出，由于沉重的劳作而近于黝黑的双手时，她们被说服了。就这样，她成了一名正式的洗衣女。每天早上七点离开家，晚上八点回到家里。每天的工资是一美元零三十美分。

　　她一整个冬天都在干洗衣服的活儿。就像她自己承认的那样，到了晚上，"累得像条狗一样"。但是，她从来没有累到忘记把她晚饭吃的食物的种类和质量详细地讲给我们听。晚饭被盛在一个盘子里，送到洗衣房的餐厅里递给她。有些时候，她甚至还能吃上肉，她留恋地回忆道。对于受到如此好的招待她感到万分感激，所以她会主动提出洗些额外的衣物或者多在那里干半个小时。唯一让她苦恼的是，神经疼痛正在折磨着她的面部和大脑。

　　安妮每天都会去洗衣店，并且拒绝在家里帮忙——因为她要"工作"。而我的任务是帮着做好家务，然后帮我的弟弟们和比阿特丽丝穿戴好准备上学。锁好门之后，我们便在白雪皑皑之中一路跋涉着向前走去。

　　有一段日子，妈妈在我们家里给人洗衣服。她在黎明时分就开始干活，厨房里充满了水蒸气和肥皂泡。下午，她的脸既瘦削又憔悴，同时不断抱怨说自己后背很疼。我拧干衣服，把它们挂起来，再从外面的水龙头那里提来清水。她和我现在既是朋友，也是战友，我们一边工作一边计划着要买一台洗衣机。我们对每一打衣服进行清洗和熨烫，以此获得三十美分的报酬。那些夫人们向来会把她们最大的物件交给我们，被单、桌布、工作服和 T 恤衫等等，而且她们通常情况下会再扔给我们第十三件，算作一打。十三这个数字不吉利，但是对于洗衣女而言，它被认为是幸运的，至少她们是这么认为的。

　　我们的房子里堆积着一大堆冒着热气的被单、内衣和 T 恤衫。如果想从一个房间到另一个房间去，就不得不在地板上爬来爬去。除了一个房间用来睡觉之外，我们把晾衣绳扯到了所有的房间。因为我们只能支付得起厨房壁炉里的一把火，所以每天比阿特丽丝和我会通过拍手的方式来取暖。我们沿着铁轨跑，捡起从过往机车上掉下的煤块，然后在天黑之后，从附近一个木材厂偷来尽可能多的木头。晚上，妈妈和我会准备晚饭，土豆和"肉汁"——"肉汁"是用面粉和水做成的，偶尔也会用面粉和牛奶来做。我们还养着那头奶牛，但所有的牛奶都被用来卖钱了。我们坐在厨房的桌子旁静静吃饭的时候，空气里满是肥皂泡的味道。但我们从没有放弃购买洗衣机的梦想，希望它能把妈妈从繁重的工作中解救出来。但是生活中总有要买的鞋子，总有教科书要买。因为没存下什么钱，我决定去找一份工作，这意味着妈妈必须独自一人洗衣服了。

我在一家小型的雪茄烟厂里找到了工作。这家工厂属于一个黑脸的矮个子犹太人。放学之后我会直接到这里来，然后一直工作到晚上八点钟。我和其他三四个女孩一起，坐在后面一个黑暗的屋子里，小心翼翼地剥下那些大而柔软的棕色雪茄叶的主叶。这些叶子在我们身旁堆叠，不久便被送到隔壁那个房间里。在那里，男工们正成排地坐在一张长桌前卷着雪茄烟。他们的房间明亮又整洁；我们的房间里却满是烟草屑。那些男人们可以笑着聊天；我们却不可以。下午五点，钟声一响，他们就会站起身来，迅速脱下自己的围裙，然后马上离开。而且星期六的时候，他们下午一点钟就可以下班了。我了解到，因为他们是工会的会员，所以才敢这么做。我们的雇主很照顾他们，而轻视待在后面屋子里的我们。我觉得真奇怪，那些强大到不需要照顾的人受到了尊重；而那些需要照顾的人却无法得到尊重。基督教也是这样，已经拥有的人被给予更多，而那些什么都没有的人却要被夺去更多。多么奇怪啊，宗教，还有这个充满仇恨的社会。

其中一个卷烟工是个英俊的年轻人。剥掉雪茄叶的空当儿，在隔壁房间灯光的照耀下，我看到了他棕色的头发……梦想着，也许有一天，他会看到我坐在这里。然后，就像童话故事里的王子似的，向我求婚！我勾勒出一幅自己坐在他身边一起卷烟的图景。所以有一天，我故意把装着剥好叶子的箱子放到了路中央。他经过的时候，不得不停了下来；他倒是看到了我，但他却质问我，为什么要这样故意把东西挡在别人面前。

我对着雪茄叶哭泣。八点钟似乎永远都不来。这个地方根本就没有爱……我似乎就是一根木头。雇主回来了，无数次因为我的缓慢迟钝而责备我。

"因为你总是在做梦，"起先，他温和地说，"你必须醒过来，更快地剥叶子；看，就像这样。"他的声音如此和蔼，他坐在我旁边的时候，我剥得非常快；但他后来就走开了，屋子里空留下黑暗和寒冷，还有烟尘。

有一次他坐在我身旁问我："晚上回家之后你都做些什么呢?"我以为他是关心我，于是我脸上绽开了笑容。他的举止显得那么温和友好。

"我会读从图书馆借来的书。"

"什么类型的书?"

"各种各样的书。"

"你不应该读书的，这就是你爱幻想而不工作的原因了。玛丽我警告你，如果你不能做得更好，我就要开除你了。"

我感到痛苦又悲惨。那天晚上我大哭了一场，用毛毯塞紧了自己的嘴巴，这样就没人能听到我的哭声了。他们可能会大笑——因为在我们的世界里，没有人应该流露出热情或者痛苦。只有弱者和女人才会那么做。

一天，雇主给了我一星期的工资，一美元五十美分，还有一句"你不用再来了"。

我一句话也没说走了出去。走到铁轨边的那个木材厂的时候，我在两堆木头之间停下脚步，痛哭了起来。回到家里，我又一次站到了洗衣桶旁边的位置，妈妈迷迷糊糊的，甚至都没注意到我回来了。她现在变得很迟钝。在学校里，我过得悲惨得无法形容，而且变成了班里最差的学生。有好几次我满怀信心地回答问题，认为自己说得很正确，结果却发现在老师眼里，它们都是完全错误的。在操场上，我和那些"野女孩"成群结队地聚在一起，她们讨论着在自己家中举办的"亲吻舞会"；在一些私密的地方，她们交换了生命的奥秘。

有的晚上我也会去参加她们的舞会，在那里，所有的游戏都要求亲吻。

然后，我当上了这群"野女孩"的头头儿。在学校里，没人敢招惹我。老师不敢斥责我，同学也不敢嘲笑我。对我来说，咒骂太轻松太自然了，因为我爸爸在这方面一直都扮演着一个"好老师"的角色。他甚至会把词汇分隔开，形成嵌入式的咒骂；他会说："这个，十足，该死的！"我跟峡谷里的男孩女孩们打架，我的弟弟们得以在我的羽翼下骄傲地逗留。

每当妈妈派我到商店里买一轴线、一袋盐，或是一块肥皂的时候，我会好好利用这样的机会。店员转过身寻找我需要的商品的时候，我会飞快地拿一些家里需要的东西，将它们顺势丢进我的口袋，或者藏到大衣里。通常会是一盒意大利粉、一罐豌豆，只要看到水果，我总会伸手去拿。店员转回来的时候，我的脸色显得纯真又平和。很多生活在铁轨边的男孩女孩们都偷东西，但在他们之中，我是最成功的一个，或许是因为我天生就拥有狡诈的一面。我到住宅区去买肥皂，到我妈妈帮忙洗衣服的那些住在大房子里的富人们经常逛的大型商场里面买东西，那里没有人会怀疑我。在这里，躲在毫无戒心的店员身后，我会把自己装得满满的，考虑着我所看到的每一件东西是否有偷走的可能性，以及怎么才能得手，怎么从商店出去，到家里该怎么解释。现在，我很少两手空空地回家了。刚开始的时候，我会对妈妈撒谎说是某个人送的这些东西，或者说是我捡的。

后来，我妈妈变得非常糊涂，她仍然责备我，然而却带着一种勉强而姑息的神色。我注视着她的嘴角，看到那里有一抹表现她非常高兴能得到食物的表情；因为冬天实在是太冷了，我们又实在太饿。每次看到这种表情，我就会变得更加大胆。我径直从学校来到住宅区，从这里拿一罐豌豆，那里拿一瓶浓缩的牛奶，又到另一个地方取一点蜂蜜，而且开始偷更大数目的东西。我尽量不拿鸡蛋，以防检查的时候不得不狂奔而去。有时候，我给家里带回的东西比妈妈带回来的还多。与此同时，我们家由土豆，以及水和面粉制成的"肉汁"组成的饭菜，被各式罐装食品和真正的黄油——所有能装进大衣口袋或者夹在胳膊下的东西所极大地丰富了。我只付了一样东西的钱，那就是妈妈的洗衣皂；但为了买两三块肥皂，我得从一家商店走到另一家，花两到三个小时。

乔治和丹现在有时候能穿上温暖的羊毛长袜了——因为长袜也可以被放在大衣口袋里带出来。深冬的时候，我在一家正进行打折促销的店里找了一份工作，开始有能力来丰富他们的衣物供应了。我接受了他们这里低廉的工资，像个奴隶一样地工作着。我把暖和的法兰绒衬衫带回家给弟弟们的时候，妈妈会严肃地看着我。我说这是我花自己的钱买来的，她也就不再多说。她从来没时间去询问，也没打算到住宅区去查证一下我说的是真的还是假的。即便她真这样做了，她也只会打听到，我是那家打折店里最恭顺、最可靠的店员！

大地的女儿

第三部分

春天给森林和山岭带来了希望。远处的山峦悄悄从深紫色变成了灰绿色。但对于我们这群生活在铁轨边上的人们来说，春天带来的只有挫折和失败。

整个冬天里，有那么两三次，爸爸驾车来到了我们家的厨房门前，他坐在小货车上，问妈妈打不打算告诉他究竟是怎么投的票。妈妈站在那儿，沾着肥皂泡沫的胳膊和手上冒着热气，回答道："我没有任何话要说。"说这些的时候，她的手指自然伸直，身上似乎有一种叫作尊严的东西，我被吸引过去站到了她身边，并且也稍稍抬起了自己的下巴。我老是觉得，爸爸会随时举起鞭子狠狠地鞭打妈妈的脸。而且我一直认为，要是没有我站在妈妈旁边，他一定已经那么做了。后来有一次，她用平静的语调告诉爸爸，她正在考虑和他离婚。听到这话，他十分震惊。

"作为一个受人尊敬的已婚妇女，居然说要和自己的丈夫离婚，真是了不起啊！"

"我知道你在勒德洛和那个做饭的女人住在一起，难道你不打算跟我说道说道吗？"她回答。

"该死！这简直是胡说八道！"他咒骂着。然而妈妈已经转过身重新回到了厨房里，并且坚定地关上了身后的门。

春天来了。铁轨边生活的年轻人梦想着许多模糊不清、让人坐立不安的事情。这让他们在月亮高高挂起的晚上徘徊在河岸边，成群结队地站着，或是隐没在一团团灌木丛中；这里整夜响着轻柔的笑声、低低的说话声、微风温柔拂过年轻人脸颊与喉咙的轻响声。我妈妈一直没有停止帮人洗衣服，晚上，她走进那间黑暗的小卧室里，筋疲力尽地躺倒在床上。春天的日子很艰难，因为很多原本在冬天放弃亲自洗衣服的妇人们现在都自己洗了。妈妈把价钱降到了一打一美元，还额外洗一件衣服，后来又降到了九十美分。"再用你就不合算了，罗杰斯夫人，现在只需要家里人稍微帮点忙，我们就能自己干这些活了。"有些妇人这样告诉她。妈妈的脸颊消瘦充满忧愁，还有她的背，她自己说"像是再也支撑不了身体似的"。因为饱受牙痛的折磨，她不得不把它们一颗一颗地拔掉了。比起吃药，这种方式要便宜一些，她有一边牙床上现在只剩下一颗牙齿了。

一天早晨，她想"再多睡一会儿"，所以我留在家里没有去学校，并且开始动手洗起了衣服。晚一些时候，她起床了，但是疼痛和头晕迫使她再次回到了床上。她一连卧病在床好几天。医生只属于那些有钱人，我们之中从来没有谁会去找医生，我们只能等待疾病自己过去。我一整天都在加热砖块，然后把它们垫在她的背后和头旁边；而且，每天我都要为大家做土豆，还有面粉掺水的"肉汁"。

那是爸爸最后一次驾车来到厨房门前，他没有再离开。当他又一次提起妇女选举权的时候，妈妈会沉默地瞅着地板裂缝，不发一言。她的沉默里满是沉重和痛苦。

妈妈的病好了，我们打算离开这座城市到矿区德拉圭去，爸爸签了合同在那里干运煤和采矿。妈妈说她可以"给矿工们准备伙食"，而我可以伺候他们进餐。孩子们要再一次离开学校了——这是没有办法的事，我们已经饿了很长时间了。但安妮不打算和我们一块儿走。春意感染了她，虽然她只有十六岁，但她准备要结婚了。

当她宣布这一决定的时候，一种模糊的厌恶感紧紧地攫住了我。她不是我的朋友，她又胖又自私！看着她的时候，很多回忆像洪水一样涌入我的脑海中，全都是一些丑陋的回忆。有一次，她半夜用身子挤我把我弄醒了。还有一次，我听从了牧师的劝告成了一名基督教徒。等所有人都睡着之后，我蹑手蹑脚地爬下床，跪了下来，向我应当敬畏的上帝祈祷，请求他宽恕我的过错。我正跪在地上等着会发生什么的时候，安妮转过身大声叫道："啊哈！你以为我没有听到吗？明天我就要把你干的这些事说出去。"她没有说出去，但她利用这件事威胁了我好几个月。

现在安妮要结婚了。一说起这事儿，她的嘴就合不拢。但此刻，我对她的厌恶被环绕着这件事的神秘感所吞没了。因为她的未婚夫居然是曾经雇用过海伦的那个富人家庭的长子萨姆；那时候，他是海伦的未婚夫，当时海伦没回复他的信，为此他还来这里找她。

他来到这里，我被妈妈赶出了房间。等我过了一会儿回来的时候，妈妈兜里满是海伦的信。萨姆痛哭，妈妈努力安慰他；之后他就走了——妈妈说他是去接海伦了。两个月过后，他回来了——独自一人；又过了不到一个月，他却和安妮订婚了，安妮对这件事感到十分骄傲。

我们准备去往德拉圭的前几天，他们俩举行了婚礼。典礼完毕之后，萨姆握着我妈妈的手，说自己一定会当一个好丈夫。像是两个饱尝痛苦的人所立下的誓言。在之后的年月里，萨姆坚守了他对我妈妈的誓言。也许，原谅一个自己不爱的人所犯下的过错要比原谅一个自己深爱的人所犯的错容易得多——那些你期待最高的人，最不容易去原谅。如果海伦犯下那样的过错，他不见得能原谅她。

许多年过去了，在海伦和萨姆分开了十年之后，我又见到了海伦，他们两人以及他俩和安妮之间的事仍困扰着我，所以我问了海伦一些问题。

"我不能嫁给他,"为了打断我,海伦紧张而断断续续地说道,"我当然了解他——你以为我瞎了吗?为什么我没有嫁给他?为什么?看在上帝的份上,我应该嫁给他吗?……这不关你的事。不管怎么说,刚开始的时候,一切都还好,但是等一个女人结了婚,不能维持自己的生计的时候,男人就会开始追究你的过去了。"

我无情地追问,想要一个答案。她一边否定,又一边肯定着。

"当然,这就是我不能嫁给他的原因。先是托尼,然后他又带来了别人……我不能生孩子了……你这个好管闲事的玛丽!这些关你什么事?为什么我不能生孩子?因为我做过两次手术……而且我每年还必须到温泉那儿进行治疗。现在,看在上帝的份上,你满意了吧?"

那时候我还有点迷茫,以为温泉是那些有钱人夏季娱乐的场所。而那段时间里,海伦确实打扮得像个阔太太一样。后来我才明白她为什么要到温泉去,还有,她努力想治愈的是什么病。我为自己知道了这么多而感到抱歉……如果一棵小树的树根一直被硫酸浇灌,那它注定不能长得又挺拔又漂亮。①

萨姆和安妮去到了俄克拉荷马西部,他们经营起一座农场,盖了一座房子,然后在那片一直延伸到地平线的荒凉的土地上劳作。安妮具有当一名好妻子的"品德",她就像一头没有脑子的牲口,就算和丈夫大闹上一通,但最终还是会屈

---

① 此句暗指海伦因为卖淫而染上梅毒,人生凄惨潦倒。

服于他的力量。这样的女人会跟随自己的丈夫走完一生，而不会有自己的想法和准则。萨姆让她离开了众多的女朋友，离开了街市和舞场，离开了她打扮得和别的姑娘一样花枝招展地去参加的热闹的舞会。她变成了一个垦荒的妇女，穿着宽松的印花布衣裙，光着脚走路，并梳起头发在头后面盘了个小髻。她忍受了两年这样的生活，然后和早先那些垦荒妇女一同沉默了。在她临死的时候依然感觉很遗憾，因为我似乎一直很讨厌她，我妈妈向我转述了这些话。她渴望地看着我，希望能在我脸上找出一丝柔情，然而并没有。我是一头倔强的野兽，把所有伤痛和仇恨都藏在内心深处。不论对还是错，事实就是事实。就是这样，生活已经教会我，不要有任何柔情。

就这样，我姐姐的人生走入了黑暗之中，而我还待在所谓的光明世界里。

安妮和萨姆离开特立尼达岛赶往他们农场的时候，我们正留在城里，煤炭领域最早发起的一场对抗科罗拉多煤炭钢铁公司的罢工持续了整整三个星期，特立尼达岛被州里的民兵占领了。他们"维持着秩序"，驻扎在炼狱河另一边倾斜的山坡上，正对着我们家的房子。他们嗜酒闹事，靠枪弹来解决争吵。纷飞的子弹把恐惧深深刻进了河岸边母亲们的心里。孩子们不得不躲在房子后面玩耍。每天太阳落山，父亲们就会出门寻找自己的女儿。如果某个女孩在洗衣店工作，就像很多住在铁轨边的女孩一样，就得有家人接她回家。记得有一次，一件事像野火一般蔓延开来：一个女孩因为被发现和一个士兵在铁轨上聊天而被她父亲打到半死。那个士兵笑着扬长而去——他穿着美利坚合众国的制服，没有哪个父亲敢动他一根手指头。几天之后，距离我们家两扇门之隔的那家父亲没去接自己的女儿，而她并没有像往常一样回家，父亲马上外出寻找她。最后在木材厂成堆的木料之间，他看到自己的女儿正被两个士兵控制着。放哨的士兵提醒了另一个，这位父亲大声喊叫也没能喊来人抓住他们。因为这个木材厂太偏远了，而且，有谁胆敢动"穿着美利坚合众国制服的人"呢。

消息在铁轨边飞快传播，当这对父女走过临街的房子前的时候，男男女女都从家里涌了出来，成群地注视着他们。两个人走得很艰难，垂下头，不敢抬眼看，女孩的上衣被撕扯了下来，眼睛哭得又红又肿。那位父亲垂头丧气，他的手指猛烈地抖动着，攥成了坚实的拳头。假使此刻这里发生一起对士兵的谋杀，陪审团如果是从我们这些人当中选出的话，我们绝不会判这位父亲有罪，也不会有任何一个人作为目击者站出来指控他。最后，"秩序"恢复了，矿工们被迫回到了矿洞里，那些穿着蓝色制服的法律保护人离开了，铁轨边的居民长长地舒了一口气。

我们抵达了德拉圭煤矿小镇的时候，空气中还充斥着浓厚的敌意。这是一个很大的营地，坐落在三四座贫瘠峡谷的接壤地带。在黑色的矿口处，煤渣堆挥发出的烈酒般的气味充斥着整个峡谷。一大排低矮的焦炉矗立在一排矿工住房后面，焦炉在晚上闪耀着单调的红光，两条狭窄的铁轨把它们和煤矿连接了起来。

那家公司拥有这一带所有的煤矿和几英里之内的所有地方。我们家的房子也是从那家公司租来的——除此以外没有其他的房子。我们买食物和衣服的那家商店也归公司所有——因为没有其他商店允许在这儿开。我们只能支付高价钱，否则就什么也买不到。学校的校舍属于那家公司，老师也是从公司的职员中挑选的。男人们聚集花钱的酒吧，也是酒吧老板从公司租来的，而且他还得和公司保持良好的关系。甚至连通向小镇的铁路都是公司的。每个月来小镇一次的牧师，只宣扬天堂和上帝，不谈人间。这万能的势力甚至发行了自己的货币——工券。所有的矿工和工人们领到的工资都是这些，而不是美国货币。特立尼达岛的银行将其兑现的时候会打10%的折扣。工人们被告知，他们一天可以获得两美元工资，但是是用工券支付的。有人抗议说公司商店的食物价格太高，老板解释说因为他们一直用工券付账，而工券在这城市是会打折扣的。

在那几排弯曲的两居室或三居室的矿工住宅前面，站着一群宽肩膀的男人。他们在酒吧的前廊和公司商店门前相聚——说着不同的语言——包括波兰语、捷克语、德语，全都混杂着英语。空气里充满了不满和仇恨的氛围，满是咒骂声，人们诅咒笨重的老板，咒骂每天过长的工时、低廉的薪水，以及矿井里危险的环境。我了解到，这些矿工在黑暗的隧道深处工作，他们把煤炭装上小车，再用骡子拉到矿口。那里放着一台秤，公司职员会在那里负责称重。根据多年的经验，这些矿工们能估计挖出来的煤炭的重量，但称出来的重量往往比他们估计的要少。就这样，每辆煤车克扣一点儿，最后就会造成他们周六晚上薪水信封里很大的缺失。已经是月底，罢工已宣告失败，他们在公司商店的欠账急剧增加。工人们痛苦地控诉，欠的账往往比他们赚的还要多，一些他们并没有买过的毛毯总是会被添加到账单上，可这些东西他们压根儿就没见过。但公司商店坚持说是工人买走了这些东西，并且理应为这些东西买单，否则就不能再继续赊账。他们不得不支付这笔冤枉钱，不然就会失业。

　　镇上的官员称呼这些矿工为"无知下贱的外国佬"！而另一些人则管他们叫"危险的家伙"，因为他们听到这些矿工们说得一口听不懂的外国话。对于美国人来说，所有自己不能理解的东西，都是危险的。

　　"要么付账，要么滚蛋。"这是公司商店的宗旨。矿工们不得不付账，因为离开这座城镇意味着要花钱，而到别的地方，肯定还会是一样的状况。即使真的离开这里到了另一个地方，他们也会发现自己的名字已经被写在了黑名单上，再也找不到任何工作了。就这样，他们被捆住了手和脚。四面八方都是这家公司的土地和城镇，再往北是其他公司的城镇，但情况和这里是一样的。

　　我小心翼翼地沿着这条弯曲脏乱的街道走过，看着这些矿工们住的房间。空空的小房间里放着一张桌子、一把或两把椅子、平底锅，还有一件乐器。有时候，还会看到里面有一些书。晚上的时候，他们中的很多人会坐在自家门外，吹奏起忧郁的民间曲调。当我经过的时候，他们很有礼貌地操着外国口音跟我打招呼，因为我不是来自于官员家庭，尽管我们家也是美国本土人。矿井时有坍塌，不时有矿工被砸死在矿井里，他们的尸体被抬过街道。那些人走过我们家门前，抬着在木板上躺着，受伤或者已经死了的矿工们。人群会聚集起来，跟着他们。我听说，是支柱不足或者灯火引起的瓦斯爆炸造成了他们的死亡。

　　当这些矿工带着锄头和铲子进入矿井的时候，他们自己包括他们的家人都不知道，他能不能活着出来。美国本土的工人们都害怕下矿井。当爸爸说起母亲待他不好时，他威胁说自己要去当一名矿工。他要让我们都知道——是妈妈的沉默逼迫他走进了矿井。于是我也开始害怕起矿井来，正如我刚才所说，所有美国本土的工人们都害怕有一天自己会陷入到那样绝望的困境之中——不得不戴上矿井的安全帽，坐进拉煤的车子里，进入一片黑暗之中。

后来，很多美国本土的工人来给我爸爸干活，因为他的工作是在地面上的。他现在有八辆或十辆马车。他是怎么拥有这些财产的，还是个谜。给我爸爸干活的工人有时候能达到二十多个，他们在土地上进行爆破，然后把泥土铲起来，为公司将要新建的建筑物做准备。他们蜂拥进我们家里来吃饭，我和妈妈必须要不停地为之忙碌。等这一顿的碗碟刷洗干净之后，又开始准备下一顿饭了。我妈妈又一次满怀希望，她无限制地透支自己的体力。我猜想，她年轻的时候也有过一些美好的愿望。当然，她现在的年纪也不算大，但身体还有精神已经衰老了，牙齿几乎掉光了。她现在开始把梦想寄托在我身上——她要我去学弹钢琴。为什么去弹钢琴？我曾经不是学过任何我能够接触到的乐器吗？在她看来，钢琴就意味着"受教育"，她想让我去学。她怂恿我去央求爸爸，给我买一架钢琴。她说他能够支付得起，因为他给自己的马匹买了上好的马具，还买了户外工作所需要的东西。但是当我求他给我买钢琴的时候，他嘲笑我痴心妄想。相反，他指派了一个所谓的"任务"给我。他说自己现在已经赚钱了，打算"做账本"。他说要看看这次还有谁敢骗他，"像当时那个狗娘养的特纳那样……"。他说自己会把一切都记在账本上，如果有谁跟他争论，他只需要把账目指给对方看就行了。他对算术以及账本的信任让人十分惊讶，因为他以前对教育可是不屑一顾的。有一天，他把一本总账本和分类账带回到家里，把它们放到我面前的厨房桌子上。

他命令道："你不是受过教育吗？现在，翻开这些账本。"

我盯着他，然后低下头把这些账本在他面前打开。

他转而用挖苦的口气说道："你已经八年级了，但你爸爸我要比你懂得多！听着，你得给我全部写下来！现在，坐下来，拿起那支铅笔。"

他开始口述数字，我在账本的一侧记下一长串数字。

"现在把它们给我加起来！"

我加了一次又一次……但每次求出来的总和都不一样。他站在那里笑着，看着我……我这样一个"受过教育的人"居然连加减法都不会！为了羞辱我，他夸张地挥动着手臂，自己拿起账本和铅笔开始算起来。但是，他也得出了一个不一样的答案；他又算了一遍，嘴里嘟哝地说着什么话，一边在纸上画出一个个圆圈。但是结果仍然不一样！他很生气，因为我此刻正在旁边看着。但是为了尊严，他不能让我走开。而且为了我自己的尊严，我也不会走开的。于是他对着厨房叫喊："艾莉！过来，把这些数加起来！你女儿都已经上八年级了，可是连加减法都不会！"他现在又称呼我为"你的女儿"了，每当我做了什么让他高兴的事情时，他总会说我是"她老爹的女儿"。

对我妈妈来说，这真是个值得骄傲的时刻。她会把手在围裙上擦干净，然后坐下来开始算。她边加减法大声念出来，让我们都能听到："二加五等于七，七加八等于十五，十五加八等于二十三，二十三加九等于三十二……"最后算出了正确答案。爸爸站在她身旁，一边看一边仔细听着，眼里充满了一种孩子般的信任与崇拜。我在其他人身上看到过这样的目光——我弟弟乔治总是会用这样的眼神看着我；我喜欢并且也喜欢我的人，他们也是这样看我的。而且我知道，在他们的眼里，我永远都不会错。可是这种眼神其实是一件糟糕的事情，因为这意味着个体的丧失，它会潜入另一个人的身体里面，不管你自己愿不愿意。

等到妈妈算完了，她站起身来看着爸爸。他此刻显得特别谦卑。从那之后，他生活中需要脑力劳动的工作就交到妈妈手里了。

"艾莉，你每天晚上都要来替我算这些账目。我需要它们，如果再发生像特纳那条蠢狗那样的事情，我就能把账本拿出来给他看。"

从此以后，每天晚上他们俩都会坐在桌子旁边，由爸爸口述项目和数字，妈妈负责书写和计算。每次爸爸都会从口袋里掏出来一个小账本，上面写着很多字迹潦草、只有他自己能够读懂的数字——那是他每天的支出和预算。他用了"预算"这个词，然后看了我一眼，并没有解释这个词的意思。至于他是怎么得出这些预算的，没人知道。他跟别人签订合同之前，都会盯着地面，咕哝着自言自语，抓挠着耳朵，在账本上面乱写乱画。然后，他会去到镇上那些公司官员面前，和其他承包人一起竞拍这个工程。有些承包人已经开始转用打字机来提供申请了，但我爸爸却依然坚持身穿衬衣和高筒长靴，做口头竞拍。他对那些只会用打字机和纸张的人有些许的蔑视。爸爸承接的多是挖土方或铺水泥地基的工程，工人、工具和车马都要自备。他提出总金额，然后要求两次结清，一次是在工程开始的时候，一次在工程结束的时候。

那些官员们打量着这个站在一边连外套都没有穿、报价比其他人要低的人。结束之后，他们往往会把这个工程交给我爸爸来做。这一定是因为他的人品，还有他说话的方式说服了那些官员。他有自己的一套方法，而且他的言语和举止也都富有趣味。他几乎不会写几个字，我从没见他读过哪怕一行的印刷字。他的世界不存在于书本的两个封皮之间，而是在他自己和他周围的一切里面。对他来说，书本里空无一物，可地面上的哪怕一个小洞都充满了冒险。他的眼睛从来不看天上的星星，而是盯着地面；他属于大地的一部分，大地也属于他。他在大地上挖洞，拥抱整个大地，按照大地的方式来进行思考。

我经常站在开凿的坑洞边缘，透过弥漫在洞里的灰尘看他。除了机器轰鸣，他听不到任何声音；就算我走近他，他也看不到我。他的思想此刻正在广阔的范围中驰骋——我知道在他脑中，他的思想掠过平地，飞向了远方……他不只是在地面上挖洞，还是在发掘一些神奇的东西——它们藏在大地深处。我知道这些，因为我了解他，因为我是我爸爸的女儿。

有一个瘦高的二十八岁的牛仔在给我爸爸打工。他离开了自己在新墨西哥的大农场，一个人到外面来见世面。他像所有那些为我爸爸工作的矿工们一样——在一个地方待烦了，厌倦了某种工作，就会去到下一个地方，找另一份工作。他们总是随身带着自己在这世界上所有的财产：一两把枪、一条好看的腰带、一双精美的马刺靴，可能还会有一个精致的帽圈、一条墨西哥式的马鞭，还有手套。他们几乎都有一匹马、一个讲究的马鞍，有时候还会配上一条缰绳，这些东西表明他们都很风趣。他们来自分水岭那边的农场，都是为人安静、长相英俊的男人，身上还混杂着泥土味。他们都很英勇，也很和气，满嘴说着脏话。拿到工资的时候，他们一晚上就会花光——在特立尼达岛有一座小山头，女人们在那里出卖自己的身体来满足男人的欲望。如果结婚，他们只会选择和处女结婚，虽然他们很少有人有钱来结婚。而女人们只有靠在婚姻中出卖处子之身，才能得到以后日子里所需要的房屋和食物。因此，各位父亲们会像守卫自己的银行存款一样地誓死保卫自己女儿的贞洁。他们会在屁股上挂一把枪，眼里闪烁着警告的目光。现在我已经长大了，我爸爸警告所有人，我不是一个可以被随便玩弄的女人。

但我仍然想和这些人交朋友，我钦佩他们，羡慕他们。他们当中的很多人已经和我们家住在一块儿好多年了。但是一直到最后，我对于他们个人生活的了解还是和他们刚来的时候一样少。估计他们彼此之间的了解也非常少。任何涉及内心世界的东西，从来都不会被提起。只有他们自己知道，自己有没有妈妈或者姐妹。而他们有没有爱上过别人，也像秘密一样锁在自己的心里。如果雄伟的山峰或者布满星星的夜晚，曾经让他们的心在无穷天际面前变得孤独，让他们的灵魂变得谦卑，这也将会成为一个永远不会和别人分享的秘密。

那个身材瘦高的牛仔就是其中的一员。他的名字叫吉姆——像其他工人们一样，他只说了自己的名字。但是有一天，他把他的姓氏也告诉了我爸爸，他说他姓沃森，这使我们之间变得亲密了些。大公鹿①吃饭的时候总是坐在桌子的末端，瞥一眼吉姆和我，眼里充满了欢喜的笑意。

"玛丽，请把这个马铃薯递给沃森先生。"大公鹿说，然后整个桌子上爆发出令人窒息的笑声。那个时候在美国西部地区，妇女很少。一个男人要讨到老婆不是件容易事。吉姆·沃森有一个大农场，农场需要一个女主人，而我就是个女人。

---

① 大公鹿：一个大个子矿工，"大公鹿"是别人给他起的外号。

后来吉姆送了我一条金链子，但是戴的时间长了，它在我脖子上留下了一道黑印。有一次他带我去跳舞，我把链子取下来放到口袋里，等到了舞厅才又戴上。大公鹿——这个年纪和体形都接近我三倍的男人，他嘲笑着吉姆。有一天，大公鹿给了我一把左轮手枪，他说："可能你会用得着这个。"他可不是那种会送我一条细链子之类的东西的人！

一个周日的下午，我从大公鹿那里借了一匹小型马，骑到山谷里去捉松鼠。吉姆说他陪我一起去。大公鹿倚在栏杆上，用手支着脑袋，屏住呼吸在笑。吉姆收拾了一下自己，穿着一件白衬衫，腰间戴一条镶着银边的宽腰带，还戴了一顶灰色的帽子，用帽圈装饰着，和他那条腰带一样精美。他长得并不英俊，但是十分讲究，不是每个男人都会像他这样穿着白衬衫的。他骑得很随意，让马懒散地小跑着，好像并不关心这匹马去向何方似的。我们骑马穿过了一片满是黄花，摇曳着杨树和松树的峡谷。吉姆把一条大长腿抬起来放到马鞍上，手里举起一支雪茄，向我介绍起了他在新墨西哥州的农场。

最后他问我："你觉得怎么样？"

"很不错啊。"

"你觉得跟我结婚怎么样？……到时候农场的一半归你，你还能拥有现在我骑的这匹马，我还会给你一把 45 式手枪①，别要你现在腰上别着的那把枪了。"

呵！这居然是一场求婚！虽然跟书上不太一样，但的确是在求婚。婚姻……似乎是一件很陌生很遥远的事情。但是订婚……就能拥有一把枪、一匹马，还有属于我的大农场！

---

① 45 式手枪：一种半自动手枪。

吉姆继续问道："那，你愿不愿意和我结婚呢？"

我回答说："我愿意。"

"真的吗？"

"当然！"

用他的话来说，他决定"买卖当场成交"。

"那现在，这匹马就是你的了，等一回到镇上，我就马上给你买一把 45 式手枪，还有手套和马鞭。然后，你就可以把大公鹿送给你的那把手枪还给他了。"

"我才不要那么做！这把枪有什么问题吗？"

"我们就要结婚了，而那把枪是别的男人送给你的……"

"别自说自话了！在我看来，这把枪没什么不妥的！"

他看到自己惹我生气了，赶紧笑着说：

"我是开玩笑的，"他说，"只是想看看你会怎么做！如果我也送给你一把枪的话，你就有两把了……不是每个女孩都能拥有两把枪的。"

除了一句"谢谢"之外，我不再说一个字，只低头看着这片被暗绿色和暗黄色悄悄笼罩的峡谷。这场求婚简直太糟糕了，一点儿也不动人，倒更像是在做交易。

"你不打算吻我吗？"吉姆的马和我的马挨得很近，他的声音听起来很低沉。

我继续盯着峡谷看，因为看他会毁了眼前的这一切。他看起来似乎很老了，而且还留着胡子……书里写的英雄可不是这个样子的。他离我很近，从他的马鞍上弯腰探向我。他的嘴唇碰到了我的嘴唇，我试着去忽略他的烟草味和汗味……可能任何一个女人都曾期待过和男人做这种事……和一个自己真正喜欢的人这么做感觉应该不会太坏。这个想法停留在我的血管里，就像一个钩子挂在水流中的树桩上一样。

我们骑着马回家了。之前我从没想过婚姻对我意味着什么，对其他人意味着什么……寻常的婚姻简直太糟糕了，我都不愿意去想。等我们回到家之后，吉姆走进了厨房，我心里有一种不祥的预感……他可能又要胡扯些什么……这个长腿的笨蛋……他就不能消失几分钟吗？

我正在布置餐桌的时候，爸爸妈妈来到了门口。爸爸叫我："玛丽!"我又害怕又羞愧，真想找个地缝钻进去。他又叫道："玛丽? 吉姆说他和你要结婚了……你年纪还太小，还不能结婚啊!"

"是啊，玛丽。"妈妈说道。她两只手紧紧攥着放在身前，悲伤地站在那里。

"我已经快十五岁了，安妮结婚的时候也才十六岁而已。"

"你还是太小了……而且安妮比你要成熟。你还不满十八岁。况且……"爸爸的声音突然变得既犹豫又尴尬，"婚姻里还有很多其他事……还有责任啊……"

我愤怒地惊呼道："责任?! 我不愿意担负什么责任!"我看着爸爸妈妈站在那里，一股羞愧和反感的情绪涌上心头。我涨红了脸："去死吧，去死吧，去死吧! 那些东西让我觉得很恶心，让我觉得很恶心! ……该死的责任!"我讨厌所有的东西……讨厌他们俩站在那儿……讨厌那个大长腿、瘦高个儿、胡子拉碴的愚蠢的傻瓜——吉姆，吉姆·沃森! 我转身逃出了屋子。

那天晚上，我没有在饭桌前吃饭，而是找出了吉姆送我的那条细金链子，让比阿特丽斯帮我还给他。

我教她说："告诉他，我不要他的枪和马了!"

第二天吉姆就离开了小镇，那些工人们站在栏杆旁笑着，看着他骑马离开了。

我们又搬回特立尼达岛的火车铁轨边了，妈妈很难过。她说，又浪费了一年。我们赚的钱都赔了，只剩下两匹马。家里每天都充斥着争吵声，但她不愿意再搬离这个城镇了。

爸爸想要妈妈跟着他去另一个矿区，到那儿给他的工人们做饭，妈妈指责说："然后呢，让孩子们再次离开这里的正规学校吗？"

有一天，争吵声从后院传了过来，我赶忙跑到厨房门口。我看到妈妈站在那里，两只手泡在一桶衣物里，脸色如海伦离开的那晚一样灰白。看起来她似乎连把手从水里拿出来的力气都没有了。爸爸站在她身旁，手里拿着一段很短的双股绳。他们听到了声响，抬头看着我。

"玛丽，他想拿这段绳子打我！"妈妈有气无力地说。

妈妈似乎是在向我求助，希望我帮她对抗爸爸。爸爸站在那里，肩膀宽宽的，体型是妈妈的两倍，嘴角残留着烟草汁。他想打妈妈……他最近确实说过，他很羡慕那些可以随意打自己老婆的男人们。他虽然心里想，但还没实施过。我站在那里，看着他，我知道他所有做过的事以及他打算做的事——因为我们对彼此知根知底。我恨他……恨他的懦弱，只敢欺负那些比他弱小的人……恨他打女人——就只因为她是他的妻子，而法律给了他这项权利……我恨透了他，甚至想把他杀了……我今天为什么没把左轮手枪从行李箱里拿出来呢！

妈妈仍然盯着我看。

"玛丽……如果他打我，我就立马去死！"

我呵斥爸爸道："你敢！……"

现在去拿枪已经太迟了……但我根本不需要枪！我冲到

妈妈身旁，把她拉到我身后，面朝着爸爸和他对峙着。

"你敢！你要是敢……"

我能够感觉到，妈妈把她羸弱的身体靠在了我的后背上。爸爸的眼光咄咄逼人，嘴里满是酒味。我想，他可能会打我，心里有些惊慌失措……如果他打我，那我就……对，我就用牙狠狠地咬住他的喉咙……

我们站在那里，像敌人一样地瞪着对方。然后绳子从他的手里滑落下来，像蛇一样盘绕在他的脚边。他什么也没说，转过身去沉重地走过了窄小的门，肩背看上去是那么佝偻……特别佝偻……他的衬衣破破烂烂，而且脏兮兮的……嘴里嘟哝着什么，沿着铁轨向前走去。

过了好久，他终于消失在了转弯的地方。等爸爸走出视线了之后，我发现妈妈已经匍匐着躺在了床上。我站在她身旁，盯着那面褪色的蓝色墙壁。现在，要我再去抱着她安慰已经不可能了。可能在我还是个孩子的时候，会因为喜爱而上前抱住她，但那已经是很多年前的事情了，我早已经忘记了。现在，我肯定不会这么做了。我沉默地转过身，走到了院子里。等她再走出屋子的时候，我已经快把衣服洗完了，天也已经黑透了。

"不用了，我能洗完的……没剩多少了。"当妈妈走近我想帮忙的时候，我推辞道。

一条纽带把我们俩紧密地联系到了一起……一条在苦难中缔结的，不会被扯断的纽带。

有一个男人……但不是我的爱人，他叫鲍勃，二十一岁，是个理发师。有一天晚上，我悄悄溜出家门，去了一家舞厅——在那里我遇见了他，他的优雅给我留下了深刻的印象。

妈妈听说了这个人之后，小心翼翼地表示不同意：他是一个娇贵的城里人，他有柔软的手、狡猾的舌头，滑头滑脚的处事方式。我争辩，他是一个优秀的男人，不像那些给我爸爸干活的人那么粗糙。妈妈却说，他要是那样的人就好了，至少那些给你爸爸干活的工人们都是勤劳诚实的男人，他们会保护一个女孩，而不是想着利用她。

我喊叫起来："保护？我不需要任何男人的保护！我能够自己保护自己！"

为了表示对抗，我当天晚上就去见了鲍勃。妈妈太过软弱，不敢阻拦我。那天晚上月光很好，鲍勃驾着一辆四轮小马车在桥上等我。

在一轮银月的照耀下，穿过那条闪闪发光的路十分惬意，月光既温暖又亲切。马儿像飞速流动的水一样向前奔跑着。鲍勃的胳膊从背后抱住我，那种感觉让人觉得很舒服。马儿继续向前飞奔着……下了一个长长的斜坡，又上了一个坡，又下了另一个坡……然后缓慢地转过一个弯，到了一个黑暗的桥底下。鲍勃猛地一拉缰绳，让马停了下来。他用另一只胳膊抱住我，我能感觉到他火热的嘴唇正在寻找我的嘴唇，他的手又轻又缓地移到了我的胸部……他居然是这样一个混蛋！

"别这样……求你了！"

"来吧，我不会伤害你的！"

我从他的怀里挣脱了出来："我说了，离我远一点儿！"他的嘴唇上……他的手紧搂我的身体，我痉挛地扭动着。有一些软弱的东西在我的血液里缓慢流动着，使我要屈服了。我脑海里想起了爸爸妈妈、海伦、安妮……还有小时候那个已婚的女人在恳求："亲爱的，你知道我是爱你的！"这些回忆……

在黑暗之中，我努力摆脱了他，他的双手很柔软……但我的却并不是。一种本能的恐惧在我体内蔓延，我用尽所有力气打向他……我能感觉到他火热的身体，还有一些温热的、令人作呕的东西在我嘴里流淌。

"去死吧！你——"他用手推开了我的胸脯。我翻下马车，急忙抓住车轮。

我躺在柔软的大地上，恐惧得头晕起来。鲍勃爬了起来，站在我旁边。他一边嘴角有一团黑色的血渍，我们俩就这样面对面看着彼此，像夜里两头对峙的野兽一样。

他说："上来吧！我会把你送回桥那边，然后，就这样吧！"

"我自己走回家！"

"要是有人看见了你，他们会怎么说你！"

"那不关你的事！我会自己走回家的！"

"那你就自己走吧，该死的！我再也不想看见你这张丑陋的脸！"

我沿着这条通往小镇的灰色小路慢慢往回走。月光变得冰冷生硬，就像冬天寒风凛冽的湖面上结的冰一样。孤独和我的眼泪还有痛苦混杂到了一起。

以前我从来不知道还有这样一个偏僻的地方。我们的小木屋架在峭壁上，像是要跳起来一样。一边是一个被松树和白杨树覆盖的峡谷，另一边是一大片一大片精致的紫野菜。在峡谷的上方，以前尽是张着嘴喷吐煤气的矿山。在那次炸死了将近一百个矿工、烧尽了整座矿山的爆炸之后，这里就被遗弃了。而在矿井之上，是长满树木的山峰。晚上的时候，会有野兽跑到这里号哭。像人胳膊那么粗的响尾蛇会盘绕在锯齿状的石头上，或者像一根木桩一样躺在向阳的山坡上。

骑马走下这个峡谷之后，会路过先前小镇留下的一些空屋子。峡谷的谷口朝着一片宽阔的平原，我们叫它"平地"。秋天的时候这里是一片金黄色，满是坚韧的矮草丛。东边很远的地方是一排低低的山坡，在它们之上还有其他更高些的山坡。在西北方向，平原一直在地面上延伸，直到落基山脉的山脚下才停止。那里的冬天银装素裹，积雪终年不散。人们称这座山为——"基督圣血"，可能就是因为日落之后闪烁着微弱光芒的雪，像是投影在整个峡谷和平原上的温暖血液一样。

当月光照耀在这片白色的宁静的平地上的时候，我们能听到从黑暗的峡谷深处传来的号叫声，那是一群离开了藏身的洞穴，聚集在平原的土狼，估计有几千头。空气里回荡着尖锐的叫声，我们家的狗跑得远远的，颤抖着躲到角落里。

这个时候如果骑马穿过这片平地往东南方走，你会经过一大片土拨鼠的巢穴。这些胖胖的小动物蹲在成千上万个小土堆的顶上，凝视着这个充满阳光的世界。再往前绵延着起伏的山丘，而在它们之上则是人的世界：首先，是一个用土砖建成的天主教堂，墨西哥人每月来这里聚会一次。那儿有一位神父——我爸爸称他为一条无害的"搜捕罪恶的老猎犬"，定期到这里来拯救其他人的灵魂。再往前的地方坐落着一家酒吧，洛克菲勒文明的标志就在不远处，那里是我爸爸出峡谷时中途休息的地方。再往前去，有一片位于台奇奥边界的科罗拉多煤炭钢铁公司的矿区。

这里也蔓延着像德拉圭一样的气氛——情绪郁积着不满和仇恨。这里有着一样的抱怨，对老板，对过长的工时，对工资，对支柱和其他防坍塌器械不够，对高物价以及公司商店的欺诈行为，还有用工券而不是美国货币的支付方式。每天早上，这些矿工会拖着疲惫的身体走进矿洞里，然后晚上再带着一身的煤灰，回到家中。他们的孩子，那些十多岁的男孩们，会先在矿井周围干零活，等到他们长到足够强壮，就会变成一名矿工。这些矿工和我们一样，生存只意味着干活、睡觉、吃什么或什么时候吃，还有流血和死亡。至于娱乐方面，男人有酒吧供其消遣；而女人则没有任何消遣的场所。书籍是稀罕物，我们家有一本书，名叫《演讲范本》；报纸是珍品；读书是富人的特权。实际上，矿工的孩子很少有人能上完公立小学，大部分都没有。而公司高级官员的孩子们，他们上完了高中之后还要上大学。

又爆发了一次罢工，横扫公司所有的煤矿，我们没有一个人敢去台奇奥，谣言像森林里的野火一样疯传。警长是这个小矿区的统治者。他是一个美国人，屁股上挂着一把柯尔特 45 式手枪。他要让所有矿工都知道他是被雇来维持秩序的，他一定会尽力做好。

他说："哪怕随便给我几分钱，我就愿意喂那些该死的外国佬们一把子弹。"或者他准备随时送他们某个人去见上帝。

仇恨和饥饿席卷了整个矿区。只有公司商店里有食物，但商店不让赊账。学校已经关门了，街道上也空无一人。州民兵组织又驻扎在了特立尼达岛和所有沿着峡谷的大矿区旁边。那些顶替罢工者工作的人被聚集起来，每次他们进出矿井的时候，这些军人都会负责保护他们。

经过了几个月的艰苦斗争和忍饥挨饿，罢工最终还是失败了。是矿工们唠叨的妻子和哭泣的孩子们把他们又逼回了矿井，是她们击败了矿工们。

妈妈在罢工期间关注着从矿区传回来的所有消息。她很少说话，尤其是在我爸爸以及那些给他干活的工人们面前。我记得她对矿工们有一种本能的、毫不迟疑的同情。她痛恨那些有钱有权的人和团体。在这么多年里，她已经从一个贫穷的农民转变成了一位无产者。但我爸爸就没有这么清晰的认识了。作为一个美国本土人，他希望自己可以当老板。所以他和那些警员站在一起反对外国工人的罢工。他一直很糊涂，他有很多给他干活的工人们，但他自己其实也是一个无知的工人。不管他工作得多努力，他似乎还是一样的悲惨贫穷。他太过无知，不能理解这些事是为什么或者怎样发生的。但是他和我妈妈一样，也懂得一件事，那就是干活最多的人往往不是赚钱最多的人。似乎这是富人们的过错，但他就是不明白。他把自己的不理解和失意全部转移到了酒里，或是用打扑克来抒发他的愤恨。

那些给我爸爸干活的本地人就更不明白了。他们似乎并不怎么关心这个问题，因为他们还没有结婚，没有一大家子要靠他们来抚养。但是，他们过得也不快乐，他们也会喝很多酒。在罢工期间，他们对矿工们是真心同情。但他们以前都是牛仔，又都是利己主义者，所以他们并不能理解这场罢工。傍晚，我们家厨房门口经常有争吵和辩论，那些让我明白罢工是什么的观点，我现在早已回想不起来了。责任似乎应该由一群从远处来的人承担——公司每年会派出检查团来此视察。检查团来的期间，工人们总想着自己的某个大老板会不会被枪毙，但是事实是，从来没有。尽管每个人心里都充满了憎恨，却不得不低下了头，期待罢工赶紧过去。最后，所有人不得不服从那些付给我们工资、保护我们能活下去的富人们。大家口里说着："好的，先生！"还有"谢谢你，先生！"因为大家都知道，这些是必需的。

从那时到现在，已经过去好多年了，我已经经历了太多的风暴。多年之后每当我听到男人对女人说："一切都是命中注定的。"我就会想起峡谷里的生活。"命中注定"这个词，是掠夺者对被掠夺者说的借口。无知的黑暗——除了那些经历过的人，谁又能体会到呢？而那些嘴里说着"命中注定"的人们又是其中最蒙昧无知的。因为知识的世界离我们太远，我们只会被动接受，不会主动思考。

妈妈越来越沉默。自从爸爸企图打她，然后又逼着她让孩子们从学校里辍学来到这个峡谷之后，妈妈就变得比以前更加沉默了。她的生活被完全隔离了，因为我们是周围几英里范围内唯一一家说英语的家庭。而且，她从来不向我们这些孩子诉说自己的不幸；而爸爸，对她也不怎么好。他给这家公司工作，而我和妈妈则给他手下的工人们做饭。我们的生活十分艰苦，饭菜通常十分粗糙。在这里，买一双新鞋都能成为一件大事。有时候海伦会寄一包衣服给我们，然后妈妈和我就改做它们。但妈妈从没给自己做过一件衣服，她说：

"我不需要什么衣服，我又不去哪儿，又不去见谁！"

每次这些包裹寄来的时候，爸爸总会提起海伦的生活方式，想要以此来打开话题。每当这时，妈妈脸上的肌肉就会开始抽搐，像挨了一巴掌一样。然后一言不发地转过身去，继续做饭。

"天哪，这可真不错啊！"爸爸一边咒骂着，一边离开了屋子。

周日的时候，几英里之内的墨西哥人都会聚集到这片起伏的山丘上，山丘环绕着峡谷脚下的"平地"。他们分成几队进行比赛，脱下各自的衬衣，玩起了"击球"。我们坐在像是圆形剧场的山坡上，一起观看比赛。

　　天气晴朗的傍晚，工人们吃过晚饭后会聚集在我们家厨房门口，一边聊天一边唱歌，我赶忙收拾好碗碟跑去加入他们当中。他们其中某个人领唱，其他人随声附和，那是几首老得没人唱的西部歌曲。整首歌曲分为很多小段，所有歌曲全是一个音调，声音低沉，带着忧郁的悲伤。歌曲讲述各种故事，关于冒险，关于牛仔的快乐和悲伤，关于垂死的牧人，关于不幸，甚至还有爱。

　　有时候会有人拿出一把法国竖琴，开始弹奏。另外的人就会起身为之伴舞。有一次，伴舞的是一个瘦高的年轻人，他正是我当时的男朋友。不过我们俩一直保密，没让其他人知道。他的蓝色衬衣敞开着，他弯了弯腰，然后开始跳舞。他摇动起身体，挥动起手臂，固定在这片坚硬的土地上的某个点，不停地跳着舞，一直跳到皮靴脚后跟在这片硬泥地上发出如手枪射击一般的声音。他站得挺直，双手放在腰上，抬头看向头顶的月亮。月光洒向闪烁着光芒的小河里，在他的黑皮靴上来来回回地反着光。

　　音乐停止了，周围一片寂静，只有微风轻柔吹过树梢顶部发出的沙沙声还在回响着。舞者用一条红手帕擦了擦自己的前额，又从另一个口袋里拿出腰带。大公鹿的皮靴露在月光下，脑袋则隐藏在屋子的阴影之中。他开始说起自己曾经在德克萨斯见到的舞蹈家，或者，是里奥格兰德？那位舞蹈家常常会围绕山火跳舞……那应该是十五年前了……不，回想起来，可能差不多有二十年了……

大地的女儿

第四部分

如果不是因为我的血液里流淌着游荡精神——我爸爸遗传给我的；如果我没有遗传他对生活的拒绝和反抗，而是接受了上帝安排给我的命运的话，我可能一辈子都会待在那个矿井小镇，嫁给某个工人，为他生下一堆孩子，让他们在街道上奔跑，然后三十几岁的年纪就死去。这就是命运给我这样的女人们的安排。但是，太平稳的生活对我来说像是敌人，很快就会失去新鲜的色彩；而未知的东西则不停地召唤着我。

我们搬到台奇奥不到一年，我成了一名学校的老师——我，一个连小学都没上完，连加减法都做不对，连语法规则都记不住的人，居然成了一群六岁孩子的老师，还教几个和我一般大的男孩子。在新墨西哥，在一大片平原之上，突然凸起了一座混杂着绿色、紫色和红色的台地①。台地又宽阔又平坦，海拔高到连树木也无法生长，而且四面全是垂直的岩石壁。狂风暴雨横扫整条山脉的时候，会有闪电劈在这些岩石壁上。

我住在临近峭壁的一间两居室的屋子里——前面的屋子当教室，后面的屋子则被我用来当起居室。我在这间起居室里睡觉，做饭，批改作业。虽然我来到这里的时候已经是五月了，但晚上还是会有雪花在窗前飞舞，风抽打着从学校校钟扯到这间屋子的一条绳索，发出像幽灵一样阴森的声音，嘶哑哀号的风声，和钟发出的吱吱呀呀声混成一团。

小男孩和小女孩们赶来上学，他们从宽广、平坦的台地那边来；墨西哥人，还有半混血的印第安人从峡谷深处来；

---

① 台地：一种顶部平坦，四周有岩石陡崖的山，常见于美国西南部。

还有一些男孩和女孩，骑着小型马从遥远的平原赶过来。我知道自己能力有限，但我至少比他们强点儿。而且我有自己的小计谋——那就是，每当一个学生做不出某道算术题，而我也不会做的时候，我就会点名叫一个稍大一点儿的学生，让他在全班人面前显露他的知识。他自豪地做出了这道题，同时我们所有人也都学到了一些知识。

我是个"老师"——牧场的人家认为请我到家里做客十分荣幸。孩子们给我带来食物当作礼物，还有一匹马专门供我用，我骑着它穿过一片粗糙但温和的土地。我很安全，就像所有的女人一样安全，因为这片土地上不仅男人们很强壮，女人们也很强壮。即便有摩擦，她们挂在身上的枪也可以帮她们解决。在这里，不管武力或者枪支都是必需的。现在我回想起我的少女时代和青年时代，那时候，我整天待在那些西部的男人们中间，他们都是不识字、生活粗糙、尝到过生活艰辛的工人。只有一个人例外，他就是小镇上的理发师。在这之前，我从来没有被谁轻薄过，没有一个男人无礼地对我动手动脚。可能是因为我太年轻，或者是我太无知了。那时有许多人向我求婚，因为那里女人很少。但是我比其他大多数女人要明智，我的知识虽然浅薄，却已足够战胜情感，让我做出明智的决定。所有的女孩都嫁人了，我不知道自己应该怎样逃脱这样的命运，但是我决定要逃脱。在这件事上，我记得，妈妈虽然没说什么，但她选择了支持我。

在新墨西哥，我和那些男人们骑马四处跑。正午的时候组队唱歌，或者晚上来来回回地跳舞。我和他们在黑暗的谷底，或者在平原上跳舞。他们都是很纯朴正直的男人，和他们在一起，甚至比修道院里的女孩们还要安全——安全得多。我完全没有去想性爱的问题，不仅因为我还只是个孩子，更因为我实在太忙了，有很多其他事需要我去思考。而且，我并没有要嫁人的打算。

我现在回想起那些精神饱满、身材粗壮、胡子拉碴的男人们，总是感觉心情愉快。我还回想起矿井营地上的那些艰苦、不幸的工人，以及他们沉默、不幸的妻子们。现在想起他们，我有一种既悲伤又喜爱的感觉。但是，在我追寻那些自认为更好、更高贵的东西的那几年里，我是否定这些的，我否定自己的民族，否定自己的家庭。我忘记了他们唱过的歌，那些歌曲绝大多数现在都已经消失了。我把方言从我的口音中剔除，我因为他们以及他们的生活方式而感到羞耻。但是现在，是的，我热爱他们，他们是我血液中的一部分。他们，以及他们身上所有的美德和错误，都对我人生观的形成起到了重大影响。

一次偶然的机会，我回到了台奇奥，碰到了矿区学校的一位老师，她是一位来自师范学校的老师。一开始，我因为她是一个受过教育的女人而怀疑她，憎恶她。但是后来，我们成了朋友。我们从矿区借来马匹，骑着它们一起到山上打猎。她建议我和她一块儿学习，参加郡县举办的教师考试，然后成为一名正式老师。在那一年快要结束的时候，她把自己的裤子和衬衫借给我，我骑马穿过分水岭到新墨西哥州的一个小镇去参加教师资格考试。

她提醒我："要说自己今年十八岁，谎言是不会伤害到任何人的。"

我回答说："我不介意说谎。"

当我把这些事情告诉大公鹿之后，他惊呼了起来："说谎！你说起谎来比兔子跳得还要快嘞！"

我战战兢兢地坐在一群年长于我受过更好教育的女人当

中，开始了考试。两天过去了，县学校的主管把成绩带来给我。他是一个身材高大、体型消瘦的墨西哥人，他的眼睛是黑色的，既聪明又和蔼。

他告诉我："你的算数成绩很低，还有语法、校规，和一些其他的问题，但是如果你能说一点儿墨西哥语的话，倒是有一所学校可以收你。十分偏僻，天气相当寒冷，学校只有在夏天才会开课。那里远离城镇，条件很艰苦。你必须自己做饭，自己洗衣服。生活很粗野……你知道的，像那些牧人一样。"

我当时并不理解他的话，但是我的理智告诉我，应该继续听下去，并且装作听懂了。他的话对于我来说简直是新闻，居然有人可以不用自己做饭；我原以为除了富人之外，每个人都需要自己洗衣服的。那么，我想知道，他口中所谓的"粗野的人"是什么意思……他一定说的是那些整天在酒吧外面闲逛的人……但是又不可能，因为他说了，那里是个很偏僻的地方。我就那样坐在那里，看着他……我当时并不明白，自己就是他口中的那种"粗野的人"。

就这样，我成了一名老师。我既不害怕孤独，也不害怕寒冷、不害怕野兽……至于粗野，我倒想去看看会是什么样子的，可是我什么也没有看到，大家都和我一样。有一次，我被劈在离我房子不远处石头上的闪电给电晕了过去，然后意识模糊地在门口躺了好几个钟头。我没有因此而害怕，也没有想到要离开这所学校。我只是拖着身子走进了房间，爬到床上去，然后等着自己慢慢好起来。因为这所学校已经是我目前所能到达的最好的地方了。我现在每个月可以赚四十美元，还可以把一部分钱寄给妈妈。我的那位充满着细腻与美德的妈妈，骄傲地制作衬衣和裙子，然后把它们寄给自己在学校当老师的女儿！她一直相信我一定会变得"有学问的"。现在，当她再遇到台奇奥矿区厂长老婆的时候，她不会再藏起自己青筋突出的手，趁着没有被发现悄悄溜走；现在她会骄傲地抬起头，然后说：

"里查德夫人，你好呀！今天天气不错，不是吗?"

在这座台地上，我读到了一本家庭妇女类的廉价杂志，里面刊登有长篇爱情故事、衣服样式、烹饪菜谱、美容经验分享、奇闻趣事等。上面有一页写着很多男人女人的姓名和住址，他们想和陌生人交换风景明信片。我从这份名单上挑出了一个男人的名字，它是其中最动听的名字——罗伯特·汉普顿。他的地址写的是哥伦布，俄亥俄州。那是一座遥远的东部城市，我对这座美丽而又充满未知的学问的城市有很多憧憬。我给这个人寄去了一张画片，他回复了我。随着夏天慢慢过去，一开始一个信封里装一张画片，后来变成两张，再后来变成四张。他写道，他目前正在中学学习。在我眼里，他简直是一个很有学问的人！他给我寄他的旧书让我读，历史类的、文学类的、植物学类的。我读了所有这些书，尽管书里的内容枯燥又无趣。然后我把它们寄给了妈妈，希望她也能够学习这些知识。秋天学校放假的时候，我回到家里，看见妈妈正坐在厨房的窗户旁边，耐心地读着其中的一本书。她已经读了好几周，但是到现在连整本书的一半都没有读完。对她来说，这些书里的知识又新奇又困难，但是她和我一样，都觉得有必要学习这些东西。

对我来说，那一次回家的经历很自豪……作为一个十六岁的女儿，一个凯旋的出征者！我现在是我们家里的主要经济支柱了。爸爸在一个很远的农场里工作，我回家的时候，他专门赶回到妈妈现在在台奇奥住的地方来了。我现在还能记得他来时的场景；妈妈坐在窗边，我说起学校的事以及冬天我将要去一所新学校的时候，她满脸兴奋。我向妈妈介绍给我寄过明信片的罗伯特·汉普顿先生，告诉她他有多英俊，多博学，就像书里面的人一样。她没有搭话，可能是在想，比起和身边现实中的某个人谈恋爱，和一个遥远的英雄谈恋爱可能更好一些吧。在我们谈话的过程中，我注意到她的头发已经显得灰白，她三十五岁以后就是这样了。她瞥了一眼半山腰，突然，她的脸庞显得十分痛苦。我随着她的目光望过去，看到我爸爸正从公共商店向这里走来。他走得很沉重，宽大的肩膀佝偻着，低着脑袋，一边挥着手，像是在和某个隐形的人说话。

爸爸来了之后没多久，我立马就赶去我的新学校了。它位于距离普里梅罗河很远的一个峡谷里，那里是科罗拉多煤炭钢铁公司的另一个矿区。在那里的四个月，我除了在学校里说英语之外，再没有人说英语；甚至连学生跟我说话，用的也是墨西哥语。晚上的时候，我返回到那间墨西哥式的土坯房子里。这间屋子的主人是一个在学校董事会工作的墨西哥人，他觉得自己作为一个男人而且又是一名官员，有权利和村子里最有智慧的女人交谈——那个女人就是我！他的妻子是一个心宽体胖的墨西哥人，没什么非分的想法，也没什么自己的主意。男主人经常和我一起吃午饭，他的妻子总要忙活，她总是一个人来来回回地奔波在厨房和我那间既是餐厅又是起居室，还是卧室的房子之间。然后她才会和孩子一起在厨房里吃午饭。她丈夫口中半是墨西哥语、半是英语，尽管她一直相信他能说一口完美流利的英语。他对自己的妻子充满强烈的鄙视，觉得像他这样拥有职位和智慧的人，和这样的女人结婚是一件很丢脸的事情。我不敢对这个女人流露出半点同情心……对这样的男人来说那会是天大的侮辱，甚至可能会让我因此丢掉工作的。

我厌倦了他的高谈阔论。他认为女人就应该时刻聆听男人的言论，来提升自己的智慧……他觉得女人总是比男人知道得少，不管她是谁，不管她是做什么的。我渴求一片安静的空间，读罗伯特·汉普顿从东部寄来的新书和信件。这些信件的字迹优美工整，现在成了我生命中最重要的东西。我去学校的时候，这个墨西哥男主人经常未经我的允许，就私自打开这些信件，并向我询问信的内容。他看不懂这些信，但他能看出来字迹写得非同寻常。他因为我有如此博学的朋友而愈加尊重我了。晚上的时候，我会对着这些信坐上几个小时，模仿罗伯特先生的笔迹。直到现在，我和他的笔迹还有一些相像。我想，如果我能书写得这么漂亮的话，我接受的教育就算完整了。

我那个远方的笔友——罗伯特·汉普顿现在变成了我生活的主导人物。读着我从落基山的一个偏僻峡谷给他寄去的谦卑懵懂、字迹潦草的信件，他一定感觉自己像上帝一样。我的桌子上摆着罗伯特·汉普顿的照片，还有他寄来的旧书；但有时候我又会对某个英俊的墨西哥男孩或印第安人多看上两眼——因为我的感情总是飘忽不定的。每当这时，晚上我回到家之后就会觉得很羞愧。学校里有一个和我同岁的印第安男孩，他老是用一种敬畏的眼神看着我，不敢靠近像我这样有学问的人。他把其他孩子管得服服帖帖的，以示对我的尊敬——要是哪个学生胆敢眨眨眼反对我，他就会立马押着他到树林里！

有一天，我正站在教室前引导我的学生用英语交谈——

这是我的主要职责，门突然开了，我的墨西哥人房东出现在了门口。他说有一通来自台奇奥的电话说我妈妈病了，我必须得赶回家去。我站在那儿盯着他，仿佛他就是死神的使者。他又重复了一遍，我一句话也没说，转身拿起挂在角落的帽子和大衣就匆匆走出了学校。我都没来得及解散学生，只知道妈妈快死了……我不是在头天晚上就已经梦到了吗？

我刚到家，房东也赶回来了。他说可以明天载我翻过那座山头，因为现在他的马车正在山上帮矿井搬运木材。他说，一天只有一趟火车从特立尼达岛来这里，在每个煤炭矿区都会停一会儿，火车下午两点就能到达普里梅罗河，三点就能到达台奇奥，而现在是上午十一点。我说我可以自己走去普里梅罗河，他反对说，峡谷里的积雪很深，而且外面现在非常冷……太危险了。我根本听不进他的劝解，径直走进了房间，然后用皮带把枪紧紧拴在腰间，接着就出发了。他和他的妻子站在门口，惊愕地看着我走在峡谷中，然后我又转身抄近路穿过分水岭。积雪很厚，不过之前已经有一群羊从这条路上走过，把雪都踩平了。我爬上十分陡滑的峭壁，蹬着已经结冰的石壁上的灌木丛，一点儿一点儿往上爬。只要我爬上分水岭的顶部，剩下的路就会轻松很多，因为我能从那里走上大路。我脑中什么都没有想，寒冷，可能遇到野兽或滑倒摔下去……我什么都没有想，只知道要爬上去。我不去想任何事，不去感受也不去看任何东西，只是不停向上爬。

最后，我终于来到了那条路上，狂风已经把积雪全都吹光了，满地的车辙也已经被冻住了。我把头在衣领里缩了一会儿，好吸入一些暖和点儿的空气。然后，我慢慢地小跑起来，既保证能够跑得足够远，又不使自己太过疲惫。我的大脑监控着身体，好像它们分离开了。我的身体既坚韧又强壮，就像山上的灌木丛一样。我的大脑知道身体什么时候会疲惫不堪，走不下去了。这时候，就会流入一股新的力量——那是"第二阵风"。在这条又长又硬的路上，我感觉到风在抽打我的后背——我的大脑还在，而我的身体，已经变成了不相关的东西。我的大脑就像冬天的空气一样清晰，集中于一点——下午两点钟之前必须抵达矿区；而我的身体，就是那个不相关的东西，必须靠哄骗和迁就才能继续走下去。我对自己说，最重要的是保证双腿站稳，直到"第二阵风"到来。中间有一段时间我的双腿一直在颤抖，虚弱又蹒跚。我转过了一个弯，在远处高高低低的山峰之间，我看到了普里梅罗河的炊烟。我抬起下巴，一股温暖的能量从我的血液里奔驰而过。终于到了斜坡处，我再一次把嘴巴缩进大衣里，借此来温暖进入肺部的空气。同时双手紧紧地抓住身体，以防摔倒。接着，摇摇晃晃地，我又慢慢小跑起来。

我到了普里梅罗河的郊区，转身跑过了公司商店，踏上了通往车站的那条被黑色玫瑰覆盖的道路。我发现自己不是唯一一个奔跑的人，还有其他人也在慌忙奔跑着，一张张战栗的脸庞跑过了街道，我看到公司商店的窗玻璃碎了一地……街道旁其他房子的窗子也都破了。一个用格子图案头巾包着头的女人跌跌撞撞向前走去，她处于极度的恐惧之中，用一口外国口音大声哭喊着。

我没有停下来，跑过商店的转角，穿过车站前面山坡上的那个矿井的入口。路上挤满了人，有两个工人碰到了一起，然后一起向矿井跑去。其中一个向另一个吼道：

"他们在关闭通风井，该死的……"

矿井像神话中的古代神灵一样，在冒着黑烟。有一群男人在矿渣堆的周围拉上绳子，试图挡住那些正往里冲的女人，但她们就像野兽一样向前冲。据说她们的丈夫被困在了矿井里……而为了保住煤炭，他们把通风井给关了……烟雾肯定会使那些矿工窒息而死的。这就是她们哭泣的原因。煤炭很值钱，生命却是廉价的……

我一路小跑，蹒跚着踏上了车站站台，根本没想到买火车票的事，直接登上了火车。我坐在一个座位上，把脸埋在臂膀里，感觉自己的肺紧绷又冰冷。从几英里外的另一边一直传来一个女人的尖叫声，在我耳中……嗡嗡，嗡嗡……

我在妈妈身边照看了三天三夜，任何小动静都能把我从睡梦中惊醒。她用那双蓝黑色的眼睛来来回回地盯着我看。那个每周要到各个矿区看病的医生，显得很不耐烦……在他看来，我妈妈什么毛病也没有。是的，当然，痛苦来自于胃部。因为吃的食物太差太少了……他说，如果她坚持靠吃土豆以及面粉和水做成的"肉汁"来维生的话，你还想要什么好结果！她必须得吃更好的食物……她现在极度营养不良。我在想"营养不良"是什么意思。他说，就算妈妈想要，也不能给她用更多的小苏打片来止痛。

最初的两天妈妈和我聊天，告诉我安妮两星期之前已经死了……她说已经写信告诉给我了。她去了安妮生活的地方，西部俄克拉荷马州的那个荒凉的平原上，安妮和萨姆整天像牲口一样干活。安妮留下了一个婴儿——只有那么大点儿，就躺在隔壁房间。我热了点儿牛奶喂他，他用一双渴望的蓝眼睛看着我；真奇怪，这个小东西的出生居然会导致我姐姐的死亡。

我坐在妈妈身边的时候，她显得非常高兴，我觉得她也知道自己死期将至了，因为她对我说了很多奇怪的话——一些她之前从来没有说出口的动情的话。以前在我们家里，像这种父母和孩子之间表达喜爱之情的话从来没说过。她叫我"我的女儿"——她一生之中从没有这样叫过我。

"如果没有你，我真不知道怎么挨到现在。"她说得很慢，好像每个字都是从身体里挤出来的一样。

有一次半夜，她把我叫醒，然后对我说："答应我，你要坚持下去并且获得更好的教育。"她用手坚定地握住我的手，像是在请求我的保证。一股陌生的情绪涌上心头，我也紧握住她的手。

第二天医生来的时候，我说："请给她用一些药吧……她快要死了。"他很厌烦……说自己还有很多工作要忙，对我一天到晚打电话让他过来表示很不满。他说我妈妈根本什么毛病都没有，只是需要一些有营养的食物罢了。

我看着医生离开，然后我走到妈妈身旁。我明白我们估计得面对死亡了……我突然觉得很无助。她恳求我给她禁用的小苏打片，我没有给。但她恳求了一遍又一遍，那眼神让我无法拒绝。我稀里糊涂地把药给了她。然后，我转身跑过了走廊，跑到学校的教学楼，闯进了教室。大声喊着比阿特丽丝、乔治和丹的名字。

等我们赶回到妈妈身边的时候，爸爸已经在那儿了，他是稍早一点儿到的。他蹲在地上，脸埋在了手掌里。妈妈的眼睛睁得很大，闪闪发着光。她转过头看看我，用眼神发出了一种无以言表的请求。我弯下腰来，人生中第一次把她抱在怀里，紧靠在我颤抖的身体上。"玛丽！"——我的名字是她说出口的最后一句话。

妈妈的眼皮逐渐盖住了闪闪发光的眼珠，身体变得疲软无力。我一把扯开床单，趴在她瘦弱干瘪的胸膛上。她的心脏跳动了两下，然后，停下来……又抽动了一次，接着，我听到了永恒的沉默……我强烈渴望着，但是再没有听到任何声音。爸爸搀着我，我挣扎着才慢慢站了起来。我心里很悲痛，但眼里并没有泪水。站在妈妈的遗体面前，我只知道是她给了我生命，其他都不重要了。我脑海中有一团明亮的光在兜着圈子，然后收缩，收缩，一直变成了一个小黑点。接着，消失在了虚无之中。而那虚无还在跳动着，就像海浪拍打着悬崖。

海伦来了。她和爸爸在停放着妈妈遗体的房间里握了握手。妈妈躺在一个白色松木板做成的棺材里。她的头发是光亮的棕色，反射着暗淡的金光，脸颊和嘴唇都上了妆，身穿一件皮大衣，很美。海伦环视这间屋子——冰冷光秃的地板，角落里的衣柜，生锈的小炉子，窗户上廉价的白窗帘。然后，她掀开了蒙在我妈妈身上的床单，盯着妈妈那张疲倦的、布满皱纹的脸，那脸孔像是在死亡之中沉思着，像还活着一样；她盯着那双粗糙的、青筋突起的手，它们在劳动中变得黝黑，此刻交叉着放在妈妈瘦弱的胸前；她盯着妈妈已经花白了的头发，尽管妈妈年龄并不大；接着，海伦转过脸去，不让我们看见她的表情。她走进了旁边的卧室，脱下自己的外套，站在那儿盯着床上那个活泼的小婴儿。那是萨姆的孩子——而萨姆是她人生中第一个，可能也是唯一一个情人。

我们打算把妈妈的遗体运到俄克拉荷马，把她和安妮埋在一起。下午，妈妈的松板棺材被装上火车的行李车厢，我们就上路了。

我们从西部俄克拉荷马平原的一个车站走出来，萨姆在那里和我们碰面，他驾着一辆笨重的大货车。萨姆一看到海伦，就立马走开了，但过了一会儿又回来了，握了握海伦的手，瞥了一眼她怀中的孩子。

那时候是一月份，地面坚硬而冰冷，而且被横扫平原的狂风清扫得非常干净。一丛丛荒凉的树林散落各处，其余的就只有一望无际的平原了，一条满布车辙、弯弯曲曲的小路穿过这片旷野。走了很长时间，我们来到了一个破败的木屋子前。以前萨姆和安妮一起住在这里，现在只剩下萨姆一个人了。棺材被放置在空旷的前屋。

第二天早上，棺材前摆放了很多简陋的长凳和椅子。许多从农场里过来的男人聚集到这里，还有一个粗俗无知的牧师要在这里讲道。牧师站在我妈妈棺材的另一边，和我们说话。他甚至比我们几个还要粗鲁庸俗，说着一些和躺在这里的妈妈以及杀死她的贫穷，还有不幸都不相关的事情。牧师盯着海伦，她身穿皮衣坐在那里……牧师又看向我爸爸，他低着头，嘴里叼着一根香烟，驼着背。他环视我们所有人，一个挨一个，没叫我们的名字，但用眼神指责着我们。牧师指责我们不是基督教徒——居然胆敢碰妈妈的棺材！他警告说我们正在走向罪恶之路……而且我们当中有一些人已经罪孽深重……他垂下眼睛看向海伦，像秃鹰俯冲向自己的猎物一样。他说上帝已经把我们的妈妈带走以示对我们的惩罚了，"他"还会继续惩罚我们！

我爸爸站起身来，走到这位布道者身前跪了下来。他弯腰的时候，屁股口袋上有一个酒瓶形状的凸起透过大衣露了出来。这位布道者探出身子，把他的手虔诚地放在爸爸头上——就这样，一个灵魂就算得到了救赎！接着他转向海伦，张开嘴唇准备说些什么话。但是海伦发出了一声厌恶和愤怒的哼声，然后，站起身从容威严地离开了屋子。我跟着她走了出来，牧师和那些哀悼者们震惊地看着我们。

葬礼仪式平淡无奇地结束了。在众人的一片震惊之中，海伦和我加入到了前往公墓的送葬队伍之中。我们走了很长一段路，然后到达了一片墓地。那片墓地被篱笆围住，那是用一根处处带刺的金属丝扎成的。大概有十二个坟堆，坟前都竖着一块直挺的木板，坟后面竖一块稍短的木板。那些木板上原本写着死者的名字，但风雨早已经使它们变得模糊。我姐姐的名字仍然可以辨认出来，在她的坟墓旁边有一个新挖的坑，留给我妈妈用。我们站在那些坟堆之间，听着那位布道者不止一次地召唤上帝来保佑我妈妈，同时又警告那些不尊重他的人。

然后，他说我们可以最后一次看一眼妈妈。我没哭，海伦也没有哭……她低头注视着自己深爱的姐姐，脸上充满了苍白与生硬的苦痛……没有哪个女人比她更爱自己的姐姐了——她甚至可以为了姐姐而出卖自己的身体。

几个月以来，我都是沿着一条为自己规划的路在前进。但现在，我决定去照顾我的弟弟妹妹们，还有我死去的姐姐留下的那个孩子。所以，我放弃了学校的工作，回到了台奇奥，每天做饭，洗衣服，熨衣服，缝衣服。我爸爸也回家来了。我试着让这里看起来更像是家——我觉得如果妈妈之前就这么做的话，或许爸爸就不会整天喝得醉醺醺了。我买了地毯、窗帘、一张圆形的棕色桌子和床上用的被单，还有一些在墙上悬挂的画，有一幅是挥着翅膀的天使。

但是，日常的家务琐事以及对我们这个家庭的担忧，使我觉得十分烦扰。而且，我会不时想起妈妈。我现在和爸爸相处得并不比她好。想到要这样一年又一年地过活，像她当年那样！我和爸爸之间的冲突就变得更频繁，我想离开的想法也变得越来越强烈，这一直烦扰着我。一直存在于我们生活中的压抑情绪，现在集中到了我身上。我焦躁不安，很不开心，而且充满愤恨。

有一天，爸爸又醉醺醺地回到家里。丹做了什么事惹恼了他，爸爸拿起一条长鞭，丹惊恐地看着他。爸爸冲向丹，丹赶紧跑到了我身后，抓着我的手腕，让我站在他和爸爸之间。我紧紧抓着他那双小手……爸爸咒骂着，命令丹站到屋子中央，他要"教训他一顿"。爸爸扑向丹，但我一直站在他们俩中间。他冲过来，我用尽自己所有的力气把他推了回去。我们俩谁也没说一个字……我感觉到他抓住我的肩膀，想把我扔到一边。我想也没想，猛冲向他，用紧握的拳头一下接一下地打他。

然后他站在那儿不动了，我们俩就这样相互瞪着彼此。他转身捡起了地上的鞭子。我当时很害怕，像一头野兽一样准备反扑，我决不允许他用鞭子！他看了看手里的鞭子，然后转身慢慢地走出了屋子，鞭子在他身后拖着。

大地的女儿

第五部分

海伦和我住在她在丹佛的房子里。萨姆的小婴儿此刻正躺在海伦怀里睡觉。他像只小蜜蜂一样，在海伦衣服的褶皱里纠缠；一只胖乎乎的小手插在领口里，小脚掌则完全看不见。海伦像跟成年人谈话一样地跟这个小婴儿说了一晚上话，小婴儿表现出来的一本正经使海伦笑出了眼泪。我看着海伦，想起萨姆曾经跟着她来到丹佛，但却没能劝她离开托尼然后和自己结婚。就像她自己说的，一个女人嫁给男人之后，等她不能再自己谋生了，这个男人就会开始追究她的过去了。

我还很年轻，但海伦需要有个人待在她身边，我能来她很高兴。我了解到，她曾经试过赚钱养活自己和托尼，但钱总是不够花。"而且我总想着得给你妈妈寄东西，你们这些孩子们需要衣服。"——她说这些事，好像这是她应尽的义务似的。到了后来，等她病倒躺在医院的时候，托尼却和另一个健康的女孩一起消失了。

现在这个小婴儿躺在海伦怀里，几乎算是实现了海伦当妈妈的心愿。她可以带大他，一想到这个，海伦就非常高兴。据说世上像海伦这样的人都很冷酷无情，不想要孩子。但我的姨妈海伦不是这样的人，我为海伦而感到骄傲。在我看来，她的职业和任何一个已婚妇女的职业一样高贵——她和那些人谋生的方式差不多。只不过她可以获得更好的生活，并且对自己的身体和灵魂有更多的支配权利。没有哪个男人可以虐待她，尽管托尼曾经打过她——好像她是他的妻子一样。如果哪个男人敢对她说"把我给你买的衣服还回来"，她就会让这个男人滚出自己的屋子——没有一个妻子可以这样做；

如果哪个男人敢打她，她可以打电话报警——没有一个妻子可以这么做。海伦不用依赖任何男人而活。在这些方面，我认为都是合乎礼仪而且自尊自重的。而且，这样的生活方式，似乎比婚姻更为可取。但是对于我来说，我既不想要这样的生活，也不想要婚姻。

我们一连谈了好几个小时。她不理解，为什么只和我爸爸说了几句话，我就带着这个小婴儿离开了家。其实我自己也不能理解，因为根本就没有合理的解释。我随口说，我以后会回去的，她沉默地听着，不反驳但也不怎么相信。说这话的时候我感觉很羞愧，因为在我内心深处有一种坚定的信念——我再也不会回去了。那些不耐烦、坐立不安，还有愤恨的情绪都从我心里涌了出来，让我连说话都更加困难了。爱，亲切，以及属于一个女人或者怯懦者的责任，我统统都不要！

"那比阿特丽丝和你两个弟弟呢?"她问道。

我解释说，比阿特丽丝本就决定要去新墨西哥州的一个农场家庭了。现在这样她更有理由去了——说不定她现在已经在那儿了。至于乔治和丹，他们俩被我爸爸带去西部的俄克拉荷马了，他们会在那里长大成人——书上都是这么说的。说完这些之后，我们俩静静坐在那儿，不再说话，因为我们都想起了俄克拉荷马的两座坟墓。也可能海伦还想起了住在那间破败的屋子里的萨姆。我继续说，我爸爸会去那里和萨姆住在一起——似乎这么说能让她好受一点儿。

我们俩长久地看着窗户对面那栋建筑。生活总是很奇怪，我不能理解为什么有些事情是这样，有些却不是。比如说，我们为什么一直这么贫穷? 我怨恨所有的一切，最怨恨的，是自己作为一个女人来到了这个世界。海伦的沉默也让我觉得自己是有罪的；我怨恨我的弟弟妹妹们，他们的存在强加给了我一些我不愿意承担的责任；我怨恨我的爸爸妈妈，恨他们在我没有请求出生的情况下就私自把我带到了这个世界上。为什么他们不把我一个人留在虚无的空间里呢！

就是在那个时候，我开始了此后延续数年的自我欺骗——我在自己的记忆上蒙了一块黑色的窗帘，慢慢忘记了自己还有一个家。我在心里狡辩，他们和我有什么关系，他们跟其他人有什么不同呢？但是……乔治的目光一直跟随着我，一种充满信任的目光……如果没有我，他该怎么办……他那双稚嫩的手以前可是一直在我的手里放着的。

海伦已经第二次问我这个问题了："你打算去干什么？"

"我想去学习。"

"学习？学习什么？"

"我不知道……反正就是学习。"

对我们两个来说，"学习"就像是一种模糊的奢侈品——我们并不了解，那似乎是一种除了读读书其他什么也不干的事。只有那些富人家的女孩，或者那些身体虚弱到什么也做不了的女孩，她们才会沉迷于这样一种奢侈品之中；而其他人要是想读书，会因为浪费光阴而"挨耳光"的。我以前认识一个受过教育的男人，但他患有肺结核。罗伯特·汉普顿也受过教育，但他可能是个富人，也可能是因为有什么病，或者是其他什么原因。

海伦说道："你应该去学点儿东西，来帮助自己谋生。我有些钱能帮你一阵子，但是坚持不了多长时间。"

我们就这个问题进行了讨论，最后决定我可以去学做一名速记员。第二天，我去到丹佛南面的一个小城镇，去学习这门技术。海伦是不会允许我继续待在丹佛这座城市的。①

在那里学习的那几个月，是我所经历过的最悲惨的日子。每次当我经过的时候，学校里其他的女孩们都会笑我，相互说些什么悄悄话。我又难看又粗鲁，发音也不标准——可能她们是在笑这个，或者她们是在笑我的衣服……海伦给我的漂亮衣服我穿不惯，所以我丢掉了它们，穿回了我那些舒服的旧衬衣和旧领带。

回到丹佛海伦的家里，就像从黑暗去向光明一样让人高兴，但我发现海伦似乎很不开心。慢慢地，我自己推测出了整个悲惨的故事——因为她平时不太喜欢提起萨姆。原来萨姆一周前来了，把他的孩子从她这里接走了。她告诉萨姆她会抚养这个孩子，等孩子年龄足够大了，就立马送他去上学。但萨姆却说了一些刺耳的话来评论她的生活方式。而且在说话的空当，他突然猛地转过身去，双手捂着脸，头抵在墙上哭了起来。他又一次向她求婚，但她还是拒绝了。萨姆带着孩子离开了之后，海伦的臂弯里就空了。有时候她会在地板上走来走去，不停地哭泣。她说以后不知道怎么才能忍受这种孤独，嗓音沙哑。

那些日子里，我们俩经常聚到一起，虽然我们并没有住在一起。她打电话并不避讳我，有不同的男人不时地加入我们一起吃午饭。她把我介绍给了其中一个头发灰白的老男人，他说话的时候还有点结巴。他是一家杂志的编辑，同意把我招进他的公司里。于是，我又开始工作了，我一边打字，一边幻想——我幻想能攒下些钱，还有衣服，寄给我的弟弟们

---

① 海伦以卖淫为生，为了避免尴尬所以让作者到其他地方学习手艺。

和比阿特丽丝。我想象着这位和蔼的老编辑会像对待自己女儿一样地对我，然后帮我获得教育。有一天，他要我留下来加班。我感到很荣幸，因为他选择了我，而不是其他老练的打字员。

当我走向他的桌子，把做完的工作交给他的时候，他指着一个靠在墙边的长沙发对我说："坐、坐下！"好像有什么地方有点儿不太对劲，但他是我的老板，而且是一个受过教育的人，还是一个老人。接着，他一句话也没说，拿着一本照片集坐到了我旁边。我看着那些照片，它们开始变得模糊……可能是我想得太邪恶了……毕竟他是一个很和蔼的老人，而且还受过良好的教育。等他把手放在我身上的时候，一切都变模糊了——他的手像一条匍匐爬行的蛇。那些照片，那只胳膊，那台打字机，所有的事情都变得混乱。

我的两只手臂十分僵硬……但它们仍旧强壮，而且我不是一个淑女，不会因为过于礼貌，以至羞于使用武力。况且，虽然他受过高等教育，还是一家杂志社的编辑，但他实则是个软弱无用的人！我跑到了门口，已经在惊吓和羞愧之中分不清方向了。我回过头，看到他正手脚张开地横躺在沙发上。他那件高领的白色衣服已经被撕破了……脖子上还有一个血印子……肯定是我咬的。很奇怪，一个男人的尊严居然会随着衣领而消失。他的身体用牙咬起来，居然感觉像橡胶似的……

而这位棕色编辑就不同了。他不仅给我文字让我打，而且一天到晚精力十足，他让我想起了大公鹿。此刻，他让我站在办公室角落里的那块印第安毛毯上，要给我照相。

他命令道："表情严肃点儿！想想上帝，天哪……这算什么表情！假装你现在要给我的杂志写一个故事。现在，……把你的辫子放在肩膀上……很好……看着我……眼神蒙眬一点儿……再蒙眬一点儿……假设我就是你的情人……现在，一、二、三！"

他整天精力充沛，而且他是海伦的朋友。海伦听说了我在他那里做事后，就跟这位棕色编辑谈了谈。他手插口袋站在那里，仔细地看着我，笑容既温暖又真诚。

我说："你只需要让我试一试，我打字不快，但我可以学着打得梗快。"

他纠正道："是更快。"

我重复道："是的，更快。"①

他的眼睛是棕色的，眼中一直蕴藏有笑意，尤其是在我认真做事，或者当我告诉他我打算做什么的时候。如果他痛快笑出来，那就好了。但是，他没有，他就一直忍着笑意看着我。他身上穿的套装总是棕色的，领带和鞋子也是棕色的，连头发也是棕色的。

"看着你的时候，我老觉得在看一个鸡毛掸子。"有一天我对他说。

他回答说："那就别看我，看着你的打字机。"

几个星期之后，我们成了真正的朋友。他带我去吃午餐，开车带我去了所有我想去的地方。当我邀请他去看电影的时候，他会含糊地笑。他现在是我拥有的唯一的朋友了，因为晚上海伦通常拒绝见我。甚至连罗伯特·汉普顿也不再给我寄书了，因为他爸爸死了，他已经离开学校参加工作了。所以，晚上就没有供我学习的东西了。晚上待在家的时候，我

---

① 主人公的发音不够标准，此处棕色编辑在帮她纠正发音。

的眼睛盯着我那间小屋子里壁纸上的图画，直到压抑到大叫起来。我只能起身到外面去，穿过明亮的街道，看看商店的窗户或者流动的人潮。

我和棕色编辑的友情改变了这一切。他建议我给他的杂志写一些小文章，然后他们把它们整个修改了一遍，一直改到原文一行也不剩，最后还是以我的名义发表了。她女儿来过办公室，可是他并没有把我介绍给他女儿认识。我了解到他女儿是个大学生，还没有工作。

"怎么了这是？"他女儿走后，他问我。

"为什么你不把我介绍给你女儿呢？为什么你从不带我去你家呢？我哪里做错了吗？是我不过好吗？"

"应该是'是我不够好吗？'"他纠正道。

"是我不够好吗？"我重复道。

然后他对我解释说，他女儿是个势利眼，在另一座城市上大学。他和他的妻子之间不和……他们甚至都不和对方交流……所以才不带我去他家。

"那为什么一开始你不说呢？"

有很多工人给他干活，他们自称为"外勤"——拉赞助和广告。他们说我这么傻，居然肯为了五美元就整天坐在一间办公室里。在外面奔走，不仅可以赚钱，还可以长见识。

"和我一起去吧，美人。"其中一个男人对我说，"我带你去见见世面。"

我想干"外勤"，棕色编辑却不同意。他说我应该坐在办公桌前，而不要听那些人的废话。只有在他的办公室里，我才会有更好的机会。

然后他又补充说："你想见的世面，跟他们所谓的世面，是完全不同的两种东西。"

晚上，我们开着车，出了这座城市。空气吹拂过我们的脸颊，像梦幻一般轻柔，星星闪着光芒出来了。我们在一条山路上停了下来，凝视着远处城市里闪烁的光辉。我转过身，发现他的目光正停留在我身上。

我笑道："现在，我又有哪里做错了吗？"

他迫不及待地松开了刹车，向山下的城市开去。他把车停在了一家非常有名的豪华餐厅门前。当我们走上铺着厚地毯的楼梯时，我有点儿不知所措……对我来说，普通的瓷砖地板和桌子比这种高档饭店似乎更为自然。

我们走进了一个房间，里面摆着一张桌子；角落里还放有一张长沙发——现在对我而言，所有的长沙发都很可疑，这张也不例外。房间的后面有一扇门，打开了一条缝……可能通向酒店。我向里面偷看了一眼——是一间独立洗手间。外面的走廊上传来一阵轻柔的脚步声，一位侍者走了进来。很快，他摆放好了刀叉。在这期间他一直背对着我，然后又背对着我消失在了门外，还不忘轻轻关上了身后的门。一种不安和羞耻的感觉涌上心头，我对棕色编辑说，我害怕这个地方……这里的每一件东西……是的，可能显得有点儿傻，但我现在宁愿回家去。

他对这事倒很坦然：当然他是个绅士，但他不知道我不喜欢他……我对所有事情的感觉都不对，我不知道自己现在在干什么。但是通过这一切，我知道他愿意做我真正的朋友。这意味着，只要我想，他就会帮助我学习，甚至去上大学，只要我想……事实上，他觉得我也可以通过给他的杂志写文章来进行学习。呃，他真是个好人，不是吗？那，我害怕的应该是爱了……是爱吗？他的声音就像他的大衣一样柔软。

是否……也许，我害怕的是生孩子？我没有必要害怕！他如此体贴！他已经这么喜欢我了……可能他是一个疯狂的老傻瓜，确实是这样，不是吗？那我到底在害怕什么呢？哦……我害怕的是……性爱……本身？所以？所以！他很低沉地笑了笑。那种事和吞药丸一样简单！难倒我一点儿也不希望被人爱吗？他用手托起了我的下巴，轻柔地移向他的脸旁。

"你在哭什么……我不知道你居然还是个小孩子的性格！"他吃了一惊，停了下来。他用手揽住我，让我的脸靠在他肩膀上。

"别这样，别这样，"他有些慌乱，"别哭了，我很抱歉。别这样了，我们还可以做朋友啊，至于这事，还是以后再说吧。"

我们沿着楼梯向下走，一句话也没说。我的脸烧得火热，不敢抬头看。我不恨他，甚至也不讨厌他，可是为什么他的声音变得这么冷淡了。我不过是个女人罢了！我仇恨这个……用尽心中所有的冷酷来恨它。恨我自己……因为我来了这里，而且我早就知道将要发生什么事情的……刚才的繁星，还有在山路上他对我长久的凝视都已经暗示过我了……但我还是来了！

未知和寒风又一次成了我的同伴。棕色编辑试图劝阻我，海伦也试着劝我，但我所向往的东西不在这里。棕色编辑劝我说："外勤"不是女人能干的工作——但我认为，这个理由本身就是我必须去做这件事的充分理由。最终，他极不情愿地批准了。营业主任转向我，给了我一捆杂志和一盒廉价的钢笔——每位订阅者都可以免费获得一支钢笔。

"我为你做了以前从来没替其他人做过的事情。"他告诉我，然后把一个信封放在我手里。我打开了，是一张在本州境内可以乘坐所有火车的免费通行证。那张通行证不光包括离开，还包括返回的；以防我改变了主意想要回来。他轻柔地抬起我的下巴，亲吻了我。那个吻逗留了一会儿，像是要在最后一刻唤醒我的感情……"这是给你的，记得回来。"他的声音在我耳边响起。我转身跑到了大街上，疯狂地摇着头，试着去想一些别的事情。我一直走啊走，从一个城镇到另一个城镇去招揽订阅。一开始我跑上私人住户的楼梯，对前来开门的女人们微笑。她们听完我说的话，要么直接把门重重地摔在我面前，要么就拉着我胡扯一通。

后来，再看到干净又整齐的住房，或者当我靠近它们其中一栋时，我的心就开始畏缩起来。慢慢地，我开始转向商务办公室，在那里我只会遇见男人。那些男人们接待了我，他们当中很多人都十分亲切，就算不订阅，也不会向我表达敌意。很多人说他们没兴趣订阅……不过，为了使我高兴，他们愿意看看。他们把钢笔拿在手里转着，要是我说这钢笔如何如何好，他们就会笑着看着我。最后，他们还是订阅了，而且把我介绍给他们的朋友。有时候是一张卡片或是一封信，有时候是一个地址，我发现自己被介绍给了很多家办公室。他们当中很多人都订阅了，但没要钢笔，他们说我可以用这些笔给他们写信。我踏入到男人的世界，慢慢变得自信起来，并且觉得有一种征服感，这是我之前从未感觉到的，就像有人在对我说："这是你的世界！"我不再去私人家庭招揽订阅，想起那些体面的女人们，我就会颤抖。我的小金库就是用针别在我衬衣里面的一个信封，我把存下来的钱全放在里面，即使晚上我也不会脱下衬衣。而且，我总是带着枪或匕首睡觉，把它们全放在枕头下面。

　　纯粹是出于好奇，我在特立尼达岛下了火车，这里是我度过童年的地方。现在正值黎明，灰白色的黎明。我沿着那条商业街慢慢向一间小出租屋走去；然后，我跨过铁道，我要让我那些老朋友看看什么叫作成功女人！街道上很安静，有一个男人从我前面的一家酒吧里跌跌撞撞走了出来。他在街上走，时不时因为眩晕停下来。我看着他，想起多年前我爸爸也是这样走进又走出——就是这家酒吧；还好，感谢上帝，他现在已经在俄克拉荷马，而且远离了所有的酒吧。街道的另一边是红色砖瓦砌成的教堂，我去过那里三次……它现在一点儿也不宏伟……至少在我这样一个见多识广的人看来！事实上，它现在显得十分渺小。

　　那个男人在我面前踉踉跄跄地走着。他驼着的肩背那么熟悉——不过，所有的工人应该都是这个样子。他身穿一件黑背心，还有一件脏兮兮的蓝衬衣，没穿外套。他的工裤很脏，上面满是油污和尘土。一个耷拉着的灰白色宽檐帽子，盖住了他的一只眼睛。我走近他，仔细地看。随着我走得越来越近……我看到……他用手在打着手势……像在和一个看不见的人谈话一样！我的心跳得很快，我都能听到"咚咚"声了。我走得越来越快，走近一些我不愿意面对的事情，一直到我走到了他身边。他的头垂着，迷离的眼睛盯着人行道……有烟草汁正从他嘴角流出！

　　我绝对不会想到，这个人居然是我爸爸！我沉默地走到他身边，他没有抬头看我。他含糊地咒骂着，双手在空中挥舞。在我们面前是那条灰白色的街道，再往上是贫瘠的山脉。转过街角的时候，他抬头看到了我。他停了下来，靠着墙站在那儿。

　　"你要去哪儿？"

"丹和乔治呢?"我记忆中拉下的那块厚重的黑色窗帘,现在又被拉开了。

他用袖子擦了擦嘴角,然后继续沿着街道向前走。我走在他身边。

"丹和乔治呢?"

"在这儿!和我在一起!"

我们拐过通向一条肮脏胡同的一个角落,爬上了一座荒废了的建筑摇摇晃晃的楼梯。他爬上了第一层,然后是第二层,接着是第三层,最后爬上了一个通向屋顶下一间单人阁楼的小楼梯。他推开门走了进去。我打量着这个房间:房间非常小,看不出原本是什么颜色的墙面已经脱落,就像一条掉毛的癞皮狗一样。地板很粗糙没铺地毯,一些积攒了几十年的泥垢盘踞在地上的裂缝里。房间里有一把椅子,乔治站在那里,把脚踩在椅子上,试着把自己的小脚掌伸进爸爸的一双破烂鞋子里面。他身上穿着已经褪色了的单薄的蓝色罩衫,还有一件洗掉色的衬衣,没穿外套。丹站在他旁边看着,上半身裹在爸爸的一件脏外套里……袖子半拖在地上。两个男孩都肮脏不堪,蓬头垢面的。他们抬起头,看到了站在爸爸身后的我,呆呆地盯着我,疑惑我想干什么。

我的眼睛被那双旧皮靴和那件肮脏的外套所吸引,我的头脑开始和心里难以忍受的痛苦做斗争,最终对过往的仇恨大过了这种痛苦;所有的残酷和仇恨都冲到心头,我转向爸爸吼道:

"我还以为你已经带着他们去俄克拉荷马了!"

乔治回答我说:"我们打算下星期就去!"……他那双柔软的小手,过去总是依靠在我的胸脯前休息……而现在,他却帮着爸爸来对抗我。我完全变成了一个陌生人。

我们都站在那里，谁也没有说话……也没有什么好说的。乔治用疑惑的眼神看着我，丹的嘴唇颤抖着。我盯着地板上的裂缝，尽量控制自己的情绪。我只相信钱，不相信爱或者温柔，因为爱和温柔只意味着痛苦、忍受和挫败。我决不能让它们摧毁我，像它们摧毁其他人那样！我相信只有钱才能带来力量。现在我已经有一些力量了——八十多美元现在正别在我的衬衣里面……那可是一大笔钱！

在那天天黑之前，我衬衣下的信封里就只剩下不到十美元了……我把钱用来给弟弟们买暖和的衣服了。其实，我是在用钱来弥补我自己愧疚的良心，我没有给予他们足够的爱和关心。我一定会通过自己在特立尼达岛招揽订阅把钱赚回来的。但是当我尝试了之后……却是处处碰壁。那些男人看着我，就像他们看着其他任何人一样，说他们不感兴趣，我那种征服者的气息已经不见了，我没有办法说服他们订阅。乔治和丹一直站在外面等着我，就在那个我丢下他们的街口。他们现在看我的神情，是一副已经把自己的生命交到我手上的样子。他们爱我……信任我……我的理智和爱斗争了起来，我试着去战胜爱。爸爸清醒了过来，竭立把自己收拾得干净整洁，因为我在这儿；他的眼中也有了一点儿自信……晚上，我在床上辗转反侧，试图说服自己女人就是弱者，就是傻瓜，她们都必须嫁人生孩子，然后让男人来指挥她们。可我不愿意做这样的女人……我不愿意。我要自己赚钱，赚钱，我只相信钱。这用不了很长时间，因为我之前已经挣了很多了。我在特立尼达岛失败了——但在不久的将来……

于是，我又一次抛弃了他们，并且抑制住了自己心中觉得不应该这样做的想法。我告诉自己我一定还会回来的，但实际上我知道，我永远都不会再回来了，我只是无法面对这个既定的事实罢了。我的理智把我强行拖上了火车台阶，像铁链在拖着一条狗一样。我回头看到了他们的脸颊，弟弟们的脸颊，那么瘦小，那么孤单……那两张充满疑问、信任的、渴望的脸颊……乔治和丹手拉手站着，嘴唇颤抖着。

现在正是拂晓时分，我知道，某个地方的公鸡正在打着鸣，一声……两声……三声……

一块黑色的窗帘已经轻柔地垂下，在我的记忆中遮住了这些我爱的人的脸庞。我爱他们爱得如此之深，以至于我忘掉了他们……除了那些在晚上使我惊醒的梦，可是这些梦又把我推得越来越远，我已经不知道自己身在何处……我也不关心自己在哪儿。这块窗帘如此厚重，我称呼它为"冷酷原则"。我建筑起防御工事来保护自己，免受那些会威胁女人自由的爱和温柔的腐蚀；只是那时我不知道，人们之所以需要防御工事，就是因为自身太脆弱了。

在德克萨斯平原上，我偶然看到过海市蜃楼，一片广阔的岸边长着棕榈树的海域……我穿过许多垦殖区，赚的钱刚够填饱肚子。我的那张铁路通行证已经失效了，现在买火车票也要花钱了。可是我剩下的钱连买食物都不够。我还是只去见男人，只和男人们打交道，因为女人是残酷又让人害怕的生物。有一个黑眼睛的戴着宽边灰色帽子，身材高大的牧人邀请我到他的牧场去——但这不是一场求婚。他用友好的态度发出了这个邀请，所以我也友好地拒绝了。然后，他颓然地坐到了椅子上，盯着窗外，说这样的生活简直就是地狱。

有一次，我在一个小镇的一家廉价公寓里留宿了一晚，店老板闯进来说要和我过夜。我的拒绝伤到了他的自尊，因此他命令我马上离开。镇上只有一家旅馆——一家特别昂贵的旅馆。所以我就睡在了火车站候车室的木制长凳上面，期间来回不停翻身，希望减轻身体的疼痛。

还有一次，我晚上在一个偏远小镇里倒了一班火车。一家经济旅馆的一个小白脸职员笑眯眯地看着我。我当时独自一人，又饥又累，也懒得理会。凌晨三点的时候，我被一阵轻轻的开门声惊醒了；这个房间的锁坏了，但我在睡前已经用椅子顶在了门把手下面。我点上灯，刚好及时听到椅子腿和地面的摩擦声。那个职员走了进来，他轻轻关上了身后的门。我本能地把手伸到枕头下面，抓住了我那把小匕首冰冷的珍珠手柄。

"我过来看你想不想喝一杯威士忌！"他假笑地看着我，好像我们俩很熟似的。我退到床后面那扇开着的窗户边上，颤抖着，匕首藏在身后。恐惧涌上心头，抓住了我的喉咙。

他慢慢向我靠近，脸上有一抹令人作呕的笑容。我不停地颤抖，感觉身体十分虚弱。他现在已经在触手可及的范围内了，我怕如果再继续等下去的话，自己会晕倒。所以，在绝望之中，我猛地冲了出去，不停地挥动手臂，也不知道到底挥到了哪里。似乎不太对，但是当我又一次睁开眼睛的时候，我看到并没有错；匕首豁开了他的衣袖，从他的肩膀一直撕到了手腕处……在恐惧之中，我看向手里的匕首，发现刀片上有一条淡淡的血痕。

现在，他脸上的笑已经不见了，变得病态一般苍白。

"你这个该死的婊子！"他的声音恍惚地从远处传来，他苍白的脸庞在我眼前不停闪烁。我听见他的话，用冰冷的手指抓起匕首，又一次举了起来。因为害怕，他迅速退到了门外，并消失在了走廊的漆黑之中。

我蹒跚着走到了洗手台，撩起水泼到脸颊和头发上；水很冷，我被冰得直发抖。我不顾一切穿上衣服，顾不上系扣子。我用皮带把枪绑在身上，藏在外套下面。我在黑暗中摸索着，走下了吱吱呀呀的楼梯。手提箱撞到了墙角，我停了下来站住不动，静静等待着。没有传来别的声响。我的手脚因紧张而僵硬，蹑手蹑脚，一级一级，像个小偷一样走下了楼梯。角落里职员的办公桌上亮着微光……他不在这里！

我在黑暗之中快步走着。透过黑暗，隐约可以看到运货车厢的轮廓，以及车站朦胧的灯光。我穿过铁轨，跌跌撞撞地朝着灯光的方向走过去。听到有声响，一个年老的车站管理员走了出来，看到我之后惊讶地问：

"呃，呃，这是怎么了！"

"我，我……有没有哪班火车马上进站的？"

"只有一辆到新墨西哥的车，一个小时之内到。你是要等那班车吗？"

"是的……其他的火车是到哪儿去的？"

"啊！你不知道自己要去哪儿吗？……七号列车是到达拉斯的，早上八点到。"

我想去达拉斯……那是个大城镇……我可以在那里赚钱。但是要一直等到早上八点……要是那个职员跑来抓我怎么办！男人们都是一群恶狼……我要怎么解释我去向何方，为什么去？我自己都不知道，又怎么跟人解释呢。那个车站管理员用一副怀疑的表情看着我……他也是一头恶狼。

"我……我不知道自己来得比去新墨西哥的那辆火车早了这么多……我没戴表。"

他脸上怀疑的表情消失了。"是啊，你来得有点儿太早了……进来坐到火炉边暖和暖和吧……我办公室里有一把摇椅！"

　　我坐到椅子上，闭上眼，试图平定心绪。但脑中却蹦出一个又一个想法……上帝啊，我到底要去哪里……新墨西哥？那里除了荒地，空无一物！

　　我到了一个小镇，却有着一个响当当的名字——卡尔斯巴德。在火车上卖报纸的小男孩骄傲地介绍这个小镇。这里的人忍饥挨饿而且饱受疾病折磨，可是镇上却有一家要价近乎天价的旅馆。这是一个杂乱无章的小镇，坐落在平坦的新墨西哥平原上。我在一家两层楼的旅店里租了一个房间，然后开始到私人住宅招揽订阅。我简直没有勇气登上那些整洁的独房屋的台阶，当我从台阶走下来的时候，心里充满了屈辱。我在那家高档旅店门前来来回回地踱步，却没有勇气走进去，走到那些宾客面前推销杂志。我已经一点儿钱也没有了，而镇上的餐馆告诉我他们不需要任何帮厨，也不允许我赊账。

　　我把自己最后的两美分用来给海伦写信要钱——只要能够让我去一个叫亚利桑那的矿业城市就行了。因为大公鹿住在那儿，我确信自己肯定能在那里找到工作。因为他原来还在丹佛的时候就写过信，告诉我如果我愿意的话，可以到那里去当一名速记员。四天过去了，我没有任何东西吃。实际上在几星期之前，我就已经在半挨饿了。我买的最后一个面包也吃完了，面包碎屑还残留在包装纸里。我把手指在一杯水里沾湿，粘起了每一块面包屑，吃掉了它们，然后很不情愿地扔掉了包装纸。之后的四天或五天里，饥饿感一直很强烈，我的大脑已经停止思考——周围每一个字眼都会让我想到食物。从一个花园的墙上伸出了一棵桃树的枝条，满是绿色的果实。我刚爬上去摘了一个，就看见两个人转过拐角走了过来。他们从我身旁走过，彼此对视一眼。其中那个消瘦尖脸的年轻男人，是我租住的旅店女房东的情人——一个大嘴巴的女人。他是一个酒吧招待，每天我去邮局的时候都会经过那里。

在那之后的每一天，他都会站在酒吧门口看我。

"你不孤独吗，美人?"有一天他问我。我加快脚步走了过去。

有一天晚上，在每晚都有管弦乐队演奏的那个广场，他坐到了长凳上，坐在我身旁。

"多么美好的夜晚，不是吗?"他问道。

"是的。"

"你不孤独吗?"

他滑到我身边，一只手爬到了我的肩膀上。我快速跑进了黑暗之中，只留他一个人坐在那里。一种冒犯了他的微弱的恐惧感席卷了我……我怕他像其他人一样知道我没有东西吃……怕他告诉我的女房东，那样她就会过来问我讨要房费了。

在那一周结束的时候，女房东真的来要房费了。我向她解释，我已经给我姨妈写信要钱了，现在正在等她回信。她问我的工作和年龄，不相信我才十八岁……我那时候看起来像是有三十岁了，而且"游手好闲的女人"根本不可信!

九天九夜过去了，我一直饿着肚子。饥饿的痛苦已经不再折磨我了……只是不停地让我变得更虚弱。每天早上醒过来的时候，我都会想自己还能不能站起来，还能不能走到邮局再走回来。死亡只是一个名词……当我坐在窗前，听着从外面街道吹来的风的时候，会想到死亡，但是却并不认为自己快死了。在生命最后的时刻，一些关于生的信念会帮助我，我仍然相信它。

每天早晨，我慢慢从床上坐起来，抓住床柱，一点点把身子支撑起来，然后看着自己在镜子里的映像。"一个人快要饿死的时候，看上去居然会这么白。"我一边想着，一边好奇地看着镜子里的自己。我身上穿的这条黑裙子，让我看上去更虚弱更苍老。我想象那些住在舒适整洁房子里的人们……他们有足够的食物吃。我害怕他们——他们把穷人或者饥饿的人统统当作可疑的人物，而他们解决这类问题的方法只有一个，那就是马上给警察打电话。

有一个女人来到了这个小镇上，住进了楼梯口对面的那间房。我透过门缝看到了一个娇小的黑色身影。那天晚上，我被一阵仓促的脚步声、哭声，还有喧闹声给吵醒了。我茫然地躺在床上听着，过了几分钟，声音消退了。然后，一阵匆忙的脚步声消失在了楼梯口。第二天早上，整个小镇都一片喧哗。帮我打扫房间的黑人门童讲述到，昨晚那个女人听到自己房门外响起了一阵轻轻的敲门声。

"是谁？"她问。

"我是门童，"有一个声音回答，"您需要冰水吗？"

"好的。"

她打开房门，然后三个男人闯了进来，压倒她，强奸了她。她认出了其中一个——是那个酒吧男招待！他之前就被逮捕过，被保释了出来，如果再进监狱就会判强奸罪。他给自己找的理由是他喝醉了，完全醉了：他和他的两个朋友到这家旅社，是要找住在这里的一个"游手好闲"的女人！他们以为那是我的房门！他们并不认识我……他们只知道卖报纸的小男孩在某一个晚上把我送了过来！听到这些，我想起了火车上的那个小男孩，他告诉我卡尔斯巴德是个大城镇，然后帮我把手提箱提到了这家旅社。从那之后我就再没有见过他了。

"你也有可能被拘留，女士。"黑人门童对我说。

那件事发生的第二天，我不仅过于虚弱，没力气能走到邮局去，而且也害怕上街走动。女房东早上的时候恶狠狠地闯进我的房间，骂我是一个"站街的婊子"，让我第二天早上之前必须结清房费，然后从这里离开！我此刻的意识很微弱，一站起来就会眩晕。她的声音似乎是从很远的地方传过来一般，如梦如幻。我告诉她我病了。她却说，我不是病了，我就是一个下贱的"站街的婊子"！

她离开了。我的思绪如此缥缈，我甚至觉得很舒服……我十分饥饿，可能这就是死亡了……它倒是不像我一直以来害怕的那么痛苦……可能如果我现在睡过去，就再也醒不过来了。

那天晚上，我已经没力气走到门口把门锁上了。我抓着床柱撑起了自己的身体……我在镜子里的样子很苍白，还闪烁着微光……摇摇晃晃，茫茫一片。窗户外面的街道上有温和的微风，我转身面对窗户。然后我就摔倒了，失去意识躺在地板上。第二天早上，黑人门童过来打扫房间的时候发现了我。

黑人门童从转角酒吧带来了威士忌，那个酒吧男招待跟着他一起来了。他们把酒灌进我的喉咙里。然后我眼前的一切又都消失了，摇曳着，闪烁着微光，出现又消失了。我意识的一部分坐在很远的地方，看着自己的身体，镇静、冷漠地看着——似乎置身事外。而另外一部分却抗争着……黑人门童和酒吧男招待站在一起说着话，好像有火焰在我的脑袋里和身体里燃烧。坐得很远的那部分意识记录着这一切，不做任何判断或结论。它记录下酒吧男招待带来热汤，并且让我喝下。一种恶心和眩晕的感觉击垮了我的身体，我失去了意识，而后又醒了过来。每次他离开和返回房间的时候，那部分还在挣扎的意识就会想："现在，结束了……没事的。"而另一部分意识则只管记录，并不在意事情是好是坏。对它而言，事情就是事情，不分什么好坏。

过了很长时间，房间逐渐变得清晰了，眼睛能看清东西了。那个男招待来了又走了。第二天，我转向镜子，看着身后房门的开开合合。酒吧男招待站在那里，有一个想法闪过我的脑海："没有关系的……反正我就要死了。"几天之后，他照例带了热汤过来，还有一块肉。等他走了之后，我用一张纸把肉包了起来，藏到枕头下面。我现在还不能咽下它，但我可以明天，或者后天，或者下一周再吃！我当时根本没想到它不能保存那么长时间。酒吧男招待每天在下午接近黄昏的时候过来，然后注视着我。有一天他在自己的口袋里摸索，然后把什么东西放到了我胸前。

"这是我这个月的工资，"他的声音从我头顶传来，"我觉得你比我更需要它。"

我思索了很长时间——在这种情况下，一个人该怎么做。我的理智驱使我伸出双手，接过那几张钞票，然后把这些钱放到我枕头下面藏肉的地方。那块肉不见了！我猜，大概是门童清理我床铺的时候……

没什么奇怪的……事事都是如此。

几天之后，当女房东再次走进我的房间的时候，依旧带着满脸敌意。我一言不发付了房租，然后告诉她，等我一有力气下床走路，就会马上离开。

我在窗边的大椅子上坐了好几个钟头，黑人门童来了又走。

"女士，需要什么，就直管叫我……不要害怕。"我并不怕他，他是我在卡尔斯巴德遇到的最和蔼的人了，而且他的手就像护士一样技术娴熟。

一股轻柔的风抚摸着我的脸颊，外面的树在风中发出沙沙的声响——风儿总是跟随着我。有一天晚上，一只鸟儿在树枝上唱歌，我跌跌撞撞走到窗前仔细聆听着……我之前在其他地方读过一些关于夜莺的东西——这就是所谓的"夜间的歌唱家"吗？一段动听的音乐从黑暗中流淌了出来——爱一定就是这样了——像风一样。

日子又漫长又孤独。我一站起来，双腿就会不停地颤抖。我的脑子被愿望、害怕、焦躁和欲望搅得混乱不清。有时候那个酒吧男招待傍晚过来，会坐在窗户旁和我聊天。他看起来多么谦虚啊！我们谈到了各自的事情……我们的家庭，日常琐事，那些每天到他酒吧的客人们，他们说了什么，以及他是如何回答的，还有我马上要离开卡尔斯巴德去亚利桑那的计划。我们没有提到他可能会面临的逮捕。而那个充满严肃的思考，以及思想的巨浪翻腾的世界，我们俩是不了解的，我们的未知使我们生活在深不可测的黑暗之中。他和我，我们俩都只了解工作和食物。同时，我们又都知道有些人是为了生存而工作的，而有的人则不是。我们也都知道爱情是存在的，或者，应该叫激情。我从书本上学到的那点儿东西，在几个小时的谈话里早就用尽了。总不能坐在那儿谈论历史年代、学校法、怎么打字，或者怎么拼写单词吧。

"我曾经是一名老师。"我告诉他。

"那现在为什么不是了？"

"我的资格证只有两年有效期，我没有继续参加考试。"

"你认为你能在克利夫顿找到工作吗?"

"能。"

"你想过结婚吗?"

"没有。"

"那你要不要现在考虑一下——我的意思是,和我结婚,你觉得怎么样?"

"你看",他继续说道,像是在解释自己的观点,"我还以为你是装得天真纯洁……我见过那种女人……我还以为你做过那事!"

我在脑子里想了一遍又一遍,他愿意娶我,是因为我从来没做过"那事"。用我的身体来评判我,这很不公平,而且让人感觉很耻辱。我差点儿被饿死,但最后却发现这只是证明了我有资格嫁给一个男人!一种模糊的愤恨感充满了我的脑海:这个和女房东有一腿的男人——还强奸了对门那女的,他有什么资格娶我?是,他是给了我一些钱……我再仔细一想——我发现所有的男人女人都是这样子……女人必须是处女,而男人们则必须有钱。有一些事情让我觉得很卑鄙,但我不知道具体是什么。我会把他的钱还给他……我会马上出发去找大公鹿,让他先替我把钱还了,等我挣到足够的钱再还给他。我可以自己赚钱,那时我们再来看看,还有谁有资格来娶我!

他还在等我的回答。我尖锐地回答道:不,我不相信婚姻,我永远不会结婚!

第二天黄昏的时候他来了,坐在窗户边上。我忽然意识到自己其实一直在等他。他伸手捡起掉落在地上的枕头,然后温柔地把它垫在我的头后。有一个人为我这么做,这种感觉真好,一种体贴的感觉掠过我的心头……爱和亲切总是这么体贴，这么安宁。外面的风低语着穿过街道，鸟儿发出第一声啼叫，我弯腰出去看它。正当我将要探出身去的时候，他从后面一把抱住了我，一时间，我几乎忘记了一切……几乎。这不是爱，但它是一种想要去爱的欲望。他的胳膊很有力量，但他的嘴唇很温和很柔软。我记得我从他的怀里挣扎了出来，然后他一言不发离开了。他走了之后，他的触摸还留在我的脖颈处，我的身心都充满了孤独。

等到黎明到来，我恢复了意识，记起了所有事情——哭泣，抱怨，妻子还有丈夫们的咒骂。女人们不知羞耻地乞求着："亲爱的，你知道我是爱你的！"食物……我会自己赚钱去买；贞操……我不允许男人用我的身体来衡量我，好像我除了这副躯体之外，再无其他了！我永远不会结婚……永远不会要孩子……我永远不会接受爱，永远不会让自己变得软弱！

天亮之前，我已经把自己的手提箱打包好了，然后躺下来等待着。现在离最早一班南下的火车还有一个钟头。几分钟之后我站了起来，小心翼翼地走下楼梯，然后叩响了黑人门童的房门。我告诉他我提不动手提箱，他马上关上门，跟着我出去了。我们一起走向车站，我挽着他的胳膊来支持住身体。拂晓下的天空一片灰白。

对于大公鹿的记忆让我觉得很亲切。因为个子高，当他从门下面走过的时候，总是得弯下腰。他在身高和行为举止上都和别人不一样，外表的沉默是骄傲灵魂的掩饰。我想着，有哪个男人会比他更有西部精神吗？他身上的那种让人啼笑皆非的幽默感；对于自己辛苦赚来的东西慷慨大方，心胸宽广，目光远大；固执地认为墨西哥人、印第安人、多妻教教徒和身体虚弱的男人都是下等卑劣的。他从我孩提时期就认识我了，他教我射击、套马、用折叠刀玩各式花样；他还试着教我把体内女子柔弱的气息都摒弃掉。我毕竟是个女孩，但是他却没有因此对我有半分的温柔。相反，他不止一次让我明白，我得像男人一样为自己的行为负责。有时候在盛怒之下，我会拿东西扔他，他用爪子砰的一声接住，然后又扔回给我，并抗议说自己那叫"手"，不叫"爪子"。

他比我爸爸还要高，但比他年轻。而且像他自己承认的那样，他的胡子长到可以绕住双耳。可能他在寒冷气候里会穿上一件大衣，但我这次去找他是在亚利桑那的酷热阳光下，他巨大的身形裹在日常的服装里：一件蓝衬衣和漂亮的背心，棕色的裤子塞到了齐膝高的靴子里；灰白色的帽子向前耷拉着，遮盖了他的眼睛。他曾经是个牛仔，但是西部已经成为过去了，牧场主人都在向城镇和城市迁移。他现在是克利夫顿铜矿的一个技工，已经得心应手了。

我们碰面之后，他认真地上下打量了我一遍。岁月增加了我的身高，还在我身体上留下了女人的印记。但他只是淡淡地说：

"呃，你现在有两个手指那么宽了！"

我告诉了他所有事情，但他没有回答，也不做评论；我的讲述杂乱而且不够连贯，但他还是听出了大概。大公鹿在他和朋友布雷基住的那家旅店给我租了一个房间，然后把我介绍给"妈妈"——这家旅店的老板。那是一个乐呵呵的胖女人，估计只有三十五岁，但看起来却有五十了。她叫我"公鹿小姐"。

"如果你因为她称呼你公鹿小姐而生气，就没必要了。"大公鹿后来告诉我，"这种小事，没什么值得计较的。当初你写信说要过来的时候，我告诉她是我妹妹要来……只有布雷基知道实际情况，所以你就顺其自然吧。"

我的房间在三楼，刚好俯瞰着后面的那条小巷，男人们从酒吧和旁边的台球厅里进进出出。争吵声总是回荡在小巷里，我经常会打开窗户看着他们。大公鹿告诉我他已经吩咐对面那家中国餐馆为我提供食物。他说，他所有的招待——房间、食物、所有的事情，可以一直提供到我找到一份工作为止；但当我问他的意见的时候，他建议我应该先休息一个月，恢复身体。

这个城镇位于一个峡谷里，一条源头不明的河流从峡谷中间流过。峡谷一边立着坚硬的石头墙，另一边是陡峭光秃的山坡。正午的时候，酷热的太阳炙烤着石墙，一直到午夜之后，空气才会慢慢凉下来。我住的旅店门前有镇上唯一的一条人行道——一条木板路，其他地方都没有。街上有一座凌乱的厂房——我从一家中国洗衣店那里学会了怎么用中文赌誓咒骂，以及怎么用嘴含着水喷洒衣服——这两项可都不是简单的技能。在街道另一头，沿着河岸，伫立着一排未粉刷的低矮平房。上面峡谷口的地方，高耸着铜矿的黑色厂房，更远的上面则是矿井。山顶上有一条杰罗尼莫勇士小路，杰罗尼莫是部落首领，曾经率领部族对抗那些白人侵略者。这条小路再往前，是无尽的崎岖的山冈，毫无生机。北面是连绵的冷峻的山脉，这里是一个隔绝人类的世界，住着响尾蛇、蜥蜴和毒虫。太阳直射在黑色的砾石山冈上，直到把它们烤得火热。地狱一定就像这个样子。有一天大公鹿和我骑马沿着这条小路走。太阳烤得人昏昏欲睡，我提议他讲个笑话。他又讲起了那个古老的故事：有一个亚利桑那的人死后到了地狱，但是让魔鬼懊恼的是，这个人非但没被地狱之火烤死，晚上还要求加盖毛毯。这个故事已经和这片荒凉的土地一样老了，我的帽带被汗水浸透，就像一块融化的黄油粘在额上。我们从小路上走下来，然后转向通往下面峡谷的另一条小路。这时候我们遇到了一个人，他的皮肤被烤得像皮革一样黑，马的脑袋几乎耷拉到地面了。他有气无力地抬起头，跟我们打了个招呼。

"他看起来倒像一个回来取毛毯的人，"大公鹿随口说道，他的眼睛在帽檐下笑着，"但其实不是，他只是一个护林员罢了。"

"护林员？这又是一个笑话吗？这里怎么会有树林呢？"

"不。远处有一两棵树，还有一个牧场。这个多妻教教徒每周会到克利夫顿取一次邮件。"

"你怎么知道他是多妻教教徒？"

"看看他骑马的方式！只要我看一个人一眼，我就可以辨别他是不是多妻教教徒……他们都很为自己感到羞愧。"

"羞愧？他们在羞愧什么？"

"我怎么知道……我又不是多妻教教徒！"

这话让我觉得很生气。这里的酷热让我生气，每件事都让我生气。后来在小镇上，当我碰到那个多妻教教徒的时候，我停下来和他交谈了起来。

那之后的每个星期，我都会碰到他。他是一个十分消瘦的年轻人，长着一双大长腿，身材高大。我和他一起骑马沿着那条古老的杰罗尼莫小道搜寻箭头；他带着我去到峡谷的深处，那里的树已经开始生长；峡谷的岩壁上还残存着古代废墟遗址。大公鹿现在变得越来越让人讨厌了。他说，这个人是个多妻教教徒呀！他开始叫他"台球棍"；"他看起来像是一根长了脊柱的'台球棍'"，大公鹿补充说。一个难忘的夜晚，当我和大公鹿骑马走下峡谷参加舞会的时候，他坦白地说出了自己的看法。

"你总是会爱上某个人。"他说。当我准备大声抗议的时候，他用更大的声音打断了我："你选择的男人就代表了你的眼界！被你拒绝的吉姆……你还记得吗？……你用一把枪和一匹马把自己卖了，可是没过几分钟你就后悔了。然后是那个酒吧男招待，现在又是一个多妻教教徒！我猜如果有一个印第安人送给你一个用杰罗尼莫小路上捡的箭头打成的手镯或戒指的话，你也会同意和他交往的！这就是你的眼界？为什么你不去爱一个体面一些的人……比如爱上我，发自真心的？"

"爱上你？你太老了！"

"我太老了，是吗？我不过才四十二岁，那个多妻教教徒也已经三十多岁了。"

我不知道该怎么回答他。他继续说道："我看着老，是因为我留着胡子……我可以剃掉它们，到时候我绝不会比他们当中最英俊的人差。"

他在黑暗中沉默了一会儿。"我是比你年纪大，"他的声音又传过来，"但是我会体贴地对待你，会比那个多妻教教徒或者酒吧男招待说的要好得多。那个'台球棍'有两个妈妈，而且他死之前一定会娶很多老婆的！"

大公鹿知道"台球棍"也会去参加我们正赶往的舞会，在那个地区女人很少。"台球棍"会跳舞，但他不跳。他的体形太大，跳舞不好看，所以即使在这种所有人都难忘的场合他也不会跳舞。亚利桑那变成了一个州，加入了联邦①；今天

---

① 亚利桑那：1912 年 2 月 14 日建州，成为美国本土 48 个州中加入联邦的最后一个州。

是个值得庆祝的伟大的日子——最后的领土日。那天放假，我和大公鹿一大早就骑上马，沿小路在山谷里上坡下坡，最后到达了莫伦西。这座小镇被装饰得光彩耀眼：国旗、彩绸、中国灯笼系在街道上，到处都是绿色的松树。今天晚上这里将会有场盛大的舞会，整条街道都会成为舞场。可能我们要去的地方没有这么壮观，但是男人们正从高原上的大牧场赶来——大公鹿曾经在那里当过牛仔；多妻教教徒们则正从峡谷里分散的聚集地赶来；所有矿厂的人都正往这边赶。女人很少，而我是其中一个……那个时候，在那个地区，作为一个女人，我绝对可以成为众人瞩目的焦点。

大公鹿突然求婚打断了我们俩之前的对话，他的那番话篇幅很长，我觉得吃惊，却并没有被触动。似乎没什么可说的，我们一直在沉默，直到我们来到舞会大厅门口，然后又沉默地拴好了马。所谓舞厅其实是一间大台球厅，桌子已经被胡乱堆到了墙边。中国灯笼沿着梁柱挂着，照亮了旗帜，照亮了彩绸，绿色的树枝被摆到各个角落。一张台球桌被单独拿出来，放到了屋子的尽头，上面铺着木板，它是为管弦乐队准备的——两个小提琴、一架桌琴、一把吉他和一把手风琴。大公鹿和我坐在靠墙的一张台球桌旁，摇晃着双腿，看别人跳舞。

"这么多女人，是吧，布雷基?"他问他的朋友。

布雷基狡黠地点点头，点起一支雪茄，眼睛不停地从一个女人身上转到另一个女人身上。她们当中很多人特别胖，脸上化着浓妆，到这里来谈生意。有一些女孩子是从镇上或者远处的牧场赶过来的。布雷基和我加入到了一个方块舞队伍中。化浓妆的女人们在周围跳舞，我面前站着一个和"台球棍"一起来的美人。大多数男人都没穿外套，他们戴着崭新的帽子，身穿闪亮的背心，腰间扎着艳丽的腰带，脚蹬精美的靴子。

舞蹈结束之后，我挤到那位美人面前。

"舞蹈不错，是吧?"我说，试图打开话题。

"是啊，城里的更好呢……不过我不能去，因为我还得坐早上的火车赶回学校。"

她用一种低沉而轻柔、慢吞吞的口吻说着这些，就像"台球棍"一样。像是条件反射似的，我立刻追问她的学校在哪儿。她说是菲尼克斯的一个师范学校。我试着掩藏自己傲慢的炫耀，但我还是禁不住回答说:

"我以前也是一名老师，而且我不断学习，后来当上了一名速记员。我早就完成了学业!"

她回答的语气中也尽力掩藏着一种优越感。她不相信我的话，因为在她学习的那所学校里，一个人必须经过六年……才能完成中学和师范学校的课程!

她的话严重打击了我的信心——六年!

我们走到了大公鹿身旁的台球桌跟前，他沉默地听着我们之间的对话。那些一对对跳舞的人迂回着经过，但我仿佛没有听到叽叽喳喳的说话声，也没听到吉他的弹奏声。因为我的思绪已经飞到了这位美丽女孩口中的学校……去那里学习……学习那些我不知道的事……只管学习。这要花费很长的时间才能完成，但也许我能够完成得快些……因为我比别人懂得多!如果这个女孩需要六年的话，那我两年就可以完成!我恢复了健康，却没有学会谦虚。

"能请你跳支舞吗?""台球棍"在我面前鞠躬问道，和白天时候一样英俊。

我们旋转着进入到摇动的人海中。这个房子是一间台球厅……但它现在……难道不就是一座宏伟的学校中闪亮的大厅吗？我的舞伴是世间最英俊、最优雅的男人；我之前从没跳过舞，可现在不是正在跳吗？在这间长长的闪亮的大厅里，洋溢着手风琴充满魅力的声音，班卓琴所发出的低沉简单的打击声。我的脚下仿佛有一双魔幻的翅膀，随着乐曲轻轻拍打着。那是一段绵长的乐章，音乐很轻柔，晴朗的夜空中繁星闪闪……

舞会结束的时候天已经亮了，但很多女人早在夜里就已和各自的舞伴消失了。大公鹿和其他三个男人在角落里玩了好几个小时的扑克牌；大公鹿赢了很多钱，兴奋到不愿意回家。最后，他、"台球棍"、那个美丽的女孩我们一起骑马回家。他们对我们说声再见，然后转身走过了一座桥。

"看来，你想去那所学校。"当我们停在旅馆前面的时候，大公鹿说。

"是的。"

他疲惫的声音里透出一点儿自豪。"好吧，我会帮你六个月，一直到你找到工作。我没有太多钱一直资助你，但我会尽力。如果你想回来，我就在这里……还有，我说的关于结婚的提议仍然算数，如果你愿意考虑的话。我不喜欢那些比你无知的女人们……也不想把自己的时间浪费在她们当中的任何人身上！"

他的高大的影子，和我的影子交融到一起。听着他说这些话，让我觉得很尴尬。

"你现在资助我，或许我可以在将来某个时候还给你……等我完成了学业……我觉得那不会花费很长时间的……可能不超过一年。"我不能按超过一年来设想，我甚至觉得一年都够长了。"我……不知道自己会不会结婚，但我会考虑的……"

又来了——说着这样的话，可我内心深处知道这些都不
是真心话。他没有回答，可能他也知道我的心思——毕竟他
如此了解我。

我记得他在马鞍上重新坐得挺直，骑马走向黎明的一片
灰白色之中，慢慢走远，没说一句话，也没再回头看，像梦
一般地离开了。

几天后的一个下午，当太阳开始下沉的时候，我站在了
菲尼克斯学校的一排红砖校舍门前。

校舍和小镇旁流淌着一条小河，像骑马穿过烈日下的平
原，在热度之下意识不清时经常看到的海市蜃楼一样，我曾
经在新墨西哥的高原见过这样的场景。我的马高昂起头，向
前奔跑了好一会儿。但等到我们走下一个小河谷，然后从另
一边上来之后，海市蜃楼消失了。

这座城镇却并没有消失，而是静静地待着，像是在等着
我到来似的！城镇周围是一片广袤的被篙类和仙人掌覆盖的
危险的白色沙漠。白天的时候，太阳炽热地照射着，到了黄
昏，一层柔和的浅白色的面纱降临在这片土地上。夜幕突然
降临，潮湿而寒冷，深奥的天空中闪耀着数不清的星星，既
冰冷又明亮。晚上，在白色月光的照耀之下，沙漠像是被冰
冷的水银冲刷了一般，数不清的巨大仙人掌站在那里，像是
坚强的哨兵在对抗着天空，长满铁刺的胳膊指向天际。在沙
漠的东方，红色和蓝灰色的山峦耸立着，贫瘠而又冷峻。山
站在那里，风、急流和哭声穿过荒无人烟的洞穴。据说那是
已经死去但却无法忘怀的灵魂——曾经有一场战争发生在这
里，发生在北方的纳瓦霍人部落和来自南方的阿帕切族之间。

我经常看着这些山，也看着我手指上的指环，还有胳膊上的手镯；它们本是我在古老的杰罗尼莫小路上捡的银箭头，然后我找了一名克利夫顿附近的印第安银器匠制成了首饰。亚利桑那渗透进我的灵魂，我讨厌那些美国士兵，他们追击那位阿帕切族的领袖杰罗尼莫，直到俘获了他，然后把他和他的部族都赶到了佛罗里达的沼泽里，他们大部分都死了。我理解为什么杰罗尼莫要顽强抗争保卫他的这片土地。这片沙漠虽然是一片灰白、凶险的荒地，似乎只有仙人掌、蒿类植物、灌木丛、响尾蛇以及毒蜥能在这里存活；但它召唤你向前，向前……前面有一些在月光下显得异常美丽的东西。如果继续走，你会穿过完全透明的空气，听到一段悲伤单调的歌声，那是一个从墨西哥搬过来的印第安人部落。这歌声似乎是沙漠的一部分，只有在这里才能听到，饱含着愿望、希冀和忧伤。

这片亚利桑那沙漠离我的灵魂比我所知道的任何地方都更近。我慢慢憎恨起那条由巨大的罗斯福大坝补给的河流；我憎恨这个城镇——这个多妻教教徒聚居地——随着这条河流，这片沉思的沙漠逐渐转化成了一片肥沃的、蚂蚁群一样堆积的人类居住地。

学校的官员们不知道该拿我怎么办，因为我没有上过预科班。

"你的家人呢?"他们问。

"死了。"

"都死了?"

"还有一个姨妈。"

"她的名字和地址呢?"

我告诉了他们。

"你爸爸和妈妈都死了?"

"是的。"

"你爸爸是做什么工作的?"

"他是一名医生。"

我没有透露更多信息。他们为我组织了一次考试,还有一个口试,然后准许我作为一名旁听生入学了。在这之后,我只管学习,以前我从没有这么用功过。我学到了很多东西:我的魅力和吸引力极度缺乏;我的言语粗俗,举止粗鲁、不文雅。还有,那些家住在菲尼克斯,穿着讲究的女孩子们都不喜欢我,因为我表示憎恶女人、婚姻,还有孩子。

我在学校还学会了其他东西——一些重要的东西:在学习氛围下,在老师们的同情和关注下,我的思想开始运转,精神饱满、精力旺盛地思考。有一个动物学教授让我做他的实验室助手,每月付我一小笔工资。所以现在我有工作了——我居然有工作了!感受着思想在头脑中成形,这种感觉很奇怪。我以前从没有想过,学习是这个样子的。不到五个月,我被选为校园周报的编辑。我埋头更加努力地工作——我不是说过自己能比别人做得更多更快吗?

另外,一种坚定的信念被根植到了我的脑海里——这是一种原始的、重要的、痛苦的信念。我现在已经是校报的主编了,有时候会有一些女孩跟我打交道。我不知道该怎么和她们交往,这让我觉得很尴尬。年轻的男学生有时候会来我的小报社办公室,和我交谈。他们很有礼貌,非常有礼貌,但我不喜欢这样。我开始明白,一个女孩子可以依靠漂亮,或者依靠智力、能力或权力来获得尊重。但是智力、能力和权力,这些都是干巴巴、枯燥无味的东西。这是我学到的令我悲伤的认识。我向往美丽、亲切和爱。

有时候，要扮演一个有智慧、不屑琐事的人有点儿困难。一天晚上，那些女孩们正为学校舞会做准备。她们穿着礼服轻快地跑过宿舍走廊，到接待室去见各自的男朋友。她们轻快的脚步经过我门口，然后迈进了黑夜中，去享受生活。有一个女孩敲了敲我的房门，探头说：

"你不来跳舞吗？"

"哦，不了，我还有一篇社论要写。"我冷漠地回答道，好像自己不屑于舞会！

我的心情很沉重，满是渴望和痛苦。等宿舍归于平静之后，我坐在自己桌前，试着去想知识的美丽。但亚利桑那的空气如此稀薄，从操场清晰地传来了低沉的、颤动的乐声。我写不下去了，于是从窗户跳出去，穿过了楼外面那片草地。我看到宿舍还有窗户也亮着：楼上是一个丑陋的多妻教女孩的窗户；旁边是一个在饭店洗碗的穷女孩的窗户。我讨厌自己身处她们中间——我们这些悲惨的人！

站在玫瑰花园的阴影中，我看向接待大厅的那扇敞开的窗户。那里都是美人、音乐、旋律。有一对情侣在屋外冰冷的空气中漫步，在玫瑰丛之间慢慢踱着步子。那是一个多妻教女孩还有她的情郎，她身穿一件黄色的紧身礼服，长着一双紫罗兰色的眼睛，在晚上像是两颗朦胧的宝石。我向阴影里缩了缩身子，生怕他们发现我，我会觉得羞愧的。

等他们俩返回大厅之后，我才敢踏上那条通向沙漠的路，期间还偶尔听到远处音乐的旋律。最后，这条路和沙漠混合到了一起。我走进沙漠中去，走得越来越远，我的朋友陪着我——风，还有一只孤独啼叫的鸟。给我一小时无忧无虑、无拘无束的幸福吧，给我短短一个小时的美和爱吧！

这片沙漠没有止境，到了晚上，会显现出淹没一切年代的迹象。这些逝去的年代耗尽了所有与人性有关的东西——激情、希望和伟大的志向。抬头望见天上的星星，灵魂挣脱了世间情欲的枷锁，只留下了惊奇和四处弥漫的不安。

她是一位来自斯堪的纳维亚的女神，一位身材高挑的高贵女神。她长着金黄的头发、蓝色的眼睛，还带有一点外国口音。她走进我房间的时候，我看见她是那么弱不禁风……这样的女人只存在于书本上……身材高挑、皮肤苍白、天生高贵受人尊敬……她们通常都是弱不禁风的，如果我没记错的话，其中有些还很富有。

她叫卡琳·拉森，到我们学校来参加一场关于妇女选举权的州级辩论赛。她的目光在我的屋子里环视，看了看我的手套、披风和墙上挂的墨西哥马鞭；看了看我挂在床柱上的皮带和装在皮套里的左轮手枪；看了看放在书桌上的那把匕首，我现在用它当裁纸刀。然后我们俩都站在房间的角落里，互相打量着，上上下下，前前后后，仔细又好奇地打量着彼此。

"是这样啊……"她最后这样对我说道，就好像她已经看透了我似的。

"是这样啊……"我心里暗暗重复了一遍，就像我也把她看透了，一边想着我的声音能不能像她那样轻柔。

"我来自东部，"她说，"现在在菲尼克斯教学。你从哪里来?"

"我……我觉得，我来自任何地方。"

她继续说。她来到西部是为了能离她弟弟更近，也为了见些世面。到这种地方来见世面，这真让人难以理解。她是个很有意思的人，同时也是一个对教学不十分"尊重"的老师，她说自己被迫去教一些她并不了解的东西；教育机构几乎都是"腐朽、保守、没有创造性——永远停滞不前的"。而令我感到恐惧的，是她问我怎么看。我以前从没有想过，学校会有什么过错。她说起"社会"，我知道她指的不是那些时尚的上流社会，而是在说每个人，包括我。

然后，她弟弟来了——克努特·拉森。他刚二十出头，和他姐姐长得很像，只是眼睛更为深蓝。他和我握手的时候，两只眼睛也会跟着笑起来。他也有一点儿外国口音，礼节很周到，彬彬有礼，甚至于让我觉得有点儿尴尬。他经常转过来凝视着我，潮红涌上我的脸颊，因为这让我意识到自己的粗鲁和丑陋。

一个月过去了，他、卡琳和我，我们经常待在一起。一天晚上，我们在操场的一棵漆胶树下站着，讨论着我们正打算去看的雅基族印第安人的复活节舞蹈。他和卡琳的话让我觉得自己很无知。等我们到达位于沙漠的雅基族村庄之后，他们俩似乎能看到一些表象之外的东西，看到一些我不能理解的东西。所谓的村庄只是一片简陋的房子，很多户只是用几根柱子顶起屋顶罢了。到处都是身材矮小的印第安人在售卖墨西哥面饼或者面团馅卷。我们走到其中一群印第安妇女中间，她们身上穿着的是褪色的宽松白棉布罩衫。在她们中央空出来了一块地方，坐着两位乐师。一名乐师一手拍打着一个粗糙的鼓，另一手拿一个长长的黄色空葫芦，里面装满了豌豆和鹅卵石。当他在地上轻轻敲打它的时候，葫芦会发出一种轻柔的声音。这些男人除了腰间绑着腰带之外，全身都裸露着，头上戴着动物的头骨。

中央站着的舞者，是一个肥胖的印第安人，穿得和那两位乐师一样，腰带湮没在了肥胖的腰间。他前前后后地跳了一圈又一圈。妇女们拍着手，或者低声哼唱着单调的曲调；不时地，她们会通过赞许的欢笑或者呼喊来表达对这种优美舞步的欣赏。

我们走到了另一个低矮的屋顶下。那里面对面站着两排男人，也是腰间缠着腰带，跳着舞。这是一种考验忍耐力的舞蹈，他们当中有很多人已经持续跳了十二小时以上了。时不时地会有某个人因为精疲力竭而退出。支撑着屋顶的中心圆柱上挂着一小幅圣母玛丽亚的画像，上面还有十字架。他们就在圣母玛丽亚的画像前面跳舞，前进的对列和后退的对列穿插到一起，然后交换位置。这些印第安人都是天主教徒，这是他们的复活节庆典；这场舞蹈会一直持续到最后一名舞者也疲惫地倒下为止。只有男人们才准跳舞——宗教不就是男人们的统治工具吗？外围成排站着的印第安妇女和孩子们随着音乐节奏左右摇摆，嘴里哼着一样的曲调。

"这正如我们自己的宗教一样合乎情理，"卡琳对克努特说，"不过看到玛丽亚的画像和十字架挂在中间，还是会觉得有点儿古怪。"

克努特笑了起来，露出了他的一颗金牙："我呢，我宁可跟他们一起跳舞也不愿跪下去参拜，像他们这样更健康，也更有趣。"

我站在他们身后，看着他们俩做笔记，讨论那些我完全陌生的东西。他们之间的爱、友谊，还有理解，如此深厚而美丽……爱真的可以既美丽又自由吗？我想着……一个人能够既温柔同时又保持坚强吗？世上存在不包含危险的服从于男人的爱吗？

光明……观念……思想。我人生的道路阻碍重重。我返回了学校，思索着我的人生道路。我要打破所有的障碍……

我要工作，赚钱，学习！

从我成为学生到现在，已经过去六个月了。我获得了在这所学校里待了好多年的老生们一直觊觎的荣誉。大公鹿不再给我寄钱了；他写信说，他承诺的六个月已经结束了，希望我已经找到了工作。他从我的信中明白我不会再返回克利夫顿了，所以他和布雷基决定去墨西哥参加革命。他说，如果他还活着，就会继续给我写信……如果死了，那就再见吧！

自此以后，我再没有他的半点消息。

我刻苦学习，同时努力养活自己——打字、清洗宿舍的地板，干任何我能找到的活儿。我的学习只能放在晚上，那时我已经疲惫又迟钝了。尽管我卖力工作着，却还是不能负担我的花销。

学年再有一个月就结束了，我却不得不离开，到菲尼克斯找工作。卡琳和克努特听了我的处境，笑着说不必觉得太遗憾。他们说，学校不能教给人所有东西，有时反倒误导人，毁掉人的聪明智慧……他们的话对我并没有借鉴意义。他们生长于知识世界，从那个高度当然可以随便说风凉话了。

我找到了工作，但是一种对现实不满的痛苦日日夜夜折磨着我。再也不可能有机会读书了。克努特和卡琳要离开这里到旧金山去，不再回来了。微弱的光芒正在变淡，我的孤独感更加强烈了。

在他们离开前的一个洒满月光的安静夜晚，克努特和我骑马走过那座桥，穿过城镇的郊区，沿着那条通向沙漠的灰白而坚硬的道路并行着。不知什么东西使我的马受了惊，它不服我的管教，在夜空下发疯似的跑了起来。当我感受到它在我身下异常躁动的时候，我记起了自己内心深处的某个地方对马一直是害怕的——即使骑在马身上，我还是害怕它们。

现在，这种盲目的恐惧感更是抓紧了我。在绝望之中，我转过头朝克努特呼喊；身下的马可能感觉到了我的恐惧，更加猛烈地向前跑去。克努特慌乱地回应了我的呼唤，然后猛刺自己的马，不顾一切地飞奔到我身旁。风把他的头发从高高的雪白的前额吹向脑后，他探着身子绕过马脖子，用手抓住了我的缰绳，然后死命一拉，制服了这匹马。在马尥着蹶子，不停嘶吼，发疯一样乱踢的过程中，我赶忙趁机跳到了地上。我的双腿因为力竭而不停颤抖着，倒在一团灌木丛之中。克努特的声音像从远方传来，他一边安抚那匹马，一边把它拴到灌木丛旁边。然后，我听到他急促的脚步声，走到我身边，他弯下腰来，我紧紧抓住他的胳膊……一阵战栗传遍了他的全身！他屈膝蹲在我身边，手臂环绕着我，我能透过他轻柔的白色衬衣感觉到他此刻颤抖的心跳。他在我耳边低语，声音轻得只有这片孤独的沙漠能听见……一些重要的话，令人欣喜若狂的话。在他包裹一切的怀抱之中，一股深沉的平静席卷了我的身心……他的嘴唇亲切地吻过我，就像月光洒在安静的水面上。

大地的女儿

第六部分

　　爱是什么？我思索着：爱是一种模糊的、丰富多彩的东西，混杂着我在孩童时听过的童话以及后来我读过的一些小说；爱是一种非常可爱但却被禁止的东西，而且它和另外一种被禁止的东西没有丝毫联系——性。性在爱里不占据任何位置。性意味着暴力、婚姻或者卖淫；而婚姻则意味着孩子、哭泣、唠叨的女人和抱怨的男人。性意味着不幸，以及所有我害怕、畏惧，想要避免的东西。

　　自从我认识克努特以来，这些想法经常出现在我的脑海里。我觉得很羞愧，因为自己有想要去爱的欲望，在粗俗的举止之下隐藏着对亲切和友谊的渴望。我已经快十九岁了，但在感情和身体上都还不够成熟。我思考得太少，行动得倒很多。我对于性爱所表现出的恐惧随着年龄增长而增加。我还憎恶纯洁，还有所谓女人的"贞操"，一听到类似的言论我就很反感。男人用这样的标准来评价女人，总是让我觉得十分耻辱。

　　因为憎恶婚姻，我甚至觉得宁可当一个妓女也不愿嫁作人妇。这样的话，至少我还能保护自己，养活自己，尊重自己，同时保持某些人身权利。妓女没有孩子，对此我仔细思量过；男人不能打她们，她们也不需要听从于谁。而已婚妇女的"体面"似乎依赖于她们对奴役和卑微的接受。男人们不喜欢自由的有思想的女人。男人在结婚之前可以和女人发生性关系，而且没人会认为这是错的——这只是"风流放荡"罢了。没人会说"堕落的男人"或者"失足"或是"被毁了"。那为什么要这么说女人呢？我找出了原因：女人必须要依赖男人而活；假使一个女人可以自己养活自己，而且能够一直这样，那她就可以像男人一样独立。这就是为什么人们不去谴责男人的原因。

我自己一个人待在菲尼克斯，考虑这些问题。因为克努特和卡琳已经去了旧金山。他们让我觉得自己很低下——他们受过高等教育，漂亮且聪慧。他们不必为谋生忧虑，而且，从来没想过会挨饿。克努特写信给我，邀请我到旧金山找他们。他写到爱，也写到了婚姻，但是他写的和我想象中的婚姻是完全不同的。

"我没有钱，"他的信里写道，"但是我爱你。如果你嫁给我，我们可能会很贫穷。但是我们都还年轻，可以一起工作和学习。"

我知道自己的内心，我可以有婚姻的陪伴，同时仍然自己养活自己。爱……我不知道爱是什么。我很孤独，是的，而且我害怕漂泊和愚昧无知。克努特写到了爱、工作和学习，我所有渴望的事情他都具有。但对于性和孩子的恐惧仍然阻挡着这条路，不过我还是决定去找他和卡琳，看事情会怎样发展。就算我们俩不结婚，跟他和卡琳待在一起也是一件很棒的事情，因为透过他们，我可以了解另一个世界。他们具有我不了解的独立的思想，这些思想不是从书本上学来的，他们的这些想法似乎都是即兴想出来的，对我来说，这简直是一件令人惊奇的事。我回想起了他们在菲尼克斯带我看的第一场思想剧。

那场戏是《十二磅钱》，我们坐在座位里。克努特和卡琳被戏剧所吸引，我却无聊得要死。只因为他们专心致志地看，我才认为舞台上演的东西很重要。这场戏没有多少吸引我的内容，没有木屐舞、吵闹的音乐和笑声，也没有粗野的笑话、花哨的服装以及夸张的表演。看着枯燥的表演，演员们只是聊聊彼此的想法，这让我觉得莫名其妙。这部戏好像讲的是一个已婚妇女不停地攒钱，想买一台打字机，然后靠它来谋生的故事。多么无聊的剧情啊！我看到卡琳和克努特完全被戏剧所吸引，但是对我来说，这些事情似乎太过平常，我不理解为什么一部戏要专门写这些平常的事情。

正当我收拾行李打算去旧金山找克努特和卡琳的时候，我弟弟乔治给我寄来了一封信。读着这封信，我的心沉了下去，我之前小心翼翼合拢的遗忘的窗帘又一次破碎了。乔治从我们在特立尼达岛分开之后只给我写过这一封信，而信中全部是他对我的控诉。我读了一遍又一遍，因为我不愿意相信上面所写的事。他控诉说：爸爸一年前把他们俩送到了俄克拉荷马的一个农场去干活。他控诉说：他们已经变成了爸爸所希望的那种野蛮粗俗的农民。他控诉说：他们没有去上学，而是像牲口一样从天明干到天黑。他控诉说：有个人痛打丹，一直打到他皮开肉绽。

读着这样一封对我的控诉书，而我这些天所想的居然是旧金山更美好的生活！

从那封信寄来到现在已经过去很多年了。但是时间从来没有治愈这段伤痛。那片沙漠——而不是基督教的上帝——才是我的安慰和避难所，所以我又去向那里。我从那条静谧的白色小道出发，克努特和我曾经在某个晴朗的夜晚骑马走过这条路，那天晚上他说他爱我。时间不停地走着，我也不停地走着。痛苦来得太深，反倒归于平静了。这片沙漠上没有丝毫生气，没有召唤着孤独的小灰鸟；没有抚过蓬蒿的微风；没有触手可及的星星。在沙漠里，我受伤的弟弟一直在我前面走着——他的衣衫破了，背上有一道流血的伤口。我向沙漠的右边眺望——他在我前面走着；我把视线转向一棵指向天际的巨大仙人掌时——他又在这个方向走着。我不停走着，而他也一直在我前面走。他变成了黑夜里一道流血的伤口，变成了我心里的一道伤口。这么多年来，他一直是我回忆中的一道伤口。连那片掩埋了所有热情、痛苦以及欲望的沙漠，也不能掩埋这伤口。

夜色还在蔓延，我转身收回了自己的脚步。拂晓时分我回到了住处，我应该走哪条路——往东还是往西？我要回到木屋去，一生都靠爸爸供养吗？如果我那么做了，未来将会怎样——我会变老，然后失去希望和学习的欲望；我会帮助家里来抚养弟弟们，帮助他们穿衣上学——但是用谁的钱呢？……我在那里挣不到钱，他们也不会挣钱。而且，我自己也有一张要吃饭的嘴。

我取出克努特的信，把它放到乔治的信旁边。生活如此艰难，它已经教给了我很多教训。我不会回到原来那个地方去——我会不停地学习，直到赚来足够的钱。我会把弟弟们接过来，然后送他们去上学。

我写了三封信：一封给我爸爸，指责他做的所有事情，要求他把弟弟们从农场带走，好好照顾他们并且送他们去上学；一封写给乔治，我把我所有的钱都装到了信封里，告诉他带着丹去找爸爸；还有一封写给那个农场主——我尽情挥洒了心中的憎恨。他把我弟弟打到鲜血直流……我写到，他是在把我的弟弟们当牲口一样使唤。我现在还不能去，我没有钱——但有一天我一定会去，然后亲手杀了他。

我走出门寄出了这三封信，在那条笔直的路东边，一抹晨光正在沙漠中出现。那只小灰鸟在黎明中啼叫着——就在那里的某个地方。

当我到达旧金山跟克努特和卡琳碰面的时候，山上橡树的叶子正在变红。我们三个人住在一间公寓里并且都找到了工作。克努特和我讨论关于结婚的问题。

"我不想要孩子，克努特。"

"我也不想——至少在很长一段时间内都不想。"

"我永远都不想要——世界上已经有足够多的孩子了。而且我还要照顾我的弟弟妹妹们。"

"很好——我们在这一点上达成了共识。"

"我也并不想要组建一个家庭，不想做饭、洗衣服、刷盘子。我想自己赚钱养活自己，你也自己赚钱养活自己。"

"在这一点上我们的观点也一致。我想赚足够的钱，然后摆脱这份工作去做其他的事情——我讨厌这份工作。"

这样的婚姻倒不像普通的婚姻，我想着。但是克努特当时并不知道我心里对婚姻的厌恶有多深。我真的认为没有性爱的婚姻是可以存在的———一种浪漫的友谊，两个人一起工作并且依旧是朋友！我们一直拖延结婚的事，直到克努特接到通知要离开这座城市，到沙漠南部工作好几个月。在他要离开的那天，他打电话到我的办公室，我们决定一起吃午饭，然后我陪他一起去车站。途中我们经过市政厅的时候，他转身问我：

"我们现在就进去领结婚证怎么样？"

只花了两分钟，两美元。我坚持着付了一半钱。我们为这个疯狂冒失的举动大笑着，对卡琳来说这会是个惊喜。走到外面的街道上，克努特突然停了下来：

"我说，我们干吗不马上上去举行结婚仪式呢？"

电梯里的服务生上上下下打量我们，一句话也没问直接停在了二楼。"右手边第三个门。"他带着不明的笑意指挥道。

一瞬间，我们俩觉得被侮辱了，他看穿了我们的目的——这有那么明显吗？我们走进右手边第三个房间，有点羞怯。有一个身材矮小汗流浃背的胖男人正穿着衬衣坐在那里看着什么书，忙个不停。

"等一分钟。"他说着，抬头瞥了我们一眼，并没有让我们表明来意。他马上就准备好了，"哦，我觉得我们需要一个见证人"！然后他打开内门，用自己最大的嗓门喊着某个人的名字。过了一会儿，一个同样身材矮小汗流浃背的胖男人出现了，同样也穿着衬衣。

搞清楚了眼前的状况之后，内室出来的那人惊呼道："我觉得我应该去穿上外套！"接待我们的官员估计觉得自己也应该这么做，所以取下了挂在他书桌上方钉子上的一件老旧的黑色羊驼毛大衣。

我们站在那里——那个矮小的见证人努力站得笔直，显得足够庄严，胖官员的脸上闪着油光，他检查了我们的结婚证。

他也没提醒一下，就突然开了口。"现在，"他看着克努特，"你愿意娶这个女人做你妻子吗？"

克努特和我在惊异之中盯着彼此——这来得有点儿太突然了。我们觉得不应该是这样发展的！

"有什么问题吗？"那个官员惊奇地问道。

"这有点儿太突然了。"克努特解释说。

"突然？你不清楚自己想不想结婚吗？"

"噢，我清楚，但是你进行得有点儿太快了。"

"上帝啊！伙计，你想让我做什么——跳一段草裙舞？"

克努特笑着说："这主意不坏！"

克努特恢复了庄重之后，胖官员又问了一遍这个问题：

"你愿意娶这位女士做你的妻子吗？"

"我愿意！"从克努特喉咙里发出了一声轻微而且有点儿滑稽的声音。

胖官员转向我，严肃地问："你愿意嫁给这位男士为妻吗？"

嗬，对我来说这真是个值得考虑的问题啊！我突然在想，我究竟愿不愿意呢？这样的情况真糟糕！以前当我身处糟糕的环境之时，我总感觉拐过一个拐角就可以摆脱它们了——我从来没有完全气馁过。但这里只有一面空白的墙，一个拐角也没有！我所有想要结婚的念头都消失了，我觉得一切都完了，就像妈妈死的时候我的感觉。

"说你愿意，"克努特在我耳边催促道，"只需要说你愿意，然后我们就从这里离开。"

流着汗的胖官员严肃地看着我。"不用害怕，"他说，"每天都会有很多对夫妻在这里完成仪式。现在——你愿意嫁给这位男士为妻吗？"

"我想，我愿意。"——这就是我把自己嫁出去时所发出的声音。

这个矮小的男人似乎觉得这样庄重的时刻应该更深刻地留在我们脑海中，尽管法律唯一所要求的仪式已经完成了。克努特的声音，还有他脸上的表情，都有一种忍俊不禁，很明显胖官员不喜欢这个。或许他是个追求浪漫的人，又或许是他故意磨磨叽叽。他转向克努特又问了另一个问题——我现在知道这是他自己临时想出来的，但当时他的问题还是给我留下了深刻印象：

"你愿意支持这个女人，共同面对生命中所有的跌宕起伏、阳光雨露和暴风骤雨吗？"

他居然以为婚姻能约束我们！

"我愿意。"克努特忍住笑意回答。我不理解他为什么想笑，这似乎是一个严肃的问题——尤其是"共同面对"这个词，我还是第一次听到，而且其中包含一种可疑的声音——好像它和性爱有什么关系。

"那么，你愿意支持这个男人，共同面对生命中所有的跌宕起伏、阳光雨露和暴风骤雨吗？"

这句话也被用来问我！反正我已经和克努特达成共识不要孩子了，所以我在这里说什么也没关系。于是我回答，我愿意。

"你们有戒指吗？"

"没有，我们不相信戒指！"听到克努特这样反驳胖官员，我的下巴跟着骄傲地翘了起来。

"好吧，仪式完成了。五美元。"

克努特付一半，我付了一半——从现在开始，就从现在开始，他不能替我的婚姻付钱，好像我是附属于他似的。

克努特笑着看看自己省下来的两美元五十美分。"我可以用它们在火车上吃一顿丰盛的晚餐。"他说道。

胖官员用一种极不赞同的眼光看着我们之间的这个交易。

我们登记了名字和住址，矮小的见证人笑了，胖官员一把脱掉了身上的羊驼毛大衣，重新挂到书桌上方的钉子上，然后就又钻回他的书本里去了。他不耐烦地说：一个月左右，你们就能从萨克拉曼多①那里拿到证书了，和其他人一样。

"还有，下次你们再来这里的话，"他对克努特说道，"想好了再来！婚姻是一件很严肃的事情。"

———————

① 萨克拉曼多：美国加州首府。

等克努特和我站在街道上注视着彼此的时候，我大叫道："他看起来就像一只癞蛤蟆！"

"他赚钱可真轻松——随手一挥就是五美元！"克努特回答，"他一开始把我弄蒙了。"

"我真想现在回去把我们的钱要回来，让他把我们的登记给注销了。"

"不可以——我们现在已经是合法夫妻了。"

"这个婚结得真快！感觉有点儿滑稽，你不这么认为吗？一点儿也不自然。"

"吃过饭你就会感觉自然了……来吧，找一家有音乐的餐厅，然后我就要去赶火车了。"

我们去了一家有音乐的餐厅。我一开始反对，因为这里的音乐听起来像是教会音乐。胡说，克努特说——这是瓦格纳的《婚礼大合唱》。瓦格纳是谁？《婚礼大合唱》是什么？我全都不知道。但我相信克努特，因为他是一个受过教育的人。所以，我们走进这家餐厅，像他说的那样，去里面吃饭。

卡琳和她一个叫鲍勃的朋友带我去参加了一个社会主义者的野餐郊游，鲍勃是一名律师，也是一位社会主义者。他长着黑色的眼睛、黑色的头发，一提到他的主义，他就会变得极端激烈，寸步不让。

我们去到旧金山郊外的一片森林，那里的空地上建有一座旋转木马、一个射击场、几个廉价的杂货棚，还有一个简陋的舞池。走过那些男人女人、男孩女孩的时候，我心里充满了厌恶。他们长得如此丑陋，表情痴呆，穿着廉价俗气——这是我一向熟悉并且厌恶的。旋转木马正播放着吵闹的音乐，不远处有一个穿着衬衫的演讲家站在台上对着一群人做演讲。台下的那些人一边听着，一边嚼着花生和爆米花。有时候演讲家的声音会盖过旋转木马的声音，有时候旋转木马的声音又会盖过演讲家的声音。

"你带我来这里干什么?"我向鲍勃抗议道，"看看这些人!他们又卑贱又丑陋。"

鲍勃转身用他那双闪烁的眼睛看着我说:"是的，他们又卑贱又丑陋! 但是，是什么把他们变成这样的? 好好想想吧——是什么把他们变成了这样?"

"呃，是什么呢?"我问。

"是制度!"

我没有回答。我并不十分明白他说的制度是什么意思。他的话:"是什么把他们变成了这样?"表达了万分的愤怒，深刻地留在了我的脑海里，在此后的很多年里无数次地回荡在我心中。

克努特马上要去那片沙漠的南部了，那里正在修建从科罗拉多河所发源的全美运河河道。在去那里之前，他先返回了旧金山。我不想和他一起去——似乎只有在城市里才能赚更多钱，而且这里离学校更近。卡琳已经离开去了纽约，在走之前，她和我进行了一番争论。她说我不光是个傻瓜，而且，嫁给了他弟弟却又没有尽到一个妻子的本分。这让我很愤慨，我告诉她，克努特和我在结婚之前就已经达成协议不要孩子了。我的话会她颇为震惊。而且我说，如果克努特想要和其他人一样的婚姻，他可以马上跟我离婚。卡琳却说，爱一个男人就意味着要跟随他，哪怕去到沙漠里。我说，这种爱是女人的敌人，尤其对我而言。我人生的目标是学习，不是时时跟随某个男人。她嘲笑说我对爱一无所知。我回答道："很庆幸我一无所知！"

克努特去了八个月之后回来了，我把和他姐姐的这番话告诉他，并且对他说，如果婚姻真的像卡琳说的那样，那我就不想要婚姻了。他连忙高声说，当然，当然，你是完全正确的——这是我们自己的生活，我们有权利按自己所希望的方式来生活。我对他的愤怒消失了，因为此刻他袒护着我，甚至对抗他深爱的姐姐。我们俩似乎突然之间就变得亲近了。

"克努特——在你那儿有可能赚到足够的钱然后返回学校吗？"

他的胳膊环绕住我。沙漠里有一个城镇，他说，我们两个人说不定都能赚很多钱，一年之后就可以返回学校，比在旧金山赚得还要多。他说，当他进沙漠的时候，我可以到那个城镇工作。

我和他一起去了，他是个温柔体贴的人，从没想过除了公平对待之外，男人还可以怎么对女人；他只知道那些美好的事情。但是这样一个男人，他的命运却是要吞下这个残酷扭曲的社会播种在我身上的苦果。在接下来我们一起生活的几个月之中，他常常表情痛苦地站在我面前。因为，在这里，它开始了——我一直以来所害怕的性爱关系。克努特很年轻，而且和我一样无知。性爱的过程中没有任何美妙可言——至少对我来说没有，我脑海中闪现着对孩子和贫穷的恐惧——以后没有机会去学习了。还有比阿特丽丝和乔治——如果我有了孩子，又怎么去照顾他们呢？

有一段时间我十分仇恨克努特，我也不知道为什么。人们称呼我为"拉森夫人"，听起来好像我——玛丽·罗格斯——已经不复存在，或者已经变成了克努特的附属物一样。这个称呼像是对我的嘲笑。而周围的环境更加剧了这种感觉。

我们公寓的隔壁，住了一对新婚的年轻夫妻。那个女人结婚之后就不再外出工作了，整天待在家里等着丈夫回来。他们纯粹依赖性爱而生活。两三个月之后，她的脸和嘴上开始长疹子——整栋楼的人都知道这是什么病。她怀孕了，不过已婚的妇女得上梅毒也不算不体面，我对克努特说。

"现在，"我提醒他——他尽力想让我生活得到愉快，"现在他马上就会开始打她了。她不能再自己谋生，而且因为她的病，也没有人愿意再娶她了。她是他的妻子，他一定会打她的！"

克努特站在那里凝视着窗外，脸上痛苦地抽搐着。之后的日子里，我注意到每当有声音从隔壁屋子传来的时候，他就会紧张地听着。

那件事情发生的时候，克努特不在家。透过隔墙我听到了那个女人的尖叫声、两三声的重击声，还有椅子或桌子被推倒的声音。妻子的哭泣声——还有什么声音比这更悲惨呢？

两天之后那个女人又遭到了毒打，她跑出房间到大厅里哭泣。克努特回来的时候，我把这件事情告诉了他。没人敢管——因为她是那个男人的妻子。我不知道自己在干什么，我对婚姻和男人如此反感，同时也反感克努特以及我们的婚姻。当我听到隔壁夫妇的打骂时，我会相当愤怒，我的情感在心中猛烈地横冲直撞。

"玛丽，玛丽！"有一天克努特大声喊道，"如果你再这么说的话，我总有一天会被你逼疯的！"

但我后来又说了类似的话，他跌倒在地板上，拿头撞向椅子。我慌忙把他拉起来，扶他躺到床上。

"你真是个残忍冷漠的女人，我想去死！"

"那你干吗不和我离婚呢？——我不会反对的。"

"因为……我爱你啊。"

"爱？这不是理由！这只是借口！！"

"看在上帝的分上，玛丽……别这么说！"

为什么我要这样伤害他！就只因为他是个生性善良的人，因为他天性高尚吗？我不知道。我的心被什么东西深深地刺痛了——一些像钢铁一样坚硬，像刀一样锋利的东西。现在我只明白了一件事：我与之斗争的并不是克努特。一场无情的战争在我的头脑里进行着，一场对爱的渴望与扭曲的爱情观、性爱观之间的战争。这些扭曲的观念从我一生下来，就已经植入到我的身体里了。

克努特又离开了好几个月，去到了遥远的沙漠。我被留在森特罗的小镇上，在这片沙漠的边缘地带。这里大约有一百多间房屋，人们正涌向这里，抢占运河沿岸的土地。木板搭的房子如雨后春笋一般出现，而且租金相当可观。这里的土地很肥沃——这片沙漠原本在海平面以下，几百年前曾是大湖泊或海洋的底部。以前这里水资源奇缺，而随着运河的建成，水将会源源不断地运来。这里天气炎热——因为低于海平面，所以酷热难耐，有时候会达到一百二十华氏度，而且根本没有树荫！热风从沙漠吹来，而西面的山脉阻断了从海上刮来的风和雨。

我成了镇上一家旅社的速记员，坐在等候室为那些从洛杉矶涌入这里的土地投机者们打商务信函。这些生性傲慢、贪得无厌的胖家伙们，他们买下大片土地，然后只需等候那些需要土地的穷人们押上自己的性命来购买。这些投机者们一边口述信件，一边向旁人抱怨打一封信要十美分真是太贵了。除了这十美分，还有无数人愿意给我机会赚更多的钱。有一天，一个丑陋的投机者，朝天叼着一支雪茄，重重坐在我的桌子旁，他长着一张美元一样的脸，汗水从那张脸上哗哗地往下淌，他双手插在口袋里，就直接跟我谈起了"买卖"。

我的冷淡激怒了他。"你开价多少?"他最后问道，"不要以为你是这里唯一的货色就把价儿定得太高。我一晚上最多付五美元。我的房间号是九号，如果这个价格你觉得合适的话，我随时恭候。"

另一个土地投机者和一家洛杉矶的报社有关系，他想让我当他那家报纸的通讯记者——但有一个附加条件。

"你不能不劳而获，是吧?"他堆起一副亲切诱人的笑脸，对我说道。这是一个赚钱的好机会，勾引着我的野心。所以我跟他讨价还价。

"没有附加条件，"我说，"但是你可以从我的稿酬里抽头儿。"——我也学会了用百分比来跟人讨价还价。

他狡辩道:"你是个已婚妇女但你的丈夫不在这儿;而我是个已婚的男人但我的妻子也不在这儿。你不像是没干过这种事的人——你仔细想想，你能从中赚到更多的钱呢!"

几天之后，他又一次提起这个问题。"我的态度还是之前那样，"我告诉他，"不要附加条件，但你可以抽头儿，其他的没有什么好说的。"

我们结束了争论——他同意从我的稿酬中抽走百分之二十。他警告说会查我的账，如果我敢耍花招，他就会让我丢了工作!

就这样我被带入到了新闻界。他时常给我提供一些写新闻的建议，每次总会说一句:当然，这些全都是免费的。我不知道他究竟有没有把这些建议算进账单。

"工作，钱，学校——工作，钱，学校!"像一首交响乐的主调一样，在我的大脑里演奏着。现在，我只有一半的时间在旅社里打字，而且我把每一封信的要价提到了二十美分。

"该死的欺诈。"那些贪得无厌的商人们这样说道。

"我可没有求你们给我活儿干。"我回答说。

克努特回来了一个星期，穿着棕色的皮衣，然后又离开了。我已经存了些钱，未来仿佛已经向我们敞开了。一年之内，我们就会有足够的钱离开这片沙漠，到其他地方去上学了。

然后，我感到有些事情出错了——好像有什么事打乱了那首"工作，钱，学校"的交响乐。我每天早上都会向女房东抱怨，说自己感觉不舒服，她大笑起来，性爱和生孩子对她来说都是一些极好的笑料。

"你怀孕了！"

听她说完之后，我转身离开了房间。恐惧，苦难，仇恨，已经远离了我好几周的东西，像一场飓风一样又回来了。所有希望都消失了——我眼看自己陷入了我拼命想挣扎逃离的地狱之中——这里充满了唠叨、哭泣的妇女，只有依靠丈夫才能存活，更不要幻想去学习了。我仇恨地看着自己的肚子。

"我不会要这个孩子的！"我对女房东说，好像这是她的过错似的。"我不会，我宁可自杀……告诉我该怎么做。"

我沿着沙漠上的道路骑马飞奔，然后从马上下来疯狂地奔跑，直到筋疲力尽为止。一边哭泣一边怨恨，一边哭泣一边怨恨。每天早上我还是会感觉不舒服，我天真地认为肚子里的敌人会自己停止生长。台球厅那边的一个医生说，他不可能帮我——因为那样做是违法的；但我可以去药店买点儿药，他指导我。他说，如果出现什么糟糕的状况，我可以再给他打电话，那时候他就有权来为我做手术了。

"这得花多少钱？"

"我给你个优惠价，一百美元。"

那是我的全部积蓄！尽管如此，它仍然比养活一个孩子便宜得多。我付给了他十美元诊疗费，然后在药店停住了脚步。我甚至都不知道，我的孩子是怎么被创造出来的。在隐秘和盲目的恐惧之中，我尝试着去了解这些东西。但我不能——我的大脑乱作一团，胆战心惊的。我对自己身体的状况和活动完全不了解，包括对这个正在成长的生命，我也一无所知。

"这都是你的错，"最后我给克努特写信说，"赶紧回来把我从中解救出来吧，不然我就要自杀了！"

好几天过去了，没有回信。一天晚上，我在浴缸中把头埋进水里，但是我无法控制自己在水下本能的挣扎。女房东听到了水花飞溅和我挣扎的声响，跑进来把我拖了出去。

然后克努特回来了——原来他这段时间去旅行了。他去找医生说："你给我们做手术，或者我们自己到城里做，如果我妻子不做这个手术的话，她会在一个星期之内自杀的。"

医生严肃地检查了我的肺部和心脏，然后说，正如他所怀疑的那样——我患有肺结核，生孩子对我来说太危险了。手术是必需的！

等我恢复意识之后，我看到克努特坐在我身边，微笑着看着我。我躺在那儿凝视着他，我讨厌他的笑容——讨厌它，讨厌它，讨厌它！他怎么还能笑呢？当我的身体上有一个伤口，当我站在死神的面前……他怎么还能笑呢？当一个孩子从我的体内取出，而现在我的身心都在召唤这个孩子……他怎么还能笑呢？当我在昏迷之中感到孤独的时候……他怎么能……他什么都不懂……什么都不懂，什么都不懂！

我所有的钱都花光了，克努特返回了沙漠。我不让他为

这次手术付钱……这是我自己的身体，我不会让哪个男人来
为我付钱，我说道。他对此感到很无力。

然后我听说山上有一所师范学校，我写信向学校咨询可
不可以半工半读。一个月之后有了回信，他们说可以，我能
赚到些钱，不过可能不太够。我写了一封信给克努特，告诉
他说："现在我就要走了，而且不会再回来了……如果你想见
我的话，就来这个地方找我吧。"

我在那所学校度过了三年的时间，那是很不开心的三年。
他们询问我的名字。玛丽·罗格斯，我回答。父亲是一名医
生？是的。死了？对。丈夫的名字是克努特·拉森？

"哦，那你就应该姓拉森了！"他们大声抱怨道。

"我的名字是玛丽·罗格斯！"

"可你已经结婚了啊，你自己说的！"

"是，我是结婚了，但是罗格斯这个姓氏是我从出生以来
就一直用的姓，我会一直用这个姓直到死的。"

"不好意思，拉森夫人，但是你的姓氏就是拉森。"

在那里的整整三年，我一直都介意这件事。

有一次，一个年老的女教师可怜我说："真遗憾，你作为
一个已婚妇女，本该拥有自己的家庭和孩子的，现在却要这
样自己谋生。"

我迅速转过身子，我们俩站在两个不同的世界，隔着一
道鸿沟，相互打量彼此。她肯定觉得我是个坏女人！但是我
知道，我只是不甘心受人奴役。

还有一个老师问我能不能把自己收拾得整洁一点儿。她
说，如果我愿意去她家拿一件衣服的话，她愿意为此支付五
每分的车费。我迅速转过身，她和我也隔着一条不可逾越的

鸿沟。

老师们不安又好奇地看着我。她们觉得我做的不对，认为我是一个不知礼数、不懂感恩、难相处的女孩。她们容忍我，是因为我工作很努力。我一直战战兢兢地工作着，背负着比疼痛或饥饿更可怕的心理矛盾。我会一连打好几个钟头的字，只有在上课时会停下。在我住的公寓里，我照顾别人用餐，以此来换取我的食宿费。到了晚上，我会埋头到书本之中，不停地学习直到脑子里思绪纷乱。黑夜带走了我的青春，我的健康，我的甜蜜和温柔——所有青年人该有的东西。我心心念念的是我马上就能拿到毕业文凭，然后就能资助比阿特丽丝和乔治了。

在这期间，城里发生了动乱。一个名叫艾玛·高德曼的女人原本要来发表有关社交问题的演讲，但城里的资本家们不许她这样做。她是谁？我问。有人说，她是一个危险的人，整天胡说八道。我听到书店里有人在讨论：参与讨论的人有这家书店的女老板、一个年轻的医师、一个曾在我们学校表演的音乐家，还有一个信仰社会主义的牧师。从他们那里，我了解到艾玛·高德曼是一个著名的女性演讲家和作家，为社会正义和自由而斗争。他们正在帮她争取演讲权利。

在禁止她演讲之后的几天，公众剧烈抗议。资本家们带领警察去围攻那些要求言论自由的工人们。我对各种理论都不甚了解，但我多少听过一些。这些反对言论自由的人很像我了解的那些土地投机者。工人和社会主义者们的言论，表达了我自己的感受和坚定的信仰。当警察和资本家们进攻的时候，我也参与到了反抗之中。监狱里满是工人和社会主义者，还有乘火车赶来的世界产业工人组织①的成员，以及很多知识分子。世界产业工人组织领导的言论自由斗争在加利福尼亚持续了几个月之久。我坚信我们是正当的，所以想尽办法参与其中。我看到一些叫不出名字的朋友被关起来，被殴打，看到他们街头集会的时候被高压水龙头冲射。我躲过了追捕，但是这次斗争释放了我内心的能量。我对深层次的问题不够了解，因为我一直是一个凭感觉做事，然后才进行思考的人。

就是在这场斗争之中，我第一次看到了警察打人。在我前面的队伍中，有两名警察走过来，故意推撞一位两手插在口袋里、安静走路的工人。其中一个警察推挤他，使他撞到另一个警察身上；第二个警察抓住他的衣领，嚷嚷说他攻击治安人员，一拳把他打倒在人行道上。

"他们在撒谎！"我惊慌地高喊，以为他们会听我的，"是那个警察先推他的……我看见了……他的手一直插在口袋里。"

那两个警察压在那个男人身上，一拳一拳地打他的脸，我看到鲜血从他眼睛里喷涌而出。成群的工人涌了过去，我也和他们一起挤了进去。我纵身跳到其中一个警察身后，撕扯着他。突然传来了呼喊声和匆忙的脚步声，从街角跑来了一队警察。有一只蓝色的像类人猿一样有力的胳膊从后面抱住我，把我抛到了半空，落在十英尺开外。我手里还抓着一颗警服上的纽扣。两个工人抬着我迅速跑开了。我们躲在一

---

① 世界产业工人组织：即 Industrial Workers of the World (I. W. W.)，是美国工人运动史上一个激进的、富于战斗性的组织，成立于1905年，第一次世界大战后逐渐衰落。——编注

家印刷店里看到警察用棍棒清理街道，把那些流着血的工人拖起来，拽到警察局——罪名是袭击"执法人员"。

比阿特丽丝——我的妹妹，她过来找我了，像我一样离开了那片荒野之地。现在我已经结束了学业，成为一名教师了。我刚拿到第一个月的工资，就写信邀比阿特丽丝过来。她来了之后，我发现她比曾经的我更有山野气息——不是山川的壮丽，也不是能托举起一个人的那种宏伟，而是那种荒山野岭的生活对身体和精神的摧残。她需要治眼疾，要戴眼镜，还要花上好几个月修补牙齿，脊背上的旧伤也需要接受治疗。

从我上次见到她到现在已经过去四年了，现在她来找我了，却变成了一个完全陌生、沉默多疑并且怀有敌意的人。皮肤像她生活的土地一样是棕褐色的。她从前是一个有着漂亮额头的姑娘，嘴唇就像为了欢笑而生，可现在却只会诉说经历的痛苦。漂亮的眼睛中一片黑暗，如同我们躺在坟墓里的母亲一样。

比阿特丽丝看不惯我文雅的言谈——我在努力纠正自己说话时的重音和语调问题。她的愤怒表现在轻慢的沉默中。当她脱下衣服的时候，我看到了她粗壮的被阳光晒成棕色的胳膊，背上的伤痕在皮肤下隐约可见。她脱下袜子，我吃惊地看着她。多年以前，当她还是一个身材高挑、穿着短裙的细腿小女孩时，大公鹿有一次正经地说：

"比①，亲爱的，你长大以后应该会成为一名非常棒的歌手。"

---

① 比，即比阿特丽丝的小名。

有学科都学会的!"

慢慢地她喜欢上了学校和老师。经过几个月的适应,她变成了一名穿白色运动装的优雅女学生。但她保留了观点:能力和价值最后关头还得靠力气来决定;当受到挑战的时候,她经常提议"将一只手绑在身后,在一块羚羊皮上"来一比高下。

可是她和我之间仍然像陌生人一样……这些年的遭遇以及天性使然,她不喜欢我这样的人。在她看来,我的同伴们"乱七八糟",没什么东西能吸引她去参加社会主义集会。很久之后,当战争震撼了整个世界,她看到了壮丽的军事队列,看到了那些能够"一只手绑在背后,主宰整个世界"的英俊的年轻军人们,遗憾地说为什么女人不能帮忙"清扫"世界呢。

比阿特丽丝已经和我待在一起有一年了,这时候加利福尼亚大学愿意收我当学生了,这个学期将会是短暂而又珍贵的——暑假时短暂的三个月。克努特来信说,几天之后他会过来找我们。夏天,比和我走过那两扇铁门,站在大学校园里。这简直像翻开了一本童话故事的书页。耗费了这么多年,经历了这么多的伤痛!这简直就像一场梦一样,我现在居然是一名大学生了!

最后,那张登记好的学生卡拿在了我手里。比阿特丽丝也被破格录取了。我们离开了登记大厅,挤过成群的男女,我突然激动得想哭。我们穿过松树林,走过荒凉的希腊式剧院,沉思着。头顶的松树在叹息,像是遇到了什么烦恼,可是它们不会比我更烦恼。乔治的事情困扰着我……或许明年,我就可以赚到足够的钱把他接来了。我并不知道比阿特丽丝在想些什么——她的沉默之中一直掩藏着一种令我疑惑,可是又对之一无所知的复杂情感。

几周过去了，我们都带着从未消减的紧张和热情学习工作着，我总是见她匆匆走过校园小路。时间像是紧跟在我们脚后跟一样，不断有力量驱使我们向上向前。克努特过来看我们，和我们住在同一间公寓。脱离了我执教的那所学校压抑的气氛，脱离了繁重的工作，我的心变得如同水晶一般清澈和坚强，我感觉自己似乎长出了一双光明的翅膀，向前飞去。

即使身处这种令人愉快的氛围之中，我仍旧无法避免冲突。对生育的恐惧像猛禽一样在我脑海里盘旋，逆叛的天性难以平息，让我无法入眠。冲突起始于某天人类学的一堂课，有一个学生宣称说有科学证据证明黑种人是下等的。有肤色的人天生下等，他说——只要看一眼，你就会明白这一点！在他身后有一个来自印度的瘦弱的男人，一个黑人女孩就在离我不远的地方，而且大厅后面还坐有一个美籍印度人。我站起来向这个学生宣战，要他证明自己的观点。

教授发现这样的冲突非常有意思，并没有打断，而是继续聆听着。

"你愿意嫁给黑人吗?"那个学生问我。

"我宁愿嫁给黑人，也不愿意嫁给某些我认识的白人!"我明确回答道。

"停! 停!"教授大声打断了我们，"我们要科学地讨论。"

下课后，克努特和那个学生在外面继续讨论了很久。克努特有礼貌地辩论，那个学生却武断地回应着。我在校园里横冲直撞，气得能把地上的树连根拔起。回家之后，我写了第一篇关于亚洲的文章——一篇主题为在白种人还未开化之前中国人对文明的贡献的文章。

"为什么？"她问道，期待着他的奉承。

"因为你有像夜莺一样的双腿。"他回答道。

但是现在，那双腿已经不再是夜莺的腿了。它们如今是古铜色的，从大腿到脚踝都伤痕累累，而且有一条小腿上有一道又深又长的伤口，完全没有肌肉只剩黑色的皮肤包裹着骨头。她告诉我，有一次她去骑马，马儿将她甩到了带刺的金属丝篱笆上，篱笆把她腿上的肉扯了下来，血毒入侵。而当时是在农场里，那里景色优美，可是没有医生。牧人们帮她把烂肉切除了下来，然后用烙铁来消毒！她浑身上下都是红肿的，满是伤疤。她的手上也伤痕遍布，因为洗衣等沉重工作而变得十分粗糙。她一直非常劳累，现在只想忘记农场里的生活。

克努特特意放下工作来看望我们，他和比阿特丽丝互相打量对方。克努特伸出手，用手指轻轻在她胳膊上捏了一下，问道："你不会真像看上去这么壮吧？"她用一个飞快的动作抓住了他的手，轻松制服了他。不过片刻的时间，克努特已经四仰八叉躺倒在了地上，比阿特丽丝坐在他身上，善意地提醒道：

"自己没能耐，就别随口说大话。"

我建议比阿特丽丝去上学，她不以为然地瞥了我一眼，她并没有学习的打算。我又建议说，如果她觉得孤单的话，街对面有一家作坊，男人们带着几个女学生在那里制作家具和乐器。她的下巴傲慢地抬了起来……乐器？……不过她还是偷偷向马路对面瞟了一眼。

日子一天天过去，她变得越来越烦躁。这里没有马吗？她问道。这儿有马，但得花钱租。因为我了解我自己，所以我了解她，便说道：

"比，我的薪水是按月发的。每个月月末，我们俩把这钱对半儿分。我们每个人负担一半生活费，然后用剩下的钱来做自己想做的事。到那时，只要你愿意，你可以骑着镇里所有的马一直骑死它们都行；或者你可以拿着钱回农场去——只要你愿意。"

在我们分了我的第一笔工资之后，我饶有兴趣地等着看。她并没有把她的那份花在马身上，也没有买车票离开。有一天，她溜达到那家作坊，四处观望着。她看着那些机器和工具，不时还拨弄一下。

"这是刨子。"老师向她解释道。

"哦，是吗？"她轻蔑地反驳道，"我可是在平原上长大的！"①

于是老师也不再给她进一步解释什么了。

她看着那些学生在加工墨西哥红木，看他们锯木头、钉钉子，十分不屑。工具根本就不是这么用的！

然后她就开始干木匠活儿了。"我打算先试着做几件家具。"她告诉我。她给我们租的那间小平房做了好几件家具，有桌子、书柜、椅子、衣架，还有脚凳。她棕色的双臂又是锯，又是刨，又是磨，还要上下涂漆。这些锤击给了她极大的满足感，而这声音是否打扰到了别人，她一点儿也不关心。

一天，她报名参加了一堂英语课，然后说："还可以学一点儿数学和几何，对我的木匠活儿有所帮助。"之后，她又说："我想尝试一下文学和历史，也可能会去学编篮子或者做模型。"几个月之后，她说："看哪！照现在的势头看，我能把所

---

① 英文刨子(plane)与平原(plain)发音相似，比阿特丽丝误以为老师说的是平原。

我收到了他最温柔的一封信。上面写着:

"我们现在离婚了,你又变回玛丽·罗格斯了。我坐在这里,看着身旁飘落金黄色的秋叶,非常伤心。我深爱着你。你是我人生中第一个爱人,而且也许会是我此生中唯一的爱人。我们的婚姻是失败的,不管从哪种角度来看都是无可挽回地失败了。我们两个之间,总有一些事我不了解,或许是我太无知了吧。我们现在可以继续做朋友,我随时准备帮助你。如果你有需要就告诉我,我会帮助你的。"

我不敢细读这封信。它可能会使我心中已死的对爱的渴望再次复活,所以我只是粗略地浏览了一下。爱是女人的天敌……我知道它意味着什么——如果我继续婚姻的话,一切就都完了,比阿特丽丝、乔治的教育就完了。不!我不愿意想。

然后,我的脑海里再次落下了一幅窗帘,它压制并掩盖了我对爱的渴望以及对温柔的渴求。在某个地方盘踞着孤独,还有悲伤,而我只是把头一扬——这些东西只属于弱者。我现在又是一个自由的人了,我的名字是玛丽·罗格斯,整个世界都是我家,风就是我的伙伴。

有个印度人想进行一场关于他自己国家的演讲。两个来自大学理事会的英国人听说了这件事之后,表示强烈反对。为什么?我思考着,第一次知道原来印度是在英国人的统治之下的。他必须先向全体教职工和理事会讲一遍他要讲的话,得到批准之后才能公开演讲。

他来了——身材高大、忧郁的中年男人,长着一张清瘦的脸和一双真挚的眼睛。

我站在楼梯口,他从我身边走过。我对发生在他身上的事感到很抱歉。或许因为他是有色人种，却到了这样一个靠肤色来评判高低贵贱的国家；又或者是因为他属于被统治、被羞辱的那些人。

一个小时之后，会议室的门打开了。一个年轻的老师和一个英国理事从里面走了出来，两个人正在激烈争辩着什么。

"这个人是在煽动暴乱！"英国理事愤怒地叫着，脸庞因为激动而涨红了。

"他只是在为自己国家的自由而演讲，"那位年轻的老师回答，"我们也做着相同的事情……事实上我们也为祖国战斗过，而且自称为爱国者！"

"他是个叛徒！叛徒！"

"叛徒？"那位老师吃惊地问道，"背叛了谁呢？背叛了英国——却没有背叛自己的民族！"

所以！那个印度人是在为自己国家的自由而演讲！那他一定是对的。门又一次打开了，他走了出来，一个人。没人陪着他——不像其他演讲者那样；也没人跟他握手——因为老师都害怕理事。他的脸上有一种奇怪的表情，我又一次感到很难过。他经过我身边走下了楼梯，我像影子一样跟了上去……如果我现在搭讪，他可能会误解……但我们已经走下楼梯，他马上就要离开了。于是我迅速上前走到他身旁。

"他们不让我进去听你的演讲，但我听一位老师说你是在为自己国家的独立而演讲。很遗憾我没能听到。"

他看向我，我明白，我在他眼中只是一个普通的美国人——一个陌生的美国女孩在说着一些傻话。他的回答简短而又拘谨，但是他声音中的忧伤打动了我。

"把你的名字和地址给我，我给你寄些东西读，如果你有兴趣的话。"

我的大学生活顺利地进行着……可是每天清晨，我又开始一阵阵地恶心。黑色的阴影越来越频繁地出现在我脑海中。这是多么不公：女人要独立忍受这种负担，而男人们却始终潇洒快活。

我试图去找一些解决办法。我对克努特建议说，或许，我应该做一个不孕手术，这样就再也不会有孩子了。他不赞成……说那会影响人的心智的。但在我看来，这起码比恐惧要好得多。但是没有医生愿意帮忙——这是违法的，他们说。我日益消瘦，学业似乎也成了一种负担。我开始对克努特说些责备的话——好像他应该对此负责似的！可怜的他，如此痛苦！

我们打听到一位做这种秘密手术的医生。克努特有点儿担心，但因为已经别无他法，所以我们还是不得不走了进去。房子矗立在旧金山一条宽阔的大街上，那儿有很多医生都靠这种非法的业务来赚钱。我们俩在一间挤满妇女的候诊室里等了两个小时——年轻或中年的，刚为人妻或已为人母的。她们大多都衣着华丽——因为只有富有的女人才支付得起这样一台手术的费用。每隔十五分钟会有一个人被叫到，那扇门不停开开合合，有人不断地进进出出。我心情很沉重，紧紧靠在克努特身上。

终于轮到我了，我们俩被带到了后面的一个房间里。

克努特搀着我走到一辆出租车旁。"快走！"护士抱怨地命令道，"要不然其他人会怀疑这里的！"但我实在走不动，我们俩坐车来到渡口，我艰难地向前走了一段。我们打不到出租车，只能去乘有轨电车。我爬上电车台阶，不知道自己还能撑多久。冷汗不停从我的前额如雨点般落下，我躺倒在一个座位里，伸手去抓克努特。

"坐起来！大家正看着你呢——你想在公共场合出洋相吗?"他的声音既刺耳又愤怒。

在他的呵斥下，我不得不坐起身来。我闭上眼睛，头靠在窗户上休息。克努特很生气，因为他是一个有教养的人，受不了"在公共场合出洋相"。

"坐起来!"这句话一直萦绕在我的脑海里，和疼痛混合在一起。"坐起来……坐起来……"多么有节奏的一句话啊！我爬上仿佛没有尽头的楼梯，走进公寓，倒在床上……"坐起来……坐起来……"这声音伴随着血液，奔流到我滚烫的脑袋里。

克努特又变得温和了。但是，想到他在电车上的冷酷，我把头转向墙壁。现在，我不需要他的温柔体贴了。

我曾经对他十分残忍，但他也已经对我做了一件残忍的事情。他用丈夫对妻子的要求命令我——而我早就下决心不隶属于任何男人，也不会听命于任何男人。尽管当时他是在激动的情绪下说的，我还是不能释怀。

我返回了学校，克努特也留在了大学里。我们通过信件和平地离婚了。我说，这样很好，如果他打算再婚的话，就把责任都推到我身上。反正我也不打算再结婚了，不想再伤害谁。

"我会承担这些责任,"我在信里继续写道,"我也应该承担这些责任。是我不想结婚，婚姻对我来说太恐怖了。我不会再结婚了，我错了——你爱我，但我却并不知道爱究竟是什么。还有，我，我想恢复自己以前的姓氏。"

他说我抛弃了他，尽管他不愿意这么说，因为他爱我。我把他家人之前送给我的银饰退还给了他。两个星期之后，

"我自己做的。"海伦的声音在我身后响起，声音中有些许羞怯。她看见了我在观察这些木盒子。

"你自己做的?"

"是啊，我跟一个木匠学的。孤单的时候总要做点儿什么事来打发时间! 我买来这把椅子，把它加工雕刻了一下……还有那个床架，也是我雕的!"

我的手指划过椅子和床上雕刻的图案。我转过身看着她，她比我上一次见到的时候老了很多，皱纹爬上了她的前额，还有眼睛和嘴唇，即使化妆也遮不住。当她从窗下面的小盒子里拿出几件木雕时，小鸟一般的声音中仍有羞怯。

"你看，这几个就没有那么好了!"她说。

"我觉得很棒啊! ……为什么说不好呢，它们就像比阿特丽丝做的东西一样精美。只不过你做得更为精细，她做的都是大件家具!"

她的脸色现在变得自然多了。"是吗? 我也觉得很好，我原以为你不会喜欢这些的!"

"你还做了什么别的?"

"还有一些别的玩意儿……不那么好!"

"怎么会不好呢，别这么说!"

"我今天不去干活了，你来了。"她对我说道。在她的声音之中，有一种类似多年前她在洗衣房里精通了熨衣机之后表现出来的骄傲。她解释说:"我现在在一家有一百多个女孩的工厂里干活，"——她依然称呼自己为女孩——"给大学做校旗。米尔德里德和我都在那里干活，这栋房子里住的有些女孩也在那里干活。"

下午，她带我参观了工厂。成排的女孩子坐在缝纫机前制作毡毛旗帜，用来装饰学院和大学生的房间。海伦拿着最高的工资——每周七美元。然后我们又回到了那栋"女孩们"住的房子里。我明白了过来，海伦现在已经老了，而男人们都喜欢年轻的女人。在这个工厂里她可以赚钱，不用动用她那些微薄的银行存款。因为终有一天，她会连一个"客人"也找不来了。

米尔德里德更年轻，比海伦红。她肆无忌惮，把自己赚来的所有钱都花到了买衣服上。对她来说，男人只是获取金钱的来源——再无其他。大厅里有些女孩像海伦一样——已经年老，前路渺茫。一些女孩野蛮粗俗，像米尔德里德一样——知道生活像野兽一样残酷，她们必须抓住眼前拥有的机会。

我已经跟海伦住了好些天了。在这段时间里，没有一个男人过来找她。也可能她为了我把生意暂停了。一天晚上，我们一起在房间里躺了好几个小时，她躺在一边的床上，我在另一边的沙发上。那天晚上和往常一样，外屋的门在几小时里开开合合，不断有脚步声爬上楼梯，在走廊上站定，或者往里走。男人的声音处处可闻，有时候还会伴随着女人的笑声。沉重的脚步走下了楼梯，外屋的门开了又关……这些有身份的男人回家去见自己的妻子女儿、姐妹和母亲了。

我们俩躺在那里，海伦和我在黑夜中交谈着。

"我受不了这种生活了，海伦！"我说道，"我不明白你怎么能受得了。"

"乞丐是没有选择的。"她说。然后又补充道："你告诉我，我还能做什么。"

我沉默着，我不知道。

过了一会儿她又问："你去纽约干吗？"

"我去那儿找工作来维持我和比阿特丽丝的生活开支，还我写下自己的名字和住址，听到有人从楼梯下来，停在了我身边。我转过身来，看到是那个英国理事。他瞥一眼我们两个人，还有我正写字的通讯簿，连招呼也没打径直走了过去。

校长说得很直白。"你能理解的，当然，"他说，"你不能继续待在这个学校了。你的想法，你的态度，你的行为，都不适合这里年轻的男女学生们。你必须换个地方——对我们来说，越快越好！"

女教务长站在旁边，试着表现出她温柔的性格所允许的最大程度的严厉。她的态度也很坚定。"请允许我这么说，为了你的妹妹，你最好还是到别处去吧……不要觉得难过，但是……你确实对她产生了坏的影响。"

他们说我做了很多错事。他们知道我是个社会主义者了；有人看到我在城里和男人们在一起；我允许学校里的女孩子们读不恰当的书籍——艾伦·基的《爱情与婚姻》①以及类似的书。

"亲爱的，"女教务长恳求道："难道你不知道？如果你真的在研究社会主义运动的话，你就会发现，他们相信……自由性爱主义吗？"

"可能他们只是相信，而共和党和民主党却是在执行这些！"——我已经学会了快速反驳别人。

"够了！"校长打断道，他是个共和党人。

---

① 艾伦·基（Ellen Key，1849—1926）：瑞典作家、女权主义理论家、儿童教育家，著有 Love and Marriage（《爱情与婚姻》）、Love and Ethics（《爱情与伦理》）等。——编注

我跑回去大哭了一场。我不知道自己到底哪里做错了，对我深爱的妹妹产生了坏影响！甚至比阿特丽丝也来谴责我，用沉默来谴责我。可能这些都不重要！也许到了别的地方……就在那里……一切都会好的。

火车慢慢抵达了丹佛站台，我走下火车。海伦向我走来，她那么苗条，穿着一件黑色皮外套，戴着皮帽子。我亲吻了她化着浓妆的脸颊，听着她小鸟般的笑声。她身后还站着另一个女人，一直盯着我们。我吃惊地看着她，因为这个女人简直就是我的倒影：我的脸庞，我的眼睛，我的嘴唇和皮肤，而且皮帽子之下还有我的头发……而且刚好和我一般高！她向前走来……连走路都跟我一模一样！她就像是站台里出现的另一个我；只有一点不一样——这个女人穿得很漂亮，脸上也化着浓妆。

从上一次见到我的这位表姐姨妈①——米尔德里德，到现在已经过去将近十五年了。她和我一般年纪，是一个顽劣的、被宠坏的小孩。我们如今挑剔地注视着对方，并不比小时候更喜欢彼此。她的声音很沙哑，我突然有点儿同情她。她的下巴挑衅地翘了起来。

我们去到她们住的房子。海伦已经在房间里为我添了一张沙发。整个房间里挂满了感性的图画，男女们深情地拥吻，还有挥着翅膀的天使。有一些木雕堆在墙边，还有带雕刻的化妆盒搁在她的化妆台上……全是手工雕刻的，有的不很好看，但有些确实雕刻得很精细。

---

① 前文提到主人公的姑姑玛丽嫁给了主人公的外祖父，米尔德里德是玛丽的女儿，因而既是主人公的表姐，又是姨妈。

着我去了火车站。她亲吻我脸颊的时候眼里泛着泪花，脸上有一种乞求的神情……有一些话她说不出口。我心里很难过……离开似乎是一种背叛。可是如果留下来，我什么也做不了……这几乎像是要离开自己的妈妈。可是除了离开我还能做什么呢……还有比阿特丽丝，还有乔治，时间就在我的脚后跟上。海伦……似乎我现在还什么也做不了，等到……那时她就已经是一个老妇人了。

一个想法在我的脑海里闪过。我不直接去纽约了，而是打算绕到南方去看看罗伯特·汉普顿，这个我从来没有见过的男人。就是这个男人，他一连好几年给我寄他的高中课本，让我学会了学习，然后通过了考试，进入了学校。他写信鼓励我去学习，他的照片在我书桌上摆了好几年，而且他寄来的旧书我现在还视若珍宝。

从我最后一次收到他的信件，到现在已经过了两年了。而在那之前他的来信就变得很不规律，内容也很枯燥，甚至有点呆滞。他爸爸的死迫使他从高中直接参加了工作，在南方的一座小城镇。我了解到，他的薪水要用来供养他的妈妈和尚未嫁人的姐姐。但我不知道他的工作是什么——可能是一些重要的事情。

在我的脑海里，他仍然是一名远方的英雄——肯定是高个子，黑皮肤。他的笑容冷峻，就像所有英雄一样——一个消瘦的男人，面对着轻浮的喋喋不休保持着沉默和坚定。等他看到我，肯定会低下他高贵的头颅凝视我，然后不说一句话，等着我先开口！他那么坚定，那么明智，却愿意谦逊地与我同坐，理解我的缄默，聆听我慌张的言语！其实我和克努特结婚的时候，心里甚至觉得自己背叛了这个男人。

我冒昧地发了一封电报到那座南方小镇，然后在芝加哥等回信。等回信传来的时候，我已经打包好手提箱，准备动身了。晚上九点钟，火车抵达了小镇的站台。有些旅客已经下去了，我却一直坐着，等所有人都下了车。即使这样，我还在犹豫着，努力平定自己。然后，我慢慢走下了台阶，站在门口环顾四周。没看见一个人……远处有一个矮个子的男人。他戴一顶黑色礼帽，穿着一件长袖外套，外套看起来像是随时会从他倾斜的肩膀上滑落似的。看来罗伯特·汉普顿没有来接我……我有什么好期待的呢！也许，他是个大忙人。这么想着，也算一点儿小安慰了。

那个矮个子的男人正站在远处望着我，就像每个男人看见有女人晚上从火车站出来一样。他冲我傻笑着，我提起手提箱从他面前走过去。他破旧外套上的一颗纽扣垂在一根线上，在风中来回转动。外套上还有两大块油斑，在煤气灯的照射下十分明显。我从他身边擦身走过的时候，他跟了上来……也许是想替我接过手提箱。我像没看见他一样急匆匆地往前走，然后听到他的声音在我身后喊道：

"玛丽·罗格斯！"

我转过身，盯着他看……他走到我身边。我俯视着他在灯光下闪亮的脸庞，他的个子只到我的肩膀。那顶帽子太大了，盖到了他耳朵上，他把它摘了下来。

"怎么了，玛丽？你难道没认出我？我倒可以在任何地方认出你来，因为你本人和照片上看起来一模一样……稍微高了一点儿……不过我不介意……你不认得我了吗？"他眉开眼笑地仰视着我的脸，似乎很为自己带给我的惊喜而感到自得。

"是，是的……我想我能认出你。"

"那，跟我来吧，我来替你找一家最好的旅馆……你打算想到大学里学习。我有一个朋友在那儿，她说我可以白天工作晚上上学。"

"去……大学……你还没有完成学业？"

"没有。我想学很多东西——历史、文学、经济，我还想学写作。"

"我还以为你已经完成学业了，你已经学到了那么多知识。"

"不是的，总有很多新知识要学，每读一本书你就会发现自己知之甚少。"

她沉默了一会儿。"我觉得没有谁能读完这世上所有的书，不是吗？不过，像你这样懂得多也挺好的。"她继续说，"我想你一定能赚很多钱。"

"我不知道——我想不会太多。我不知道怎么赚钱。"

"那你接受再多的教育有什么用呢？"

"因为我想学习更多的东西。"

沉默又一次出现在了我们之间。我们躺在那里凝视着黑暗，然后她的声音从房间那头儿传了过来。

"你……结过婚了？结了一次？"

"是的。"

"为什么你不嫁一个有钱人呢？……你接受过良好的教育。"

我思考了一下，说："我一个有钱人也不认识，而且就算我认识的话，我也不一定会嫁给他。我对自己上一段婚姻已经深感遗憾了，不想再跟任何男人有什么瓜葛……他们贫穷或富有，对我来说都是一样的。"

她听着，然后胆怯地说——似乎不想伤害到我的感情："但如果你已经获得了良好的教育，玛丽，你就应该嫁给一个有钱人。你现在还年轻，总有一天你会变老的。"

"我不是要留住青春，海伦！不管怎样，至少不是为了任何男人。如果我将来变得有钱了，那也是我自己赚来的。"

说完我就觉得后悔了……她躺在那里不再说话，可能认为我刚才是在贬低她的生活方式。她如此温柔、善良，而且还资助我上了六个月学校。房间里很暗，外面的城市在嗡嗡作响。"我不是那个意思，海伦……我只是觉得如果我学到更多知识，我就可以自己赚很多钱了。"

"是啊，那很好。"

我焦躁地翻来覆去，太糟糕了……不时有关门声和经过的脚步声传来。城市安静了下来，我在这短暂的沉默之中觉得万分痛苦。这种无奈的痛苦……万分无奈……

海伦的声音打断了我的沉思，她神秘地说："你看，我也在学习一些新东西。工厂的工作让我筋疲力尽……我已经不像以前那么强壮了。所以我在学习摇骰子……需要花费很长时间才能做好。然后我打算到雪茄店里找一份工作……你知道男人们都喜欢到那里摇骰子赌雪茄吧？呃，如果我能在那里找到一份合适的工作，就不用再干这种艰苦的活儿了，也许还可以在那里碰到中意的男人。"

我用毯子蒙住自己的头，等她模糊的声音渐渐消失了之后，才又掀开。我躺在那里，凝视着窗外，看着在遥远天空上闪亮的星星……似乎没有什么事是好的或是坏的……万事莫不如此……所有的事都只是一个需要忍受的经历。我睡熟了。海伦一直出现在我的梦里——一个模糊的身影，被一团我从未见过的光亮包围着。我醒了过来，但是梦里的感觉一直持续了几个小时，我躺在床上，盯着那些亘古不变的星星。

我离开丹佛这座清教徒的城市去往纽约的时候，海伦陪

"祈祷？祈祷什么呢?"我问道，"祈祷可以解救我的妈妈和兄弟吗？祈祷能阻止我爸爸酗酒吗？祈祷能把我姨妈从卖淫中解救出来吗?"

他转过脸去——我提到了卖淫——我有一个靠卖淫为生的姨妈！

"祈祷?"我继续说，"为什么我应该祈祷？为了让自己获得安宁吗？为什么我需要安宁呢？为什么这个世界需要安宁呢？为什么你需要安宁呢？我现在对安宁不感兴趣——等这世界变了样再说。"

"祈祷并且相信上帝，一切都会好的。"

"人们总是祈祷，而且无条件地相信上帝——可是看看我们现在的生活。"

"我希望你不要迷信社会主义，玛丽。你说得那么愤慨。"

"我就是一个社会主义者——到了曾经是。我现在想加入世界产业工人组织。我以前在芝加哥碰到过一些世界产业工人组织的成员，之前在加利福尼亚也碰到过一些，他们向我解释过他们的信仰。"

"那他们也告诉你他们都是废物了吗？他们就是一群废物！世界产业工人组织的意思是'我不工作'！① 我打赌他们肯定没有告诉你这些！"

"好吧，如果真是那样的话，那富人们为什么不属于这个组织呢？——他们才是真正不工作的人。"

他把头扭到一边，说："社会主义和世界产业工人组织会

------

① 世界产业工人组织的缩写为 I. W. W.，与"我不工作"(I won't work)一句中三个单词的首字母相同，一些敌视工人运动的人故意这么说来打击世界产业工人组织。

破坏家庭和睦和妇女的贞洁。"

"它并没有破坏我的家庭，也没有毁掉我姨妈的清白，但是这两样东西确实被毁掉了，那你来告诉我，到底是谁毁掉了它们？"

我对着他的背影继续说道："贞洁，我倒想知道什么叫贞洁？如果贞洁意味着不能和男人同居的话，那所有已婚妇女都是不贞洁的了？……我告诉你——我不允许任何男人来判断我贞洁不贞洁！你所谓的贞洁根本毫无意义。"

"你的意思是，你希望自己是不贞洁的?"他转向我哭丧着脸说。

"我的意思是，我不允许任何男人靠我的身体来评判我!"

我们俩都沉默了。过了一会儿，他说："我原以为你不是这样的。"

"确实有很多女孩都不是这样的。"

看着他痛苦的表情，我觉得有点儿抱歉。

"非常抱歉。"我尴尬地说，"可能你愿意祈祷——但我不愿意。它什么也帮不了我。"

他见我的态度缓和了一点儿，于是说："我可以给你解释，如果你能在这儿待上一两天的话，我真的可以给你解释的。我们可以到附近的河边走走，在树下聊聊；我设想过这些场景——手挽手，说说话。我的想法很多，可是却找不到人倾诉。我以为你会是——呃，另外一个样子……我不是说你现在这样不好……"

已经过了午夜，可是他还没有停止说教。他把希望全部寄托在基督教身上，可是要解救一个灵魂，这点儿时间还是太短了，但他已经对我做了最大的努力。甚至我们现在站台等火车的时候，他还在努力地教化我。他把我的手提箱举起在这里待多久?"

"我没打算在这里停留……我必须尽快赶去纽约。我打算乘坐下一班火车离开……请问这儿有衣帽间吗?"

售票员告诉我们下一班火车凌晨就发车,罗伯特显得非常失望。他说可以先带我去饭店。我们一起踩着泥泞的道路往前走,我尽量缩小自己的步伐,来和他的步调保持一致。他用一副尖细、热情的嗓音激动地唠叨着什么,帽子不停摩擦着我的肩膀。他说会带我去一家讲究的饭店,他每天都在那儿吃饭。我很高兴……或许,那里的桌子上铺着白色的亚麻桌布,摆着银器和水晶饰品——我以前在哪里见到过这样的桌子来的?对了,是在那本很多年前我发现他名字和住址的廉价杂志上,上面的男人下巴方正,英俊帅气,穿着黑色的晚礼服,女人们则穿着低胸礼服。或许我们可以在那里聊天……毕竟,他是个有学问的人。为什么我现在感觉如此糟糕?就因为他身高只到我的肩膀而且嗓音尖细吗?——不应该通过这些去判断一个男人的,要知道,拿破仑①也不是一个身材高大的人啊!

我们拐进了一条小巷,他带我走进一家饭店。店里有几排靠墙的椅子,正中间位置是一张大理石圆桌,人们都站在桌旁挑选食物。我们走过铺有蓝白相间瓷砖的地板,走向摆放食物的桌子。罗伯特拿起一个托盘并让我学着他来做,我们沿着桌子挑选想吃的食物……但我什么也不想吃,更让我觉得惶恐的是,他居然觉得自己有义务装满我的盘子。他说:

_____

① 由于法国英尺和英制英尺长度的差异,英国人误以为拿破仑只有1.57米,而且将其大肆传播,而实际上拿破仑的身高为1.70米,属于中等身材。

"你只管吃，我邀请的你，我会买单的!"

说这些话的时候，他的声音非常自豪。我们坐了下来，把盘子放下。这儿所有的男人用餐时都戴着帽子，但是罗伯特为了表示对我的尊重，把帽子摘了下来。我不记得我们俩当时聊了什么，只记得他尖细的嗓音不停在说话。有时候，他会注意到我的沉默，怀疑我是不是不感兴趣……这让他很难过，然后我赶紧说我很感兴趣，只是太累了。

"给我讲讲你的事儿吧。"为了证明感兴趣，我提议道。

他说，他住在基督教青年会顶层的一个房间。那儿环境非常好，租金也很便宜，并且邻居都对他很好。自从他父亲去世之后，他就一直待在这个城镇，在一家杂货店记账。杂货店老板说，要是没有他，自己就不知道该怎么办了。所以当其他职员不能把事情做好的时候，他就会被叫过来，而且他可以完成得很好……就是这样! 他打了个响指，表示小菜一碟。镇上没有剧院，我也不知道他赞不赞成去剧院。长老教堂的地下室里每个月会举办两次教堂联欢会。这里的女人都很友好，一些年长的人很中意他——她们一眼就能看出一个人的本性! 是的，他读了很多书刊——《星期六晚报》，那是一本精美的杂志，里面没有废话，只刊登一些生活故事。他问我，你读过这种故事吗? 知道在这本杂志上登一条广告要花多少钱吗? 知道杂志会发行多少份吗? ……不，我不知道! 我冷眼看着他一副因为自己是这样一家有着几百万发行量、广告费昂贵的杂志的忠诚读者而洋洋得意的样子。

他问了我几个问题，当听到我不是基督徒的时候，他的声音简直伤心极了。为什么我应该是信徒呢? 我反问道。为什么? 因为在他的人生中从来没听过这个问题! 我不信教像是把他的心头肉扯下了一块儿似的。

有两本新书可以写写书评，一本是关于印度民族主义运动，一本是关于过去两个世纪英国从印度掠夺财富的经济研究。他果断地拒绝了：

"光听标题就知道这两本书没有价值，不值一提。"

我争辩道："我和一个朋友住在一起，她是一个高中老师，她说这两本书很有价值。"

"从标题就能看出里面没什么学问。"他冷冷地回答。

"学问……那什么是有学问的？"我反驳说，"你又没有看过这两本书，看书总得先从陌生的题目开始啊。"

他把转椅转过去，背对着我说："今天下午四点，请把我的信打好放到这里。"

我回到办公室，十几个速记员都在忙着手头的工作，没有任何质疑，也不好奇杂志里的内容。我坐在办公桌前良久，对这份工作感到耻辱、厌恶，满是愤恨。在我希望学会拥有自己的想法并且学会表达的时候，却要每天浪费时间来记录其他男人的想法。我盯着在"咔嗒咔嗒"的打字机前干活儿的女孩们，她们正忙碌地工作着，至少从表面上看起来，她们很满足于每周二十五美元的工资，像我一样，年复一年，记下那些男人的想法再把它们打出来。我为什么不能愉快地满足于这种生活呢？——为什么我会对这些女孩们感到愤恨呢？——为什么我会希望书评编辑猝死在办公室呢？

下班之后，我回到卡琳在华盛顿广场的公寓，我躺在她那间像画室一样宽大的客厅里的一张长沙发上睡觉。屋里有一架豪华钢琴，钢琴上常常放着一盆黄色的花，通常是盛开的水仙——卡琳就像一株金黄色的水仙花一样，高挑，头发轻微地弯曲着。她是那么优雅纤美，就像她的房里的陈设——豪华的钢琴，水仙花，朴素的深蓝色地毯、小框架里的水彩画。我能够感受到她和她家里的美，但这种美不属于我。很多年之后，我才能理解并欣赏这种美。我不能理解那些看上去毫无意义的画作，只能理解那些画着一个男人或女人正在具体干什么事情的图画。文学和音乐也是这样：民歌通常是在讲述一个故事，而卡琳晚上弹奏的古典音乐，我无法理解。我从她那儿听说了一些欧洲音乐家，肖邦、贝多芬、莫扎特，等等。她经常弹奏这些人的作品，并向我讲解不同乐曲的差别。但在我听来，所有的曲子都是一样的。她经常弹奏肖邦的一首作品，我渐渐听熟了，慢慢喜欢上了这首乐曲。文学和音乐一样：我只读故事，对它们的风格、形式和作者一无所知。诗歌对于我来说一直晦涩难懂，因为我不能理解为什么诗人不像平时说话那样来写诗，平实自然，不去管什么韵律。卡琳有很多诗集，有时候她会站在钢琴旁朗读。我简直欣赏不了。只有当诗中讲述的是一个奋斗的故事时，我才能理解它的意义。

每天办公室五点钟关门之后，我会走进这个高品位、充满抽象概念和美丽的世界之中。除了抽象的概念，这里还有许多东西。卡琳不仅是一名对当代教育感兴趣的教师，还是一名社会主义者。晚上会有很多人爬上长长的楼梯来到她的公寓，他们躺在宽大的长沙发上，坐在房间的地板上或者椅子上，随心所欲，抽着烟，讨论纽约的生活：电影院，社会主义，无政府主义，艺术，新兴作家，爱，心理分析，哲学和死亡。他们似乎是在探寻社会生活的问题，其中很多人都用一种美国式的轻松态度来谈论这些严重的问题。但很明显，他们不会让自己感触过深。他们只浮于表面，可能是因为太聪明所以不愿意关注那些深奥的、令人费解的东西，毕竟在纽约，深奥的东西太多了。

来递到车厢里，我转过身向他道别。

"玛丽……我猜你可能会去大学读书，你能在学完之后把你不用的旧书寄给我吗？我想读读它们，好让自己跟上时代……整天待在这里，我会慢慢落伍的。反正你也不需要它们了，寄给我也没什么损失。"

火车开动了，我踌躇着踏上列车的脚踏板。我的旧书！我回头去，看到他正站在煤气灯下，破旧的外套好像是随时要从他肩膀上滑落下来，那颗在线头上悬挂的纽扣，在风中旋转着，旋转着。

纽约是一个既新奇又陌生的世界，这个世界很大而且冷酷，没有一丝人情味。那天晚上卡琳到中心车站接我，然后带我乘出租车沿着派克大街行驶的时候，我就感受到了这座城市的冷酷。夜晚的灯光在人行道上闪烁，像照射在一面镜子上似的。我凝视着窗外的人行道和街道两旁的水泥建筑，没有一丁点植物来点缀它们。我思索着，住在里面的会是什么样的人。这些灰暗冰冷的建筑——他们喜欢这些自己创造出来的东西吗？我觉得很孤独，很渺小，而且十分虚弱无助。这种感觉在之后的几个月里一直伴随着我。以前我总以为自己是个有个性、有希望的人，可以按照自己的想法生活。但是在纽约，我是一个愚昧无知、毫无价值的人——在百万人之中，没有人关心我的命运。纽约甚至都不知道有我的存在，当然也不会关心了。

我必须马上找到一份工作，因为妹妹要依靠我，同时我也要养活自己。在卡琳的建议下，我开始在报纸和杂志的"招聘广告"板块找工作。最后，找到了一家《画图》杂志社需要两名速记员。第二天我就去应聘了。测试过后我被录用了。我的工作是上午听书评编辑的口述，下午把字打出来，和很多其他女孩子坐在一间屋里工作。这位书评编辑是英国人，最近才来美国。他是一个自由主义者兼爱国主义者，认为自己能够打破"美国是个大熔炉"的传言。他说，英国在任何时候都不会被熔化。他宣扬英国的各个方面，同时鼓吹美国应当参战。他对美国的一切都看不惯，总是让我感觉不舒服——好像我生在美国也是个错误。我心里生出了一种对他的敌意，但是因为害怕丢掉工作，我保持了沉默。我希望自己能被调到其他编辑手下，他们看起来似乎都友好而和善，还很开明。可能是因为我渴望跟人亲近来填补自己的孤独，所以才会觉得他们和蔼可亲。他们友好的寒暄，偶尔在过道与我相遇时的交谈，以及他们对我的关怀，哪怕只是随口一说，都使我觉得工作更美好了。

在这家杂志社工作了几周之后，我鼓起勇气请求书评编辑允许我独立写一篇书评。我看到他把很多书分给了别人。我请求的这本书是关于印第安人的。那是一本薄薄的，不怎么重要的书，他同意让我试试。我把这本书读了好几遍，然后写信给美国印第安人协会的秘书长，告诉他我对这本书的看法，向他询问我的观点是否正确。他回复说支持我，并且告诉了我很多反对华盛顿印第安人事务局的材料，同时寄给我一些他们协会出版的杂志。我读了这些杂志，把他的观点和我的想法综合起来写了一篇书评。我把它交给编辑，他刚开始反对，因为他是一个崇尚权威的人——他会本能地支持某一个协会或组织，甚至愿意为这些组织辩白。他质疑我的观点，我向他展示了秘书长的信件和杂志之后，他才愿意发表这篇书评——但是删减了很大一部分。

这件事加深了我对他的敌意。后来我犹豫地向他建议说怎么偷的、什么时候偷的。他没给自己找借口，也没说一句表达后悔的话。他只说自己偷了一匹马，正在监狱里等待审判，并且需要我的帮助。

他的信痛苦地折磨着我。我想起最后一次见他的情景：那时他还只是一个小男孩儿，在火车站的站台上抓着丹的手，眼里满含泪水，默默地看着我离开。我回想起那个灰蒙蒙的早晨，我在特立尼达拉岛找到他们俩和爸爸住的那个房间——地板的裂缝里满是积年的灰尘。我回想起他写信告诉我丹被打得皮开肉绽。从那之后，我就再没有收到他的来信了——已经过去了很多年。这些年，他年幼的心灵是如何成长的，年少的生命中又发生了什么，我都不知道。但是我知道，牧场的生活是十分艰难残酷的，在那里根本不可能幸福成长。他就这么长大，没有妈妈和姐姐的关怀，没有接受教育或培训，在贫困之中挣扎着生存。从他学会使用自己稚嫩的小手开始，就在为赚取自己的面包而辛苦劳动了。

我不知道他干什么工作——一开始的时候，肯定是那种孩子能干的粗活，然后是少年能干的，这些粗重的劳动把他转化成了一个技术不熟练的工人。至于他的心里发生了什么，以及他成长为一个男人之后会是什么类型的人，没人知道，也没有人关心。可能我父亲知道——是的，但他自己也是个牺牲品。当我想起乔治的生活，我就会想到广袤的光秃秃的平原，那里一棵树也没有，只有四处生长的坚韧野草。

他偷了一匹马。我现在质问自己，他怎么能不去偷马呢？他需要这些来维持自己的生计。可能他像我一样——心里充满了太多的精力和愤恨，不能继续忍受贫困的生活和毫无希望的人生。

这些我都是后来才意识到的，直到现在我依然这样认为，但在当时，我手里握着乔治的信的时候我并没有意识到。当时我给他回了一封信。我写到，他本来应该耐心等我的，等到比阿特丽丝毕业之后，我就有足够的钱来帮助他了。他难道不知道我想把他送去读书或学手艺，尽我毕生所能去帮助他吗？他难道不知道我的生活也很艰苦吗，但是我也没有去偷啊？他难道就不能暂时忽略艰苦的环境，去想象美好的生活吗？他难道没有力气去工作吗？或者哪怕挨饿，像我当时那样——坚持的时间就不能再长一点儿吗？我写了一页又一页，心安理得地历数着自己的痛苦和不幸。我做了什么错事，要让我承受这些？我洋洋洒洒，一直写到某个地方我才意识到，其实这些都是我的错，因为我遗弃了他和丹。我写尽自己的苦难，却忘记了他此刻已经够麻烦了，他现在正在监狱里等着被审讯。而且，他还只是个孩子。

然后，我寄出了这封信，并随信附上了一笔钱。这笔钱是我从卡琳那里借来的，但我没有告诉她借钱干吗。

好几个月都没有任何回音。我不知道他收没收到钱和信。随着日子一天天过去，我为那封信而感到愈加后悔——我写得太过自以为是，太不通情达理了。我想着，等比阿特丽丝一完成学业，我就再写信给乔治，或者直接过去找他。

后来，又过了好几周。有一天晚上，我工作完了回到家里，当我转身去挂外套的时候，看到有一封密封的黄色电报塞在门缝下面。我定在了那里，手还向外伸着，就那么站着，盯着它。直觉告诉我，它似乎和乔治有关。我想着，他是不是已经被定罪然后被送进监狱了。当然，也有可能这封电报是发给卡琳的。我丢下外套，捡起了电报。上面写着我的名字，我打开看到了一行字：

"乔治今天死了，丹发。"

我不知道他们究竟是肤浅——还是睿智？他们的言行在我看来一直都很奇怪。他们的风趣幽默和随机应变让我哑口无言——我在想，他们是怎么这么快速地想出这些巧妙的回答的？有时候，我说上几句话，他们就会大笑起来。有一次，我说自己碰到的一个"统计员"——我把这个词的发音弄错了。他们全都大笑起来。然后当中一个人反对道："别笑了——生活里令人愉快的事情已经不多了。"等他们都走了之后，卡琳告诉了我那个单词应该怎么读——但那些嘲笑已经在我心里留下了伤痛。在和这些人慢慢地接触中，我意识到自己从学校学到的枯燥的知识并没有什么价值，甚至在这里有些格格不入。他们不会重复书上的东西——他们会用自己的话来表述，他们会批判、怀疑、有比较地引用书本。

卡琳有时候会带我一起去参加当地的社会主义者集会，成员中有许多知识分子，我不知所措地坐到他们中间。卡琳把我介绍给他们的时候，他们机械地伸出手，眼睛却还看着别人，和其他人说着话，好像我只是他们走过的时候抚摸的一把椅子一样。我出没在他们的会议上，想学点儿东西，但我给他们留下的印象，就像一颗石子丢进湖里所造成的影响一样少；而他们给我留下的，是一种困惑、羞辱，甚至愤恨的感觉。我不知道怎样才能学到他们知道的东西，他们也没时间没兴趣来教我应该怎样做。他们读了很多书，却不知道该教一个初学者怎么开始。我不知道该去学习哪些社会科学知识，即使去到公共图书馆，我也不知道该看什么书。他们当中很多人都是天真的知识分子，把工人阶级理想化，他们相信工人阶级拥有一些被掩藏的力量和知识，在关键的时刻，能以社会革命的形式表现出来，然后改变世界的面貌。那些肯和我交谈的人都劝阻我到大学读书，他们说生活经历比书本更有价值。还有一些人觉得我天真得可爱，希望我不要改变。我确实很天真，脑子里没有复杂的东西。有一次，卡琳的朋友建议道："我们一起去麦迪逊广场公园参加反战群众集会吧。"其他人都同意去，我立马站起来准备出发。没想到他们却坐在那儿磨叽了一个小时，说着些无关的事情。没办法，我现在属于他们中的一员，只能接受这些。况且在这些人当中，我毫无经验、青涩、笨拙、无知、脾气暴躁的，连"统计员"也读不准。别人提的任何建议，我只会马上行动。

就在那段时间，我在书店碰到了一个世界产业工人组织的成员，我们交谈了一会儿。他是一名水手，但是穿着工人的工作服，长着红头发、蓝眼睛。我们一起去看电影，然后到契尔斯饭店吃饭。我们面对面坐在白色的大理石桌子旁，一直聊到深夜。他懂得很多，而且去过很多国家。他不谈论工人阶级，好像那是很渺茫的奇迹。他是工人阶级的一员，说话间表露出对我现在正交往的知识分子的鄙视。我叫他老红，他叫我玛丽，我们感觉非常自然，聊得很投机。第二天，他打了一条新领带，到卡琳的公寓拜访我们。那天来了许多人，他称一位女士为"抽着香烟、喝着鸡尾酒、只会高谈阔论的社会主义者"。多么有趣啊！后来他上船走了，我再也没有见过他。我感到非常遗憾。

我把手里的这封信读了又读，这是乔治写给我的。我不能把信里的内容告诉任何人，因为我担心和我在一起的这些人理解不了。他们把工人阶级理想化了，他们理解不了贫困和无知会把人逼到哪种地步。他们会说，我弟弟因为饥饿而去偷面包是可以理解的，但不应该去偷一匹马。其实，我也是这么认为的。

他从监狱里写信出来，没有解释为什么偷马，也没说是家退出战争。我听说休斯发表言论抨击他。那个时候我是反对战争的，而且我至少名义上是一名社会主义者。很多社会主义者像我一样退出了政党，把票投给了威尔逊，不为别的，就只因为他的反战口号。我当时太无知，对于社会形态和社会制度都不了解，才会不明白威尔逊或者其他某个人，其实都只是那些比他们更强大的力量和组织的发言工具而已。

那时候我在加利福尼亚——在一个小规模的社会主义团体中，他们不比我知道得多多少。我们经常在一间小黑屋子里碰面，讨论战争，学习，探讨社会主义问题。那个房间在一家台球厅上面，前面是一间地板都已经碎裂了的屋子，角落里摆着一架残旧的钢琴。在小厅里摆有一个杂物架，上面放着许多社会主义和激进派的报纸，以及用很小的字印在粗糙的纸张上的各种传单和小册子。我们探讨的主题是马克思主义理论问题，时不时会有一些成员组成一个研究小组，我会加入其中，和十来个男女工人们讨论问题。我回想起了这样一个小组，我们的组长是一名无神论者，第一天开会，他整晚都在坚定地宣扬无神论，否定这个世界的"信仰"——宗教所依赖的东西，还有"理性"——科学所依赖的东西。我听着，觉得自己必须得学习这些知识，但后来我再也没去过那个小组。不去开会就意味着背叛，但这个人说的话太冗长了，还总把相同的东西一遍又一遍地说；他在公开演讲中总是这么干，让人厌烦。

我加入了另外一个小组，那位组长给了我们一本字体非常小的小册子，让我们仔细阅读，下回再来时准备好提问题。那本小册子是关于马克思主义理论问题的，我既不理解，也不知道该提什么问题。

　　有一帮矮小干瘪的家伙们，经常过来鼓吹单税制①。在一次竞选活动中，他们把我拉到了他们的组织中，我花了所有的空闲时间来替他们打字。我真希望竞选能快点儿结束，这样我就可以找借口礼貌地离开。不过我在这次竞选中也学到了许多东西，至少明白了什么叫"自然增值"。

　　我们的团体每月都会办一两次舞会，以吸引年轻工人加入。二三十个成员会集聚在那间铺有碎木地板的阴暗的小房间内。当地一位信仰社会主义的律师也带着他的妻子和女儿来了。他们都是睿智和蔼的人，担负这个城镇社会主义方面大部分的工作。律师妻子为了这次聚会烤了一个蛋糕，他的女儿是一名学生，为大家吹奏了短号。钢琴悦耳地弹起来，短号哒哒地吹起来，我们环绕着房间跳舞，试着让气氛轻松一点儿。我和一位中年机械工跳了一支舞，跳舞时我们俩一句话也没说。第二个舞伴是个上了年经的单税制主义者，来此的目的就是吸引新人。我们俩跳舞期间，他一直在宣传他的单税制。

　　我参加了很多类似的研究小组和舞会，但它们既枯燥又缺乏美感，不足以长期吸引我。研究小组的组长不知道如何用一种既严肃又合适的方式来讲述这样一个主题。比阿特丽丝只参加过一次学习，后来再也没去过。我现在回想起来，都是些沉闷枯燥的集会。

　　人人在讨论欧洲的战争，但我却知之甚少——这场战争为什么会发生？必然产生战争的制度本质是什么？我一无所知，所以才会在威尔逊喊出反战口号的时候迷迷糊糊地投票给他。

---

　　① 单税制：主张废除一切税，只征收土地税。——编注

我走到客厅，把这封电报又读了一遍。我脑子里想着，这张黄色的纸上写着的只是一行字母，只是一行字母而已。这不可能是真的。然后，我慢慢地意识到，这就是真的。

那天晚上，街道上空寂无人，天空漆黑一片。当我走过街道的时候，路灯在两旁闪烁着……我没有哭泣，也不去思考。哈德逊河岸边长着树木，漆黑的河水静默地流淌着……我来到河滨公园，趴在地上，地面冰冷又潮湿。山丘之上——在河滨路旁，那里是富人们的住宅……他们生活在那里，安静、享受……他们整天都不用工作……他们家的妻女从来不知道工作是什么意思。我妈妈温柔和蔼，我爸爸不会喝得像他们那么多……他们的儿子离开家去上学……可我的弟弟们却要忍饥挨饿，甚至死去。我弟弟……那么年轻却那么悲惨。是我们养活着山上那些人……我们，我弟弟和我……

几天之后，从丹那里寄来了一封信。我读了一遍，然后烧掉了它——我不忍再看到他的笔迹，不忍再读他所说的这些事情了。他没有受过教育，不会用一些婉转的词语来表达，所以信写得简单直接：乔治死了，在他当临时工挖沟的时候——那是一条给俄克拉荷马的一个小镇挖的下水道。水沟的墙塌了，砸断了乔治的脖子。人们把他的尸体挖出来，他的嘴巴和眼睛里满是泥土。后来人们把乔治的尸体埋在了妈妈坟墓的旁边，而那家公司为乔治的死亡赔偿了五十美元，钱给了爸爸。

信还写到，乔治未经审判就被释放了，因为他太年幼了，丢马的那个人听从劝解撤诉了。之后，乔治找了一份临时工的工作——他之前就做的这种工作。他收到了我的信，不愿意原谅我写下的那些残酷的话。我应该为自己在他身处牢狱之时写了那样一封谴责他的信而感到羞愧，因为我什么都不了解，而且我根本不用像他那样辛劳地干活。我住在一座条件优良的城市，可以在这里生活并且接受教育。可是乔治不能，他们没有人能离开那里。

现在，他死了，而那家公司认为他的性命只值五十美元。

我躺在床上，醒着熬过了那个夜晚，试着去忘记，试着平定脑海中所有的思绪。城市的喧嚣声渐弱，只有人行道上间或的汽车声和脚步声会偶尔打破这份安静。我哭了一会儿，然后就一直沉默地躺着，试着忘记过去的这些年，我抛弃弟弟们的那个场景，忘记我所写的那封谴责信。我试着忘记丹描写乔治死时的话——像下水道里的老鼠一样……嘴和眼睛里满是泥土被拖出来……那片小墓地立着一块小木板，上面写着他的名字……灰茫茫的旷野……丹和我年老的爸爸。不！……不！……我不要记起来……此刻我宁愿自己丧失了记忆的能力。

几个月之后，美国加入了战争。有人号召我去参加反战宣传，我就去了。现在回想起来，当时的我其实并不知道为什么要去做这些事。我心里一直想着乔治的死，所以在不工作的时候，我热衷于参加任何能够占用我所有精力和思想的活动，好让自己不去想起这些痛苦。尽管我并不像我的朋友们一样拥有社会科学方面的知识，但我也反对战争。

战争已经持续了三年，期间人们一直议论纷纷，美国参战是有可能的。威尔逊总统①获得连任，因为他保证会让国

①　威尔逊总统(1856—1924)：美国第28任总统，竞选时曾提倡反战口号。

那是在加利福尼亚时的事，在纽约我也没学到多少东西。我以前就知道那些送往前线参战的总是工人；只有富人才能当官。我从卡琳也从报刊上了解到，美国金融家们正把一大笔钱借给协约国；美国的军火制造商正在赚取巨额利润，这些实力雄厚的集团不允许协约国被打败。我在一个反战集会上听一个印度人说：英国之所以和德国打仗，是因为德国是英国的海上和商业竞争对手，威胁到了英国去向印度的航线以及英国的海上霸权。我也有美国人特有的对英国的偏见，根据我从学校学到的历史——美国独立战争①、1812 年的战争②以及内战③。我对德国一无所知，但我知道英国一直都是吸血鬼，一直都是侵略者。

当反对美国参战的宣传越来越激烈的时候，我参加了一个小组，四处巡回演讲反对战争。我向《画图》杂志社请了几天假。在我们这个组织里，有和平主义者、社会主义者，还有无政府主义者，我们到很多城市进行演讲。各处的人为我们安排集会，因为反战情绪广为传播。工人们站在工厂外面听我们演讲。在某一次集会之中，有人把我推到台前，让我给工人们演讲。我还是第一次站到工人集会的台前，面对安静聆听的工人们。我经常在小说里看到，某个男人或女人突然临危受命却又应对自如，他们表现得那么出色，口若悬河，

---

① 美国独立战争(1775—1783)：是大英帝国同其北美十三州殖民地之间的战争，始于 1775 年"莱克星顿的枪声"，1776 年发表《独立宣言》宣告美国诞生，1783 年英国承认美国独立。

② 1812 年战争(1812—1815)：是美国同英国之间因为主权纠纷而起的战争，又称为"第二次独立战争"。

③ 内战(1861—1865)：即美国"南北战争"，因为美国南方之间资本主义生产方式和大奴隶主生产方式的冲突而起。

博得观众狂热的掌声，然后一举成名。可我不是小说里写的那种人，我站在汽车的挡泥板上，看着工人们一张张仰望的脸颊，我脑子里没有什么东西可以讲给他们。我突然意识到自己多么无知，多么慌乱。我随便说了几句空洞的话，就匆匆下来了。我们分散在人群中的几个同志给我加油，但掌声太过微弱，没起多大作用。有人上到挡泥板上替换了我，迅速地消除了我刚才留下的消极影响。听众们善意地看着我，但是对我却没有多大兴趣。之后，很多工人选择支持我们，说他们会反对战争。但我知道，他们会做出这样的选择，不是因为我的演讲。

我们经过普林斯顿——那是富家子弟读书的地方，穿着运动服的学生们向我们的车猛冲过来。我们内部之间产生了激烈的分歧，到底要不要停下来对付他们。司机说如果那样的话我们会被逮捕，并且会因为制造骚乱以及扰乱公共治安罪而被送进监狱。

"不！是他们在制造骚乱。"听到司机拒绝停车之后，有一个人反对道。

"这不重要——关键是会被送进监狱的是我们而不是他们——你以为你在哪儿，老兄?"我们没有停车，这让我觉得被深深羞辱了。我反对战争，但是很明显，我不是一个和平主义者，我觉得可以在这帮普林斯顿学院的学生身上出出气。

在华盛顿，卡琳和我不得不睡在火车站的长凳上，因为整个城市挤满了成千上万反对美国参战的人们，几千人在国会大厦前游行示威。我还回想起了一起标志性的事件：在我们示威游行的时候，一个身材高大的女人穿着讲究的紧身黑色骑马装，冲到我们的队列中间，刚好在我前面。她一脸凶相，面目可憎，手里举着骑马鞭，就像握着一支警棍。她经过我身旁的时候，用一双充满仇恨的眼睛盯着我看，我猜她想用手里的鞭子打我的头。在她身上我看到了统治阶级的身影，逼迫我们去参战，制定我们的法律，占有我们的土地和工业，强迫我们为了生存而替他们工作。在她经过的时候，她的脸上满是敌意，我的脸上也没有一丝友好。

后来，第一批身穿咔叽布军装的军人走过第五大道，我从《画图》杂志办公室的窗户往外看。书评编辑自从战争开始以来就一直兴高采烈，看着身穿咔叽布军装的军人们被用船载向欧洲屠杀场好像让他感觉非常快乐。那天，我和他大吵了一架，随即被调到了另外一个部门。事情是这样的：我告诉他我有一个朋友，她的弟弟去参加了军官培训营，然后又以他的妻子和两个孩子需要照顾为由免除了兵役，而这只是因为他是个有钱人。

我接着对他说："纽约有许多身穿制服的军官，他们鞋后跟上钉着马刺，以免跷到办公桌上时会滑下来。可是在这些人之中，你找不出一个工人，他们都是富人。"说完之后我就被调到了其他部门。

那个时候，罗伯特·汉普顿写了一封信给我，告诉我他参军了。这似乎并不重要——他那样活着似乎并不比死好多少，可能他自己也知道。

"我希望冲在前排的都是这种倒霉的办事员。"我有一次这样说道。

比阿特丽丝写信说自己正在从事和战争相关的工作。我不赞同，但她坚持说：一个人必须要为自己的国家做点儿什么。谁的国家呢？我问她——是那个把我们的妈妈饿死的国家吗，它也同样会把你饿死！是那个把海伦变成妓女的国家吗，它同样会把你变成妓女！还是那个把乔治害死的国家呢，可它也同样会把你害死！你没看到吗，就像一只老鼠一样？！

另一封信从丹那儿寄了过来。他说要去参军，除非我寄钱给他。我为比阿特丽丝做了很多事，却从没为他做过什么。

"你总是承诺说会为我和乔治做一些事情，"他写道，"但你从来没做过任何事。我不想再挨饿了，我打算去做一名机械工。如果你不帮我学点儿什么技能，我就谎报年龄去参军。"

那天晚上，我睁着眼在床上躺了好几个钟头。我已经失去乔治了，难道还要再失去丹吗？不，绝对不能。他还是一个不满十八岁的孩子。钱……哪儿能弄来钱呢？我的薪水连养活我和比阿特丽丝都不够，只有和卡琳合租我才能勉强度日。去找海伦……可是我已经能自己赚钱了，怎么还能继续用她的银行存款，我有什么权利这么做呢？我可以在食物上更节俭一点，走路而不是坐车去工作——可是这些还是不够。或者，怎么去接近一个男人呢，我想着——怎么做呢？我得沿着百老汇①大街，学学站在那儿的那些站街的女孩子们的样子。但是当我想象自己真的接近某个男人的画面时，所有的念头都缩了回来。那些女孩儿通常会跟男人说什么？她们会去哪儿？假如被抓，或者染上什么病怎么办？那就再也不能赚钱了。就算这些都没发生——要是他们只付给我一点儿钱，那还是不够。我需要更多的钱，我必须找一个有钱人。但是去哪儿找呢？我不知道去哪儿或者怎样才能找到他们。有钱人住的一定是那些看起来很豪华的房子……我想象自己走上其中一户的台阶，对来开门的佣人说："我想到你们家

---

① 百老汇：百老汇为美国纽约市的一条重要的南北向道路，路旁分布着众多戏剧院和歌剧院，因此"百老汇"也常作为音乐剧的代名词。

来当妓女。"——或是其他类似的话……但是起码得穿漂亮点儿才有可能被带进那样的地方……我得想点儿其他赚钱的办法。

第二天，我试着去借钱。两个跟我在一起工作的女孩拒绝了我的请求，这让我又尴尬又羞愧。身处这些穿着讲究的女孩们中间，如果我告诉了她们我的家庭情况，谁又能理解呢？贫穷和饥饿是令人羞愧、丢脸的——如果你贫穷或者饥饿，没有人会尊重你。狼群总是会攻击那些在自己种群里被打败、跛脚或者受伤的弱狼，将它们咬死——在我看来，人类就像狼一样。因为他们也会欺压其他弱小的同类。

第二天，我去找杂志社的主编，正式地提出了请求。

"你没有其他亲戚可以借钱了吗？"

"有，但那会花很长时间，我现在急需用钱。"

"你父母呢？"

"在俄克拉荷马。我爸爸是那里的医生，但是跟他来回通信需要的时间太长了，"我撒谎道，"求你了，这是我的印第安手镯和戒指。如果你不相信我的话，你可以从我的工资里每周扣一点儿。"

我直视着他，语气尽量坦白又真诚。我觉得对他来说，拒绝一个医生的女儿应该比拒绝一个工人的女儿困难一点儿。我不知道他在想什么，他思索了一会儿，然后说：

"手镯和戒指你留着吧……把这张五十美元的票据拿给会计，他们会给你钱的。"

当天晚上我就把钱给丹寄了出去。并附信告诉他再坚持几星期，因为我给他的钱是借的，让他还是尽力去找一个长期工作来干。

我知道，让丹学会某种技术，这得花上两到三年的时间。

这几年对我来说意味着不能读书，不能去电影院，不能听音乐，我想要的消遣都不能有；还意味着我必须推迟自己的大学学习了，因为我没多余的钱支付学费。不过，这些都不重要。

一个到卡琳家里来的爱尔兰女孩和我争论起这个问题。她说，我得有自己的生活，我又没有把我的弟弟妹妹生出来，所以不用对他们负责。如果我真的有社会意识，就应该继续学习，为了获得更好的工作而努力。在任何人身上浪费一秒钟或者一分钱都是无用的。根据她的逻辑，向乞丐施舍五分钱不是慈善，而是在浪费自己的人生。她说，只有新社会才可以消灭贫困，我应该投身到这场运动中去。

我一直都不能快速回应别人的争论。我弟弟和我之间的联系是非常紧密的，我已经失去乔治了，绝不能再失去丹。而且我曾经在他们还是孩子的时候就抛弃了他们。我把这些解释给爱尔兰女孩听。

可是她却说："你当时也只是个孩子啊，而且你没有义务照看他们。"

"只能说在年龄上看我还是个孩子，"我反驳道，"我后来开始思考自己要做的事，当一个人开始思考了之后，他就有责任感了。"

好几周过去了，没有任何消息从丹那里传回来。我写信给萨姆，过了一个月他回信给我说丹已经收到了钱。他找了一份工作，后来换了第二份工作，但都不是长期的。他不愿意总是在换工作的空档挨饿，所以还是去参军了，现在正在训练营里。他说会写信给我，等坐船去法国途经纽约的时候会过来看我。

收到这封信之后，我走出公寓，在街上漫无目的地走了好几个钟头。丹只有十八岁，现在他把自己的生命奉献给了这个国家——而这个国家从没养育或教育过他。我恨这个城市，恨这些压榨工人们的身体赚来的财富。在五十二马路和第五大街，我停下来看驶过的汽车，很多汽车的价格比我一生可能赚的钱还要多。在车里，舒服地斜靠着一些从来没工作过一天的人，他们从来不用工作，从来不用上战场去打仗。

我不只是简单地写下这些文字，我写的还有人们的血和肉。仇恨和痛苦已经植根到了过往的经历和信念之中，文字不能轻易抹去这些东西。

我等着丹。每当身穿咔叽布军装的军人队列走过城市的时候，我就挤到人行道边搜寻着他的脸。我居然想着自己可能会找到他，真是太天真了。我看着队列整齐地走过去了——他的脸不在其中。或许是我眼前的薄雾遮住了视线，让我没能看到他。队列中经常有棕色的脸庞、蓝色的眼睛，所有人看起来都像他，我的弟弟——前进着，前进着，前进着，他们的脚掌落下无数死亡的脚步声。他们行进时的步点在我听来简直就是死亡的鼓声，他们扛的旗帜在我眼中看来，根本就是一面降半旗的黑色旗帜。我"弟弟们"的脸庞走远了——成千个弟弟——饥饿的面孔，年轻的面孔，充满紧迫感的面孔，悲伤的面孔。

我祈祷他不要在法国战死，祈祷战争不要继续下去。可能等他完成了训练，战争就已经结束了，他还那么年轻。不过还好，也不是所有去那里的人都会战死的。我会攒钱一直等他回来，那时他就可以待在我身边，然后我们就能一起学习，一起工作了。

时间匆匆。比阿特丽丝完成了学业并且成了一名老师，我写信给萨姆，请求他如果有丹的消息记得告诉我一声。每天我回家都希望会有信件塞在门缝里，但是，什么都没有。他还在训练营吗？他们是不是走了另一条航线去了法国？好几周过去了，我心里一直在期待着——然后变得越来越模糊。希望和失望融合到一起，我觉得自己再也见不到他了。

大地的女儿

第七部分

　　我正在读高尔基的《母亲》①。我已经好几周不看其他欧洲特别是英国作家的书了，因为高尔基吸引了我全部的注意力。他是个公认的能人。我经常和卡琳聊起高尔基，她向我解释了很多我不懂的事情。他笔下的不只是文字，那也是他的精神，卡琳说，高尔基珍视男人和女人之间的亲密和温柔，并且由衷地表达了对美的渴望。他对自由的热爱让我印象深刻。我不理解，为什么他会选择"苦难"这个名字，可是他内心似乎并不感觉苦难。我想知道，为什么在最悲惨的环境中，他还能拥有这样积极的生活态度。这是一个一直困扰我的悖论，我回想起很多类似的悖论：我已经这么悲惨了，怎么还会有想笑的冲动；乔治的死对我的打击如此之大，那为什么我还能这么镇定；为什么有人说如果没有爱过就不会感到痛苦，而没有经受过痛苦的人就不会知道幸福的含义；我想起工人阶级的国际口号——"全世界的工人联合起来，我们需要丢掉的只有枷锁，而将要获得的却是整个世界"。这些事都是自相矛盾的——我在我的人生中见过这些，也能够理解它们。

　　乔治被杀、丹参军后的这几个月，对于我来说简直度日如年，因为我必须面对自己的愧疚。我一次又一次地重新审视自己，试着全心投入到我晚上参加的大学讲座中去。我已经离开卡琳的家，如今自己独自住在一间配有家具的公寓里。我一整天都待在办公室里工作，下了班之后，再匆忙赶去大学。其实在工作了一整天之后，我已经非常疲惫了，晚上我

---

　　① 《母亲》为苏联作家高尔基所著，在世界文学史上开辟了无产阶级文学的新纪元。

只能用疲惫的大脑努力学习。我又一次在现在和过去之间筑起一堵墙。因为想起妈妈和弟弟们，会让我伤心和失落，而想到爸爸或海伦，则会给我带来痛苦。我的妹妹，比阿特丽丝，她对我一直就像个陌生人一样。爸爸的头发现在一定已经灰白了，还在为那几座孤独的坟墓守夜，他被她们遗弃了——他以自己的方式爱着她们，但是在他糟糕的爱和苦涩的矛盾挣扎里，她们死去了，就像是为了要折磨他。他不明白，一生艰辛劳作之后，为什么自己依然如此穷困潦倒。我在心里已经筑起了一堵遗忘的墙，把他挡在外面。可能我内心深处还在怨恨着他；当我从梦中醒来，凝视我这间小屋子里的黑暗的时候，关于他和弟弟们的回忆还会来折磨我。

我即将获得大学文凭；甚至更好一点儿，可能还会获得一个职位，将来有一天也许还会有金钱和权利。"成功"这个写在所有美国人心里的词，同样也写在我心里。所有我在学校里学到的知识，还有我从为数不多的朋友或同事那儿学到的东西，都只是强化了这一点。甚至我认识的很多社会主义者也有这样的想法：成为一名社会党领袖——这是很多人的目标。在他们之中，有的是富人，有的是社会名流，他们针对贫困、不公平，以及镇压大众等问题四处进行演讲。他们仿佛是那些欧洲大师们的私人朋友，说起俄国革命，好像那是自己的私有财产一样。他们的聪明才智让我惊叹，我在想自己能不能像他们一样博学——然后同这些权威人士讨论左翼和右翼之间的区别。这些也许永远也不会成真，因为我只是个普通工人，而他们却有时间去学习大量的理论。并非我不如他们用功，而是因为我们属于不同的世界。

我很容易被触动，我猛烈地回应，却很少认真思考。因此，别人在一场辩论中很轻易就能把我打败。我回想起这样一件事：一次，一位皮肤白皙、穿着得体的教授为我们开了一场讲座，他同时也是国际橡胶协会的一位咨询师，与南美利益有关。他给我们讲述亚马孙河流域采集橡胶的事，告诉我们这项工作多么困难，还告诉我们这个行业一天只工作八小时根本不可能！因为若真如此，那我们国家的橡胶就会大幅涨价，到时候我们就连一件雨衣都买不起了！接着，教授讲到黑人们在酷热的亚马孙流域工作，说他们并不反对从黎明一直干到天黑。我想也没想就站了起来，抗议道：

"我不相信。我认为那些人在那么艰苦的环境中工作，他们的工作时间应该受到严格的限制，而且应该得到丰富的报酬。你怎么能说他们不在乎呢？"

"他们的确不在乎，"他坚定地回答道，"事实上，他们甚至喜欢那种工作环境。我见过有一个黑人，被人鞭打了一顿，然后心满意足地小跑开了。"

"我不相信！就算这些是真的，我们也应该为之感到羞愧。"

"我说了，我确实见过。你这么说，好像他们那些黑鬼和我们是平等的。"

"你怎么知道他们是怎么感受和思考的？你对他们的苦难了解多少，了解什么呢？你坚信黑人不如我们，就只因为他们的肤色吗？"

"我曾经和他们一起工作过。我观察他们工作，看到他们忍受我们绝不能忍受的事，他们不会像我们这样思考。对他们而言，一天只工作八小时闻所未闻，那会害他们工资减半的，他们绝对不会同意。"

我心中满是愤怒，可是又想不出什么话来反驳他。为了生存，那些黑人不得不在让人崩溃的高温下超时工作，这样的画面激起了我心中的怒火，我气得想杀人。我们为别人争取的总会比自己少，这不仅引发了我的憎恶，还有心底的恐惧。让我憎恶的是，人们就是一群恶狼。让我恐惧的是，我放弃了通过辩论来说服别人的想法。这些被人奴役的人要多么强大，才能打破这些不公。我被深深触动了，每当我想到那些黑人——那些佝偻着肩膀的高大的男人们，他们埋着头做苦工，眼睛注视着大地，或许其中某个人还会自言自语些什么……我会在这些人之中看到我爸爸和弟弟们吗，在这些被人性否定、被打败被征服的人群中？我只是碰巧生来是个白人不是黑人，我是自由的、不被奴役的；我认为，真理只有符合多数人时才能成为真理，而不是只针对某个人。

教授们可以轻易使我沉默：他们有数据、图表、地图和书本，而我只能无声地抗议。我慢慢明白，面对侵略和征服，如果书本和图表会削弱人们的意志或使人变得盲目，那书本也会成为邪恶的东西。

一个男人走进了我的生活里。一个恋人——不，他不是我的恋人。我没能把他当作恋人，因为我既渴望又困惑。他是一名老师，是一个睿智的男人，来自印度，长得不美而且严酷，已经长出白发。他一侧脸上有一条疤痕，一只眼睛也瞎了。只用了短短一个小时，他便进入了我的人生。我觉得他对我总抱有一种嘲笑的态度。为什么他会关心我，这是一件令人费解的事。或许是因为他在流放过程中太过孤独；或许是因为我对感情、对父爱的需求太过强烈。所以当我遇上一个拥有这些特征的人，就不愿意轻易放手。

这个印度人在来这所大学之前就已经在各处进行演讲了，我觉得他就是多年前到过我学习的那所西部学校的那个印度人。他叫萨达尔·兰吉特·辛格。我后来了解到，他来自北方，来自一个以好战为信仰，在烈士遗体上建立起的民族；而他自己的人生，又一次重演了他们民族的历史——他在监狱里为了自己国家的自由而抗争；甚至有一次差点儿上了绞刑架。他来到大学里为我们演讲，身形高大、消瘦，我当时几乎忽略了他相貌上的丑陋，他的语调里有一种对逃亡的渴望。一个相貌如此丑陋的男人竟然可以有这么大的吸引力，这让我十分震惊。他的神色如此镇静从容，仿佛已经洞悉了所有生命的谜题。教授介绍说这个人是一位历史学家，可以讲印度的历史。

他讲了些什么，细节我已经不记得了——关于他们国家的过去和现在，关于肤色和美丽，还有折磨和苦难；这些和我的生活是截然不同的，似乎是一种开辟崭新世界的号召。他的声音轻轻传来，却又如此令人震撼。我的身子不由自主向前倾，紧紧抓住椅子的扶手。他突然停下来，最后几句话明显带有挑战的意味：

"你们这些美国人——你们的制度、你们悠闲的生活建立在他人被奴役的躯体上，你们心里能获得安宁吗？丛林里弱肉强食的法则也是你们的生存法则吗？如果是这样，那你们就是一群没有灵魂、没有目的的机器。我已经对你们讲了我们印度人正为之奋斗的自由；你们像英国一样，坚信自由只属于你们的民族吗？你们宣称战争是为了民主。我质疑这一点——你们并没有用民主来对待亚洲，尽管亚洲拥有全世界四分之三的人口。"

他走下讲台，穿过过道。我身边的学生们站起来，开始陆续离开教室。我也站起身来，径直走到他面前。

"打扰一下——请问你以前去过加利福尼亚一所学校演讲但是被拒绝了，是吗？我给你写过我的地址，你还记得吗？"

他礼貌地微笑了一下——估计此前已经有很多女人试图用这种方式接近他了。

"我恐怕记不起来了……你也知道，那么多学校都拒绝让我演讲。因为我是个印度人！"

他微微鞠了一躬，示意我往旁边站，好让他过去。

"你是这儿的学生？"看到我不愿意让路，他问道。

"是的，我是一名学生，学习经济和历史。你刚才说我们美国人像没有目的的机器，我不太明白你的意思。"

他直视我的眼睛，礼貌性的微笑消失了；他或许在想，一个连这些都不理解的人，干吗还要问东问西。

"你连这些都不理解吗？"他说。

"我应该做些什么呢？你看，有些时候我甚至都不知道该思考些什么。"

"不知道自己该思考些什么？"

"你不能告诉我应该去学什么……做什么吗？"

他站在那儿注视着我，脸上露出一种令我不解的表情。然后他从自己的小包里取出一张名片。我看着他走远了。他走路时身体笔直，但肩膀却佝偻着。

我明白了一件事：当知识和爱融为一体的时候，就会产生一种坚不可摧的力量。

我从两个男人——两个亚洲男人那里学到了这件事。其中一个就是萨达尔·兰吉特·辛格。如果有什么能让一个人的生命和死亡得到协调的话，我想我已经学到了。我很无知，兰吉特·辛格教给了我知识。我行为粗野，经常愤世嫉俗，他教导我说，粗野的行为是害怕和自卑的表现。他思考得太多了，就像卡西乌斯一样。在他的身上，我看到了自己从来没有的，并且我们民族中绝大多数人都没有的东西：深思和人性；对全人类自由的渴望以及对自己国家的热爱；运用知识让事情变得更美好。

在他面前我总是感觉很卑微——既卑微又无知。星期天的下午，他和我聊天，一直聊到杯子里的茶都放凉了。在我们喝茶的餐厅楼上，有一间摆满了书籍的房间，屋里有一张办公桌，午后的阳光穿过玻璃，投射下来。这是一间小公寓，布置得既朴素又简单。我一直以为有学问的人通常都是富有的，他们会住在奢华的房子里，一堆仆人前呼后拥。但这个男人的房子一点儿都不奢华，甚至可以说是破旧，而且也没有仆人。和他一起住的两个印度学生包下了他家里主要的家务活。

我是谁，我过去的生活是怎样的，我的家乡在哪儿，我正在学习什么专业——他的问题一个接一个。我告诉了他实话，他是第一个人——我没有对之撒谎说我爸爸是医生。他对我的学业很感兴趣——你是为了什么目的而学习呢？他问道。我说我也不知道。

"你在学习英国的社会历史，"他继续说道，"但是缺少印度为英国发展做的贡献，这样的学习就是不完整的。英国的财富起源于对印度的掠夺，如果你能说服教授允许你学习这些历史的话，我可以教你。"

后来他又说："很多人都在学欧洲历史，为什么你不学亚洲历史呢？"

他问我打算用学来的知识做什么，我承认说自己并没有什么目的。他说道：

"在印度，我们需要老师……那种以朋友的身份而来，而不是以侵略者的身份而来的老师。既然你没有家人，为什么不考虑和我们在一起呢?"

那个月月底,我辞去了城里的工作,开始给他当秘书。他正在写一本关于美国的书,每天早上,我会坐在他小客厅的窗前,用打字机打他的手稿。下午我去大学上课,晚上下课后,我总是先急匆匆地回到自己的公寓,再赶到他那里去学习。有时候早晨没什么活儿干,但晚上往往要忙到很晚。

维伦和库马尔就是和他一起住的那两名印度学生。维伦已经超过二十二岁了,整天想着要教我些知识。他是一个英俊高挑、非常贫穷的黑人。库马尔还不到二十岁了,像女孩子一般害羞。可能是他丑陋的容貌让他如此卑微,而且又如此温和。我们称呼兰吉特·辛格为"萨达吉",这是一个带有敬重意味的称呼。我时常想,倘若我整天和三个美国男人在一起,会发生什么事情(不过那显然是不可能的)。而在这里,我和他们三个在一起,仿佛他们就是我的爸爸和两个兄弟。或许,这就是为什么我能这么快融入他们,并且觉得他们也属于我的原因了。

我开始逐渐爱上了他们,他们一定也以自己的方式爱着我,尽管他们对我的态度有点儿疏远和礼貌,就像对来到这里的其他客人一样。只有维伦打破了这种礼貌,和我吵了一架。

"玛丽!"有一天我正打字的时候,维伦在我身后喊,"你认为自己精通爱尔兰的历史吗!"

"是,我想是这样的!"

"是吗,你还真是博学啊!那我猜你读过尼采所有的著作了,是吗?"

"哦,不!我没有读过,但我都听说过!"

"哦! ……你真需要有人给你当头一棒!"他从长椅上跳下

来，一双长腿"砰"的一声落在地板上，怒发冲冠地站在那里。

"当然——如果你觉得自己有这个能力的话！"

库马尔赶忙过来支援我。"退后！你这个蠢货！"他对着维伦大喊。

萨达吉的声音从我们三个身后传来："怎么回事！你们三个，马上离开这所房子，不要再回来了……至少两个小时之内不要再回来！这是我的房子，我想休息一会儿！"这场争论就这样结束了。

我们三个盯着结冰的路面，冰面反射出我们的样子。

萨达吉和我面对面坐着，中间放着几本我已经大致读过的书，我们一起度过了一段悠长而美好的时光。不只是简单地从书本上学习知识，这是一次横穿印度的漫长旅行。鲜活的人们，而不是奇怪的名字，在我面前行进；艺术和文学在我面前展现。佛教解释着社会革命；伟大的帝国兴起又没落；侵略者来到这里并且融入了这个民族，接受当地人的习俗和思想。那里有山上的堡垒，特别的旗帜，喇叭的吹奏声；美丽的河流，早晨太阳升起前被茸茸的绿色覆盖的荒漠，远处弥漫着紫色的薄雾。傍晚，牛儿朝着家门走去，伴随着叮叮当当的铃声，荡起飞扬的尘土——所以他们把落日叫作"牛尘"。那里有美丽的花朵，有馥郁的芬芳和柔美的娇嫩花蕾；女人们闪亮的纱丽，男人们纯白色的礼服。夜晚的时候，深紫色的天空，笼罩着屋顶上身穿长袍的女人们。

我们一连学习了好几个钟头。即使中间偶尔出现什么沉重的东西，也会被这个深爱着它们的男人描述得分外美丽。我不情愿地回到了现实之中，看到萨达吉坐在我对面，他讲解事实、比较数据，然后为下节课布置新任务。他要求我掌握不同学科的知识，因为没有这些知识，什么学习目标也无法完成。太不可思议了，他这样一个相貌丑陋的人，竟然可以让学习变得如此美丽。

每星期有两个晚上，海德·阿里会过来教我经济学。他是一名年轻的教授，还是一个伊斯兰教徒，一个拜倒在神圣的统计学脚下的禁欲主义传教士——数字和事实对他来说无比神圣。如果不是因为他长得非常英俊，我想我永远也不会从他那儿学到任何东西。我跟着他学习，并且记住了他所教的大部分知识。海德·阿里非常清瘦，走起路来很优雅；他有一种我在其他人脸上从来没有见到过的迷人的神色；他穿的那件黑色印度式大衣，领子高高竖起到喉咙处，把他的脸衬托得轮廓分明。他的声音如同刀锋一样尖锐，对于感情、爱之类愚蠢的东西，他没有一点儿时间考虑。他让我坐到桌子一边的椅子上，自己坐在另一边，然后我们就开始上课了。在他看来，有必要镇压我体内所有女性阴柔气质的部分，用数据来替我铸造一身能为他们国家效力的盔甲。我歪歪斜斜穿上了那身盔甲，但留了一个小洞，以便自己能够看到他。

我常常会走神，因为他的眼睛如此乌黑、深邃，在它们所望之处投下更深的阴影。他黑色的头发反射着头顶电灯的光亮，我幻想着，它们摸起来会不会像鸟儿的翅膀一般柔软。当他转过头侧身对着我的时候，我才得以从他的侧脸里回过神来——心里想着印度居然能孕育出如此精致美丽的人……

"你没在听啊！"他在翻译的空当停了下来，抱怨了一句。

"我……我很抱歉……我想了一些别的事。请再说一遍吧。"

"我们没法儿继续讲下去了，除非你认真听讲并且认真做笔记！要知道，好记性不如烂笔头！"

我努力地听讲，看着他的手指在面前的书本上划动。连他的手指都是十分漂亮的，白皙、细长，简直像女人的手一样。他翻译告一段落时，手指也跟着停了下来。要我一边看着他一边进行思考，这十分困难。很多年过去后，我忘记了他教我的资料和数据，忘了印度的运河制度和有关土地占有制度的过去、现在或许还有将来，但我还依然记得他的眼睛、他的头发以及在书页上划动的他细长美丽的食指。

很多印度人聚集到兰吉特·辛格的房子里，他们对世界上的一切进行剖析。其中有一个身体虚弱，戴着穆斯林头巾的年轻人塔尔瓦·辛格，他那双乌黑的眼睛不停转动着，从一个发言者看向另一个发言者；除了这双眼睛，他没有表现出任何感情。他把双手放下屁股下面坐着，腿来来回回晃荡，当有人说到一些他以前从未听过的东西时，他会停顿一下，似乎是在思考，然后就又开始晃荡了。他是一名学生，经常和信奉天主教的印葡混血儿胡安·迪亚兹一起过来。

胡安·迪亚兹比其他人的皮肤都要白，他的头发特别黑亮，就好像周围的光亮都被吸了去似的。他的嘴角一直挂着一抹怀疑的微笑。因为身材高大，他走路时不得不弯一点儿腰。他只相信少数几个男人的言论，轻视女性，言辞中充满了冷嘲热讽、令人不快的言论。

基督教、伊斯兰教、印度教、锡克教在萨达吉的公寓里相遇，激烈地碰撞；西方和东方的女人被一点一点剖析；社会主义、共产主义、无政府主义和民主主义，每一种主义都有自己的拥护者；上帝被一些人崇拜，同时也被另外一些人否定；禁欲主义被海德·阿里拼死拥护，胡安·迪亚兹则回应说："吃了七百只老鼠的猫，还要装圣徒去麦加朝圣。"[1]我

---

① 胡安·迪亚兹指责禁欲主义的虚伪。

反对他们对阿里的攻击——这个男人对我如同上帝一般重要。然后胡安转向我说道："空葫芦里的一粒豌豆也想发出大动静！①"他看出我要和他争论，于是赶紧说自己的革命观点与女人无关。我觉得他好像认为我的想法是对他的侮辱。

战争就在这所房子内展现在我们眼前。我从这些亚洲男人的眼睛，这些关注又怀疑着民主主义的人的眼神中看出了这一切。悲伤的眼神，有时也流露出绝望。现在，我已经不记得某个人说过什么话了。通过他们，我开始明白这些革命人士在屈服下忍受着什么。我本以为自己已经经历过痛苦，可和他们在一起时，我才意识到，其实我并不理解痛苦的真正含义。每天晚上我回到自己公寓的时候，我经常会躺在床上，凝视着黑暗，思考为什么不让帮助摧毁奴隶制度成为我的命运呢。这似乎毫无希望——因为我太幼稚、太无知，也太脆弱了。而且，我不是唯一如此的人。

一周又一周过去了，这些印度人坐在萨达吉的客厅里讨论，我聆听他们的对话，其中充满他们对自己国家历史和文献的研究，还有数以千计以民族意识为基础的谚语和典故。他们渊博的学识给我留下了深刻印象。过后，我只敢向萨达吉询问关于典故或言论的解释。我们早晨散步的时候，他会和我聊天，为我解答。我们的谈话引领我思考印度的生活、美国的生活，包括我自己生活中的各个方面的问题。

萨达吉把他在印度时的习惯带到了美国。夏天五点起床，冬天稍微晚一点儿。我和他在中心公园门口碰面，吃早餐前散一会儿步。春天和夏天的清晨，小草被露水打湿，头顶上的树叶因为沾着水珠而闪闪发光。

---

① 胡安·迪亚兹暗讽主人公无知，脑中空无一物。

"不计结果和回报地工作，"我有一次向他抗议道，"你怎么能这么说呢？那是不可能的——太困难了。"

"你承诺说愿意作为一名老师加入我们，可你竟然害怕困难！你以为加入我们是干什么？享福吗？我们的运动是非常艰难残酷的。奴役带来了可怕的后果——贫穷、愚昧、迷信、疾病还有悲惨。不是你想象的那些美丽或浪漫，而是可憎又丑陋的东西。如果你加入我们，除了这些，不要期盼看到其他任何东西，否则你会失望，甚至会调转立场来对抗我们的。"

"不！我不会反对你们。但是我确实讨厌贫穷、愚昧和迷信。"

"那就帮助我们消灭这些。"

"可是一个人毕竟想看到自己工作的成果。"

"那你就留在美国吧，为了钱而工作。每星期或每个月你会得到很多报酬。你有典型的美国思想，对生活的看法这么廉价而肤浅——只想着赚钱。"

"那你想要我怎么做——绝望地生活吗？"

"不。我们需要对结果有要求，这是正确的——即使在印度这也是很有必要的。但如果你努力奋斗的事情足够伟大、足够正确，为了完成它而努力工作就已经是最好的回报了，即使最后没有成功，即使你过去很贫穷并且将来依然贫穷，你也会无怨无悔地去做的。"

"我觉得你的意思是，你并不想看到自己的国家自由，你持的态度是一种哲学式的绝望。"

"噢，不！要是我不希望成功，很早以前我就会失望，并且放弃这份工作的。我渴望成功，并为之工作，即使最后失败了，我依然清楚自己是正确的。玛丽——这是各种工作和生活的唯一根本。你难道不明白吗，人们用尽一生的时间去工作，最后除了死亡，什么都得不到！面对这些，你怎么还能谈回报？怎么能不选择这项正确的事业？"

"我只是个普通人，萨达吉，而且我还很年轻，我想从生活中获得一些回报。只有富人或者年老的人才会有像你这样的想法。"

"我并不老——和你一样，我的人生还有很长的路要走。我不是因为年老才会思考这些事情。那些富人被舒适和安稳的生活腐朽得太深，不会明白我的意思。他们在变得富有的过程中，不仅杀死了其他人，也杀死了他们自己。"

"你一生都有充足的食物，你没经受过饥饿，萨达吉。所以你才会讲这些纯粹精神层面的东西。"

"我并不是一直都有充足的食物，我也曾经面临过死亡。只有真正面对它的时候，一个人才会明白究竟何为价值。说这些显得有点儿空洞了，但这就是我和你一样期待工人阶级能创造一个崭新世界的原因。你看，它让我们去思考，去梦想，去创造，这样做并不会损失什么。没有恐惧，没有金钱，没有微不足道的财产需要牵挂，我们能够清晰地看到它，不会被其他阶级依附的财产所阻碍。"

我们在公园的一块石头前停下脚步，头顶上是一棵树，露水正一滴一滴地落下来。他继续说道，语气中饱含无限的渴望：

"我常常希望女性也能为全人类的自由而工作，像工人阶级和所有亚洲人一样，她们应该知道屈服意味着什么，但恐怕……"

"噢，我不认为女人拥有比男人更广阔的视野，这完全取决于个人以及她们来自的阶层。"

又一天早晨，我们散步的时候他向我讲述他看过的一部罗斯丹①的戏剧。"非常有意思，"他说，"其中有一行是这么写的，在人的内心里必须要有一种信仰，它是如此忠诚，甚至在人死之后还继续存在……你喜欢吗？"

另一天早晨，他好像忘了我的存在，自顾自地说话，好像我已经变成了周围的空气。然后，他坐在一块圆石头上，休息了几分钟后说道：

"我看见在你们国家里，普通人爬到了掌权的位置上。我看到他们被逼去承担责任，发展成为有思想、有影响力的人。我总会想起我的同胞们——那些最有能力和最有创造力的人，都被埋没了。而统治我们的英国佬们，他们会一代人接着一代人地压榨我们的国家，来填满他们国民的腰包，而我们的同胞则在贫穷和愚昧中越陷越深。"

他语调中的愤怒让我无言以对，说一句"很抱歉"实在太微不足道了。他的脸孔非常消瘦而且丑陋，一侧脸颊上是那道恢复得很糟糕的黑色的伤疤。我感觉他很无助，又不敢同情地抚慰他一下，他继续说道："热爱自己国家的土地意味着什么？我——我是一个爱国的人。玛丽——有时我害怕自己再也回不去了，有时我会半夜惊醒，然后想自己的生命是不是已经到了尽头了。每当那时候，我只有一个愿望——一种热情——想再站在自己祖国的土地上，在临死前再亲吻它一下。你能明白吗？"

他一边说着，一边把手放到了地上，捧起一把黑色的

---

① 罗斯丹，即埃德蒙·罗斯丹（Edmord Rostand，1868—1918）：法国剧作家，代表作为《西哈诺·德·贝热拉克》、《雏鹰》，另有《虚构》、《远方公主》等。——编注

泥土。

"爱我们的国家，萨达吉，你是说土地吗？是的，我爱它。我爱西部的山脉，也爱沙漠。但是大多数人说的国家是指政府当局以及那些有权势的人。不，我不爱他们。但这片土地，是的，我爱它。这是属于我们的土地。或者说——有一天它一定会属于我们。"

"你想说什么？"

"我的意思是，我们所有在这里工作、生存和受苦的人，土地是属于所有这些人的——而不仅仅属于某个人。"

"如果你背井离乡，而你的国家完全被外国武装势力统治，你还会爱它，并且为了它的自由而奋斗吗？"

"是的，当然。但我不想奋斗仅仅是为了把国家交到极少数富人或组织手中，他们让我们其他人为他们卖命，继续贫困下去，然后美其名曰'我们的'国家。现在，这里不是我们的国家，而是他们的国家。只有我们屈服于他们，才会被允许待在这里。"

他的语速变得缓慢下来："当我想到印度时，我没有想到阶层。我想到了土地，想到了受苦的人民，想到我出生的地方、美妙的语言、我们的历史……所有的东西。"

"可如果你是一个农民，你会想到地主；如果你是一名工人，你会想到你的老板。"

"也许你是对的……你知道，我自己本身就是一个地主，或者应该说曾经是。但是因为我参加了政治活动，我的土地已经被政府没收了。"

"你真是个滑稽的地主，我们这儿可没有你这样的。"

萨达吉沉重地叹了一口气，慢慢从石头上站了起来。他和我聊天，有时候就像在和一个陌生人聊天一样——因为我们没找到沟通的切合点。对他来说，我是一个头脑简单、性格冲动、涉世未深的小女孩，我不过是他生命里的一段小插曲而已。他的人生已经走了很长，他的工作那么紧张。而我呢？像他一样为了一个被其他人统治的国家的自由而抗争，感受一项运动加在自己肩膀上的重量吗？——不，我不能理解这意味着什么。

很多时候，兰吉特·辛格怀疑我是否具有帮助他们进行这场运动的能力。他反复打击我，想让我知难而退。"不管怎样，对于一个女孩，一个白人女孩来说，这太困难了。"他说。

"我不会害怕的。"我大声回答。

"只要你的工作是为了自由，只要你知道自己在干什么，那么你在哪儿工作，在什么组织里工作，都是一样的。"他强调道。

"你的运动就很伟大！"

"对我而言，它是——圣洁的。"

"它也是工人们为了自由所做斗争中的一部分，不是吗？难道我不能在其中帮上忙吗？"

"是，它是。但我不确定你是否有能力和毅力坚持下来。毕竟你有典型的美国思想。"

"不要总拿这一条来说事，萨达吉！"

"玛丽，听我说，如果你加入了我们的运动，你不能抱着冒险玩几个月的态度，这会是一生的工作，而且非常危险。同时，这份工作需要知识和为坚持某一个原则而经受磨难的决心——这意味着你必须知道原则是什么。在这场运动中，你会像只动物一样被人追捕，你会一直觉得没有安全感。"

"萨达吉，你为什么总想劝我放弃呢？既然你和你其他的同胞都可以忍受这些，那我也一定可以做到，因为我过去生活中接触最多的就是苦难了。确实，我对你们的运动还不够了解，但我可以学，我还可以到印度去。要是丹真的回不来了……也许他还能回来，只需要多等几年就行了。"

他用一只手轻轻抚摸我的头发，说："你是个好女孩!"然后我们俩都笑了起来。

几个月过去了，兰吉特·辛格，这个来自亚洲的棕色皮肤的男人，教会了我最有价值的东西。尽管我毫无经验，对很多东西都不了解，而且我平时相处起来也不是个风趣的人，但是他和我一起工作并且教导我，这让我的生活充满了意义。他向我介绍这场运动是为了他们民族的自由而奋斗，向我解释它不只是一场地区运动，也是国际上追求解放斗争的一部分——而且是这场斗争中的核心部分。我爱他就像爱我父亲那样，我学到了比从其他任何人那儿学来的更多的东西。

可是，幸福就像其他几乎所有的事情一样，在我生命中总是很短暂。

那一年还没入冬，萨达吉就又离开了。他会注意到我只是个巧合，我能认识他也纯属巧合。而且碰巧他还是个睿智且高尚的人，没有利用我对他的喜爱，而是真诚地帮助我。

不幸的是，我太无知、太不成熟了，无法领会他教给我的那些东西。通过他，我第一次接触到了一场浩大的运动——印度民族解放运动。我过去不能，甚至现在仍然不能领悟它的全部意义。要是我那时理解的话，我就能说出一些深沉的话，说服我的同胞们：让他们明白，种族、肤色和宗教的差别，其实就像溪流中的光斑一样，恰恰增添了人类自身的美丽；让他们明白，任何地方、任何类型的征服都是违背人类尊严的；让他们明白，人生最快乐的事情，就是帮助那些不能实现自我的人达成目标。我就能向他们解释：我们这一场追求自由、推翻奴隶制度的运动不仅是物质的，还是人类伦理道德的一种表现；向他们解释：生活本身就是一次光辉不朽的经历，在这个不停旋转的地球上，除了自由，再无其他；而现在，我们必须去帮助，去支持那些我们直接或间接伤害、征服或杀死的人们。

很多人隐隐约约明白这些东西，但却没有足够的学识去表达它们——就像我一样。我希望自己能够表达出来，而不是只在心里知道，一个民族的解放必须靠斗争才能实现。

"学习，"萨达吉一直嘱咐我，"学习，因为机械地应对生活的艰难和通过思考做出选择，二者之间是有区别的。"

有一次他对我说："让坚定的信念成为你行动的基础，不要让对我的喜爱影响到你。我就像风一样——已经年老——而且有一天一定会死的。"

我回答说："我一直喜爱风，它一直是我的伙伴。"可是他好像没有听懂我的暗示。

我又接着说："我总觉得没有爱的知识是无用的——当然，我不是指个人的小爱，我的意思是对伟大和美丽思想的大爱。"

"你说得对。我在西方遇到了很多人。拿社会学家做例子，其中很多都是目光狭隘的人。当我们提到印度的自由时，他们会批评说我们是民族主义者。我有一次听英国的社会学家说，他们不打算打倒印度的工人阶级，因为要留给印度上层阶级来剥削。这种思想隐藏在帝国主义制度之下，披着道德的外衣。如果，没有帝国主义制度，就算他们是社会学家，也无法统治我们的国家。有时候我会想，这不是我们和资本家的斗争，而是整个亚洲和西方世界的斗争。"

"可是还有俄国。"我反驳道。

"那是个例外，况且它至少有一半是亚洲化的。"

"不，这和种族没什么关系。一种新的世界秩序正在诞生，这秩序既不是东方方式的，也不是西方方式的。"

现在，萨达吉——这个已经成为我的朋友、父亲、老师的男人离开了。他清晨时分坐上一辆开往洛杉矶的火车，库马尔和我都哭了。维伦站在那里，头仰得高高的，努力忍住眼泪。胡安·迪亚兹把手放到前额作为告别，我看到萨达吉以同样的动作作为回应，并且看了看胡安的脸——好像在怀疑什么。海德·阿里站在旁边，消瘦而俊美的脸庞此刻写满了悲伤。他低声跟萨达吉说了几句话，迅速抱了他一下，然后转身走了。阿里经过我身边的时候，我扫了他一眼，看到他的裤腿已经破成细条，鞋子破旧不堪，脚后跟几乎都磨没了。

我又搬回到市中心，又开始了白天工作、晚上去大学上夜校的生活。我现在住的那间公寓很狭小，墙边有一个壁炉，唯一的光亮全仰仗角落里的一个煤气喷嘴，门上有一扇小窗，再高一点还有一扇窗，通向另一个房间，以使空气流通。我对自己说，已经很不错了，我能付得起大学的学费，能买书看，还能攒下一点儿钱。尽管这个房间比壁橱还小，可是又有什么关系呢，反正我只有晚上才会待在这里。

这座城市又一次变得孤独而冷清。萨达吉房子里热情而有规律的生活消失了，同时消失的还有学习和激烈的讨论，从新厨具到新社会形式，关于任何东西的讨论。现在我周围全是嚼着口香糖，谈论着头天晚上"开心时光"的男女青年。"嘿，老兄！"他们大喊大叫，来表达自己的情感。有时我会融入卡琳和她的朋友圈；或者花一晚上听他们讲对每个人、每件事，还有最新的革命、社会戏剧和心理分析的看法。

《画图》杂志社——我又回那里工作了——这里的人都很爱国，因为如果谁胆敢说些反战的言论，就要冒着被逮捕的风险。只要听到一句批评，有些女孩就会双手叉腰说："如果不喜欢这个国家，那为什么不回到你来的地方去呢？"

有一次我反驳说："我来的地方！我的同胞才是真正的美国人，在白种人来到这里之前，这里就是他们的国家！"

"那你就应该到监狱去！"说完，她看向周围的人，觉得自己的精彩言论应该得到人们的赞叹和微笑。

我离开办公室，去到夜校的课堂。我能和海德·阿里待在他那间拥挤的小房间里，度过美好而珍贵的两个小时。每周六的下午，他都会坐在那里，热情地向我解释事实的重要性和美丽之处。胡安·迪亚兹和我在第五大街上偶遇，他邀请我去喝茶，问我还相不相信女性的自由。他的笑表明了"自由女性"对他来说意味着什么。

"你不相信爱？"他嘲笑道。

"对于那些无所事事的人来说，爱很美好。"

"比你更冷漠的女人们也这么说，但后来都后悔了。"

一个深冬的早晨，我听到一阵轻柔的敲门声传来。我打开门，看到塔尔瓦·辛格站在门外，浑身裹得严严实实的。他走进来，脱掉自己的大衣，开门见山地表明了来意。

"你知道我是一名革命者，是吗？"他开始说道，"好吧，我就是为了这个而来。我一直想出版一本书，但被所有的出版商都拒绝了，因为现在正值战争时期，而这本书写的是寻求印度的自由。"

"你写了一本书？"

"哦，不——不是我！是我的两个朋友——他们俩现在不在美国。我想也许你能帮我。"

"怎么帮？"

"你是个美国人，不是吗？你可以找一个打字员把手稿打出来，他也不用害怕什么，因为你们的皮肤不是棕色的，没人会拘捕你们。"

他继续解释，并且给我看了那本书的手稿。

"你，不会对任何一个人说一个字吧？好的——你保证？而且你不会告诉任何人你是在为我做这件事——任何人都不？很好！"

他和我进一步讨论了一下书稿的问题，然后就离开了。

第二天，我在大学里见到了维伦，随口问道：

"……那个塔尔瓦·辛格——他只是一名学生吗，维伦？"

"为什么这么问？"

"哦，我在观察所有印度人——我猜他们心里一定都觉得自己是革命者。"

"他们心里？远远不止在心里！他是印度一个革命组织派来的！"

"哦，是吗？"

"这是个秘密！千万别跟别人说！"

"我明白。那他都做什么？"

"没有人知道别人在做什么，也没有人过问。而且，我们怀疑每个打听别人事情的人。"

"抱歉。但塔尔瓦在我看来就像个孩子一样。"

"孩子？他的年龄早就可以胜任革命任务了。他都能读懂叔本华和尼采了！"维伦本人很崇拜叔本华和尼采。

一个星期之后，同样轻柔的敲门声又一次传来。塔尔瓦·辛格走进来，他白色的头巾在房间昏暗的灯光下显得特别醒目。我兴奋地向他汇报——我已经找到了一名打字员，而且那本书就快要出版了。于是，一连好几个星期，他每周日都会过来。等书出版了之后，我们把复印本送给所有官员和有名望的人士。

有一天晚上，我从大学回来，发现他已经在公寓等我了。他自己生起了壁炉的火堆，站在那儿盯着看。听到我进来的声音，他转过身来。

"出什么事了?"我失口叫出了声。

他说，他必须离开了，如果继续留在这里，他会被逮捕的。英国的间谍们正在跟踪所有印度人。有人趁他前天外出的时候闯进了他的房子，进行了搜查。尽管他们尽力不露痕迹，但他的眼睛仍然洞察了一切——就像在印度时一样。

"我想把一些人的地址留给你——这是我们在不同国家的成员的地址，我不能随身带着它们。"

他从口袋里掏出一个钱包，从里面拿出一张薄纸片。我扫了一眼，看到上面写满了人名和住址。我想起以前读过的有关俄国革命运动的文章，还有意大利革命家马志尼因为叛徒告密而被迫流亡伦敦①。美国革命者中一定也会有这样的人，不得不从美国逃往法国。我现在就面临一场这样的运动。

"你信任我?"我盯着手里的薄纸片问道。

"我信任你。你得保护好它们。假如我被杀了，或者像其他人那样被捕了，我们需要有个人能为我们做事。或许，我也可能只是消失不见了——我们当中很多人都是这样，活不

---

① 马志尼：意大利革命家、民族解放运动领袖，曾因叛徒告密而被捕，后流亡伦敦多年。

见人死不见尸，然后我们就再也找不到他们了。"

我打量着他，他很年轻，可是从他的语气中好像"消失"对他而言随时会发生一样。这就是萨达吉想表达的意思吗？有关我弟弟们的回忆又出现在我脑海里——他们本该像眼前这个年轻人一样去活的。但是，他们只是工人，永远不能把眼睛从地面上抬起来。塔尔瓦不是工人，他受过教育，而且自愿地选择了这条可能会通向死亡的路。但对我来说，像他这样生活和工作，似乎是一件非常美好的事情。

"收好它，"塔尔瓦叮嘱道，同时朝着纸片点了点头，"你是个美国人，或许有一天你能帮我们很多忙，英国人不能动你。你永远也不要告诉他们——不管发生什么事，都要记得这点。"

"好的，我永远不会告诉他们——相信我。"

我拿出一个黑色软皮笔记本，它的背面有两层。我们俩麻利地打开内层的封皮，把这张写着印度和世界各地的革命者地址的薄纸片放进去，又小心翼翼地把封皮套起来。

"除了这两个人，不要让其他人看到这个名单。"塔尔瓦说着，告诉了我两个人的名字，我认识他们。他说他会在两天之内离开——到那时他会有一个新地址，维伦也一样。我在自己的小地址簿上写下了他和维伦的新地址。

他走到门前要离开时，转过身，面带微笑，抬起手碰了碰自己的前额，给了我一个印度革命者的问候："Bande Mataram!"——致敬，祖国！他停顿了一会儿等待我的回应，我只能微笑着，尴尬地回应了他的问候。

他走了，我站在那儿盯着那本黑色的笔记本。这件事很简单，有一些人的性命现在掌握在我手里。这个想法从我脑海里冒出来，吓到了我，使我内心充满了恐惧。我想把它还给塔尔瓦——可是他已经走了，我再也见不到他了。我坐下来仔细思考，这并不是一件令人愉快的事——事实上它是一份痛苦的责任。我只觉得，我懂得太少了，为承担这样一份责任而做的准备也太少了。不过，也许塔尔瓦是对的……作为一个美国人，我能保证不受间谍骚扰。我怎么能拒绝这些向我求助、对我那么友好、如此博学并且为了自己国家的自由而奋斗的人们呢？况且他们请求我做的只是这样一件小事——万一他们被逮捕了，保护好这张薄纸片。他们是有色人种，是被排斥的，他们在美国孤独、不受保护……他们过来向我求助……他们是萨达吉的同胞——也许还是他的同事。我回想起过去，我抛弃了需要我帮助、保护的两个弟弟，我一直都是自私的，为了自保而牺牲了他们俩。

然后，我拿起手里的笔记本，决定不再辜负任何人的信任，任何需要我的人。对我而言，"印度人"现在已经代表了我的义务和责任。他们代替了我的父亲、我那个死去的弟弟以及另外一个生死未卜的弟弟。

塔尔瓦离开两天之后，我站在桌子旁边。那本黑色笔记本放在我面前，我现在从不让它离开自己的视线。笔记本里面写着西班牙语和我在大学讲座中记下的笔记，我总是夹在胳膊下面，随身带着它。

因为被标题吸引，我在准备离开《画图》杂志社的时候买下了一份报纸。塔尔瓦被捕了，他的名字被各大媒体争相通报。我把黑色笔记本夹在胳膊下，再拿上一些我需要的东西，匆忙赶去参加夜校的讲座。我唯一确定的是一定要见到维伦，因为他也参加了晚上的讲座。我知道，他一定会来的，我等待着，一直等到他沿着走廊走过来。

"你看到报纸了吗?"一碰面我就急匆匆地问他。

"我们必须要小心。这些'荷拉扎德'到处都是!"他用了印度语里一个用来诅咒的词暗指英国间谍们。

我抗议道:"他们没有权力这么做!——这是美国,要是他们敢来搔扰我们,我们可以抗议。"

他大笑:"抗议……然后害你自己也被抓起来吗? 不,当你和一条眼镜蛇搏斗的时候,你必须直接用棍子!"

我参加了当晚的讲座,但没听进去一句话。我回到家里,随便做了点儿东西吃,然后试着坐下来学习……之后,所有讲座我都去了,可是什么都听不进去。一天回家的路上,我停下来买了一小麻袋木头,然后匆忙踏上了我房门前的楼梯。我打开门,然后恐惧地停住了脚步——有个人站在我的壁炉边! 整袋木头哗的一声掉到我脚边,那个男人转过身来,是塔尔瓦·辛格——他没戴头巾,头发也剪短了。

"上帝啊!"我失声叫道。

他非常镇静,黑色的眼睛似乎更乌黑更深邃了。"我在他们带我进地铁的时候挣脱了……你得帮我……如果我去找维伦,他们也会逮捕他的……而你是个美国人。"

塔尔瓦拾起了那袋木头,锁好门,把我扶到一把椅子前坐下。他向我讲起他被捕以及后来逃脱的过程。

"一大批我们的人都被逮捕了……为什么还有间谍,他们是怎么做到的,我都不清楚,"他最后说道,"美国人正在执行英国的命令来逮捕我们。"

"我能做些什么?"

"我不知道,或许你能帮我越过国界。你有朋友,不是吗……他们可以告诉我怎么离开。"

"是的……我有朋友,我去找他们问一问。"

"如果你能帮上忙的话，过来告诉我一声或者是留张便条，我现在要到一个朋友家去——这是地址，你可以到那里找我。你会认出我的朋友的，他是个身材矮小的老人。请……不要告诉任何人我来过这里——任何人都不要告诉。"

我把地址写在地址簿上，就在前两天他告诉我的那两个名字下面。

然后我们一起出门了。他向右转，我向左转。

当晚我去到他给我的那个地址的时候，已经将近十一点了。一个身材矮小的老人给我开了门。

"你是谁?"他问道。

我表明了身份。

"你找谁?"

"塔尔瓦·辛格。"

"他出去了，还没回来。"

"那我留一张便条。"我写好便条，其中囊括我从朋友那儿了解到的所有信息。然后把便条对折起来，交给了那个身材矮小的老人。

当我走在回家的路上时，我觉得分外轻松。如果塔尔瓦按照我便条的指示，当天晚上就能离开这座城市，一个星期之后，就会到一个安全的地方。

当我踏入房门之前，透过玻璃看到屋里有亮光——煤气灯开着，可能是塔尔瓦·辛格又回来找我了。我猛地推开门，站在门口往里面看。

我看到胡安·迪亚兹正坐在我的桌子前，穿着大衣，读着一本书。

"啊!"我惊叫道，用了一个印度语的感叹词，"你是怎么进来的?"

"你的女房东让我进来的。我已经在这儿等了你一个小时了。"

"哦，这样啊"

"这是什么——塔尔瓦·辛格来过这儿吗？"

"塔尔瓦·辛格？"我屏住呼吸，"看你问的！你难道不知道他两天前就已经被抓起来了吗？"

他直勾勾地盯着我的眼睛。

"你的女房东说今天晚上有个男的来过，她猜那个人就是塔尔瓦。"

"太荒唐了！只是一个朋友罢了，她一定是搞错了。"

胡安·迪亚兹一边看着我，一边稍稍眯了眯眼睛。

"干吗搞得这么神秘呢？你知道，我也是个革命者。你的女房东告诉我，那人戴了一顶鸭舌帽而不是包着头巾，而且你们俩一块儿出去了！"

"荒唐！我说过了，只是一个朋友来找我，然后我们俩一块去了学校，我刚刚才从那里回来。塔尔瓦·辛格明明在监狱里，怎么会到这儿来呢？……现在，我已经很累了，而且还没有吃晚饭。我得先去生把火，弄点儿东西吃。失陪了。"

他一动不动站在那儿盯着我。

"请坐，"我说，"我给你沏杯茶。"

他微笑着，脱掉大衣坐了下来。

"你总是这么晚才吃饭吗？"

"是的，我很忙，整天都要在烦人的办公室里忙活，下了班还得到大学去上课。"

点着烧水壶下的煤气板后，我跪在狭小的壁炉前开始生火。胡安·迪亚兹坐在我身后的一把椅子上，身子向前探过来，火光映在他的脸上。我的心思还在塔尔瓦·辛格身上，还在想他为什么会来找我。为什么我会想起萨达吉告别时的表情？

"是什么风把你吹到我这儿来了？"我侧头问道。

"当然是你了！"

"是吗——在这么晚的时候？"

"是啊，我就要离开这座城市了，所以过来看看你。"

"……那可真是太好了，鉴于你对女性的评价。"

"我……我对你的评价不像对其他人那样。"

"对我的评价更糟对吧？"

"噢，不——恰恰相反。"他大笑着伸出手轻拍我的肩膀，笑声显得非常愉快。我能感觉到他在我背后，我一直都能感觉到他在这个房间里。空气里有一股他的气息……他要走了，或许这是真的——也许这就是他到这儿来的原因……可是塔尔瓦明明告诉我所有人都被逮捕了啊。

"你要去哪儿？"我一边问，一边稍微转过身，坐到自己的脚后跟上。火光映照下，他的金属皮带扣闪闪发亮，吸引了我的目光。我出神地看着，以前在哪儿见过这样的皮带扣呢？我看着他如此陌生又熟悉的脸，高高的前额，宽阔向前倾的肩膀。有一种模糊的气息在他周围——是火焰的气息吗？

"你的皮带扣——是银的？上面还镶着花花绿绿的装饰，还是……只是反射的火光？"

他弯下腰，离我更近了。

"你现在连我的皮带扣都感兴趣了吗？"

我一动不动地坐着，上下打量着他，只听到自己用戏弄的口气回答说：

"我对你一丁点儿兴趣都没有！"

但在我戏弄他的时候，我感觉到自己心里的某些东西已经在动摇了。

他的声音就在我的耳边响起："你确定你不感兴趣吗?"他的手轻柔却又坚定地抓住了我的肩膀,然后轻轻地顺着我的胳膊滑了下来,温柔地,颤抖地,一把握住了我的双手。他猛地把我拉到他跟前,让我的头靠在他身上。他的嘴唇随即紧紧贴上了我的嘴唇。

"为什么要对我撒谎呢?"他低声说,"为什么? 玛丽……告诉我真相……塔尔瓦在这儿吗?"

我猛推了他一下。"不……放开我!"

他趁势抓住了我的手腕,将我的两只手臂扭到我身后死死地攥住。

"玛丽……告诉我。"

"放开我,胡安! 你听到了吗?"我在恐惧之中盲目推搡着,我喜欢他,而且我血液里长期被压制的渴望已经开始和我的思想做斗争了。我听到他的声音传来:

"玛丽……亲爱的……你爱我,不是吗? 玛丽,亲爱的!"他的嘴唇非常火热。

"胡安!"我挣扎着试图摆脱他,泪水爬满了我的脸庞。他身后的椅子翻了,哗啦一声倒在了地上。"胡安……求求你……放开我……"

可是他的胳膊那么有力,他的双手炙热而且颤抖地紧紧缠绕住。当我感受到那颤抖的时候,一种莫名的惊慌攫住了我,还有什么东西紧紧扼住了我的喉咙。他将我转过身来搂在了怀里,宽大的肩膀紧靠着我。"不要!"我的声音被堵住了。"不要……你知道……"我的头脑停止了思考……我挣扎着,喘息着,从我身上传来了一阵寒冷而可怕的震颤,如此寒冷甚至几乎冰冻住了我。房间开始变成一幅旋转的、模糊不清的图画，然后变得清晰，接着又旋转起来。恐惧……黑暗的阴影，鸟儿伸展翅膀俯冲下来……他正把我抱在怀里……他的嘴唇像火焰一样炙热……他的身体已经用力扑到了我身上。

他在我房间里走来走去，火苗的微光照亮了他黑色的头发。我把脸转向墙壁，他坐在我身旁，轻轻摇着我的肩膀说：

"为什么你要这样哭泣，玛丽？……好了好了……我要走了。"

"赶紧走！"

"当然。难道你不想让我走吗？"他的声音里有一抹胜利的窃喜，还带有一丝笑意。

"我恐怕……活不过今天晚上了。"

"好了，好了，不要再这样哭了！"

"我现在知道你为什么会来这里了！"

"不！不！我向你发誓。我来这里是为了说再见的，是你引诱了我……还有，关于塔尔瓦·辛格的事情，你对我说了谎。"

"塔尔瓦·辛格的事我没有说谎！"

时间在一分一秒地过去。

"原谅我，"他用一只手环绕着我，恳求说，"原谅我，玛丽……想想吧……原谅我。跟我保证你会忘了这件事，保证你不会告诉任何人。"

"忘了这件事！不告诉任何人！我为什么不说呢？……我又不感觉羞愧。"

他站起来走开了，声音再次传来：

"不许你那么做，那会毁了我的工作的……你知道我们的同志会怎么看待这种事情。你听到了吗?"

"我听得再清楚不过了。"

我站起身来,面对壁炉,背对他站着。

他继续说道:"我可以帮助你……这个破旧的屋子……你需要找个更好的。"

"我不想从你那儿得到任何帮助!"

"我不会不帮你的……我比你更有钱。"

"你想把我变成一个妓女吗?我已经觉得自己很卑贱了。"

"什么?我只是作为一名同志想要帮助你!"

"那你以前就可以提出来啊……我会直接拒绝。"

他在房间里不安地踱步,在拐角处停顿了一下,然后我听到他关上了煤气阀门。接着他走回来,在我背后的桌子旁停了下来。

"我来只是想在离开之前看看你,同时警告你不要以任何方式帮助塔尔瓦·辛格。我听说他来过这儿,所以我一直等你回来。"

"为什么你一直说塔尔瓦·辛格来过这里!"

他又沉默了,仿佛在思索着什么,接着又开始说:

"你没有权利装得这么痛苦……或者让我为这一切负责。想想你自己说过的话和做过的事,是你让我留下来的——我不是个傻子!而且你我都明白,你对我的反抗是装出来的。你明明是个强壮的女人,可是却突然变得很柔弱——你本可以大喊大叫的,为什么突然失声了呢!"

他的话让我陷入到了深深的痛苦之中。因为心中的羞耻感作祟,我相信了他的话。我无法面对他,对这些事无法完全诚实——那太令人震惊、令人羞愧了;我没有完全意识到它们的真实性。我被羞愧和对性爱的排斥毒害得太深了,所以无法清醒地面对这种情形。让我感到羞愧太容易了，因为长期以来，对爱的渴望让我坚信自己是有罪的。现在，在他的暴行面前，我不能面对这件事，即便他的话有一部分是正确的。我以为，没有一个正派的女人会有对性的渴望。这已经成为我的固定思维了。把自己想成是完全无辜的、不用负责任的，甚至不公平地把过错全推给男人，才能让我觉得更舒服、更体面一点儿。

现在，这么多年之后，我明白了，如果当时没有我有意或无意的许可，这件事永远不可能发生；如果我没有对他的雄性的冲动做出下意识的回应，他会马上离开我的屋子的。假使我当时只有十二岁，我可能会被征服；可当时我已经二十多岁了。在那些年月里，对爱的渴求灼烧着我的灵魂，我抑制它，憎恶它。然后这个男人来了，他的头发洒着香水，皮带扣映射壁炉中的火光。他非常擅长挑动肉欲。这种男人对女人说的话全是戏弄调情的话。眼睛的一瞥、一个手势，无声的动作都是在挑逗我。但我太不诚实了，甚至不愿意承认自己是个被动的参与者。

"不是这样的！不是这样的！你真是太令人讨厌了！"

他站在那儿看着我，微微笑着，似乎在嘲笑女人的口是心非和虚伪。

"你一直说要做一名自由女性……可现在你表现得就像一个无知的小姑娘，而不是一个聪明的女人。"

"那我应该怎么做，像你一样大笑几声吗？是你强暴了我！"

"我没有笑！不过你了解你自己，是你一直在跟我调情。你有什么权利先引诱我然后又怪罪我接受了呢？"

"那就离我远点儿。请你现在就离开吧，让我安静一会儿。我厌倦了这些——厌倦了生活，还有你。我都不想再活下去了!"

"玛丽……我很抱歉……不要哭，我这就走了。难道你不明白吗? ……我只求你不要把这件事告诉任何人。"

"就算我说出去了，被指责的人也会是我，你有什么好害怕的?"

"害怕? 我不是害怕。我只是不想让这样的事扰乱我的工作。"然后他沉默了，不再作声。

"好吧，我保证不告诉任何人。"

"不告诉任何人?"

"不告诉任何人，我保证。"

"为什么你看起来这么难过……玛丽……我可以留下来照顾你的。"

"算了吧! 我能照顾好自己……你还不快走!"

我心里充满痛苦。他拾起大衣，一言不发离开了，没有回头看。他走下楼梯，我听到他踌躇了一秒，仿佛是在犹豫，最后终于离开了。我冲过去倚着门，却无法忍住这难以抑制的啜泣。外面的门开开合合。不……不……我不能一个人待在这里……单独一个人，想着这些乱七八糟的事，我会死的。我跌跌撞撞地走下楼梯，冲到街上……开始大声呼喊，但又马上停了下来。因为我看到他正沿着这条街向前走，灯光静谧，在雪地上投射下他黑色的身影;他走路时微微含着胸，宽大的帽子拉下来遮住了眼睛。

我转过身，在黑暗中蹒跚地爬上了楼梯。我看到屋子正中间地板上躺着一封信……肯定是从他的大衣里掉出来的。我机械地捡起它……寄信人那里写着胡安的名字，是要寄给某个女人的吧，我转过身把信扔到桌子上。但是……桌上放着……钱！一张五十美元的纸币。他以为这样就可以减轻自己的愧疚！……因为他付了钱，就像他付给某个妓女一样！昏昏沉沉之中，我把钱扔在他落下的信旁边，然后扑到床上，把头埋进枕头里，想忘记这些。或许等我醒来之后，会发现这只是一场梦……一场短暂却让人挥之不去的梦。

不，它不会离开……这不是一场梦！火熄灭了，屋里很冷。现在一定已经很晚了……很晚了。时间过得这么慢……煤气灯的火焰在屋子中央摇曳着。我站起身打开灯，然后拧开了煤气……现在，它可以肆意蔓延了。等到明天早上的时候，我早已沉沉睡去。不管未来有什么在等着我，都无所谓了。

"居然让煤气阀门开着，她可真是个小傻瓜！"女房东的声音从某个地方传过来，"要不是窗户开着，她现在早已经死了……躺在这儿……穿着衣服……椅子倒了……"

声音渐渐变弱了。一股令人恶心的味道充斥在我的口鼻里，我艰难地看见远处一间陌生屋子的轮廓，有两个低沉的声音交谈着。一个穿着白色围裙的女人正俯身探向我，脸上似乎带着一种嘲弄的笑意。"躺下！"当我努力撑起身体的时候，她这样命令道。我讨厌她，因为我听从了她，也因为这个世界如此艰难，如此无情。我一直在某个地方待着，在那里，生存就是有节奏的敲击声和一种等待，等待某些事发生。现在它发生了，我被放在地面上给某个人当实验品……有个人在我身上做实验，当我缩成一团的时候，那个人大笑起来……有个人正站在那里，注视着我，大笑着嘲笑我……为什么他们要嘲笑我……我感觉很恶心……那也是实验的一部分么……为什么会这么恐怖这么艰难……奇怪的是，在这之前它一直是令人愉快的……这种痛苦的等待和敲击声一刻未停……有个人在对我做实验，看我会怎么反应……有人猛戳了我一下……欢乐和痛苦……笑声……有个人把我送回人间，再一次遭受苦难。

整整三天，我都躺在医院里。医生一直问我相同的问题："现在，你感觉怎么样？"我把脸转向墙，等他快点儿离开。

独自一人……乔治本应该一直跟我在一起的。萨达吉离开了，我了解的知识不足以帮助他……似乎一直以来我都是一个人。而这些男人，我的新兄弟们——他们会像胡安·迪亚兹一样吗？

为什么我要一直孤身一人……海伦曾经说过……"为什么你要逃避自己呢？"这些话在我心头颤动。我多么讨厌自己在胡安·迪亚兹面前哭啊……我像个傻瓜一样……这真是耻辱！为什么我没有像他一样……先大笑，再付给他一些钱呢？这儿有一封寄给某个女人的信——或许是一个和我一样的人；或许还有很多很多这样的人。他大笑，还说让我负责……为什么医生要把我带回人间呢？

笑……我也可以笑。在我身上做试验的人会看到我也在笑……我是如何笑的……为什么我要因为一件纯粹肉欲的事而遭罪呢？我会对男人们说：

"好了！好了！我现在要走了。不过或许我的这点儿钱能帮助你！"我会把钱留在桌子上，然后像胡安·迪亚兹那样潇洒走开。

我从医院回到家一天之后，早上七点的时候，一阵敲门声响起来。过了几秒钟，疲乏的我听到敲门声再一次地响起，可能是塔尔瓦……不会，他已经离开了……而且他敲门从不这么粗暴。

我疲倦地撑着身体，打开了门。门外不是塔尔瓦·辛格，而是一个身材矮小的胖男人。他堵住整个门廊，戴着一顶黑色圆顶帽，边缘拉下来遮住了一只眼睛。他的表情甚是冷酷，我害怕得心跳都要停止了。我本能地往后退，想要把门关上。但这个男人伸出一只大脚塞进门缝中，然后强行挤了进来。

"你必须跟我走一趟。"他一边说，一边从口袋里掏出一枚小金属徽章向我展示。他是个特务！

"我……我……我不能，我生病了，我还没有梳洗打扮，我连早饭都还没吃。"

"你必须跟我走，否则我会强行把你带走。我可以在这儿等你穿戴好。"他关上了门，我站在原地，这突发的状况令我不知所措。

"你还没好吗？"几分钟后，他大声喊起来。

"一分钟。"

我想起了那本黑色的笔记本——不，我不能随身带着它。

"你在磨蹭什么？时间已经足够久了！"他打开门往里面瞅我，"出来！"我拿上自己的帽子和大衣，他站到一边让我过去，接着抓住我的胳膊，把我带下了楼。我几乎感觉不到他粗大的手指在抓着我的胳膊，因为我突然想到，塔尔瓦和维伦两个人的名字此刻正写在我钱包里的地址簿上。

我在地铁站打开了钱包，从里面抽出地址簿。这个特务又小又严厉的双眼怀疑地盯着我的每个动作，我惊慌地合上了钱包。我紧张地打开又合上，打开又合上……一遍又一遍地数着里面的钱——一美元又六十五美分，一美元又七十五美分，一美元又……特务看得厌烦了，于是转过身去看走进地铁站的人们……对他来说，他们似乎也是值得怀疑的人；按他的标准来看，其中很多人都应该被抓起来。我连忙打开地址簿，撕下写有他们两个人地址的那页纸，就在这时，特务转过他严厉的小眼睛又看向我。我把纸片往嘴里一通乱塞，嚼成了稀巴烂，然后吞了下去。

"啊哈!!"特务哼了一声，眼神变得更严厉了。

走出地铁站，他又抓住了我的胳膊，把我推到一栋摩天大楼前。我们乘电梯上楼，然后我被他猛推进了最高楼层的一间等候室里。阳光穿过门上的横窗照进来，这个小屋因而变得明亮些。我们等了好几个钟头，期间不时有犯人被特务带进来，他们也像我一样，坐下，等待。只有一个总是用脚踩地板的人，以及一只嗡嗡作响的直撞天花板的苍蝇，不时地打破小屋里的死寂。我又担心又恐惧，只能干坐着，等待着。

终于，一扇内门打开了，我被带到里屋，走进一个长长的房间里。房间角落里有一张书桌，书桌后面坐着一个干巴巴的小老头儿，他其貌不扬，但嘴唇很薄，后来我知道了他就是审查员。他背后的墙壁上挂着一幅巨大的美国地图。房间另一边挨着墙壁的地方，放着三四把椅子和一张小圆桌。我坐到那个审查员书桌前的一把椅子上。

我报上自己的姓名、地址、门第、民族。不，我没有德国血统，父母也没有。是的，非常确定。我爸爸是印第安人血统，妈妈也是美国本土人。印度人？不是，是美洲的印第安人。认识印度人吗？回答这个问题的时候我的声音变得很低——我不认识，只有一年前认识一位印度老教授，还有几个到他家去的印度学生，但我已经好几个月没有见过他们了。是的，我非常确定自己不认识其他印度人。不是碰巧有一个叫塔尔瓦·辛格的吗？什么？我问，我的心在胸腔里打鼓。那个人又带着嘲讽的腔调重复了一遍。

我回答："不认识。"审查员看着我，冷笑着。

又进来了几个男人，坐下来一起听审讯。偶尔会有某个人问一两个问题。角落里有一个红脸的人，长得很像一根被塞满的香肠，双手插在裤口袋里。他打断书桌后面的审查员，问了一个问题。我被吓了一跳，迅速转过身来——因为他带有明显的英国口音。他身形硕大，长着黑头发，不知怎么看起来很像犹太人……也可能是一个英国间谍。维伦说过，间谍们分布在各个地方，许多地方的印度人都被抓了。后来我了解到他真的是英国刑事调查局的一个首领间谍，那是一个特务机关，在印度的孟加拉。所以，这就是萨达吉所说的"危险"的含义了。我怎么会碰到这种情形——我以前从来没被逮捕过，从来没到过警察局或者特务机关。在这种情形下应该怎么做——我以前在杂志上看到过类似的故事。当我看着那个男人的时候，恐惧把我抓得更紧了。多么未知，多么不清晰，多么恐惧！

又有男人走了进来，带走了房间里我所有的东西——我的书、我的衣服，甚至连我的脏衣服也带走了。我看着他们，没说话。他们把书扎成了几捆——在恐惧之中，我看到了中间那本黑色笔记本。我的第一反应是绕过桌子拿回笔记本，决不能让他们把它从这里拿走。如果他们使强，我就和他们抗争，把他们都撕成碎片。但是，我环顾这满屋子的男人们——我和一楼之间隔着好几层楼，逃跑不太容易。然后，我突然想起来，一个人被捕的时候，他是有资格为自己申请一名律师的。

"我要求请律师。"我说着，站了起来。

那些男人相视一笑。审查员笑着回答："哦，这只是一个小审查，罗杰斯小姐，你并没有被逮捕。"

"那你们有什么权利把我的书和衣服带到这儿来？"

那些男人又笑了，然后审查员说道："只是想了解你是什么样的人。"

"我要求请一名律师。"

"你没有权利要求任何东西！"

是的，我是一名囚犯。然后，审讯就开始了：

"罗杰斯小姐，你抽烟吗？"我没有回答。"你平时骂人吗？——这里有一封信，你在里面使用了大量的'去死吧'这个词。"他在读我的私人信件——他们盗窃了我的邮件！"你属于哪个教区？哦，你不是一个基督教徒？那你相信上帝吗？不？你什么意思，年轻的女人！那你的宗教信仰是什么？——你有宗教信仰吗？"

"我没有宗教信仰——我只知道要去帮助那些为自由而奋斗的人们。"

那些男人们互相瞥了一眼。"我也这么认为！"那位审查员冷笑着大声说。他的嘴唇抿成了一道细长、生硬的线条。

他捡起一张照片——那是一张印度人的照片，维伦给我的——拍的是一个在监狱里待了很多年的人。照片上面写着一行字："Bande Mataram"——那是北印度语，意思是"万岁，祖国"。

"Bande Mataram 是谁？"检查员怀疑地问道。

我没有回答。我的眼睛一直偷瞄着黑色笔记本所在的那捆书——也就是那些革命者的姓名、地址所在的地方。

"这是一封信……它怎么会在你的物品中？"

我抬起头……是胡安·迪亚兹那天晚上掉落在我房间的

那封信！它一直在桌子上放着……大概他们趁我在医院的时候搜查了我的房子……是的，一定就是这样……因为我从未把这封信和我的其他信件收在一起。

"我不知道它怎么会在这里。"

审查员晃着手里的一张五十美元纸币。"那这钱是你的吗？它就放在这封信上面！所以，你根本不认识什么印度人？"他在我眼前使劲晃了晃那封信和那张五十美元钞票。

"我不认识什么印度人！"一时间，我的声音因为激动而听起来很像在哽咽！

"远不止你看到的这些。"一个声音急促地说道。我抬起头，瞥见我身边站着另一个男人，他不知什么时候已经走到我身边，现在正弯下腰看着我。

"你曾经住过院，似乎是因为煤气中毒吧，罗杰斯小姐……在那之前，曾经有两个印度人想要见你。你现在想起来了吗？"

"我不知道你在说什么！"

他很生气。

"我来帮你恢复记忆——他们其中一个人叫作胡安·迪亚兹。现在你想起来了吗？你的女房东已经把一切都告诉我们了。为什么你房间里的椅子会翻倒，为什么你会穿戴整齐地躺在那里？"

我半站了起来……那天晚上……那把被撞倒的椅子……那场争斗……那张钞票……责任……煤气……无尽的夜晚伴随着咔嗒声，从未间断过。

审查员把腰弯得更低了，专注地看着我。

"你！让我单独待一会儿！让我单独待一会儿！我现在很累！"我哭喊道。

"为什么你要自杀?"他紧紧抓住我的胳膊。他们打算怎么处置我……有什么哽住了我的喉咙,我就要哭出来了……但在那之前我想起了另一段记忆:那是一个早晨,萨达吉和我在中心公园的一块大圆石附近歇脚;大树的枝条悬挂在我们头顶,带着露珠的树叶闪烁着。我滑了一下,差点跌倒,幸好萨达吉伸手抓住了我,刚好就是这个男人现在抓着我的部位。一阵剧痛传遍我的手臂。萨达吉松开了我,我们在那里坐了一会儿,边休息边聊天……他说了好多话……他正从事的运动并不怎么美好,反倒是十分危险……我不够强大而且没有掌握足够的知识来加入它……他还提起一部戏剧,他说:"心中必然存在一种信仰,它是如此忠诚,甚至在人死之后还将继续存在。"

我环视这个房间,那个胖男人和角落里的英国人,薄嘴唇的审查员,还有桌子上黑色的笔记本。我坐了下来,审查员和其他两个男人站在我旁边。

"就这样,别着急,慢慢说。"其中一个人说道。

我抬起头看着他说:"让我一个人安静地待会儿,我跟你没话可说。"

"年轻人——现在正是战时,戏弄美利坚合众国是很危险的!"

美利坚合众国?好吧,我和你一样是美利坚合众国的一部分,远远胜过角落里那个一副英国口音的香肠!

"要是你真做过那些事,你的罪名不会轻的!我知道你现在认为自己是个伟大的人,保护着那些曾经围在你身边的黄种狗们。"

"黄种狗?"

"就是那些亚洲人——你知道我指的是什么!"

"什么亚洲人?"

他按了一个按钮，从里面的办公室走出一个人来。

"立刻逮捕这个人。"他说着，同时从桌上拿起了一张纸交给出来的那个男人。我恐惧地听着，想知道他们在说谁，塔尔瓦……维伦……萨达吉……?

"这是你几天前写给塔尔瓦·辛格，告诉他怎么从这个国家逃跑的信! 你知道他是一名逃犯! 作为美国公民，你有责任通知警方。这个人现在在哪儿?"

他的话表明塔尔瓦现在还没有被逮捕。我看着那个坐在角落里的英国人——作为一个公民必须要负的责任!

"我不知道你在说什么。"我回答。

"你说谎! 我们知道你和一个德国间谍在乱搞男女关系!"

"你说谁是德国间谍! 你们这群肮脏的英国间谍，对，就是你们!"

这个男人腾的一下站了起来。审查员的脸涨得通红，好像我打了他一巴掌，他喊道："我们将立刻逮捕萨达尔·兰吉特·辛格!"

我一下子跳了起来。

然后我看到这些男人匆忙交换了一下眼神——我控制住自己，注视着他们。

"所以! 你的确认识印度人了?"

"我告诉你们了，我一年前认识了一位印度教授，但是已经有好几个月没看见他了，就是你说的这个人。他是一位老人，还是一名学者——你们为什么要去打扰他呢!"

"难道你住在他家里?"

"我是他的邻居，同时我为他工作。"

"他是不是还会付给你钱——为你的服务?"

"不要用你们肮脏的眼光去评判他！"

审查员用一声轻蔑的哼声作为对我的回应。

"还有这个……塔尔瓦·辛格……你和他是什么关系？"

沉默。

"来吧，告诉我们吧……直率一点儿……你可以告诉我们关于任何一个家伙的事情……你不会吓到我们的，我们都已经结过婚了。"

所有人都站在那里，看着我。这些已婚的男人——我不会吓到他们？所以！可能已婚的男人确实更令人恶心——我不知道。我转过身走向窗户……要是他们发现了那些地址可怎么办！太阳在外面闪耀着，城市忙碌的喧嚣声轻柔地传来。

"罗杰斯女士，"一个已婚男人对着我的背影说，"我们对你私生活的了解远超于你的预料。如果你告诉我们那些印度人的情况，我们可以保证不让媒体知道你的私生活。"

他们真的让我觉得恶心！如果我是在一条干净的大街上该有多好！

"罗杰斯女士，你是一个美国人，硬要充当烈士，这实在是愚蠢的念头。只要你告诉我们实情，十分钟内你就可以以自由之身离开这里。"

对面建筑上的阳光非常柔和，阴影在一点点移动。

"当然，在你来这里的路上，我们就已经知道了你隐瞒的地址。"

知道我隐瞒的地址，那敢情好了！这些已婚的男人，真是自大！

"很好，女士。我们给你时间考虑……可能到了明天，你就会改变主意了！"

我环顾四周。他们从对面的红色大厅里叫了两个男人进来，他们的脖子像牛一样粗壮。一个人走过来，抓住了我的脖子。我因恐惧而发冷，但是反抗是没有用的。他把我一直拖到街上，扔到一辆汽车里。车开了好长好长时间，然后门开了，我被人拽了出来。有一座大桥……我们在河东边桥下走，他们推搡着我走进一幢窗边堆满了棍棒的建筑。"联邦囚犯。"他们中的一个停下脚步，告诉一个坐在桌子后面的男人说。然后，我又被推搡着走进一个房间。房间尽头一名强壮的女警官看着我，我只要稍一反抗，她就会用那双大手撕扯我的身体。

等我换好囚服之后，那个女人打开一扇厚重的铁门，把我推到了一个冰冷的水泥走廊上，沿走廊走过一小段，我又被推进一间狭小的牢房里。她的腰带上别着一大串钥匙，当她开了门时，钥匙撞在牢门的栅栏上，金属撞击所发出的回响，冲击着我的灵魂。然后，门伴随着回荡的哐当声关上了，我独自一人被留在了牢房里。

房间的地面是水泥的，墙壁是钢铁的，门上有极粗的铁栅栏。一把用交叉的扁平钢条做成的长椅，被拿来当床用。没有毛毯或者任何能盖的东西。角落里有一个破旧的盥洗池，水已经溢出到地面上，形成了一层薄冰。

我打量着这个房间……只有四步长，宽度只够我靠着墙伸直手臂。透过铁门，从水泥走廊上传来一股绝望的气息，透过尽头的铁条窗户洒下阳光的斑点。我聆听着……一种似有似无的嗒嗒声从头顶上的某个地方传下来……混在远处桥上传来的一片隆隆声之中，像是有人在敲打什么东西……肯定是在锻钢……可能是一名工人。他做了什么好事让他有权利获得自由呢？……在上面坐着，像小鸟一样自由！过了好几个钟头，黑暗慢慢笼罩了我——就像敌人一样。那其他人又是做了什么坏事才会被关押起来呢？……要是我知道这些事就好了！我坐在铁床上……钢铁的冰冷透过衣服传来，我站起身来，靠走动来取暖……走四步，转身，再走四步转身回来……昏暗的走廊上也有走动声！我停下来听着……它也停了！我走动……它也走动！我坐回到床上……决不能让这些想法侵入我的脑子里。我颤抖着又站了起来，他们对萨达吉和塔尔瓦·辛格做了什么？如果他们发现了黑色笔记本里的地址……那些人都会被杀害的……而且那些革命者肯定会认为是我出卖了大家。这些想法折磨着我。如果我一直被关押在这里怎么办！也许我能爬出去，或者刚好从栅栏挤出去……或者我只要能走到走廊的窗口然后给塔尔瓦·辛格寄一个便条……不，他已经不在原来那个地址了！我怎么才能出去呢？……我怎么才能拿到那本笔记本呢？……肯定有什么办法来应付这样的局面……我肯定可以出去……但是连屋顶都是钢铁的，而且被死死地固定住了，我站在铁床上用尽力气也推不开它；门上栏栅的空隙只容许我伸出胳膊……我把发卡捻到一起猛捅锁眼也打不开它！

我沿黑暗走着……寂静的走廊里有什么东西也在走动！远处传来轻踏声。我停了下来……它也停了下来！可能那个人能听到我——他是个工人，可以帮助我。我大声喊叫……声音沿着走廊，穿过铁门，一遍遍地回响。

我颤抖地躺在冰冷的床上，闭上眼睛……或许我的身体能温暖这些钢铁吧。夜幕降临了，真是个令人冷得发抖的夜晚啊……黎明好像不打算再来临似的！明天又会发生什么事呢？如果他们发现了那本笔记本……被杀害的革命者和他们的同志们就会认为是我背叛了他们……一个黑色的笔记本在我脑海中成形，慢慢地，我的脑袋本身似乎也变成了那个黑色笔记本。

黎明慢慢到来，像是朋友一样。萨达吉没准已经听说了我被捕的消息，他一定会帮助我的。但现在我的头疼得厉害，屁股被冻得僵硬。几个小时过去了……走廊上的光斑变得越来越亮。很长时间之后，我听到有钥匙插入锁眼发出的咔嗒声，那个女警打开了门，她身后还站着两个特务。

他们押着我沉默地向前走去。我又一次坐到了百老汇那间窄小昏暗的等候室里，又一次穿过走廊进入到审讯室。有一个面貌清瘦而且丑陋的男人坐在桌子后面，屋里还有其他人。钟表指向两点钟——现在是下午。我瞥了一眼桌面，看到我的书全都堆放在桌子上，黑色笔记本也在其中。

"好了，罗杰斯小姐，现在你有什么想对我们说的吗？"

"说什么？牢房里很冷，马桶坏了，脏水溢到了地板上，晚上睡觉没有盖的东西，没有吃的也没有水。你知道的，就这些事情。"

"你早该想到会是这样的！说说和你一起同居过的男人们，还有你写的这封信吧……还有，塔尔瓦·辛格在哪儿？"

"我不知道你在说什么。"

"可能你认识兰吉特·辛格……"我专心听着。"……兰吉特·辛格在旧金山说他对你的事知之甚少，只说你是一个有野心进入领导阶层的傻姑娘……"

这位审查员嘴角露出奇怪的神情，我总是能通过别人的嘴角读出真实情况。

"你是个骗子！"我大声喊道，"兰吉特·辛格从来没有说过这种话，我知道的！"

这个男人变得十分愤怒。"你有个兄弟在军队，如果他知道自己有个间谍姐姐，你觉得他还会好过吗！"

"你应该为自己感到羞耻！你知道的，我根本不是间谍。如果你做过调查，你就会知道我已经很多年没有见过我弟弟了，我不知道他现在在哪儿——他可能早已经死了——死于为国家争取民主的战争之中。"

"我们会很快把他找来的！"

"不要去骚扰我弟弟……他还只是个孩子……而且也许已经死了……他很饿，或者他从来都没有去参军。"

他冷笑道："你那个朋友卡琳——就是你前任丈夫的姐姐，如果你还记得你的婚姻的话——她已经被捕了。她交代了一些关于你私生活的事情，这些要是登在报纸上可不会有多好听……你我都知道，那些亚洲人总是喜欢利用女人。"

"你们总是喜欢用自己的眼光来随意评判别人！"

"年轻的女士，你以为你是在跟谁说话？"

"昨天你还说你以前是一名参议员，现在是一个领取'象征性薪俸'的人……这说明你是个有钱人。"

"你胆敢对我无礼！"

我看着挂在桌后墙上的那幅地图，那里是丹佛……海伦住在那里，她从没见过一个亚洲人，可能……只有白人……一些"爱国"的白人……

"你有一个叫作洛蕾塔的朋友，她和一个男人未婚同居了十年！……他们甚至还有一个私生子……你还有其他这样的朋友吗？"

我的耳朵在听着，眼睛却专注地看着地图……那里是西部的俄克拉荷马……那里有三座孤独的坟堆……爸爸正在变老……他的头发现在肯定全白了，肩膀肯定也更佝偻了……

"你的大学教授说你写的东西有煽动性倾向。"

另一面墙上也挂着一幅地图，那个小黑点一定就是法国了……如果我能站得更近点儿去看就好了。丹可能已经被他们用船运到那里然后战死了……为了民主战争……

"胡安·迪亚兹……他是谁？回答我们的问题！否则我们将以帮助逃犯逃亡的罪名控告你……你知道这在战时意味着什么吗？"

旧金山就在我面前的墙上……那里常年都有灰绿色的雾。胡安·迪亚兹将会从那里出发去日本，他是否已经离开了呢……

他们带我回到桥下监狱之后，一个特务押着我走进牢房。我转过身，把手伸向他……他一定是个好人……他一定会帮我的！看到我从铁栅栏中伸出双手，他吓得向后一跳，像是要保护自己，然后用双手野蛮地推搡我。我们两个人站在牢门内外，注视着对方的眼睛。我的喉咙很紧，像是被人抓住了；他的眼睛像动物一样……像动物一样毫无生气。

"多么奇怪啊，"我对他说，"你呆板得像一头动物——而不像一个活人……你知道，我活不了几天了……我没想要伤害你……告诉我，你是谁……"

他一定把我当成了一个疯子，他从铁门外走开了。又没人搭理我了。

从很远的地方，很高的高空中，传来了嗒嗒声。但愿他们能给我点儿水喝！我不奢望食物了……我的肚子也没那么饿。我脑子里只有害怕、疲倦和痛苦。地面上有冰，那是从马桶中溢出来的水被冻住了……很脏……就算再渴也不会有人去舔它们喝的。或许明天那个特务就会来这里，给我些水喝。

我走来走去……走廊上幽灵似的脚步声也在走来走去，嗒嗒声又从远处传了过来。我把头埋到胳膊里试图忘掉这些，喉咙和胃像是要烧起来一样……头剧烈地疼着。沉寂……干渴……思考……一本黑色的笔记本，上面写着很多人的名字……萨达吉也说过这些事情吗——他说过吗？是的，可能是——但他说的领导阶层是什么意思？他们最后会把我怎么样呢？……那个笔记本……萨达吉已经警告过我了……胡安·迪亚兹，他在哪里呢？——他要比这些人更有人性。一张脸！乔治的嘴巴和眼睛里满是泥土……丹，他还只是个十八岁的男孩，因为我而陷入危险之中……也许，他已经死在了法国……海伦……还有我的妈妈，就那么死了，她的眼睛又大又亮。要是他们发现了那些人的名字可怎么办？……我跳起来，觉得自己再也忍受不了这些东西了……一个人待在黑暗的沉默里。恐惧！一声刺耳的尖叫声从走廊传来，像是一只受到惊吓的动物转身朝我冲了过来。我蹲下来捂住耳朵，就那么等待着。沉默……黑暗……思考……那本笔记本，还有死人……

仿佛过去了一万年之久。一缕烟雾漫过了走廊，有一个光斑在闪动。然后又是百老汇办公室，又是那个脸型瘦削的男人——那些不会被我吓到，因为他们已经结了婚的男人们。审查员看着我，和屋子里其他男人对视了一眼。我瞥向我的书——可以看到那本笔记本的黑色外皮。我深吸了一口气。

"呃，你今天想说了吗？"

"不要把我再送回那里……那儿的地板上有脏水，但是没有喝的水，我又冷又恶心。"

一阵剧烈的咳嗽仿佛要撕裂我的肺，晚上的空气极其寒冷。

这个脸型瘦削的男人十分和蔼："我很同情你……我有一个和你年纪一般大的女儿，我觉得你就像我女儿一样……如果你愿意回答我的问题，你马上就可以离开。"

这个骗子！女儿，一个一生之中可能从来没有工作过的女儿……这样的人根本不会知道什么叫工作……他自称是一个"领取象征性薪俸"的人——这说明他肯定非常有钱，我会像他女儿？

他温和地与我争论，等到争论慢慢变成了沉默之后，他离开了这个房间。要是我此刻不是如此口干舌燥……这里该有多么温暖舒适啊……我可以假装自己不口渴。我环顾四周，没有人在这个房间留下一口水。我斜靠在舒服的椅子里，闭上了眼睛。

门开了，有个人站在我面前弯腰看着我。一张宽阔的脸出现在我面前，面色通红，毛发浓密。"你就是德国间谍？"他的声音冰冷而威严。

这张阴沉的脸，还有他喷到我脸上令人讨厌的呼吸。

我艰难地思考了一下——"不是。"

他的嘴角和眼神十分冷酷。我在想他会不会攻击我，不过这好像并不怎么重要。

"告诉我事实真相，你这个站街的婊子！"他粗壮的手掌抓住我的肩膀，一阵疼痛传遍了我的身体。我在他掌中猛烈地摇晃，头撞到了椅子靠背。"告诉我真相！"这个声音又命令说。

"我没做过任何伤害你的事……你为什么要这样对我？……放开我……你有什么权利碰我？你！……该死的！放开我！"

"告诉我真相！"他的下巴随着叫喊向上翘起，双手仍然抓着我的肩膀。

"我已经告诉你真相了……你也已经知道了！放开我！我

没有做任何伤害你的事……我不是间谍！如果我是的话，我就不会坐在这里了——我早已经被关进特务机关了！"

他猛地将我一推，我重重地撞在椅背上："你这个脏货，泼妇，你在撒谎！从你一进来，你就一直在撒谎！"

"禽兽！……你的工作就是坐在这儿，偷偷打小报告！……等我出去之后，我会把你对我做的这一切公之于众——我会把它们传播到世界各地！"

"我们走着瞧，年轻的女士！"

怒火在我心中燃烧，但是我却没有丝毫恐惧。这个男人转身离开了房间。我沉重地坐着，浑身颤抖，筋疲力尽……恐惧的眼泪使我感到羞愧……也许这一切只是一场梦，只是一场噩梦……

他们把我带回了那间小牢房，我听不到任何声音，思考不了任何事情……我的喉咙和胃干如烈火，隐隐有疼痛袭击我的肩膀和脑袋……寂静，黑暗，思考，萨达吉的面容，黑色的笔记本……胡安带着嘲弄和责难的笑容……煤气……乔治……爸爸……塔尔瓦……冰冷，寂静……咳嗽……对明天的恐惧。

那位女警察听到了我的呼喊声，她猛烈拍打牢门来警告我，然后向里面张望。

"你瞎叫喊什么！"

"给我水喝！"我的手穿过栅栏，碰到了她的胳膊。

"我没有这个权利。"

"那能不能陪着我？"

"这里太冷了。"

"那让门开着吧，至少我能看到你。"

"可是这里的空气也会冻坏我的。"

"不要走——我快要疯了……这里太安静了，太黑了，太冷了，我口干舌燥……求你别走！"

她走开了，办公室的门微开着。里面的沙发看起来是那么温暖，可爱的棕色桌子在光亮中闪烁着，柔软的扶手椅是那么悠闲惬意。

过了一会儿她回来了，后面跟着一个身穿蓝色制服的男警察。

"看看她的眼睛和头发。"她对那个男警察说道。

男警察透过栏杆看着我。他长着一张和善的爱尔兰面孔，我觉得这是个机会。

"请听我说……你是爱尔兰人，我会在这里是因为帮助印度人从英国那里争取自由。你是爱尔兰人，你应该可以理解的。① 我现在又冷又恶心，请给我点儿水喝吧。"

他和女警察回到了办公室，站在那里说着什么。过了一会儿女警察出去了，那位男警察走回到我的牢房前。

"你想要什么?"

"水。"

"一杯咖啡不是更好么? 但你要保证只有我们俩知道这件事，明白吗?"

"是的，只有你我知道——你不用担心，我不会说出去的。"

---

① 爱尔兰于 1169 年遭英国入侵，1541 年起英王成为爱尔兰国王。1919 年，爱尔兰议员们拒绝在英国下议院任职，以独立的"爱尔兰共和国"的名义发布了单方独立宣言。后经过英爱战争，1921 年 12 月 6 日，英被迫允许爱南部 26 郡成立"自由邦"，北部 6 郡仍属英国。1949 年，爱尔兰宣布成立共和国，英承认爱独立，但北部 6 郡仍属英国。——编注

女警察回来之后，他就离开了。她手里拿着两条脏兮兮的被子。她打开牢门，把被子交给我。"我明天一早必须拿走。你要知道，"她警告说，"我们是在做一些越权的事。"

"我什么都不会说的。"我将手放在她的胳膊上，向她保证道。

男警察回来了，手里端着一杯热咖啡。我喝下咖啡，但感觉还是有点儿恶心，不得不躺了下来。我浑身无力，而且感觉更渴了。但是他们已经离开了，我不能再把他们叫回来。我爬到两条脏兮兮的被子里，看能不能睡上一觉。

又一次坐在百老汇办公室里。屋子里有一个身穿军官制服，又高大又英俊的年轻人，脚上穿着一双一尘不染的马刺皮靴。屋子里只有他一个人，坐在洒满阳光的窗户边，凝望着下面的街道。我站在门口，看到我的书放在桌子附近。只有一小堆书——不，它不在这儿，有一部分书已经被带走了，包括那本黑色笔记本。我靠近仔细检查了一遍——也许是因为我头晕没有看清楚。我看看书堆下面，又看看上面，上上下下，然后又看向后面。那本黑色笔记本真的不见了！

"你在看什么？"那个人问道。

我没有站稳就转向他，质问说：

"你们打算拿我的书去干什么？为什么要把我的书带到这里——谁给你们权利拿走我的书的？"

我想询问黑色笔记本的事，但又不敢问。可能他们没有发现那些名字——如果他们发现了，我应该能从他们的审问中听出来的。我想不出借口去询问黑色笔记本——毕竟谁也不会在监狱里读西班牙语。

我不停咳嗽，头因为疼痛而分外沉重。

"过来，来晒晒太阳，"那名军官邀请我，"看看街道。"

我站在他身旁的阳光里。"我想去骑马,"他说道,"你呢?……来吧,完成这项无聊的任务,然后出去和我一起骑马。只需要花费几分钟就可以搞定了……告诉这伙人他们想知道的事情吧。我相信我们俩能够相处得很好。"

他把手搭在我的袖口上,温柔而又挑逗地摩挲着。"来吧,玛丽!……你不介意我这么叫你吧?让我们用一顿晚餐来忘记这些事,然后骑马穿过公园。或者,如果你不喜欢这个,我那辆老式汽车就在下面……我可以带你看看风景。"

我十分疲惫,而且浑身疼痛。他说的是真心话吗?我记得自己已经三天没洗澡了……我的头发蓬乱,衣衫不整……一个年轻英俊的军官会向我提出这样的邀请吗?他继续说着,离我很近,站在阳光下真舒服。我不知道……也许这只是一个骗局……我不知道。

"先给我点儿水。"我试探地说道。

"然后你就会跟他们说实话,完成这项任务,是吗?"

"我会……我会考虑的……先给我点儿水喝。"

"呃,先完成任务,然后你想喝什么就有什么……来吧!"

他弯下腰温和地说着,语气中带点儿戏谑,甚至还有点儿可爱。他的活力影响了我,他的眼睛是蓝灰色的,而且长相英俊。他的全部言行都表现出对我友好的关心,还有良好的教养。他光滑的下巴下面是军装领口,紧紧固定在喉咙处——卡叽布料……卡叽布料……丹也穿着卡叽布料的军服。他们可能已经把他杀害了……和他一起的男孩们估计像他一样也被杀害了。穿着卡叽布料军服的手臂向前伸,轻轻触碰到我的肩膀。我向后缩了缩身子。

"请让我单独待会儿。"

"我是在让你明白现实状况!"

"给我点儿水！不！你不会给的！昨天有一个男的猛烈摇晃我，弄伤了我的肩膀和脑袋，你们都是杀人犯！……你们杀了我弟弟……现在还想来杀我……你们全都是英国间谍！"

我的身子摔到椅子上，我把脸埋在双手之中，悲痛地啜泣着。他离开了房间。

又回到了小牢房里。我干渴如火，又是寂静，又是黑暗，又是我曾经爱过的人的脸庞……又是那本被翻开的黑色笔记本，背面被撕开了，那些人的名字用电报被发往印度，发往世界各地……那些我从未见过并将永远不会再见到的人们……那些人唯一的罪行就是为自己民族的自由而进行斗争……那些有着敏捷、优秀的思想以及温和的处事方式的人们……谁会相信我，谁又会认为是我出卖了他们。我坐在金属长椅上，蜷缩在脏兮兮的被子里，头埋在双膝之间。我必须保持平静……为了明天。

时间一点一滴流逝，然后传来了钥匙在锁眼里转动的声音，那个爱尔兰男警察站在那里，手里端着热咖啡，微笑着！他从口袋里拿出了两大块夹有热香肠的面包。

"我想热狗总不会伤害到你。"他站在栏杆外面笑着说。女警没有锁门，我走出来站到了走廊上。我吃着面包，紧握着这位男警察的手，想问他那些人是不是已经发现了黑色笔记本上的人名，但我没敢问出口。

第二天，又站在百老汇大街的审查员面前。笔记本还是没有被放回桌子上。审查员开始问道：

"现在，罗杰斯小姐，我只问你一个问题，然后你就可以获得自由。解释一下你写给塔尔瓦·辛格的这封信。"

我有一点儿头晕目眩，我害怕开口说话。或许，我可以说一些能帮助大伙儿的话，咳嗽折磨着我的身体。但是……

为什么他只问这一个问题……只问这一个问题呢？为什么不……为什么不问塔尔瓦·辛格的地址呢？我需要点儿时间思考。

"让我想想，让我休息一会儿……我很冷。"

"好吧，"他温和地说，"别着急，我听说昨天你要水但没人给你……他们这群可耻的家伙！"他快步走进另一个房间，和里面的什么人说话。过了一会儿，有一个女孩儿走了进来，在我面前放了一杯热茶。一个薄茶壁的茶杯……上面画有红色的日文图画。日本……日本……胡安·迪亚兹在日本！

"喝茶吧!"这名审查员和蔼地说道。

"这个杯子……太丑陋了……令人厌恶！"

他奇怪地看了看我，没有说话。我沉重地坐到椅子上，然后闭上了眼睛。要是我知道为什么他们不问塔尔瓦·辛格的地址就好了……哦，难道……他们一定已经逮捕了他……一定是这样！他现在这么和蔼就是因为这个原因！他们今天把我带到这里的时候，没有穿过外面那间窄小的等候室，而是走了另一扇门……为什么会这样……为什么要有意避开那个房间……是的……塔尔瓦·辛格可能就坐在那间我前几天坐过的房间里！这个想法使我感到焦虑，很可能就是这样！我转向了审查员。

"如果你不介意的话，我想去那位女士的房间里待一会儿。"

"可以，当然可以!"他叫了两位女速记员，她们和我一起往外走。她们打开了那扇通往外面走廊的门。我面前就是那间昏暗的等候室的大门，只要一步……我就可以证明刚才只是我的胡思乱想……我走上前推开了门……

那里，在那个房间里，在靠墙的地方，塔尔瓦·辛格坐在那里，他坐在两个特务中间！他抬头扫了一眼……我看到他的眼皮用最快的速度眨了一下，然后冷漠地看着我，像在看一个陌生人一样。接着，他的眼睛望向地面，就像没有看到我一样。那两名特务眼神锐利地看着我。然后有人在我背后野蛮地拽了我一把，我又一次被强行带回了审查室。

"现在，我们已经掌握了你足够的证据！"审查员高声喊道，之前虚假的和蔼、仁慈已经统统消失了。他在房间里待了一会儿，然后在我身边布置了一名特务。我拿起一张报纸来读，但那名特务从我手中把它抢走了。

审查员回来了。

"就是这个女人！"他叫喊道，伸手指向我。两名特务走上前来，把手架到我身上。

他们急匆匆地带我穿过街道，期间一言不发。然后，我被他们押着来到了远处市区的一幢建筑门前。我们最终进入了一个狭长的房间，我看到里面坐了一排人……我后来了解到，那些都是报社记者。我听到有脚步声从身后传来，还有沉重的金属碰撞的声音。我转过身来，看到满身血污的塔尔瓦·辛格夹在两名特务中间走了进来。他黑色的双眼如同燃烧的炭火，嘴唇又干瘪又苍白，手上还戴着手铐。霎时间，一股难以抑制的愤怒涌入我的脑海……我想也没想直接冲身向前，试图挣脱腕上的手铐。有一名特务从后面抓住我，我再次感觉到疼痛从我的肩膀传来。

塔尔瓦·辛格的声音穿过打斗声传了过来："把你的脏手从她身上拿开！"他那双被手铐束缚的双手举过头顶，然后将他虚弱的身体压在抓着我的那个特务身上。

"往后站！"有一个声音大声喊道。惊恐之中，我看到有一个特务正拿枪指着塔尔瓦·辛格。

塔尔瓦像是瞬间被冰冻住了一样，抽搐的脸颊上伤口一直在流血。那些人抓住他，把他拖到房间的另一头。很多双手将我推到坐在房间尽头的一个白头发警察面前。这个警察转向我，一张老脸剧烈颤抖着。

"你已经不再热爱自己的国家了吗?!"他激昂地问道，"你不想帮助我们消灭这个对抗我们国家的反动组织吗?!"

他寒冷的目光始终没有从我身上移开。

"你是个白种人！我在你的起诉书上签字之前，最后再给你一次机会。如果签了字，你就要接受审判，你肯定会被送进监狱的。我现在最后问你一遍——你愿意帮助你的国家吗?"

沉默。

塔尔瓦隔着桌子看着，他脸上的伤口还在流血，黑色的眼睛闪烁着光芒。我的目光从他脸上的伤口转移到他腕上的手铐。他们还敢说我是个白人！我妈妈就那样躺在地下……海伦就那样……和我同一阶级的无数的海伦和妈妈们！我的国家！她们的国家！

"想想你的国家!"警察又一次喊道。

"你们根本不是我的同胞！"

"什么意思……你什么意思?"

"我没有做错任何事……你们起诉我是因为我帮助了那些想要获得自由的人——就像美国曾经争取自由一样！"

"可这些人是德国间谍！"

"不——只有本杰明·富兰克林才是法国间谍！"

"我从来都不希望看到一个美国人背叛自己的祖国。"

"你在说谁！你才是叛徒！你们所有人都是英国的间谍！"

这个老男人词穷了，他用一种愤怒而紧张的姿势弯下腰，然后在他面前的那张纸上签了字。然后他慢慢站起来，那张苍白的老脸因为情绪起伏而剧烈抖动着。他又转过身来，像是要对我说些什么，但最终什么也没说走了出去。我看着他离开，此时我心中已经没有了愤怒。我只是觉得很奇怪，人和人之间怎么会有这么深的分歧和隔阂——就像我和这位老人之间。他是我的同胞吗？——不，对我来说他不过是一个陌生人罢了。这些人都是我的同胞吗？——不，他们只是一些我不能理解的奇怪生物罢了。

"Babin!"塔尔瓦·辛格的声音传来，我转身看向他。他的眼神温和又黑亮，孩子气的棕色的脸庞上洋溢着喜悦。然后特务两只沉重的手掌迅速压在他的肩膀上。

"那是什么意思……你说什么?!"

"放开他，"我哭喊道，"Babin 是姐妹的意思!"

这座坟墓监狱——一些冷幽默的人这么称呼它。其实这个名字很贴切，它就在离华尔街不到十分钟路程的地方，灰色的外墙使它在灰暗的天气里更加阴沉了。它就像是华尔街的影子，因为这是一家拘留所，专门拘留那些穷人和因为贫穷而犯罪的人。这里的气氛十分沉闷而且愤世嫉俗，是人们内心野蛮的一座纪念碑。很多男人女人走进这里——全都是没精打采、卑躬屈膝，一副被打败的样子。拘留所里用于消毒的石炭酸的气味渗入到每件物品之中，灰白的黎明像雾一样笼罩在所有东西上。这里有整整三层楼的女囚室，被一条宽敞的走廊围绕着。在这里，女人们会花上好几周甚至数月的时间，等待对自己的审判——宣判她们去到州政府的某个监狱服刑；或者归还她们自由，把她们送回那个和监狱一样冷酷无情的社会中去。在她们等待期间，有的人会哭泣；有的则呆滞、绝望、悲惨地干坐着——这样看起来，死亡更像是一种解脱；有些人害怕地等待，有些人则故作勇敢地等待着。

我只是无数走进又走出那座坟墓大门的人们当中的一个。很庆幸我经历了这些，很庆幸我了解到了其他人遭受的痛苦；如果已经了解，就不应该忘记。我们被审判之前，体会了男人才能忍受的最悲惨的环境，一遍又一遍地经历无依无靠的苦楚。

我病了，每当我走路或者躺下的时候，我就会想起那些长久以来一直折磨我的事情：丹，如果他还活着的话……萨达吉……卡琳……洛蕾塔，还有那本黑色笔记本。每当我坐在铺着稻草垫子和粗糙肮脏的毛毯的小床上的时候，每当黑暗慢慢吞噬掉我的时候，我就会想起这一切。自从胡安·迪亚兹来到我房间那晚之后，时间的流逝就变成了以年计算而不再是以天计算。有时候我会从小床上爬起来，站在那儿抓着牢门的栏杆，盯着漆黑的走廊。幻想挤满了我的脑子——我幻想自己爬出了这间牢房，走到大路上，走上那段楼梯，进入到特务机关的审查室里，找出笔记本，藏到我的衣服下面，接着又神奇地回到街道上。

我从幻想中清醒过来，发现自己正抓着牢门的栏杆，并且剧烈摇晃着它。女看守走了过来，问我大半夜的这么做到底想干吗？我透过栏杆望着她，回答说没事。我的思想，我的信念，它们都舍弃了我！我转过身用拳头往墙上打，沉闷的回音是唯一的回应。我紧贴在牢门的栏杆上，相信我思想的强度能够穿透它们。

黎明来临，我病得更严重了。之后的几周里，我裹在粗糙肮脏的毛毯之中，蜷缩在拥挤的小牢房里。再之后，我起身在那条又长又宽的走廊上踱步，它很像之前关押我的那间牢房铁门前的那条走廊。有许多或年老或年轻的女人和我一起踱步子，还有一些人则坐在那些又矮又粗糙的长凳上。她们的脸庞因为绝望而失去了知觉：卖淫女，谋杀犯，小偷；初次犯法的，还有已经进来好几次的惯犯。她们全都很贫困，大部分人很无知，有一些品质还很恶劣。他们用自己粗俗的言行污染着监狱里的空气。

她们都是无知的女人——我曾经也像她们一样无知，但我现在已经有了思想的保护。相信思想的力量，我和她们唯一的区别就在于此。当这个世界上的吃饭睡觉、唱歌跳舞、欢声笑语从这些女人的生活中消失的时候，她们既不理解，也不反抗。这些女人很容易变得行尸走肉一般，因为她们没有信念来支撑自己。

我也像她们一样，不知道自己的命运会如何……不管是几个月之内，还是以后的很多年——但我知道监狱对她们做了什么。监狱的看守们不知道，法官们不知道，关押对身体的影响，远不如其对思想、对精神的影响更大。这些女人被当作动物一样对待，她们慢慢地就会表现得像动物一样。第一次进去的人会崩溃……第二次进去的人已经习惯了……

有一个上流社会的女人来了——她是一个穿着黑色丝绸，戴着黑宝石的女大学生，因为重大盗窃罪被抓，偷了 1500 美元的商品。两天之后，她未经审判就被释放了，她的家庭帮她解决了这场麻烦。而住在牢房里的那个年轻的黑人女孩，却被宣判进了教养所——就只因为她偷了一双绿色的丝绸短袜！就只因为她又穷又黑！

一天早上，有一个衣衫破烂的爱尔兰老妓女，脸上长着麻子，说话声就像隔着浓雾的喇叭，她站在我床边问道：

"你在这间旅馆干什么？"

"就算我告诉你，你也不会理解的。"我回答说。

她在我身边那把粗糙的凳子上坐下，双手交叉放在她凸出的腹部上。她坐在那里盯着栏杆，像一只受伤的动物一样。她的声音又嘶哑又低沉，传到了我耳边：

"我曾经很漂亮。"

她的眼神里满是对曾经年轻、甜美日子的回忆，一个温柔的女孩在爱尔兰的绿草坪上跳舞——那些在她来美国当服务员之前的美好岁月。她那时很穷，什么也不懂。她很温顺、很可爱，同时还是一个虔诚的天主教徒。男人所有夸奖女人的词就像是专门用来形容她的。

有一次，神父巡视的时候打开我的牢门，走进来坐到那把粗糙的凳子上。我们俩进行了一段对话，我不喜欢神父。最后，他说道：

"像你这样的女人，就应该待在监狱里——你这种只相信学习，不相信家庭和孩子的女人。"

我撑着胳膊肘坐了起来，看见外面那个爱尔兰女人靠着走廊的暖气片坐着，哼唱着一首儿童不宜的酒吧歌曲。

"看看外面年老的内莉，她很有女人味。她像你一样是一个天主教徒，很亲切，很温和，而且坚定地相信家庭和孩子。为什么你不把对我说的话，去说给她那样的女人听呢？她们没有受过教育。"

"你是一个受过教育的女人？"他问道。

"是的，我是一个受过教育的女人——受过很多的教育，所以总有一天，我会帮助革命者来摧毁由你们这些教徒建立起来的用来毁灭我们民族的监狱。"

"你还是一名社会主义者？"

"是的，而且还不止。"

　　有一个制造假币的胖女人——长得金发碧眼，她坐下来和我说话。她钱包里有一张年轻男子的照片——那个她爱了很多年，并且一直替他工作的男人。她为他制造假币，为他鬼鬼祟祟地做事，最后为他进了监狱。宣判那天这个男人却没有来，她被判要进行七年劳作，她哭得很悲伤。

　　"或许，他不知道我是今天宣判。"她自欺欺人地说。

　　我善意地对她撒谎道："是的，一定是这样。他不知道你今天受审……他怎么会知道呢……报纸上又没写。"

　　有一个十七岁的女孩，她是一个未婚妈妈，怀里抱着她的小宝宝。母子俩的眼睛都非常清澈非常蓝，皮肤就像花瓣一样光滑柔软。她们俩看起来一模一样，甚至像是彼此不可分割的一部分。她的名字叫爱丽丝，她没说自己姓什么。她很天真，而且很固执。她坐在我身边，孩子围着我爬，发出轻快的咯咯声，我们几乎都忘了此刻正身处牢狱之中。爱丽丝因为这个私生子被驱逐出了家门。后来，她偷了 50 美元来养活自己和宝宝。她拒绝透露父母以及她爱的那个男人的名字——她不愿给他们带来更深的耻辱。

　　"要是他知道了，"她说，"他"代指着孩子的爸爸，"那他就不会要我了。"

　　听到这儿，一个女人笑道：

　　"听听我们这位天使说的——她以为他还会要她！孩子，你难道不知道要是他想娶你，他早就娶了吗？而现在呢，他可以继续风流，才不会担心自己还有个孩子要养呢！"

　　爱丽丝被送到管教所三年。我知道，从那里出来之后，她就不会再关心自己是否会让父母丢脸了……

　　还有一个刚满二十岁的女孩，长着红头发和一张非常可爱的脸。她也是一个未婚妈妈，被逮捕是因为伪造了支票来支付那家给她的双胞胎婴儿做治疗的医院。两个孩子的死讯传来的那天，我正待在走廊上。两个女犯人把这个女人搀上金属楼梯，走向她在更高层的牢房。她的头发散发着灰白色的光芒，脸色像死人一样苍白，脑袋毫无生气地靠在搀扶她的人的肩膀上。她的眼里没有泪水，但是从她身体里发出了生硬的啜泣声。那两个女犯人和女看守就走在她身边，她们沉默地看着地面，脸上满是同情。

"哦……那些个狗娘养的！"一个女犯人说道。

这个红头发的女孩因伪造支票而被判进行三年艰苦劳作。据说法官宣判的时候，她好像没听到一样，似乎一点儿也不关心。他们带走她的时候，她的脸色苍白得让人害怕，始终没有回头看……

六个月过去了，我看着犯人来了又走。她们当中有不幸的、悲惨的，还有品质恶劣的。唯一的共同点是，她们都很贫穷。

战争结束了，我未经审判便获得了自由。因为监狱里的事情，我非常消沉，脑子里净是那些女犯人。她们站在铁门后面，看着我走出她们的生命。我沿街道走着，看着自由的人们从我身边走过。我觉得我应该向他们尖叫："停下来！想一想！听听那些我了解到的事情！"如果我真那么做的话，他们估计会走得更快了，可能他们会认为我是个精神病。拘留所在高耸的深灰色围墙后面——甚至都没有人注意到它！

维伦和库马尔在拘留所门口接我。没等我说话，他们就先告诉了我其他革命者的遭遇。维伦也被逮捕了，被囚禁了一些日子，然后释放了。塔尔瓦·辛格和海德·阿里两个人也在监狱里。还有其他二十个印度人也被逮捕了，受审之后被送进了监狱。现在他们都要被驱逐回印度——驱逐就意味着死亡。

"那萨达吉呢?"

"他当然是自由的——他离开了这个国家。胡安·迪亚兹也消失了。"

我难以自持,哭了起来。街道上匆忙的人流,人群的喧嚣声和推推搡搡,他们说的这些消息,所有的一切都在撕裂我的心。

我们乘坐一辆有轨电车到维伦家里,在一栋摩天大厦的顶楼。房间里没有家具,只有一张行军床、一个带抽屉的小书桌,角落里放着一个小煤气灶和简单几样厨具。我躺在小床上,维伦从其中一个抽屉里拿出报道我被捕的那张报纸。我听见他读道:

"美国妇女和棕色皮肤的印度人一起在122大街被逮捕!"他继续读,我听到了下面这些描述,"这个姓罗杰斯的女人穿着棕色衣服,脸上有一种狂热的表情。当警察把她的印度情人带进审判室的时候,她袭击了警察。当问及她是否愿意帮助自己国家的时候,她轻蔑地回答说不愿意。当问及她的其他印度情人时,她拒绝回答。当问及从她的物品中找到的誓词她是否已经同意誓死遵守时,她像石头一般保持沉默……"

"我们逮捕了她的印度情人,他口袋里装着小瓶毒药。当他被人从审讯室里带走的时候,他朝着这个姓罗杰斯的女人大喊了一句暗号,而她居然也回应了一句相同的暗号!他们两个都属于同一个印度无政府主义者组成的团体,这个团体一直在密谋和德皇威廉二世以及托洛茨基一起来对抗美国政府!"

一直等到我平静了,库马尔才说道:"真是个荒诞的新闻,不是吗?"我又不自觉地流下了眼泪。

"玛丽！玛丽！"他被我的眼泪吓到了，不停地叫着我的名字。维伦走到了窗边，用脚踢着墙。

第二天，我们去了吉尔伯特先生的办公室，他是一名律师。维伦他们请到了这个人，是他帮我获得了释放。当他走过来欢迎我的时候，我看到他是一个长着狮子一样头颅的胖男人。他刚过五十岁，头发里零星有些白发。他来自西部，拥有美国早年的传统精神，相信自由属于所有人；他十分镇静，而且非常有礼貌，浓密的眉毛下长着一双蓝灰色的眼睛。当我们跟他说到费用的时候，他笑了笑——说这件事对他来说不是钱的问题。他是那类少有的绅士，他们愿意支持并守护曾经的社会准则；他也是个守旧的人，期望新一代能够满怀他年轻时代的美国精神成长——那时候的美国也很年轻。知识和权力——他两者都有——他愿意帮助那些他认为值得帮助的人。

"他们这不是逮捕你，他们这是非法绑架了你，"他告诉我，"对你的逮捕是非法的，我会让他们明白这一点——我会把他们从你这里拿走的东西全都拿回来。"

他说话的时候，我想起了萨达吉。他们两个人长得不怎么像，但包含在他们语言之中的精神似乎发源于相同的源头。还有一点，这个站在权力和安全之上的男人，更镇静，更自信，少了一些沉重的负担。碰到这样一个美国人似乎很奇怪——一个我曾经把他归类到上流社会的人，尽管他可能曾经也是一名赤脚的农场男孩。在他面前我觉得自己十分卑微无知。他沉着的蓝灰色的眼睛，寡言少语。我很焦躁，很紧张，难以自持。我在言语、判断和行动上既草率又懵懂，而且动不动就要哭出来。但是透过这些，我在他的眼睛和举止之中看到了对我的尊重和仁慈，这让我觉得更加卑微。尊重我，还是只是同情呢？我很怀疑——同时又十分感激。

"不要担心，"他安慰我，"他们不会驱逐这些印度人的。美国曾经是弱者的避难所——让我们来看看为什么现在它不是了。"

我们的对话停顿了一下。"你弟弟来过这里，"吉尔伯特先生轻柔地说道，"我觉得应该告诉你。"

我听到这些，简直不敢相信。吉尔伯特先生告诉我，丹在六个月前已经坐船去了法国，又在我被抓进监狱之后的一两周内回到了纽约。他四处找我，从一个地方跑到另一个地方。最终他找到了坟墓监狱，在那里和长官争辩。长官说，没有检察官的批准，任何人都不准见我，所以丹去找了检察官。那位检察官看到他——一个身穿军装的男孩，当他了解到丹要找的人是我之后，把那位审查员从特务机关叫了过来。他们说了些什么，吉尔伯特先生不甚清楚，只知道审查员告诉丹我是一个德国间谍，说我"和一些印度人住在一起"。还说一个身穿军装的军人应该放弃我这样的姐姐，如果他是位爱国者的话。

"他是个非常单纯的男孩，"吉尔伯特先生说道，"是的——他的眼睛非常蓝，头发是纯黑色的，他还只是个孩子。他并没有相信那些人说的贬低你的话。"

丹没有被批准来见我。当局的那些人不仅拒绝了他——他们还威胁他。他在检察官和坟墓监狱的长官之间来回奔走，和他们争吵着，争辩着。他在坟墓监狱前站了好几个小时，在人来人往的那扇门前，站着和看守争辩。他在大街上四处寻找我的朋友，请求他们的帮助；于是他们把他带到了吉尔伯特先生这里。

我沉默地听着这些事，头脑仿佛跟着丹穿过街道，看见他在坟墓监狱前站了好几个钟头，用他简单纯朴的语言跟那些言辞诡诈又残忍的男人争辩。他向吉尔伯特先生打听我过得怎么样，我看起来怎么样，我说话时声音听起来怎么样，为什么其他人都能被允许来见我——可他不能？然后，他们用船把他载回了法国。好几个月过去了，我想，如果他还活着的话，他应该会写信给我。又或许，他们在送他去见死神之前，已经释放了他。

冬天过去了，春天来了。吉尔伯特先生把海德·阿里和塔尔瓦·辛格也从监狱里弄了出来。我告诉了他们黑色笔记本的事，他们不认为里面的名字被发现了——因为如果那样的话，我们早就应该听说了。我们只能等，看吉尔伯特先生去要回我那些书籍和信件的计划能不能成功。

我现在住在一间公寓里，和一位犹太人朋友合住。她是一个长着棕色眼睛和棕色头发的女孩，是一名学生，还是一位诗人。她从来没有为了讨生计而工作过，也不知道那意味着什么。她的名字叫弗洛伦斯，她很喜欢我，却并不懂我。对于她而言，生活就是一个充满诗、音乐、文学和爱的地方。她对我的生活方式表示不能理解："为什么要把自己钉到苦难的十字架上呢？"

几周过去了，吉尔伯特先生在法庭上为那些印度人辩护，试图把他们从监狱里保释出来，并且阻止他们被驱逐回印度。他抗议特务机关非法绑架了我，然后要求他们归还从我这里非法拿走的所有东西。有一天，我跟随吉尔伯特先生去到百老汇办公室，手里拿着法院文书。我又一次面对那位脸颊瘦削的审查员——他说没有什么事能吓到他，因为他已经结过婚了。面对法院的指令，他不得不叫人把我的东西还给我。

可是我只得到了其中的一部分，他却说没有别的东西了。我翻遍了那些东西——黑色笔记本不在其中。在那份名单之中，还有吉尔伯特先生的名字，我坚持要他们把其他书都还给我。

过了一会儿，我们拿到了更多的书和信件，在它们之中我看到了那本黑色笔记本。我努力不表现得过于匆忙和紧张，故作镇定地说东西已经够了。吉尔伯特先生把这些书信放到出租车里，我只捡起了其中一部分信件还有那本笔记本，紧紧抱住了它们。我快速钻进出租车里，留下吉尔伯特先生搬运剩下的那些书。我打开笔记本，仔细看了一遍又一遍，我不敢相信自己的眼睛，因为它没有被人碰过。我还是不敢相信，从手提袋里拿出一把折叠式小刀，割开了笔记本的内封，那片轻柔的薄纸片静静地躺在里面。简直难以置信，我用自己的手指抚过它们——它们还像塔尔瓦当时留下时一样完好无损！我告诉吉尔伯特先生我明天再来见他，然后指挥着出租车司机把车开得飞快，奔向我能找到塔尔瓦的地方。

我从监狱里出来以后，一直找不到工作。因为我的名字已经上了报，而且我没有职位推荐信。《画图》杂志说让我回去，但职位还是原来那个，和一个英国人一起负责书评。我一直在不停地找工作。在吉尔伯特先生的建议下，我写下了第一部短篇小说，讲述我在监狱里见到的那些女人。小说得以在各种杂志上发表，我也因此获得了稿酬。有一个美国女人读了这篇小说之后过来找我，她是生育控制运动的领袖。

"我对印度一无所知，包括你所做的事情，"她告诉我，"但我相信美国需要一些有毅力的女人。我们那里就有一些，你愿意来我们的杂志社工作吗？"

就这样，我到她们的杂志社工作了几周。在那里，我接触到了她的工作，有很多贫穷的妇女从东部贫困地区来，求助说不想要更多孩子了。有一次，有两个男人来到这里，向我讲述他们家庭的悲惨故事，试图引诱我向他们透露一些信息。特务机关没有抓住我什么把柄，现在在他们再来的时候，我已经可以认出他们了。如果信息泄露，我们就会被逮捕，因此我的办公室周围一直有间谍出没。

我的这位美国新朋友希望我放弃印度的工作，加入到她们中来。但这是不可能的。不是有人曾经说过吗，一个人最爱的地方，就是曾经让他受苦的地方。可能这句话是对的，但我不确定我在监狱里遭受的苦难比童年或少女时期的要多。对于在生活之中遭受的磨难，我记得的很少。印度的工作就是第一件让我受苦的事，它不只是为了活着，也不只是对生活做出反应——更是一种对人生的表达。它带给我自尊和尊严，这是其他任何事都不曾带给我的。

现在，每当我办公室里的工作做完了，我就会直接跑到塔尔瓦和维伦合开的一家小公司帮忙。维伦找了个半日制的工作；塔尔瓦则无事可做，他写了很多文章，卖掉了其中一些。我们三个人共用赚来的钱，其实也没有多少。塔尔瓦和我不得不每隔一天去警察局报个到，而且他现在对警察已经没那么抵触了。他甚至认识了一个间谍，那人的工作就是跟踪塔尔瓦。有时候他们会一起走路，一起交谈。"他是个很友好的年轻人，"塔尔瓦说，"因为失业了，才不得以干上了这差事。"有好几次他带着女朋友去看戏或短途旅行回来，问塔尔瓦他不在的时候都干了什么，他好向上面汇报。塔尔瓦告诉他，自己就像往常一样——给保护他在监狱的同胞们的出版社写文章，文章现在正在印刷呢。这个间谍就直接跟上面这么说了。

在这段时期，我接触到了很多自由主义人士，他们是老师、作家或演说家。我记得他们有一次演讲中说，被捕后应该做什么，不应该做什么，本应该做什么和本不应该做什么。他们说我应该受到表扬，还应该为我弟弟追求民主而感到骄傲！可我只能低下头来逃避，我不愿他们提起这些。我和一个女人讨论印度人被威胁驱逐出境的事情，她让我做一个测试，来检测我是不是只有在性爱中才对印度人感兴趣。这时她才发现，我并不是在以她认为的那种方式帮助印度人。有一个男人则说，我除了盲目和狂热，其他什么都不会，他说我需要再学习很多年，学会冷静地推理分析。在一家图书馆里，有一个读了些书然后就装成精神分析师的人，他站在门口观察了我一会儿，最后走到我面前问道：

"为什么你总是皱眉？为什么你的脸看起来这么疲惫？"

我没有回答。我在心里想，任何人都应该知道，我从监狱出来之后为什么会过得不好。

"你到底怎么了？"他继续说道，"我猜是因为你深爱你的父亲。"

我看着他。他坐了下来，以这样的节奏说了好大一会儿，直到我起身离开了房间。他对着我的背影喊道："你不能依靠逃避来摆脱这件事——它会藏在你的潜意识里。"

我在他们之中，既困惑又不开心。他们都想把我从头到尾彻底改变。他们都很善良，而且都是为我好。但是，要是我听从他们的建议，我就得同时面对很多不同的选择了。他们说我太固执，不懂变通。我知道他们拿着通向幸福的钥匙——因为他们可以调整自己的头脑和行为去适应任何情况。

一天，卡琳正准备动身去丹麦之前，带了一个年轻人和他的妻子来到我的办公室。那个年轻人是《呼唤》的一名记者，那是纽约主要的社会主义日报。他跟我进行了详细的谈话，正是通过他的推荐，我也成了那家报社的记者。

我成了《呼唤》里唯一一位女士。我工作的时候，所有的男员工都会看我，这让我有一种强烈的恐惧感。经济新闻编辑是个法美混血，身材消瘦，脸色苍白。他以前曾经是纽约一家大型日报的驻欧洲记者，但因为一些个人评论而被解雇了。他对工作很有热情，但言辞猛烈偏激，光是他对女性的评价就足以让我讨厌他了。但是，从他跟我交代我的第一个任务起，我就喜欢上了他。当我交给他我写的第一篇文章的时候，我并不怎么在意他尖刻的评价——它们似乎并不是针对我的。我又沮丧又痛苦，因为我甚至都写不出一篇关于爱尔兰群众大会的报道。他说我根本不会写新闻报道，我知道他是对的。我悲惨地站在他面前，看着他那张严肃的脸和紧紧抿在一起的薄嘴唇——然后他告诉我跟他过来。他离开自己的桌子坐到我的打字机前，花了一个小时修改了我的那篇文章，一段一段地教我怎么改，还向我解释为什么这样改。在之后的几周里，他一直用一种坚持不懈的耐心，一遍又一遍地教我。他对我极其严厉，但他的严厉来得十分客观真实，并没有伤害到我。

有好几次，当他丢给我一堆超出我能力的任务时，我会抱怨说他是个苛刻的上司。他交给我的所有工作都是有关印度或中国的，还有一些关于俄国人的报道。他们被驱逐出境，就因为他们是共产党。还有两个人因为参与成立美国共产党而被控告叛国，其中一个男人是爱尔兰的工人领袖。每天我都会坐在法庭上，迅速记下证词，然后根据这些笔记写成文章。经济新闻编辑很严格，因为我们的报纸一直冒着被镇压的风险，每天早晨我似乎都能看见《呼唤》在法官手里等待宣判。当那个男人最终被判有罪，而且将要被移送到新新监狱的时候，我四处打听，一直打听到他会被带上哪一辆火车。没来得及知会经济新闻编辑一声，我就直接在中央车站①等着，然后登上了一列可能会押送这名工人领袖的火车。我走过所有车厢，终于在吸烟室的尽头找到了他，他坐在两个手持武器的特务中间。

　　我在远处坐了一会儿，仔细观察。很明显那两个特务也是爱尔兰人，因为他们正在和这个犯人说话。我抓住了一个机会，走近了他们。我认识那位爱尔兰工人领袖，他也认识我。他在震惊之中看着我走近，我对那两个特务说，我是这个人的朋友，想要陪他一起去新新监狱。

　　我猜他们把我当成了他的情人，所以我顺势说："我将有很长时间都不能见到他了。"其中一个特务笑了，对另一个说了些什么话。那名工人领袖看到眼前的状况，就跟着说："是啊，十年都不能再见她，确实太漫长了——你们不能让她坐到我身旁吗？"两个特务进行了一场争吵，最后同意让我陪着这名工人领袖一起前往新新监狱。

　　我们俩坐在那里，聊着爱尔兰和爱尔兰的劳工运动，最后我们到达了新新监狱所在的城镇。两个特务带着他走在村庄的公路上，然后说我们俩可以在前面慢慢走。我们俩手挽手走着，那两个特务在后面保持距离跟着，全神贯注聊着他们自己的话。这个工人领袖弯下高大的肩膀和我说话，我则藏在他身体前面走，我默默记下他要我传递的爱尔兰的工人们给美国工人阶级的消息。我们到达了新新监狱。看守们都

---

　　①　中央车站：纽约中央车站，位于曼哈顿中心，是美国最繁忙的火车站，同时也是世界上最大的火车站，还是纽约著名地标性建筑。

以为我是他的情人，所以他们允许我待在那儿看着他称重，看着他测身高、按指纹、登记名字和犯罪史。然后，看守们带着他通过厚重的铁门走进了一条长长的走廊。我站在那里，脸趴在栅栏上，看着他宽大的身影慢慢消失了。透过眼中的泪水，我看到他在被带出我的视线之前举起手向我示意了一下。然后我走出了新新监狱，坐在路边的地面上，写下他跟我说的话、他的画押，还有他最后留下的口信。

当我站在经济新闻编辑面前的时候，已经接近午夜了。《呼唤》日报是社会主义工人党的官方机构。虽然这位工人领袖最后的口信中含有一些对社会主义党派的批评，但我们还是决定刊登这篇文章。

那个时候我已经不是党员了。俄国革命触动了我，正如触动了其他党员那样。党内已经分裂成了左翼和右翼，但我两个都没加入。右翼的思想体系并不吸引我，因为它没有生命力，没有力量；对我来说，循序渐进似乎就意味着目光短浅。同时我也没有加入左翼，因为它的很多领导都是杰出的知识分子，他们本身就让我不满。他们是领导，而我对领导是无用的，我不想被他们领导，也不相信俄国革命是某个领导的个人成就。他们戏剧性地斗争着，而且他们的观点无疑都是正确的。但我还是不希望被他们领导，由他们来告诉我该怎么思考或者该怎么做。大概就是在那个时候，我遇到了一些世界产业工人组织的成员，听他们演讲，和他们交谈，然后我加入了他们的组织。比起其他组织而言，它的思想体系和形成对我来说似乎更为自然。它更明确、更接近地表达了我的行为和想法。在社会主义工人党的时候，选举与我似乎完全无关。尽管现在我加入了世界产业工人组织，我还是没有积极参与选举。我还像以前一样继续在《呼唤》工作。

　　我的工作很繁重。有一段时间，共产主义犯人被送到临近美加边境的丹尼莫拉监狱去了。那里是整个州最差的监狱，里面的设施现在还是中世纪的水平。只有重刑犯才会被送往那里。在那个监狱旁边有一家精神病院——通常罪犯们最后都会被转移到那里去。

　　经济新闻编辑要我利用各种手段进入丹尼莫拉监狱调查情况。我利用一些爱尔兰在纽约的政治关系拿到了写给看守的准入信，然后压抑住心中的害怕出发了。看守们并不知道我代表一家报纸，我的准入信里说我是一名研究犯罪学的大学生。黄昏的时候，我到达了靠近加拿大边界的那个小镇，那座监狱的灰色石墙就矗立在城镇上，旁边是那家精神病院。我的那封信是写给监狱里一个爱尔兰守卫的，我径直去找他。他没有对我产生丝毫怀疑。那天晚上，我们沿着监狱的石墙走了好几个小时，围着那家精神病院，聊着他在这里工作二十年的经历。

　　第二天，这个守卫把我介绍给了监狱的典狱长，我心里有点儿害怕。那个人读完我的介绍信，然后高兴地向我介绍了他的一位同样在大学期间学习犯罪学的手下。他带领我从监狱中穿过——走过那条长长的、低矮的石头走廊，还有旁边两排拥挤、低矮的石头牢房。最后，他把我带到了犯人们被关押的地方。我沉默地站在牢房前，听到栏杆后面脚步拖动的声音，还有某个罪犯的呼吸声。我觉得那个典狱长肯定听到了我此刻的心跳声，他告诉我里面关着一个布尔什维克犯人，躺在稻草堆上，靠面包和水苟活。我在那里站了好长时间，一边听，脑子一边飞快地转动。就像我曾经被捕的时候那么站着，心里想着一定有什么方法来解决眼前的状况。我打量着这扇铁门，上上下下，那把沉重的锁——典狱长站在我身后，手持武器。我有一股冲动，想朝这个犯人叫喊，告诉他有一个战友此刻正站在外面。

然后典狱长带我沿着走廊去到另一处老旧的牢房，那里十分潮湿。这里的犯人们已经被判了死刑，在这里静静等待着他们最终的命运。在一间铺有稻草的牢房里，放着一只锡制的盘子，盘子里还摆着几片干面包，说明最近有人在这里待过。

接着，他向我介绍了那把已经废弃的电椅。"试一下。"他们对我说。我向后退缩几步，然后强迫自己走上前坐了下来。我的胳膊沿着两边笔直的宽扶手放着。典狱长笑着说，那位学犯罪学的手下很喜欢做这样的恶作剧，然后用皮带捆住了我的手和脚。他们猛地把一个头盔推下来套在我头上。我恐惧得几乎说不出话来，但我强迫自己坐在那把电椅上，我想要经历这些可怜的犯人们经历过的事。

随后，他们又带我去看在押的犯人，他们刚从劳动的磨粉厂被带回来。犯人一个跟着一个排成长队，经过我身边，走向各自的牢房。其中有一些还是孩子——肯定没有超过十六七岁。看着他们的脸颊——这些我们文明制度的产物，我的心如同铅一样沉重。我在其中一列里看到了一个高大的灰色头发的犯人，他的脸色既苍白又憔悴，眼睛盯着地面。我退缩到楼梯的阴影处，以免这位爱尔兰工人领袖看到我。我等待着，注视着其他犯人——走过，我认得他们所有人的脸。那天晚上我久久不能入睡。守卫坐在长廊里，向我讲述他知晓的犯人的故事。可是他说的话我一句也没听进去。

第二天，我问典狱长能不能去采访几位犯人，他不太乐意。我说，我对一些年轻的犯人比较感兴趣，而且更乐意见一两个政治犯。他站起身看了我一会儿，让我明天早上再来，今天肯定是不可能了。

一天过去了，第二天早上我又一次站在典狱长面前。当我看到他的脸色的时候，我的心猛然收缩了一下。

"如果你是个男人，"他说，"我会痛骂你一顿然后一脚把你踢出去。考虑到你是个女人——马上离开这所监狱，马上离开这座城镇。"

后来我了解到，他那天打遍了纽约的电话来弄清楚我的身份。我坐火车回到纽约，写下了关于丹尼莫拉的故事。我失去了爱尔兰的朋友，但我写的报道直接导致了一系列会议的召开，然后那些罪犯从丹尼莫拉被转移了出去。

我还做过一件类似的事，有一天一个工人来到办公室，向我们举报停在东河①沿岸的垃圾驳船的问题。我受命来负责报道这件事。我发现有十四五节驳船装着从城市里运来的垃圾，停在靠近河岸的地方，等着被拖进海里。它们在这儿已经停了好几天了，从其中飞出的苍蝇，飞进了工人们破旧的房屋，停在熟睡之中婴儿的脸庞上，停在家具，还有食物和面包上。我进到了三户人家的房子里，他们的孩子或是病了或是已经死了。到处都是抗议的女人，男人们向我展示了他们的请愿书，上面签着几千人的名字，他们说已经拿着它去过市政厅，但却被拒绝了。我带着那封请愿书，采访了一位已经被市政厅解雇的职员。这位职员坚持说那些垃圾船没有什么危险，因为已经喷洒过消毒剂了。

一个男人怨恨地说道："这些从那些富人家里弄来的垃

---

① 东河：美国纽约市内的一条潮汐性河流。

圾，就放在我们鼻子底下；如果这是在哈德逊河①，他们立马会把这些垃圾拖出海的。"

我带着请愿书来到市政厅，却被告知已经有人带着所谓的关于垃圾处理的请愿书来过这里。我知道，要这些垃圾几天之内被拖进海里是不可能了——因为宏大的帆船比赛近期要在外海港举行！等这场帆船比赛——由美国各州的富人们参加——结束之后，垃圾才会被拖进大海然后倾倒掉！

我们报道了这件事，第二天资本主义报刊也被迫调查并报道了这件事。然后，驳船被拖走了。但是那些已经被毒害致死的孩子们不会再活过来了，而且这件事情能够被公众关注纯粹因为偶然。

弗洛伦斯离开这座城市去度假之后，她把自己那间公寓租给了一个美甲师。那个女孩叫玛格丽特，很漂亮，有着红头发和白皙的皮肤，她还有一个精致的衣柜。她起床很晚，我们俩经常在厨房里一起喝咖啡。她告诉我说，她之前在一家理发店当美甲师，连续干了将近十年。在那之前，她生活在北部，并且已经结过婚了。她离开自己的丈夫是因为，她解释说："他拿着一把刀在房间里追我，因为他说……说……我和其他男人有染。"

她给那些有身份的人修剪指甲，她说起自己和头牌理发师的争吵，以及她和"有身份的"客户之间的对话，我看到了她对自己女性身份的不尊重。有一天早上，她说：

"当然，我不会把这些话告诉我的绅士朋友——他是一个经常出差销售香烟的推销员，你知道的。今天一位先生看着

———————————

① 哈德逊河：位于美国纽约市境内，是重要航道，纽约的经济命脉。

我，然后说像我这样一个漂亮女孩，穿棉布衬衣真是太可惜了。"

"你是怎么回答的?"

"我告诉他，我随时都愿意接受丝绸。"

她不想让任何一名绅士觉得她是廉价的，她继续说道。绅士们总有个习惯，认为他们可以轻易得到一个女孩。但如果哪个女孩有品位而且知道怎么搭配衣服的话，绅士们就不敢不尊重她了。她偷偷摸摸地说，一些女孩子会跟绅士们出去，前提是他们必须给她们买二十五美元或者更贵的礼物——当然这并不意味着她们要因此做任何事情。有时候我回家，会听到有可疑的男人声音从她的房间里传出来，她告诉我说她那位绅士朋友又来到这座城市了。她认为就算他陪她聊到很晚，我也不会介意，因为我是个社会主义者，而她听说社会主义者所信仰的比这要糟得多——甚至包括自由性爱。

"我猜你只在一家报社工作，是赚不到多少钱。如果我是你，我就一天只吃一顿饭，一直攒钱给自己买一条漂亮的丝绸裙子。相信我，如果你把头发烫一下然后穿上一条漂亮裙子的话，你看上去完全会像一个贵妇人的。过去我去纽约总是穿棉袜，而现在我会穿丝绸。再也没有绅士敢不尊重我了，他们邀请我去高档的餐厅里吃饭。你知道的，如果你看起来很廉价，他们就会廉价地对待你。"

她问我孟什维克是什么，我告诉了她。她说:"好吧，管他什么布尔什维克或孟什维克，我觉得他们对待女人的方式和其他男人不会有什么差别。"

弗洛伦斯不到一个月就回来了，但玛格丽特拒绝支付房费，她说自己没有钱。我们用了一个简单的方法把她轰了出去——把她的东西全扔到了走廊外面。她用粗鲁下流的话骂我们，弗洛伦斯和我对视了一眼，玛格丽特的绅士朋友们要是听到这些话，该有多震惊。

"这种擅长伪装的女人在生活中总能左右逢源，"弗洛伦斯最后说道，"谁知道呢——可能她最后会嫁给一个银行家吧。"

我手里拿着两封没拆封的信。一封盖着丹麦的邮戳，是卡琳寄来的，像以前一样劝我去找她，她已经在丹麦待了有一段时间了。

另一封是从新墨西哥寄来的，信封上的字明显是一双没有接受过教育的手写出来的。我见过这个笔迹，我绝不会忘记——这是丹写信告诉我乔治死讯时候的笔迹。因为不敢相信是丹寄来的，我急切地撕开信封。开头写着"亲爱的姐姐"，我翻过厚厚的信纸，一直翻到末尾，看到那里写着——"爱你，丹亲笔。"

我一直以为他早已经死了。当吉尔伯特先生告诉我丹为了见我而做的徒劳的努力时，我更以为他后来一定已经死了。从那之后，已经过了好几个月，没有从他那儿传回只字片语。他现在写的这封信，描述了他在纽约努力想见我之后的生活。他不擅长表达自己的情感，可我还是感受到了他曾经有多痛苦。我一边读着，一边拿他的行为和我自己在乔治进监狱时的行为做对比。丹什么都没有问，也没有相信政府官员所说的诋毁我的话，而我却给乔治写了一封满是责难却还自以为义正辞严的信。

然后，信里讲到了战争。自从丹到了法国之后，他就一直在前线作战。他参加过一些极其激烈的战斗。而关于民主主义、光荣或是爱国主义，他一个字也没有提。相反，他写到自己在水中行军，为了存活而战斗，污泥很深，一直漫到了他的腰部。水、污泥和他战友们的鲜血混到了一起。他写到一场倾盆大雨，在他眼前被炸成碎片的人还有他们的尖叫声。写到他不敢休息，因为要时刻面临死亡。写到自己被车子拉走或者向前行军，却不知道为什么以及要去哪儿时的那种无助和恐惧。他不能忘记看到的场景，他现在晚上还会从梦中惊醒，仿佛又一次经历那一场场战争。他没被敌军杀死纯属侥幸，他身边所有人——他的战友们全都倒下了。或许，他们和他一样既无助又无知。

一开始，他和科布伦次①的占领军在一起，后来在经过新奥尔良的时候被轮船运回了美国。他和很多士兵一样，分得了一些新墨西哥的土地。那些土地干涸荒芜，没有一点儿水分，他们也没有一分钱买肥料——就像一块石头被扔给了一个急需面包的人。要开垦这一片荒原，除了赤手空拳，什么也没有。

当他被运送回来之后，政府把他安置在了预备役部队里——以便统治阶级再感到利益受到威胁的时候，可以再次宣召他们作战。

丹在信的最后写道："我已经决定和爸爸一起待在这儿，和他还有萨姆一起工作。我不知道你对这场战争的态度是什么，但我觉得你一定不支持它，否则你就不会进监狱了。我可以告诉你的是——下一次战争再来的时候，我绝不会参加战斗，他们可以命令我站到墙边射杀我，但我绝不会再参战了。"

---

① 科布伦次：德意志联邦共和国西部城市。

《呼唤》是一家晨报，我们都是在晚上办公。我通常半夜才离开办公室，然后到附近一家餐厅吃晚饭。在那里，我和同事们常常聊上好几个钟头，他们是一帮年轻人，狂热地相信自己正在从事的工作。除了两个因为言论不当而被大报社解雇之外，其他几个人都来自于工人阶级。从他们身上我学到了很多东西。

我经常早上四五点钟左右回到家，然后到中午之前，一直在塔尔瓦和维伦的那间办公室里工作。为了让那些被判驱逐出境的印度犯人得到释放，我们正努力开展一项运动。被驱逐出境就意味着死亡，所以我们全都不知疲倦地工作着。

我的社会主义同志们不能理解我为什么会和印度人在一起工作。他们说，我来自工人阶级，就应该把自己的精力奉献给它。我质疑道，难道我做的不比你们多吗？我只是没有局限于一项事业罢了。他们回答说印度人都是民族主义者，热衷于进行一场纯粹的民族革命。其中一个人这样回应我的辩解："是的，印度正在遭受着很多虱子的侵扰——英国人只是其中的一只。印度人要甩掉的不仅是英国人，还有那些想要成为统治者的印度资本家和封建地主们。"

"这就成了他们不尽力把英国人驱赶出去的理由了吗？"
"不是。"他说，他只是希望我能明白这一点。

"好的——那我们就假设，我明白这一点。尽管如此，我还是会继续和他们一起工作。"

"只有疯子才会为了那样一件遥远的事情，和那样一群人在一起工作！"他大声喊道。

"我不觉得这个想法很遥远，也不关心这是一群什么样的人——我不是在为某个人而工作，我是为了自由的理念而工作……也是为了我自己，因为这就是我找到幸福以及表达自我的途径。或许我就是个疯子吧——又或许每一个不盯着眼前，而且为了不能从中获利的工作而奋斗的人，都是疯子吧。"

"有很多理由让你应当为自己的祖国做些正确的事!"他继续说着。

"我没有祖国……我的同胞是那些和压迫做斗争的人们。至于他们是谁、他们在哪里，都无关紧要。和他们在一起，我感觉就像回到了家里一样亲切——毕竟我们理解彼此。而其他人对我来说都是无关的外国人。"我停了一会儿，思索着，然后继续说道："即使从你的角度出发，我也正在为我们国家做事——我们的工人们对印度一无所知，我能教给他们我所了解的……这对他们肯定是有好处的。"

他只接受我说的最后一点，我的大多数同志们也都只认同这一点。他们总是把我逼入一种戒备状态。为什么我要投身于这样一场印度的革命运动之中? 也许他们是对的，我在这场运动中越陷越深，而且越来越多地让它成了我思考和付出的核心，这不太正常。在我不得不以戒备状态面对我的同志的那些日子里，我和印度伙伴们讨论了很多。每一天我尝试说服我的同志们，没有亚洲人民的自由，不管是欧洲还是美国的工人都不能得到彻底解放;说服他们，世界资本主义的一个主要核心就是建立在对亚洲人民的征服之上。在我的桌子上挂着一幅地图，它显示印度是中国、近东及中东、非洲等被统治地区的战略性基地。我还向他们解释，俄国和印度一样遥远，但我们现在却追随俄国革命。我说，有一天印度也会爆发一场革命，那个时候他们就会意识到自己对那里的情况一无所知。

他们向我揭露了一些令人痛心的事实——那就是印度上

层阶级对女人、性爱和工人阶级的态度。"美国人也是如此，"我反驳道，"像印度人一样，美国人也把女人看作动物，她们会被性爱彻底毁掉。可是同样借由性经历，男人却成长为真正的男人。印度人把工人阶级看作天生的下等人；美国人则认为任何人都有机会出人头地，如果某个人没成功，那一定是他自己的错，是他没有停下来去想，为了出人头地，可能必须要压迫别人，踩着别人才能往上爬。"

我读书，和不理解我的人们讨论、争辩。我和印度人在一起工作，并且越来越依恋他们。这一切是为什么？我急切地想找到答案，我被这种心情驱使着去学习更多的印度历史和社会状况，同时分析自己的动因。但我不能告诉我的美国朋友，有一条把我同印度人联系起来的纽带——爱的纽带。他们会狡黠一笑，因为他们会认为那是性爱。可那不是性爱，那是我一生都渴求的爱的温暖。我本能地去接近别人，去找寻温暖、温柔和喜爱。可是大多数男人在这一过程中只看到了肉体上的吸引，如果他们向我求婚不会让我觉得冒失，我只会责怪自己表错了意。

在这些印度人之中，我找到了很多我一直寻找的东西——温暖、不只和性爱有关的亲密感，还有高贵。萨达吉正是这些的集中体现。倘若我那时足够成熟，而萨达吉也没那么睿智，那么，我的人生或许就会是另一番景象了——或许当我日后想起他，也会像其他男人一样。可事实上，他是一个睿智又善良的男人，他没有误解我对爱和灵魂栖息的需要。这条爱和感恩的纽带将我们俩联系起来，并延伸到了他们的运动中去。这条纽带超越了阶层、等级，超越了政治以及智力上的差异。现在，这么多年之后我再回头看：我在这场运动中从来没有缺少过痛苦、沮丧和失望，可是哪一场运动中都难免会有不开心的事情。而且，这场对全人类解放斗争有伟大意义的运动俘虏了我的心，朋友们心中的理想和温暖也俘获了我的心。

没人能理解这些。我总是感觉自己身处一座围城之中，站在朋友和同志们之间，他们要为我的兴趣和行为讨要一个解释。他们认为我得了精神病，起码有点神经质。更精明世故的人则断定说，我是爱上了某个印度人，而且已经和他同居了。不过，这样的人至少没有来盘问我，反倒留给了我一些清静。他们认为，几个月之后我可能就会加入到意大利或俄国或巴塔哥尼亚的运动中去了。这些言论，只有当我待在印度人当中才得以片刻消停。虽然我们常常不能达成一致——事实上我们之间经常发生激烈的讨论、分歧，甚至争吵——但我们彼此分开只是为了再次相遇。

我们保护印度人的运动每天都有一些新进展，我用自己以前从没用过的方法工作着。几个月来我的内心一直是脆弱的，现在则变得如钢铁一般坚强。甚至连我的身躯也如野草般坚韧了。我人生的全部信念和热情现在全都集中到了这份工作上。所有犹豫、对警察的恐惧，还有社会上的反对声都渐渐远离我而去了。和我的伙伴们在一起，我一边演讲，一边写作，我觉得自己正引领着美国人民。和他们在一起工作，我才意识到自己有多么美国化，多么土生土长，多么被美国人的原则、习俗和想法所影响。"Babin"①——他们中的有些人这么称呼我。这温暖了我的内心，在我心中生发出力量和坚定。不仅包含爱，还有同志间的情谊。我，用以往没有给

---

① Babin：前文中提到过 Babin 是印度语"姐妹"的意思。——编注

予我的弟弟、爸爸和我所在阶级的一种爱，来爱着我的伙伴们。

我开始了解另外一个美国：它很小，但它为了自由而存在着，挣扎着，并且无畏无惧。有些是帮助过我们的工人们，有些是爱尔兰的男男女女，我回想起这些珍贵的朋友，他们拥有财富、地位和家庭，却将它们统统抛弃，来帮助我们和被囚禁的美国工人阶级。现在回想起来，他们几乎有着共同的特征：身材高大、举止文雅的男人和从来不知道饥饿是什么的女人，他们学习、思考并且创造，他们被自己的家人视为怪人、没教养或是不可原谅的背叛者。尽管这样的人不多，可是对我们而言，他们真的很宝贵。

我热爱这些美国人，也热爱这些印度人。然而我不能向任何一方透露这些。我和他们之间有一道鸿沟——一道我自己创造的鸿沟。到了某一个时候，哪怕我被给予足够的尊重，我也会退回来的。即使那一天真的到来了，所有印度犯人都因为我而获得了自由，我仍然会从他们对我的尊重中退出来。

因为他们——像美国人一样——对女人也持有一套肉体的标准。其实我自己也持有这些标准，即便我在内心深处抗拒这些。我蔑视这些标准，但在朋友面前又要假装认同。我过着两种生活——一种个人生活和一种群体生活。我坚信性经历是一种耻辱，一件令人鄙夷的事；但同时，又一直和人保持着秘密的暧昧关系——我觉得自己配不上同志们的尊重，觉得自己配不上"姐妹"这个称呼，配不上用明澈的眼睛看着我的吉尔伯特先生的尊重。如果这些人知道我的这些暧昧的事，他们就不会再尊重我了，至少那些印度人不会了。

我的心坚强而清醒，逐渐带着自信投入到工作中。然而同时又因为内疚而沉重，我无法聆听自己内心的声音。我身边到处都是男人，我知道他们的私生活一定也是这样的。为什么他们能这么不在乎、这么开心，而女人就必须屈服于其他标准呢？至少我不会，也从没有屈服过。我渴望温柔和爱，可同时又害怕这些。一个人一旦坠入爱情，就很容易被奴役，所以我决不会被奴役。自由高于爱情，至少现在对我而言是这样。或许有一天，二者会合为一体。

我隐匿私生活的理由，和那些私生活混乱的男人一样。我和这些人的区别在于：我没有付钱给那些和我同居的男人，我给他们留了面子。我没有拿钱去买他们的身体，我们的关系是基于友情，而非性交易。很久以前在医院的那个晚上，我想过要付钱给他们，但这些男人都太善良太温柔了。他们都是我尊重的朋友，我不忍那么做来侮辱他们。

一开始，是和一个报社男同事。他就像一头野兽一样，体格健壮、谈吐幽默，长着一头金黄色的头发。不像我，被严格的道德观念深深束缚。

"你之所以这么紧张，是因为你是一个禁欲者，"他有一天大笑着，弯腰探向我说，"现在我非常乐意——好吧——你懂的，为你提供服务。"

"我也非常乐意接受。"我回答道。

他问我是不是认真的，我回答说："我只要你记住，我不是你的个人财产，你也不是我的私有物品，我们俩之间的关系必须保密。"

我不知道后来为什么离开了他，但却记得和之后其他男人们分手的原因……他是一个像同志一样亲切的男人，我们之间一直是秘密交往的，像是在隐藏什么邪恶的东西，因为自然而美好的事物通常是不需要保密的。

我很长一段时间内都不能面对自己，所以我离开了他。

后来，另一个男人成了我的伴侣，或许是因为他从我身上看到了曾经喜欢的人的影子，又或许是他把我表现出来的友善理解为一种性暗示。我经常会不知不觉陷入这样的情形之中，然后我的精神就会和理智做斗争，进行反抗。那段时间，我差点儿被自己这种情感冲突给逼疯。不管用任何方法，我都不能平息，我得不到清醒和安宁。我的身体成熟了，可是伴随成熟而来的性冲动让我觉得十分羞愧；我有美国式的开放的气息，同时又有着一种不自然的、清教徒式的禁欲的态度。我的理智跟这种羞愧对立着，它知道我的生活是属于自己的；知道别人对于我的标准是不公平的。但是我太忙碌了，缺乏哲学的自省，没时间去分析一下我的生活和困难。我用抗拒代替了思考和分析，我把抗拒发泄到我认识的男人身上，那个和我同居并且深爱我的男人。

"结婚！"有一天深夜，我们走在一条幽暗的街道上的时候，我朝他大声喊起来，"不，我不会结婚的！我绝对不要过大多数女人过的那种生活——缝缝补补、买菜做饭、打扫屋子，依靠男人而活。"

"我没想让你这么活。你居然会这样想，你真是个残忍的女人，玛丽。"

"你才是个残忍的男人，居然跟我谈婚论嫁。有很多女人一心想得到婚姻——你去找她们吧，离我远点儿。"

在痛苦之中他说要结束我们的关系，我回答说：

"所以你是在逼我嫁给你吗？那你就走吧……省得你继续遭受更深的痛苦，我讨厌你这种让我必须残忍对待的男人。"

他脸色苍白。从那之后我们再也没见过面，可能他遇到了一个比我更尊重婚姻的女人。他离开的那天晚上，我根本睡不着，一直想着他憔悴的脸庞。为什么我会觉得难受呢？

我一遍又一遍地问自己——很多男人对待女人比这更残忍。这世界上满是哭泣的女人，被婚姻制度以及对男人的爱所奴役的女人。

后来又有一个男人，我们分手的时候他哭个不停，而我始终保持着微笑。他是一名作家，我知道他会好好利用这次分手的伤痛，把这一幕写到日后的作品中。因此我坐在那里，静静地看着他哭，同时用一种评论家式的好奇心观察着他。他把这一幕场景演得非常好，而且很享受——在他眼里，分手是浪漫而美丽的。他说起我们之间的美好回忆，激动之后又归于平静。他是个长相英俊的男人，长着灰色的眼睛和黄色的头发，他把自己塑造成英雄形象写入了爱情故事里，我对他这种孩子气的行为特别喜爱。

"不要哭了，"我安慰他说，"换个角度想想——我给你提供了一个新的故事素材。"

"你会再回到我身边的。"他坚定地说，之前起码有三个男人都对我说过同样的话。这些男人，他们总以为没有哪个女人能抗拒他们。

我觉得很可笑，所以回答他说："噢，是的，我可能会回来，因为你非常有魅力。在我回来之前，你可千万要等我啊。"

我认为在对抗婚姻这方面，我已经完全免疫了——因为我和很多男人同居过。不会再有哪个男人还想要和我结婚！当然了，女人可以嫁给那些有过性生活的男人，可男人却不会和婚前有过性生活的女人结婚。这多少给了我一些安慰，即使我日后坠入了爱河并且想要一个孩子，估计也不会那么容易得到婚姻了。我害怕自己有一天会爱上一个男人，爱到想永远和他在一起，甚至接受婚姻。还好，我现在混乱的生活很好地避免了这样一场灾难。

多么奇怪啊，我竟会感到孤独害怕。如果我说自己经历了这么多的同居生活之后仍然很纯洁，听起来该有多可笑……没有任何一个人会相信，但我真的就是这样——如果我想逃避事实，那我大可不写自己的性经历。我思索着自己为什么会有这样的感觉。我之所以觉得自己从来没有过真正的性经历，是因为我从来没有爱过谁。爱是一种会在精神上留下不可磨灭的痕迹的力量。我认识的那些男人都是友好而优雅的人，或许他们有接近本性的另一面，只是我没有感受到罢了。但我真的相信他们都是高尚优雅的好男人。我和他们的交往不只是肉体上的接触，更是人生的冒险。他们教给我很多有关他们工作的事情，我学到了比书本中更多的东西。后来我逐渐总结出了他们人生的共同点：他们都是成年的小男孩，我不能抛开他们的童年来片面地看待他们现在的人生。他们经常告诉我他们小时候的故事；在那些故事里，我开始把他们当作男人来理解，他们当中的很多人都觉得我很有母性。这不仅是我工作的基础，也是我建立个人关系的基础。对我来说，如果当时我的这一天性能够得到发展，而不是压制，我会比现在更加热爱生活，更加幸福，更加有创造力。因为这些情感，以及智力、同志情谊和友情，足够造就最幸福的人生。

但是和以前一样，我陷入了早已植根于我内心的关于标准的不间断的冲突之中。我寻求安宁，寻求和谐，却什么也找不到，虽然有很多人可以为我提供一个睡觉的地方，这是因为在我心里根本没有平静。凌晨时分我忙完工作，经常走在无人的大街上。有时候，我会听到某个女人哭泣的声音。"她也许是个结了婚的女人。"我想着，同时加快了脚步，但她的声音却一直围绕着我。"为什么女人要这样哭……我不能忍受女人的哭泣声!"

我回到家,在黑暗中摸索着经过弗洛伦斯的房间时,她会睡意蒙眬地对我说:"这么晚。你工作得太拼命了……你这根本不叫生活。我猜你八点就又要起床了——或者七点?"

"也可能是六点,你这个家伙!"

"你像个疯女人一样工作,是要努力洗刷什么罪过吗?"她问我,"你像一个严厉惩罚自己的基督徒一样。"

"罪过?我从来没有犯过罪——我也不是基督徒!"

我上床,然后慢慢睡着了。

早晨过后,弗洛伦斯站在我床边,用温柔的手掌抚摸我的额头,我抱怨道:

"让我再睡会儿。"

"起床工作,去为你的罪过接受惩罚!"她笑着说。

有时候夜里,她会静静站在我的床边,俯视着我。

"不要闹了……去睡觉!"我冲她叫。

"我想,可能找一个男朋友和你住在一起,你会更开心,不会像现在一样过着精神病人一般的生活。"她建议说。

"快去睡觉,现在就去!"

还有一次她站在那儿,灯光照在她的头发上。她的眼睛柔和又乌黑。她引用了卡比尔写的——"一只野天鹅从一片湖飞往另一片湖,却从不在任何地方筑巢"的诗句。我希望它是只雌天鹅,我激动地喊道……因为雄性已经霸占这项特权太长时间了。

另一次,她说:"我从未像爱你这样爱过其他朋友。"

"爱只属于弱者。"我不假思索地回答,她脸上掠过一丝不快。我又说:"你属于那种总有一天会坠入爱河,然后结婚,成为一名家庭妇女，最后习惯和丈夫待在一起的女人。"

"好吧，"她反驳说，"那你就属于那种总有一天会坠入爱河，然后直接走向终结的人！我要坚持我自己的人生信念，我才不要像你一样一边珍视男人，一边又反抗男人。我等着看你坠入爱河的那一天！"

我捧腹大笑："你是抒情诗写太多了吧！"

"你甚至连'爱'这个字眼都害怕——只有人们觉得自己在某件事面前显得脆弱渺小的时候，才会害怕它。"

那年秋天，我乘飞机去了阿迪朗达克山脉。经济新闻编辑刚开始反对，不过他也觉得我最近的工作确实太糟糕了。为什么？他问。我打趣道，因为他是个奴隶主，一直压迫我。他眼睛盯着面前桌子的木纹，就像他平时和我谈话时一样。

"这不能作为你这些天来一直用伤感的笔调写作的原因。"他说道。我们关于"写伤感文章的女记者"这个词争论起来，最终他妥协了，让我拿上这星期的工资离开，等恢复了以前的风格之后再回来。

维伦和塔尔瓦不理解我为什么要独自离开。就像大多数印度人一样，他们也是需要有人陪在身边的群居动物。我脑海里有一个模糊的想法——如果我能独自一人去山里待几天，我会感觉舒服一点儿，而且还能为未来的生活和行动做一些规划。现在我身边连一个能说话的人也没有，我甚至无法面对自己。别人会对我说什么——做这件事或者别做那件事！我完全可以自己说啊，反正也不会有什么差别！我离开，只是为了躲避一些不愉快的想法和记忆，把它们埋在我心灵的深处，把它们抛弃到无意识的混沌之中。

那个深秋，我在阿迪朗达克的山里游荡，所有的事情都不明朗。遗忘似乎是最好也最简单的方法。我以一种近乎疯狂的方式生活——禁欲主义，然后是性生活，接着又是禁欲主义。我很累，对这种循环感到十分厌倦。禁欲主义不曾停歇，性生活也没有止息。我也有群居的生活——一种美好的生活：有许多尊重我和我尊敬的美国人；也有一些我不认识的、爱我并且尊重我的印度人。拥有这两者为什么还不够呢？——为什么我的躯体要遭受如此深重的折磨，精神要背负如此沉重的负担……我回到了城里，像离开时一样疲惫。

几天之后的一个下午，维伦和我在第五大街相遇，他请我到他家去。那儿要开一场研讨会——许多男人正从各个国家赶来这里，商讨关于未来的计划。我们俩走上楼梯，走进他那间位于顶楼的小屋子里。他搬来了很多把椅子，已经有两三个人坐在那儿了。其中一位年长的人站起身跟我打招呼。

他啪的一声把两个脚后跟靠在一起，像德国人一样介绍起自己："侯赛因·阿里·可汗。"接着，他转向另一个男人，向我介绍说："这是弗洛兹·钱德同志——来自巴黎。"我们相互鞠了一躬。其他人陆续抵达，我们互相问候。这时，我突然听到身后有一个熟悉的声音，于是我迅速转过身来。我看到胡安·迪亚兹站在那里，还是那样略微勾着肩膀，面带习惯性的嘲笑，他和弗洛兹·钱德谈话的同时好奇地看着我。他向我走来并伸出手，一阵紧张掠过我的心头。

"你去山里逛了一圈，居然毫发未伤啊！"他笑着说。

"那我应该怎样呢？难道你想看到我衣衫褴褛或者被烧成灰烬吗？"

我语调中的挖苦让他止住了笑意。我们站在那儿，看着彼此的眼睛，谁都没说话。这时一阵轻快的脚步声走进了屋子，我转身看到来人正和两三个印度人拥抱。其他人围拢到他身边，然后又散开了。最后，这个男人转向了我。他很瘦，有着浅棕色的皮肤，头发乌黑而且非常有光泽。他的眼睛被浓密的睫毛遮住，让我想起漆黑的夜晚，星星挂在深紫色的天空。那双眼睛似乎笼着一层难以形容的悲伤面纱——一个拥有如此热切脸庞的人怎么会有这样悲伤的眼睛呢？而且他看上去不过刚刚三十出头。

这个人快步向我走来，他的语速轻快，嗓音低沉："你是玛丽？我知道的……是的，我听说过你！"

他握住了我的双手，没有任何见面时该有的礼节，只是俯视我的脸。我整个人似乎都在回应他的注视。他说话时一直在微笑，但眼睛里却没有笑意——那双黑色的深切的眼睛，一直注视着我的脸，似乎想读懂我的心思。看着他，我就好像看到了另一个人，他一直在研究他所能接触到的一切，希望以此来帮助自己的国家。

"你是……"

"我叫阿南德。"

"噢，你从德里来！我知道你！你不是在战争期间进监狱了吗？你是怎么离开那里的？"

"总有一些办法的！"他微笑着回答。他的眼睛一直看着我，接着说道："我也知道你，维伦向我介绍过你。"

他的手指离我的手很近，它们柔软却又坚定——修长、坚实而又温柔。它们和他略显沧桑的脸一点儿不协调，也和他的经历不太相称。因为听说他在入狱前，就一直在用语言和文字来粉碎压迫者的谎言，我原以为他是一个老人，没想到他是这样一个年轻、富有经验又能掌握自己命运的男人，他的言语和行动像光一样迅速。

阿南德和我坐在角落里的地毯上聊了一夜。这间人头攒动的房间似乎离我很远，只有这个男人才是唯一真实的存在。我一整晚都在听他说话——听他对出现在印度政治舞台上的甘地①的反对和批评；听他关于阿姆利则②大屠杀的描述；听他关于重大国际事件的看法；听他对女性的态度——他的革命观点延伸到了女性——没有女性的自由，世界将永远不能前进；我的耳朵捕捉到了他说的每一个字。他抨击胡安·迪亚兹的观点，我聆听着，几乎不敢相信居然真的有一个人拥有这样先进的思想。我的钱包掉了，他捡起来，拿在手里把玩。我心里有某种想法悸动着，有一个问题像受惊的野兽一般在我心里乱撞——我居然想问他结没结婚！然后又马上生出了对这一愚蠢想法的嘲笑……我想着，在印度估计没有几个男人还未婚，我心里居然泛起了一种类似嫉妒的情绪，一股热浪涌上了我的脸颊。我探身从他手里拿过钱包，他松开手，指尖碰触到了我的指尖，停留了片刻。我的心又一次颤动了，在惊慌之中，我瞥了一眼他的脸。他的眼睛正注视着我，表情是那么真诚！

"对不起。"他说……但他的眼睛并没有在乞求原谅。

我站起身来要走……他是个印度人，所以这样的事不应该发生。他和我一起站了起来。我们在窗边停下，注视着远离喧嚣的海面和头顶的天空，谈论各自心里的想法。

"真是奇妙，我们来自世界的两端，却有这么多共识。"他说道。我转身看了看屋子里的人……胡安·迪亚兹正站在屋子中央的灯光之下，跟我对视了一眼。

"我得走开去找维伦。"我默默告诉自己，然而却没有离

---

① 甘地：印度民族运动领袖。
② 阿姆利则：印度北部城市。

开。阿南德还在说话，我也依旧注视着他的脸和天空，聆听着。我知道自己正踏入危险的领域，却又舍不得离开……

一星期之后的某天晚上，阿南德陪我走在回公寓的路上。弗洛伦斯还没有从加利福尼亚的旅行中回来，所以公寓暂时空着。阿南德毫无保留地和我交谈，我们走到屋门前，他对我说：

"如果你现在不打算马上睡觉的话，我们可以再多聊一会儿。"于是我们一起走进了公寓。

他问起我的日常生活。

"你竟然和我们的同志一起工作，真奇怪啊。"他说。

"奇怪——为什么这么说？我觉得很正常啊。我厌倦了饥饿、贫穷和孤独。我想要友谊、理解和安宁。"

"在我们的工作里，你不会找到一丝安宁的。"

"确实不会——但我找到了给我安宁的温暖和亲密感。你们运动中纯粹的伟大吸引着我——你们抗争着，不做妥协，也不奢望马上成功。我听到、读到了太多你们同胞为这项运动付出了自己的生命，被枪毙或者被绞死，却依然满怀热忱地相信自己所做的事情。这项运动伟大到有时甚至让人生畏。"

"但是你难道，作为一个女人——作为一个人——不需要爱情吗？"

"我不知道我认为的爱情到底存不存在。我曾经寻找过——不，我不需要爱情！确切地说，这里只有性爱，而我称之为爱情的东西根本不存在。"

"那你认为的爱情是什么？"

"理解、包容、自由——所有这些东西的混合。"

"你错了——爱情是存在的，而且远不止这些东西。"

我们站在弗洛伦斯的小工作室里聊着天。我解开身上斗篷的挂钩，他伸手帮我从肩膀上取了下来。他的手轻轻碰触到了我的脖子，我不自觉地转过来看着他的脸。阿南德的身子微微向前倾，面容严肃中带着真诚，在黑色头发的映衬下他的脸显得很苍白。我们注视着彼此，时间仿佛在此停止……斗篷轻轻滑落到地上，落在我们脚边，然后我听到他用温柔而真诚的嗓音说道：

"亲爱的……你要相信爱情……我想我一直等的人就是你……"他把我的身子转过来面对着他，他的脸离我很近，"难道你不能爱我吗？……我了解世间所有事情……亲爱的，我就是你的栖息之所……"

他的手臂环抱住我，尽管心里挣扎着，但我的身体十分脆弱。一种轻盈感充满了我的身心，减轻了我脚上沉重的束缚。我觉得自己仿佛可以轻轻掠过群星，这种感觉轻盈、柔和得让我着迷，和束缚我的恐惧斗争着。最终，这种轻盈占了上风，在他双手温柔的触碰中，我觉得自己这么多年来为了守卫心灵而筑起的壁垒开始坍塌，化为了灰烬。

"我很害怕，让我想想……你不了解。"

"不了解什么？"他轻轻笑了笑。

"你不了解我是谁，还有我是干什么的。"

"你也不了解我……但是我爱你，这就足够了。"

"不……不……我不能！"

他的嘴唇止住了我后面的话，我安静了下来。

阿南德和我在一个星期之内迅速地结婚了。似乎没有任何问题，本来就该是这样。我给弗洛伦斯发去了电报，告诉她在她回来之前我们要一直借住在她的公寓里。她是这样回复的："我早说过你有一天会坠入爱河的！"

大地仿佛一下子变成了一个美好的地方，所有的人似乎都很美好。即使胡安·迪亚兹我也觉得是个好人，当我们再一次碰面的时候，我对他非常友好。他脸上习惯性的嘲笑现在有了新的内容——似乎在嘲笑我们……可能我从所有人的微笑中都读到了嘲笑。因为我再婚了，有时候我会记起婚姻意味着什么——一种令人厌恶的关系。但大多数时间我会忘记这些，因为我爱阿南德，而且他解释了我头脑中出现的所有困惑和问题。

我现在对所有人都很友善，我经常想能不能站到驻扎在印度的英国官员面前，向他们解释我们是怎么度过这样短暂而珍贵的人生的；向他们解释贵族的身份不一定非要建立在统治别人的基础上。我确信，我能够慢慢爬到他们心底，找到一些人性普遍的意识，然后说服他们。

"不，不，"阿南德笑了起来，"不要让爱毁了你的理智！"

"也许爱比理智更加强大呢。"

"也许吧——不过要记得，只能把它用在有人性的人身上。大英帝国毫无人性，面对他们的时候，就像在和钢铁铸成的制度打交道。"

"好吧，我看到你坐在那儿和各种各样的人交谈。昨天在酒吧里，你还试图说服一个沉迷于股票交易的男人，告诉他，他赚钱的方法是错误的。"

"噢，是的，如果某个人走到我面前，我会说出我心中所想的话。"

"爱不是个人的事，"我告诉他，"爱就如同思考——向每一个方向蔓延并且会影响人们的行为。"

"确实是的，但它必须和其他东西结合起来。还记得你告诉过我——你第一天待在牢里的时候，发现自己的思想无法打破铁窗吗？"

"可是甘地相信爱的力量！"

"是的，或许是因为我们印度人被逼着逐渐发展出了这样一种新的斗争方式——我们没有枪支，所以只能用其他方式。甘地哲学中大多数思想像耶稣基督一样——是绝望。他宣扬个人完美主义，是因为他对恐怖的政治感到大为震惊。他努力把二者融合起来，但贯穿他的政治生涯，他宣扬的是个人，而不是社会的和政治的完美。他对社会意义不明晰，对经济也不够了解。他是英国宪法训练出来的，这往往是毒害印度领导人的一味毒药，一味可怕的毒药。它会削弱他们，让他们因为几个英语单词就一次又一次地背叛我们的同胞。"

"可是甘地为印度所做的事情比任何一个革命家都要多！"

"的确。但我恐怕这也将使他身陷危险之中——要是他在关键时刻动摇的话。这项运动现在还处于起步阶段，但他已经拥有了很大的权力。我觉得他对于整个国际社会要比他对于我们国家更为重要……他是一种国际趋势的综合体……他也因此失去了印度人的特性。"

工作、读书、争辩的日子过去了，如今的生活被爱情赋予了更为美丽的色彩。有时候我会对如此幸福的生活感到担忧，这种把两个人之间的所有事情都混到一起的模式是不会长久的。

"玛丽，"有一天，阿南德用手抬起我的下巴问我，"你说你曾经寻找过爱情——最后却只找到了性爱，我想你是这个意思。那么，告诉我……你生命里有过其他男人吗？"

"有。"我看着那双我认为可以理解一切事情的眼睛。

"有过几个？"

"拜托了，阿南德，"我的眼皮都在跳……"不要问我这种问题，这太私密了——况且那时你和我的人生还毫无关系呢。你只需要爱我，并且相信我也爱你……除了你，我没有爱过任何人。我……我不是个坏女人。"

"坏女人?"他抓住了这个字眼儿，"我从没说过你是什么坏女人!"

一丝轻视的表情从他脸上闪过。我从心里认为自己是个坏女人，像孩童时期一样邪恶。或许是因为我坚信这一点，所以阿南德洞察了我内心的想法。

"我不会多问，亲爱的。我只问一个问题，我希望他们中没有我的同胞……有吗?"

他希望，他希望……在他浓密的睫毛下，是那双注视着我的，又黑亮又柔和写满了爱和永恒的眼睛。他希望!

他的头脑总是像光一样快速运转着，我的头脑也是如此。此刻，在我的头脑中浮现出了一幅画面，一幅关于我充满伤痛和茫然的一生的画面，一幅不停追求不属于我的东西的画面。那是一种渴望，同时对性爱有一种退缩的恐惧态度，是一种逃避，一种耻辱；并且我理所当然地认为其他人也是这么认为的——包括阿南德。在最短暂的一瞬间，有关胡安·迪亚兹的记忆涌向了我，我曾对自己许下的承诺——我要逃离它，把它扔进悔恨之海。这些秘密属于已逝去的岁月。

我面对着阿南德站在那里，打量着他的脸，思考他是一个什么样的男人。他会和我不同吗? 因为他有着不同寻常的经历所以和我不同吗? 从他问出那个问题到现在，不过才过去了一秒钟。我马上做出了回答："没有，没有一个你的同胞。"

"我很高兴。"他说，我能看出他的确很高兴。

"为什么呢?"

"因为我不想站在任何一个知道你的私生活的……同胞面前。这种事必须被排除到我们的运动之外……你知道我们的同志会怎么想这种女人的。在没有这些事阻挠的情况下,我们的工作都已经这么困难了。不要误解——我相信女性的自由——你知道的——不过我们的同志却不是这样,他们和世界上大部分男人一样。"

"我不明白,为什么你不希望和这样的女人共处一室,阿南德? 为什么你会这么想? 我接触过的那些男人都是正经而优秀的人。你明白的……你是个男人,不是小男孩儿了,你也不是一直等到我出现才开始生活,才开始去爱别人。我不会反对任何一个你曾爱过或同居过的女人……这样的女人一定是不错的人,因为你本身就是个不错的人。毕竟,过去的那些男人或女人跟我们俩现在有什么关系呢? 我们深爱着彼此……我们俩相互扶持,这就够了啊!"

"是的,我们深爱彼此……我们站在一起。但我也是个普通人,我很高兴我们的同志中没有某个男人以那样亲密的方式走进过你的生命。"

"你的话让我感到愧疚……好像我有什么罪过一样。"

"罪过! 你对罪过,以及对好和坏的看法,都是纯粹基督徒式的。我没有那些概念,我只知道什么是——什么是社会的,什么是反社会的。"

"我不知道你……你把一个有着独立生活,像我这样的女人看作是反社会的吗?"

"不。这纯粹是件私人的事情,只要你没有伤害到其他人。"

"那你为什么要在乎我是否……"

"我在乎只是因为政治原因！那么多西方女人对印度人只有性爱方面的兴趣。我没有和这样的女人结过婚，也不希望这种事会被用来在政治运动中刁难我们。"

尽管他说得那么合情合理，我还是非常怀疑。我不相信，仅从人的生理上来说，种族跟一个男人看待女人的态度有什么关系。因为我自己早已被"性爱有罪"的信念所毒害，一种不安充斥了我的心。它从那一刻开始生长，最后甚至积累成了恐惧。胡安·迪亚兹一直在我的脑海里出现。阿南德觉察到了我的不安、我的恐惧；因为我们距离彼此那么近，而且他的头脑像光一样敏锐。在他面前，语言所表露的远没有面部表情、一次注视、手上的一个动作表现得更多。

"我不喜欢胡安·迪亚兹。"他有一次对我说。

"为什么？"

"我讨厌他看你的眼神。"

我在阿南德面前开始变得小心翼翼——他也看出来了。有时他的眼睛会监视着我，好像我是个陌生人似的，他在搜寻一些他不能完全确认的事情。我变得极度恐惧，莫名地恐惧。有一次，我把阿南德介绍给一个男性美国朋友认识，他对人家充满了敌意。

"你为什么那副样子？"过后我问他。

"这是和你同居过的男人中的一个吗？"

"不是，怎么了？"

"我不希望见到他们中任何一个。"

"可是你之前告诉我，只有涉及你的同胞的时候，你才会介意的啊……"

他突然气愤地打断了我："你居然敢暗示说我在妒忌！"

我们像陌生人一样看着彼此。我知道他妒忌了，他也明白我已经知道了这一点。但他是一个不敢面对自己内心软弱的人，他讨厌软弱、不公平的感情，像我一样，他也不敢面对自己。

有一天晚上我醒来，发现他正歪着头盯着我看。我没说话，注视着他那张苍白的脸。

"告诉我那些男人跟你说过什么。"他问。

"什么——什么男人？"

"那些和你同居过的男人！"

我因为这下打击和惊吓而颤抖着，起身开了灯，然后站在他对面直愣愣地盯着他。他费了好大劲儿才无奈而又痛苦地把手从脸上滑了下来，然后一言不发转身离开了房间，关上了身后的房门。我整晚都躺在床上，不停颤抖。第二天白天，我们再次见面的时候，他没再提起这件事，我也害怕得不敢提起。因为他如此介意这件事，甚至都不愿意回想或者谈论它。现在我明白了，我们俩其实并不了解彼此，也并不理解彼此。可是理解却偏偏是爱的基础。

可是除去我们之间的差异，对我而言他意味着爱的一切，在工作和生活中意味着同志，意味着友谊，意味着心中所有温柔的东西。所以他是为我而生的，我在他身上找到了自己人生中所欠缺的所有东西。在我们之间似乎没有什么障碍……除了那些存在于我脑袋里的，除了那些存在于他心里的……除了在一些男性朋友拜访我的时候……除了胡安·迪亚兹不友好地看着我的时候，除了……

有好几个晚上，我静默地躺在床上，透过窗户看着繁星点点的天空。生命中什么最有价值呢？我思考着。很多东西——男人的自由，女人用一种能带来幸福的方式去爱、去生活；一份真正伟大的工作，比如我们的工作，或者工人阶级的工作——为了被压迫者的自由所做的斗争中的一部分。除此以外，我还渴望另一些东西——理解和包容。阿南德和我能做到吗？或者，我能吗？我对自己和别人包容得太少，我理解得太少了。我期待阿南德可以理解我的生活，理解我的行为和反应，我的错误和成就，我的愚蠢和不可理喻。

在那些寂静的夜晚，我思考着，阿南德对我而言意味着什么。我知道，如果有一个孩子在我的肚子里蠕动，那他的父亲肯定是他。这意味着当我走向死亡的时刻，我希望他的手臂环绕着我，他敏捷的声音成为我在大地上听到的最后一句话，他的轻抚成为我最后有意识的记忆——即便无情的岁月使我们分离，我对他的爱永远不变。

有一天下午，我向《呼唤》的经济新闻编辑汇报工作的时候，他说：

"这一星期里你已经两次没完成任务了！"我面前堆着一本厚厚的书，内容是有关罢工的，我被要求为其写一篇书评，并挑选出其中最重要的章节来发表。我在这本书前坐了好几个钟头，一遍又一遍地读着其中一行字。可书页上全是阿南德的脸，他的眼睛、他的声音，我根本无法专心工作。

经济新闻编辑失去耐心了——"拿上这本书，两天之内带着书评回来。"然而我却花了五天的时间才完成它。等它最后发表了之后，阿南德问我：

"为什么你要署上自己的名字呢？这是廉价的——什么都不能代表，只能代表美国人廉价的自尊心。"

"是报社把我的名字署了上去。"

"那就让他们把它撤掉。这太廉价、太美国化了。"

我和他争吵了起来，他脸上的厌恶慢慢变成了轻慢。我的心被他的态度和言语刺痛，于是我走出了房子，独自一人在街上晃荡。我不在乎署不署名——在乎的是，我被阿南德称为廉价的、美国化的——这又不是我能改变的！那天晚上，我请求经济新闻编辑把我的名字从文章中撤掉，他拒绝了。阿南德每天都盯着这件事，看到我的名字时，他的沉默让我无法忍受。我再一次坚持要把我的名字从文章中删掉，最后经济新闻编辑终于同意了，说道："或许这样也好——考虑到你写的是这类文章！"

那些日子里，我的工作一点儿乐趣也没有。我讨厌自己的名字从文章中被删掉——并非因为自尊心，而是因为这是出于他人的施压，而不是凭我自己的意愿，这让我觉得很丢脸。所有的力量、活力，现在都从我的工作中消失了。我不开心，觉得很难受，有时还会感到十分痛苦。同时，在同志们面前我也会感到羞愧。现在，我和阿南德之间常常是长久的沉默。我不知道自己可能会触碰到他的哪一根神经，然后就激怒了他。我心里充满了太多痛苦，所以不愿意开口说话。有一次他问道：

"为什么你经常不说话？"

我痛苦地看着他，没有回答。他又问了一遍，我回答说："我不知道。"

"你在想什么？"

"没想什么。"

"这不是真话！你为什么要对我撒谎，对我隐瞒？你心里肯定有什么秘密。"

当时我们正在一家餐厅吃饭，我因为痛苦和委屈不禁哭了出来。这在他看来是很丢脸的事，所以他付了账，我们匆匆离开了。

　　好几次，我在家里转过身，会发现阿南德站在我身后微笑着，然后轻轻用手环抱住我想给我一个惊喜。可我忘不了那些委屈和伤痛的事——它们污染了我的人生。一感觉他站在我身后，我就会恐惧地转过身来。他向后退了几步：

　　"怎么了？"

　　"亲爱的，拜托，不要再这样走到我身后——我害怕！"

　　"害怕！害怕什么？"

　　"害怕……噢，阿南德，我是怕你啊！"

　　"怕我！为什么要害怕我？"

　　"我不知道。我害怕所有的一切……害怕你会从背后偷袭我……趁我不注意的时候。"

　　"玛丽！"

　　"原谅我，阿南德……我不知道为什么……我知道这很疯狂。"

　　"偷袭你！原谅你！你从哪儿来的这些想法？……玛丽，你以前做过什么事，才让你如此恐惧，说出这种话来？"他站在那里看着我，好像我是个陌生人一样。我看得出来，他认为我的沉默是在撒谎。一个人会对什么事情撒谎最多……肯定是性爱方面的事……他认为我在这方面撒谎了——他在怀疑我对他的爱！我没有怀疑他对我的爱，尽管他以前也爱过别的女人。只有爱才能认得出爱，我想着，他一定能凭直觉知道，我爱他胜过其他所有！他怎么能怀疑我呢？

　　我越来越坚定地想要保护我们的爱情。我们一走进一间屋子，我就会用眼睛扫视一圈，看有谁在那儿。阿南德警惕的眼睛注意到了，但他什么也没说。我们的爱就这样煎熬着，挣扎着，摒弃周围的一切。有很多次，我看到他的眼里有无限的信任和无尽的爱，那时我就会感到自己很卑贱。拥有智慧、生活经验的他竟然深爱着我——不，这似乎永远也不可能发生。我回想起了他的温柔，这些温柔唤醒了我内心深沉又热切的保护欲——好像他是我的孩子一样。这个男人，我的丈夫、我的同志、我的朋友——有时这些就像一场梦，但却是一场存在于现实世界的梦，我决心要保护它。

当想起那次印度研讨会时，我想到了人生永恒的矛盾。记忆喷涌而出：很多女人恋爱了，受了苦，却仍然对一个不爱她或者对她不怎么真心的男人始终如一；而一个男人，他们会因为一个对他残忍的女人而背叛其他好女人。我想到爱情之所以伟大，是因为相爱的人都是绝望的，想到伤痛总是陪伴欢乐而存在，想到紧跟白昼的黑夜，想到爱与恨之间的距离比一根头发丝还要细，我还想到所有的一切终将走向不可挽回的湮灭。最重要的是，我明白了我已经赔上了一生的爱，赔给了我最不愿意对之负责的性爱。

研讨会进行了好几天。胡安·迪亚兹坐在我对面，眼神很不友善。我当时不明白为什么，而现在，我猜想一定是因为我这样一个女人，居然像他一样我行我素，而这对他来说似乎是不能容忍的。他是那种认为性经历能丰富男人的生活，却会毁掉女人生活的那种人。

我和他的冲突在研讨会快要结束的时候爆发了。在当时在场的其他人眼中，这只是一场就事论事的争辩，可是对胡安·迪亚兹和我来说却不是。他说的每句话背后都暗含着嘲讽和令人厌恶的威胁。我看到阿南德的眼神疑惑地在胡安·迪亚兹和我之间游走，我内心颤抖了起来。阿南德肯定会发现的——他能敏锐地发现任何事情！

　　"我反对这位同志的观点。"我说道，站起身来反对胡安·迪亚兹提出的决议。阿南德听到之后，也跟着站了起来。紧接着，胡安·迪亚兹也站了起来：

　　"我反对外国人干涉我们的运动。我不仅反对外国人，而且反对一个女人影响我们的其他同志。"

　　我站在那里，脸色因为愤怒而变得铁青。"外国人？你凭什么反对一个营救了大家的外国人！你不要诋毁我，胡安·迪亚兹！在这儿，我不是作为谁的妻子，而是作为一名同志，一位工作伙伴，我要求平等对待！"

　　阿南德也愤怒了："我们在这儿不提谁的妻子，迪亚兹同志，这里也没有什么外国人。我已经从事我们的革命运动很多年了，这还是第一次有人敢胆大妄为地说我不能进行独立思考。我反对这项决议，就像在座的没有和罗杰斯同志结婚的其他同志们一样。迪亚兹，除非你向罗杰斯道歉，否则我将退出这项运动。我提出这个要求，不是作为一名丈夫，而是作为一名革命者。"

　　"我也是。"声音来自站在角落里的维伦。

　　"我也是。"海德·阿里一边站起来一边说。

　　阿南德和维伦迈步往外就走，我也打算跟他们一起离开。这时，有个男人站在门前挡住了路。

　　"阿南德！你走了，研讨会会解散的！你是唯一一名从印度逃出来的同志！"

　　"是让迪亚兹留下还是让我留下……做个选择吧。"

　　"我找不出任何我应该离开的理由。"胡安·迪亚兹说，"女人总是制造麻烦，我请求把女人排除到我们的工作之外。"

　　我赶紧说："留下来吧，阿南德，如果你愿意——我可以走。你比我更重要。"

"什么？……在他侮辱了我们之后？朋友们，"阿南德转过身面向整个房间说，"除非你们驱逐这个人，否则我将马上离开。"

从阿南德背后，我看到胡安·迪亚兹正盯着我看。所有人都站了起来，胡安弯下腰和侯赛因·阿里·可汗说话，可汗听后颇为震惊。另一个男人，一个面容姣好的圆脸商人也走过去听着。然后阿南德、维伦、海德·阿里和我一起离开了研讨会。下楼的时候，我听到了杂乱的脚步声和刺耳的拉动椅子的声音。

那天晚上，阿南德听到门铃声去开门的时候，已经很晚了。我没有跟出去看来人是谁。阿南德回到他的卧室收拾了一下，然后离开了家，显然是和某个前来找他的人一起走了。过了一个小时，我听到沉重的脚步声上了楼梯，在门口停了下来。不，这不会是阿南德，他每天回来的时候，总是跑着过来，急切地来到我身边。而现在停在我家门前的脚步声却如同钢铁般沉重。可是，钥匙插进锁里……沉重的脚步走到了我的房门前，门被推开了，我看到阿南德站在门外，面如死灰。我跳了起来，心里被压迫得失去了知觉。

"阿南德！……出了什么事？"

他站在那儿看着我，仿佛出了神，沉重的伤感写在眼睛里，希望与绝望混杂在一起。

"玛丽——你以前有没有爱过胡安·迪亚兹？"

"没有！"

"那我听到的故事要怎么解释……它肯定是真的……你们之间有什么事吗？……在一段时间之前？"

我的心几乎停止了跳动。我不敢相信……它还是从某个未知的地方冒出来了。我深爱的男人站在那里，脸像死人一样冷漠，用怀疑的语气质问我。我凝视着他的脸，希望他能读懂我的心，不需要言语就能理解我……当然更不需要解释！

"回答我，玛丽……有还是没有！"

"我不能告诉你有没有。"

"那就是真的了！现在，我终于能理解你这些日子以来反常的态度了！"

"你必须听我说。"

"发生了这些事之后，我已经不想听你说了！……"

"看在我们相爱的份上，我请求你……"

"不要再提我们的爱了！"

"那我作为一名同志、一个人，请求你！"

他站在那里沉默，我简短地向他讲述道：

"……胡安让我发誓不会告诉别人，因为这会对他的工作造成不利……可是现在他来到这里，还把这些事告诉了你，以此来伤害我，并且试图毁掉我们的生活。"

"不是他告诉我的……要是那样的话，还不至于这么糟，是侯赛因·阿里·可汗。他劝我不要听信于你，而是作为同志和他们站在一起。他说，你之所以会反对胡安·迪亚兹，是因为你爱他而他却不肯娶你……他说你是一个生性放荡的女人！"

阿南德的声音仿佛是从遥远的地方传来，就像是来自太空一样，我的声音也是如此：

"那你呢……你是怎么回答的？"

"我说我不相信……即便这是真的，对我的决定也……也不会有丝毫影响。"

"谢谢你能这么说。"

"可是侯赛因说这些话的时候我已经信了……你忽冷忽热的态度让我没法不信。听他说完这些，我知道我必须回到研讨会，否则只能眼睁睁看着胡安毁掉我们俩。"

"阿南德！我会在研讨会开始之前，站到所有人面前，说出关于这个故事我的说法。我不怕在任何人面前展示我所谓放荡的天性，我要向他们证明，作为一个人，我和大街上走的所有人一样美好！"

"天哪……你又来了……这就是最令我痛恨的！你居然还要站在一群男人面前讲这种事！难道你不知道即便他们相信了你的话，即便你是正确的，是胡安·迪亚兹撒谎了，那些人也不会再信任你或尊重你了，因为他是男人，而你是一个女人。"

"我一直共事的同志们是这种人吗？"

"是的，他们并不比其他男人好多少——他们只是更诚实、更真诚一点儿。在这种事情上，他们并不会佯装开明或现代，像美国男人那样。"

"你的意思是胡安·迪亚兹有撒谎的权利……"

"一想到你站在这些男人面前，我就活不下去。你不了解男人……你什么都不能说……尤其是我回去和他们一起工作的话。只有这样，他们才有可能对我和我的工作足够尊重，不会让这件事传得更远……"

"什么？你的工作！阿南德，我不会依赖于你的工作、你的名字、你的名誉，也不会以你妻子的身份，站在男人面前保卫我自己！我会用我作为一个人应有的权利来保护自己！"

"我会保护你……我知道怎么做……你不了解男人！"

"我可以保护自己！"

"如果你那么做了，你，和你的观点，只会再一次伤害到你，还有我。我已经受够了！"

"受够了……你什么意思？阿南德！"

"你对我就像对待敌人，而不是朋友，就好像我是一个愚蠢的，而你不得不对之说谎的基督徒丈夫！这太肮脏了！我永远也无法忘记。你竟然一直对我有所隐瞒！"

"隐瞒——不！我只是遵守自己对另一个人许下的承诺，那时我根本还不认识你。而且我曾经告诉过你，像我告诉你我的其他朋友一样……"

"朋友——你居然称呼他们为朋友！"

"是的，朋友——以你现在的看法，你永远都不会明白。我把他们的事告诉过你——但你却没有正确对待！"

"为什么你要撒谎……为什么要让我在胡安·迪亚兹这样一个无赖面前毫无防备？难道你想象不到从其他男人那儿听到这些事，对我来说意味着什么吗——我居然不了解自己的妻子！"

"阿南德，你不明白吗——我没告诉你是因为两点：我对他的承诺以及我对你的爱。我害怕失去你的爱，这是我生命中除了工作之外最宝贵的东西了。"

"我告诉你有关我的一切，我以为你和我一样坦率，毫无保留。现在我知道你撒谎了，我怎么知道！关于其他人你没有撒谎呢！……其中甚至可能还有我的同胞……我每天都坐在他们面前，任何时候我站起来讲话，他们中的某个人都有可能立马站起来，因为你的缘故而打断我！"

我看到他对我的怀疑加深了——起源于胡安·迪亚兹的怀疑。我说不出话来，他对我所有的希望和信任都不在了。他站在那里，像一只受伤的小动物，我们都沉默着。在沉默之中，我的思绪回到了那间小屋里，胡安·迪亚兹坐在我身后的火光之中。之后的几个月，是痛苦、愤民嫉俗、对爱情的怀疑，以及早已融化于我血液之中的对生活的否定……然后是短暂的幸福时光……然后是现在……

我明白了，一直以来我仇恨的是什么！

"你似乎认为这全是我的错！"我向阿南德抗议道，"似乎胡安·迪亚兹都是对的，我都是错的！"

"我对他的看法最好先不提了，否则人们会以为我是因为个人原因才会攻击他的。玛丽，我对你说这些残忍的话，是因为我爱你。"

说完，他转身走进自己的卧室。几个小时过去了，我推开他的房门，走了进去。他躺在床上，蜷缩着身子，头深深埋到被子里，像是努力要沉入到睡梦之中。我看着他缩成一团的身形轮廓，静静地站在那里。我弯下身，碰了碰他的肩膀。他往被子里钻得更深了，好像连我的触碰都会给他带来伤痛。黑暗的阴影伸开鸟儿一般的翅膀，掠过我的记忆……在某个地方，在很远的地方，我会让他明白……我跪在他身边，把头埋进枕头里，因为我一句话也说不出来。寂静包围了我们。过了很长时间，有一只手温柔地抚摸我的头发，他带着沉重的伤痛对我说道："去睡觉吧，亲爱的。太晚了……我不应该这么残忍的……我也有错……让我一个人待一会儿吧。"

这就是我们俩之间全部的对话。

我站起来，走回我的房间。夜色渐深，透过窗户，我遥望着漆黑的天空，沉沉地进入了梦乡。

我梦到：

我站在那里，仔细端详我手里的一只碗……这是一只造型精美的花碗，碗口呈现漂亮的弧形，碗身宽阔而低平，画着古代瓷器上的那种花环，既美丽又脆弱。我小心地把它捧起来，碗闪烁着微光，像有一束阳光洒在上面。正当我站在那里欣赏它的美丽的时候，一道裂缝从碗身慢慢开始蔓延，到达底部，又向上，向周围，一直延伸到了顶部。碗碎成了碎片，散落在我手中。我并没有打碎这只碗……没有人来打碎它……可它还是碎了，不可避免地被一些莫名的东西给打碎了。

我心中充满绝望，惊醒过来。周围黑极了，我用一只胳膊撑起自己的身子，静静聆听着。没有一丝声音从阿南德的卧室传来，死亡一般的沉寂笼罩着一切……不，比死亡还要糟糕……是一种绝望般的沉寂。

我知道，我要么更努力地工作，要么干脆从报社辞职。我现在的报道毫无生气，死气沉沉。报社经常不给我派任何报道任务。现在我再走进办公室，迎接我的只有一片死寂，没有人和我打招呼，也没有人抬头看我一眼。我绝望地思考眼前的处境：如果我放弃现在这份工作，我又能做什么呢？——回去继续当速记员，记下某个男人的观点，然后花一整天在打字机前把它们敲出来吗？还是坐在家里，当一名妻子、一个家庭主妇，做着我所厌弃的事情——终究还是摆脱不了女人的宿命吗？我在绝望之中为自己寻找出口，然后，工作得更努力了。要我必须依靠另一个人过活，那我宁可去死。

有一天深夜，我从办公室回到家，看到阿南德在桌子前工作。我站在他身边，注视着他……灯光照在他黑色的头发上，我看到他的鬓角如今已经有了白发。

他转向我说："我们的一些朋友……一些印度朋友，邀请我们俩明天共进晚餐。"

"胡安·迪亚兹也会去吗?"

"会……别这样,玛丽!你必须要来!我说过了,现在问题都已经解决了!"

"解决了……怎么解决的?"

"他们向我保证不会再提这件事……我们可以回到研讨会去……他们对我足够尊重,愿意为我遵守承诺。"

"所以,这就是你所谓的解决了!对你的尊重!那对我呢?"

"这已经是最好的解决办法了……你必须要来。"

"你希望他们能遵守承诺,不是吗?那你为什么不能理解我遵守对胡安·迪亚兹的承诺呢?"

想要结束这场战争是十分困难的。我看了一眼他的脸,目光再一次停留在他的鬓角上。他已经明白了我为什么会对他撒谎……他也屈服了,但仍然不愿相信……他的理智在对抗他的情感。虽然我摸不透他的心思,但我知道他仍然爱我……为什么我不能觉得这些爱已经足够了呢?如果他能够继续下去,为什么我不可以呢?……他已经屈服了,为什么我不能呢?……我欠他的,我应该补偿他作为报答。

"我会去的,阿南德,但我是带着仇恨去的。"

"是啊,你似乎一直深藏着仇恨和报复,这就是我不能理解你的地方。我想让你来,并且忘掉那些不愉快的事,向他们证明,这件事在你我之间没有产生任何影响!应该让他们明白这一点。"

"对我们之间没有造成任何影响!好……到时候我肯定会开怀大笑的!"

第二天,我们走进餐厅,看到一大群人已经坐在一张桌子旁了。他们没看到我们俩，有一个人正在拍桌子，我听到了他的喊声：

"……我们到底是革命者还是生性放荡的人?!"

然后他们看到了我和阿南德，谈话声戛然而止。

阿南德表现得像什么都没发生过一样，他伸出手，轻轻按在我手上。或许他是对的……我的方法经常是错的……我必须得承认。他正向胡安·迪亚兹解释着什么，而胡安·迪亚兹也认真听着，其他人也都静静地听着。但我注意到了阿南德的手，那双修长又充满力量的手，在他说话的时候紧握在一起……局促不安地，一会儿摆弄餐巾纸，一会儿又摆弄起桌布。他以前从来不会紧张的！我扫了他一眼，目光停在他白发渐生的鬓角上。

一直到我们准备离开的时候，阿南德仍然在说着些什么，他的手依然十分紧张。人群来到人行道上，彼此道别之后，准备沿着马路各自回家。阿南德和胡安站在一旁聊天，我走到他们身边，三个人面面相觑。尽管阿南德已经伸出手扣在了我的手上，我还是没能抑制住内心的愤怒：

"胡安·迪亚兹！你要我遵守承诺，可你自己为什么不遵守！为什么你把这件事当作一件政治武器来对付我们？难道阿南德的所作所为还不足以赢得你的尊重吗？难道我做的还不够多吗？"

他面带嘲弄，微笑着回答：

"我没打算伤害阿南德……我只是偶然和一个朋友聊天的时候，无意中提到了这件事。"

他脸上的嘲笑表明了他在撒谎。

"无意中提到？你夸耀着一件你要求我保密的事，这是可耻的行为。你胡说八道一通——只有天知道真实情况是什么样的。"

"我又没说过自己有多高尚！反正这件事已经过去了，正如我对阿南德说的那样，我感到十分抱歉。"

"过去了？……抱歉？你说这些根本毫无意义！"

我望着向前延伸到黑暗之中的灰色的大街。阿南德的声音传入我的耳中……我宁愿自己当时聋了，就不会听到这些话：

"你向我保证过，胡安！要是你对我还有一丝尊重，就应该什么都不说——或者否认这件事。"

对他的尊重？遵守承诺？他的手因为激动而颤抖着。我盯着身边的这个男人，盯着他那张瘦长的脸，我恨自己没有勇气上前勒死他，要是他不是印度人该多好……要是他不在这项运动中该多好！

只剩下阿南德和我两个人了，他步履沉重地向前走去。不论什么时候看着他，我都能看到他日益增多的白发。那天晚上我想尽快睡觉，可是辗转了好几个小时还是没有睡意。这时候从黑暗中传来一阵声响……奇怪的声响。我轻轻地用胳膊支撑起身体，在黑暗中仔细听着……朝着阿南德的房间听。那是……是他抽噎的哭泣声！我从床上跳下来，赤脚跑过黑暗，扑倒在他的床边。泪水润湿了他的眼睛，而且还在不停地沿着他的脸颊流下。我把他的头搂到怀里，把他搂在我的心口。他想要推开我，我野蛮地紧紧抱住他。"没事了，阿南德！没事了！"

他安静了下来，不再挣扎。接着，他像黑夜一般沉重的声音响了起来：

"我觉得很无助，亲爱的。像是被缚住了手和脚……以前我从没怕过任何人，不管在私底下还是在公共场合……可现在，我一直害怕某个人会站起来反对我……"

这一幕在我脑海中一遍又一遍地出现。任何事都比这要好……即使一世孤独也好过这样。我已经爱过了……不能再向生活提更多要求了。

"那你就必须离开我，阿南德。你的工作的确比我更重要。随便说些什么理由来解释——只管把所有的罪过都推给我，说你离开我就是因为这些。这样他们就会尊重你了。"

"我不能走，我一直等了这么多年才遇到你。如果没有你，我的生活会变得寂寞空虚。即使不为这个原因，我也会留下来的，不必再说什么原则了。"

我轻轻钻进他的怀里，躺在他胸前。感受到他的心脏平稳跳动着，我慢慢进入了睡梦之中。

我梦到：

我站在这个世界之外，地球在我的脚下。我挣脱重力悬挂在空中，周围是深蓝色的宇宙，不曾改变，也永不停止。在我的上下左右各个方向，只有同一个色彩，我想，这大概就是无限的空间了。

我站在那里略微抬起头，看到浩瀚之中落下了巨大的泪珠。就落在我面前，是一串巨大的灰黑色泪珠，旁边还有一串细小的玫瑰色的泪珠。我仔细听着……它们掉进了我下方的虚无之中，没有发出一丝声响……没有一丝声响。我既听不到它们的到来，也听不到它们的离去。它们掉落得如此缓慢，无穷无尽！

巨大的灰黑色泪珠是痛苦的泪珠，而那细小的玫瑰色的泪珠是欢乐的泪珠。

在我四方延展的是无限的空间，毫无声息，浩瀚无垠。突然一下微弱的闪烁……那是微弱的，从不止息的宇宙微光。

我翻来覆去，始终没有再睡着。无限的空间悬挂在我灵魂上方，一种沉重的绝望攥住了我。阿南德的心脏在我的耳边跳动着。

阿南德在书桌前写作。我把自己给杂志写的文章放到他面前。他仔细阅读，我盯着他的头发——白发在黑发中已经十分明显了。再过不到一个月，他的头发可能就全白了！我的目光不愿意离开他的头发。我又一次想起那间小屋，胡安·迪亚兹坐在我身后的火光里——以及之后的几个月，我的愤世嫉俗，我所承受的痛苦。

"这不是一篇好文章，"他说，"请允许我这么说，亲爱的——你应该停止写作，至少先停一段时间。你现在从事的工作不宜声张，而且为了其他原因，也最好先停一段时间。"

"什么原因？"

"你写的文章不会产生任何效果——人们只会觉得，你的文章是在努力为自己的生活辩解。"

"你怎么能这么说我！"我哭了出来。

"那你又对我做了什么？"他从椅子上跳起来，大声喊道。

激烈的争吵又一次在我们之间爆发了。最后我投降了，跑回我的屋子里大哭起来。

那天晚上，我梦到：

一只宽大的白色手掌在我眼前伸展，在它周围是一片比最漆黑的夜晚还要漆黑的黑暗。那只手慢慢转了过来，手背隐藏在黑暗中，手掌闪烁着微弱的光亮。它静静地转动，手掌消失在黑暗之中，手背又变得光亮。旋转，无休无止地旋转。在它旋转的过程中，我听到了大声的抽噎声……啊……啊……伴随着每一声抽噎，带着光亮的手掌出现，然后又消

失，出现，消失，出现，消失。我看得出神了，用看待出生
和死亡、生命和永恒的角度来看待眼前的旋转。闪烁着微光
的手掌就像是一闪而过的生命，黑暗才是永恒。

生命和死亡……生命和死亡……生命和死亡……在我的
意识里不停跳动着。

我大叫一声，醒了过来，绝望又一次将我囚禁。

阿南德站在我面前。

"亲爱的，有两位同志想向我们借点儿钱，借期一个月。
他们马上就要去欧洲了……然后从那里把钱寄还给我们。我
身上钱不多……家里还有钱吗？"

我抬头，又看到了他的白发。他一向不喜欢过问钱的
事……所以我毫不迟疑地拿给了他。

"让他们进来吧。"

"他们就在楼下……他们说没时间上来坐了。"

我看着他出去，很快又回来了。

"同志们走了？——是哪两位同志？"我问他。

他转过苍白的脸看着我，说是胡安·迪亚兹，还有侯赛
因·阿里·可汗，就是他那天晚上来找阿南德。

"阿南德……他们这是敲诈！"

"那你想怎么做呢？"

"把他们轰出去！"

他怨恨地看着我："不，我不允许这种事对我的工作产生
任何不良影响！"

"他们那样伤害我们，他们没权利再到这儿来！他们完全
可以向其他人借钱啊。"

"这么做只会让他们把你的事传遍欧洲还有印度——等我

们到了印度，你可能会在那儿的贸易市场听到自己的故事!"

"那我就说出真相!"

"谁会听，谁会相信你呢?……人们口耳相传——他们的故事会人尽皆知。你讲自己的故事没有人会听的，谎言总是比真相传播得更快。我向你担保，你只能让这个痛苦的故事慢慢淡去——别白费力气了。"

愤怒和失望使我狂躁。我想站到房顶上喊出事实真相，而不是像现在这样被困在陷阱里。我吞下了一枚辛酸的苦果，一次不幸的性爱经历居然会导致更大的悲剧——而且不是对胡安·迪亚兹，而是对阿南德和我! 我沉默地站在那里，看着阿南德。当我看到他鬓角的白发和憔悴的脸庞时，心里的愤怒被痛苦取代。内疚和困惑，莫名的情绪冲击着我，让我觉得筋疲力尽。

那天晚上，我睁着眼躺了好几个小时，透过窗户看外面黑色的天空还有星星。我想到一个解决问题的方法——离开阿南德，并且再也不回来。但我立刻抛弃了这个念头——一定还有其他办法。离开之后——除了我，没有人会继续遭受苦难，因为没有谁会肆意谈论彼此的性爱史，除非为了炫耀。我被人当作一副纯粹的肉体而评判，这让我感到万分愤怒，如果继续这样下去，我的人生会被摧毁。但是，如果离开阿南德，那我也必须放弃这份事业，而这份事业对我来说就像阿南德一样珍贵。

那天晚上，我梦到:

我站在那间小屋里，火光在一张脸上闪烁，有个人正坐在火堆前。我走上前，仔细地看着。不，不是胡安·迪亚兹，那是……那是死神的脸……而且死神居然长着一张我死去的妈妈的脸! 但同时，死神又长着一副佝偻的肩膀……明显是男人的肩膀！他的脸颊膨胀得骇人，像刚从坟墓里爬出来一样，嘴巴裂形，可怕极了……

死神转过头，令人战栗的嘴巴微笑着……不发一言。死神的微笑在挑战我的胆量，我慢慢走过去，去迎接这个挑战……我恐惧地弯下腰……先亲吻了死神一侧的脸颊，然后，又亲吻了另一侧。

我站起身来，可死神仍在微笑，他要继续挑战我的胆量……我闭上眼睛，不看那张恐怖的脸，然后弯下腰……亲吻了死神的嘴唇！

我尖叫一声——醒了过来。

浓重的夜色将我包围。我跳下床，抛开被子，猛地拉开房门，踩着冰冷的地板跑进阿南德的卧室。他躺在床上，头深深埋在被子里，似乎连梦都要努力阻断。他沉沉地睡着，我弯下腰伸手碰了碰他的肩膀……即便在睡梦中，他也因为我的触碰而蜷缩了一下身子。

"阿南德！阿南德！"我惊慌地摇动他，"阿南德！我受不了了！"

他醒了过来。我扑到了他的枕头上，浑身发抖。

我病了。我的头昏昏沉沉，心一直在抽搐，好像有一只手抓得我快要窒息了。天花板在我头顶来回摇晃。我一连病了好几个星期，中间回去工作了一段时间，然后又躺回到床上。后来有一天，我突然摔倒在地上，一动不动躺了好长时间。从那之后，我差不多丧失了语言功能。所有对身体或者意志的控制力都不存在了，我的思绪在太空里不停游荡着。期间我痊愈过，回到了工作中；然后又病了，后来又痊愈了。现在，我又躺在床上，不久之后会再一次痊愈。这种折磨简直没有尽头。

"我猜,你会认为这全是我的错。"当阿南德说起我的病时,脸色苍白而痛苦。

我把脸转向墙,没有回答。我不知道这是谁的错——也许根本不是任何人的错,生活本身就是这个样子。我不知道这是什么病——只知道它让我心里充满了难以抑制的恐惧。精神病——可能是这个!阿南德搂着我——温柔而绵长,他请来了医生,可医生检查不出任何毛病。有人说,可能是狂躁症,这是现代女性最容易出的精神问题。

"我想休息,我需要安静。"我告诉阿南德。

"什么意思?"

"我打算离开。"

"独自一人——还是和我一起?"

"独自一人。我有一个朋友……阿南德……我有个朋友在丹麦。她好几次邀请我过去找她,可能在那里我会好过一点儿。"

"你想要离开我!你和别人在一起能找到安宁,和我在一起就不能!"

我痛苦地哭了。

但是我的心里仍然坚持着这个想法。或许——是的,我应该离开,然后永远不再回来。阿南德和我正在摧毁对方。当前的状况正在摧毁我们两个。我们的爱——我的病正在摧毁我们两个。阿南德绝望地紧紧抱住我……我不能留下……因为那可能意味着精神失常,甚至……死亡。

又有一天,我梦到:

又是在那间小屋里,火光在墙上闪烁……闪烁在一个倒在地上的人身上。我俯在他的身上,手里拿着那把我这些年来一直随身携带的镶有珍珠小型匕首，火光照在银色的刀柄上。我碰了一下那个人宽大的肩膀，他自己翻了过来，火光照亮了他的脸……是他……是他，胡安·迪亚兹……他已经死了，但脸却还像活着一样。我瞧了一眼手中的匕首……上面鲜血淋淋。一种无以言表的痛苦，一种灾难似的沉重，充满我的内心。

我坐在长沙发上……就是那个沙发——和我脚边冰凉的尸体说着话。"你的肩膀驼了，"我无意识地说着，"而且你的皮带扣也被偷了。"

我的声音回荡在整个房间，已经死去的胡安，脸上还带着他一贯的嘲笑，回答说："把我买给你的衣服还回来！"

我尖叫一声醒了过来。阿南德穿过黑暗走到我身边，我恐惧地颤抖着，紧紧抱住他。

"怎么了，亲爱的……怎么了？"

"我梦见……我梦见……为什么，阿南德？我明明已经忘记了啊！"

我靠着他痛苦地哭着。

然后，我又一次坠入到睡梦之中。突然，从黑夜中，也可能是从我内心深处传来清晰的说话声："算算……时间……！"我睁开眼睛，躺在那里，恐惧地盯着黑暗，听着那仿佛命运之神一般的声音。"算算……时间……！"那是什么意思！我生命的时间？阿南德生命的时间？这些痛苦的时间？我们失去的时间？

过了几个小时，我又睡着了——这是精神病的前兆吗？阿南德的头发越来越白了……"算算……时间……！"什么时间！……什么时间！什么时间！贫困的时间？孤独的时间？前途暗淡的时间？——和阿南德一起，还是……不和阿南德一起，不和这个我深爱的男人一起？如果我坚持待在他身边——他的生活会被毁掉的，包括他的政治前途还有他个人的生活。这些时间……那天夜里我数着它们。我决定了。当我做出最终的决定——它会夺走我长期以来渴望、追求、等待的爱情，也可能会夺走我在革命运动中对事业的期待与希望，我就像决定要放弃生命了似的。之后，几个月来我第一次安稳地睡了一觉，一个梦也没有做。

第二天早上，有一双温柔的手摇晃我，我听到阿南德的声音：

"醒一醒，亲爱的——醒一醒，玛丽！你觉得好点儿了吗？听我说——我有个消息告诉你。来，先喝杯咖啡。"

我慢慢恢复了知觉，对他说："谢谢你做的咖啡。"

他用手抚摸着我的头发，但我宁愿他此刻坐得远远的，因为我打算把我的决定告诉他。

"亲爱的，我有一件很严肃的事情要告诉你！"他的双手穿过我的发际。也许我只是做了一场噩梦，毕竟阳光那么温暖，那么真实。我愿意在做决定之前先等一等。

"有一个从印度到日本去的人指控说，胡安·迪亚兹是个间谍。"阿南德的声音传到我耳朵里，我沉默地听着。

"这么多年来，他一直都是个间谍。战争期间，他一直待在印度，没有一个革命者能去到那里然后活着回来，但他却可以安全地穿行在世界各地。"

他继续说道："而且，很有可能是他导致了你被逮捕。"

我回想起我被逮捕前住的那家医院……还有头天晚上……胡安来问我关于塔尔瓦·辛格的事——我原以为，是因为他不能容忍我作为一个女人居然知道他不知道的事情。我回想起那个特务机关，以及审查员审问我的事情——还有萨达吉跟我告别时说的那些奇怪的话。

阿南德继续说道："想想他都对我们做了什么，还有他将来会做什么。既然我们已经知道了他的秘密，他就会更加大肆宣扬他和你的关系——他一定会这么做来毁了我。"

我躺了很长一段时间，阿南德也一直沉默着。我站起身来，穿上裙子，扶着一把椅子站在那里。

"别担心，阿南德，他再也不能用这件事来对付你了。因为我不会给他这个机会了。我要离开这儿，我再也无法忍受这种生活了。男人不会用这样一种武器来对付另一个男人——只会利用它来对付女人。胡安只能通过我来伤害你。但是，他是无法伤害我的——因为我会拒绝被伤害。"

"玛丽，你什么意思？"

"我要离开这儿，再也不回来了——或者你离开。我们已经不再幸福了，我一直生病，而且我的工作也被毁了。那家报社在我生病期间一直帮助我，但他们不可能永远帮助我。我打算辞职，然后离开这儿。"

"离开这儿——你打算去哪儿？"

"去卡琳那儿，在丹麦——自从她去了那儿之后，就一直催我过去待一段时间。我打算过去找她。"

"不，你说过你爱我的！"

"爱你，是的，我爱你。可是看看你——再看看我，我们之间已经没有信任和理解了——没有这些，也就没有爱了。我们俩过得都太痛苦了。我没法再煎熬下去了。"

"可是我们曾经很幸福。"

"可这件事已经毁掉了太多东西——那些美好的瞬间。"

"我们可以改变的……"

"改变胡安·迪亚兹的那个故事吗？它会一直作为一件对

付你的政治武器而存在的。从此以后，我更愿意一个人生活——"

"那我们的爱——我们想要的孩子呢?"他痛苦地说道。

我合上眼，哭喊道:"不要再让我遭受这些痛苦了! 我仇恨生活……我仇恨爱情!"

他战栗了一下，然后用双手捂住了自己的脸。"你仇恨生活——当初我遇见你的时候，你还不是这样的!"

令他如此震惊的不是我仇恨爱情，而是我仇恨生活。然后我明白了，他对我的爱要胜过爱他自己。我们沉默了很长时间。然后他说道:

"你知道，发生了这件事之后，我们的同志不会再和你一起工作了。"

"如果这是必须的——当然，这肯定是必须的……我必须独自生活……"

"那么，我不过是你生命里诸多男人中的一个罢了?"

"阿南德!"

"对不起，我为我这么说向你道歉……我很不开心……你让我觉得很不开心，很悲惨，很痛苦……"

"事情总会是这样的。你还是走吧——不然我就走。"说这些话的时候，我感觉自己已经毫无生气，失去了思考和感知的能力。

"上帝啊，你是想杀了我吗? 玛丽!"

"我是在试图保护你——马上就走，不然我就走。"

我听到他将一把椅子摔倒在地，然后转身走出了我的卧室。我跟在他身后锁上了门，然后转回身将脸埋在了床上。很长一段时间，他的卧室里悄无声息。然后，他的脚步声开始移动，我的心也紧随着他——他走向汽车，然后又走了回来。又过了很长时间，他又走了出去，然后和某个人一起回来了——汽车已经开走。他的脚步走向我门前——沉默地听着。他跌跌撞撞地走过走廊，关上门，然后走下了楼梯，外面的门也被关上了。沉寂，空虚，我觉得冰冷，麻木。几个小时过去了，我床边放的咖啡已经凉透了。然后，我缓慢而又艰难地站了起来，开始整理行李。我要离开这所房子——离开这个国家……